LES GUE

BERNARD KOUCHNER

# *Les Guerriers de la paix*

Du Kosovo à l'Irak

GRASSET

© Éditions Grasset & Fasquelle, 2004.

No success will go unpunished.
*Aucun succès ne vous sera pardonné* *.

---

* Telle fut la devise de l'équipe internationale du Kosovo.

A la mémoire de Jean-Sélim Kanaan,
Sergio Vieira de Mello,
Fiona Watson,
Nadia Younès.

En souvenir de Maryan Baquerot
et de Pierre Pradier.

ENVOI

## Tombeau pour mes amis assassinés

*Bonifacio, le 19 août 2003, 16 heures 30*

Ils étaient de toutes les vraies batailles, celles qui nous honorent parce qu'elles ont pour enjeu la paix, la justice, la démocratie, la protection des faibles. Ensemble, au Kosovo et ailleurs, nous avions partagé des fraternités, des espoirs, des promesses, que la barbarie a saccagés. Ils sont morts à Bagdad, d'un camion-suicide lancé contre le mur d'enceinte de la mission des Nations Unies, assassinés pour ce qui nous fait vivre : agir sur place, auprès des gens, sans relâche, pour que le monde soit moins stupide et moins sanglant.

Ils s'appelaient Sergio Vieira de Mello, Nadia Younès, Jean-Sélim Kanaan, Fiona Watson et bien d'autres : vingt-quatre d'entre eux et près de cent blessés.

Ils sont morts comme ils avaient vécu, avec courage, avec talent, avec lucidité aussi, au service d'une communauté internationale oublieuse, versatile et ingrate. Au-delà de leur tâche, délimitée par un mandat étriqué du Conseil de sécurité, facilement critiquée dans nos pays encore paisibles, à la marge du commandement anglo-américain, ils tentaient d'établir un dialogue, d'amorcer des réconciliations, d'empêcher tout fanatisme. Leurs corps ont été dégagés tant bien que mal des décombres du siège à peine gardé de la mission de l'ONU. Avec eux ont péri ou ont été blessés des dizaines d'Irakiens. Pas un soldat américain. Après avoir attaqué l'ambassade de Jordanie, pays d'islam modéré, les terroristes ont pris pour cible le symbole de neutralité et de paix que sont les Nations Unies. Puis vint le tour de la Croix-Rouge.

Sergio n'était pas seulement le beau et courageux diplomate brésilien qui passait d'une guerre à l'autre, d'une mission impossible à un poste plus exposé encore. J'en témoigne depuis plus de trente ans qu'il était mon ami : il était un homme politique engagé à gauche, un militant des droits de l'Homme, un juste. De l'Amérique latine à l'Afrique, des Balkans au Timor-Oriental, il avait marqué de son élégance et de son charme, de son obstination aussi et de sa fidélité amicale à Kofi Annan, une nouvelle forme de diplomatie de l'ingérence que je considère comme la véritable globalisation des espérances.

Nadia était ma princesse égyptienne. Après une brillante carrière au siège de New York et à Rome, elle régnait sur l'information et le protocole des Nations Unies. Puis elle avait préféré le terrain et, pendant deux ans, n'avait pas rejoint mais modelé notre mission du Kosovo, faisant preuve d'une efficacité et d'un sens politique remarquables, accueillant sur son cœur toutes les peines, tous les doutes, toutes les craintes qui nous étreignaient et les chassant de son rire rauque, de sa tendresse de Méditerranéenne. Brièvement, elle passa par l'OMS avant de gagner l'Irak. Le Secrétaire général venait de la rappeler à ses côtés à New York, la nommant ASG, quatrième grade de la hiérarchie des Nations Unies.

Jean-Sélim Kanaan, je le considérais comme un fils. Un vrai jeune homme du monde, trois nationalités, un seul dévouement. Un mélange de juvénilité et de grandeur. Parlement européen, Harvard, Somalie, Bosnie, Kosovo : volontaire partout et dans les pires endroits, il avait raconté ses déceptions et ses espoirs dans son seul livre*. Il venait d'épouser Laura, elle aussi une jeune téméraire du Kosovo, qui avait administré seule Obilic, l'une des municipalités les plus difficiles et les plus dangereuses. Leur fils, Mathias-Sélim, venait de naître, il avait juste trois semaines lorsque les barbares ont frappé son père. Nous devrons beaucoup lui dire, à ce garçon, combien Jean-Sélim était gentil et brave. De Bagdad, il nous avait écrit quatre lettres, qu'on trouvera plus loin dans ces pages.

Fiona Watson, Ecossaise, brillante politologue, s'était engagée à l'OSCE pour organiser les premières élections libres au Kosovo, réussies au-delà de toute espérance. Elle devint ma conseillère politique avant de rejoindre à New York le bureau des missions de paix et de se porter volontaire pour Bagdad.

Qui a tué nos amis ? Des enquêteurs patentés chercheront. Peut-être ne trouveront-ils pas la signature précise de cette attaque avant que d'autres bombes,

---

* *Ma guerre à l'indifférence*, Robert Laffont, 2002.

d'autres voitures piégées, des attentats-suicides semblables n'étendent leurs ravages. Nous savons déjà que les responsables, qu'ils viennent d'Al Qaida, d'Al Ansar, des héritiers de Saddam fondent les nationalités et les idéologies dans une même haine. Intolérance, fanatisme et extrémisme religieux se confortent et tirent profit des graves erreurs d'appréciation et de l'impréparation des conseillers de M. Bush. Les missions de paix ne s'improvisent pas : elles ont leur pédagogie et leurs apprentissages. Qui a tué nos amis ? Pas l'islam modéré, que j'aime et qui nous apprend beaucoup sur les liens entre les générations et l'art de vivre, mais l'intolérance, l'extrémisme religieux, que j'appelle le fascisme islamique, les fausses virilités, le goût inaltérable de certains pour les pouvoirs des dictatures.

Que visent-ils ces fanatiques ? Qui viseront-ils désormais ? La succession des crimes porte la marque de fabrique des intransigeants pathologiques. Certains ont-ils naïvement pensé que les meurtres ne viseraient que des Américains ? A l'ambassade de Jordanie, à Bagdad on a assassiné les tenants d'un islam de raison, respectable et respecté. A l'ONU, nos amis morts, Sergio, Nadia, Jean-Sélim, Fiona, représentaient une communauté de pensée rebutée par le simplisme violent d'une partie de l'administration américaine. Ils voulaient donner aux Irakiens les clés de leur maison devenue démocratique.

Quant à nous Français, comme trop souvent drapés dans nos certitudes, ne nous croyons pas protégés contre la barbarie. La tiédeur des Européens à maintenir leurs alliances avec les Américains et les Britanniques ne les protège pas. Ceux qui le pensent commettent une redoutable erreur d'analyse. Bientôt, les Américains ne seront plus les seules cibles des fanatiques, mais tous les Occidentaux, tous les démocrates, tous les croyants trop modérés, et d'abord les femmes. Tous ceux-là, qui seront visés, réagiront-ils avant qu'il ne soit trop tard ? J'ai conscience en écrivant cela que tous les gens raisonnables, tous les hommes et les femmes de religion, de foi et de tendresse, savent que je n'attaque pas leur croyance. Le fanatisme s'en chargera.

A Bagdad, c'est la communauté internationale qu'on a voulu assassiner.

Que peut-on faire maintenant ?

Continuer à tout prix la lourde tâche à laquelle nos amis s'étaient attelés. S'obstiner à arrêter les assassins, à désarmer les affidés du dictateur Saddam Hussein, maintenant prisonnier de guerre, dont on ne sait plus s'il a seulement tué cinq cent mille ou près de deux millions d'Irakiens, comme cela se dit à Bagdad. Nous devons poursuivre la trace de nos valeureux amis et ouvrir par des élections le pouvoir aux Irakiens. A cette fin, il est urgent d'élargir le mandat des Nations Unies en leur donnant la mission et les moyens de reconstruction et de démocratisation de l'Irak. Si le Conseil de sécurité vote une résolution précise, alors la communauté internationale aura enfin un mandat clair, qu'il nous conviendra de remplir en coordination avec le Conseil provisoire irakien, des soldats pour les tâches militaires, des policiers pour l'indispensable sécurité et la tranquillité des familles, des techniciens pour rétablir l'électricité, la distribution d'essence, l'essentiel de la vie quotidienne, des volontaires civils pour la mise en place des partis politiques et la préparation des élections...

Compte tenu de ses positions antérieures, la France se montrerait bien inspirée en prenant l'initiative de cet indispensable élan collectif. Nos ennemis ne sont pas les Américains mais bien le terrorisme. Encore faut-il que les Américains comprennent que c'est aussi leur intérêt.

Adieu Sergio, adieu Nadia, adieu Jean-Sélim, adieu Fiona et les autres : vous représentiez si bien le monde, vous nous ressembliez tant. Vous êtes tombés au champ de bataille en soldats de la paix. Avec vous, nous avons porté en terre un lambeau des dernières innocences humanitaires, un peu de l'espoir de l'humanisme. Un gros morceau de mon cœur repose désormais à vos côtés.

## INTRODUCTION

## Vjosa la rebelle

*Boston, janvier 2003*

Deux ans après avoir pris congé du Kosovo, trois mois avant la libération de l'Irak, diront les uns, avant l'occupation pour les autres, je partis enseigner à Harvard, tout près de Boston.

A mon arrivée, la Charles River était gelée et restera prise par les glaces pendant tout mon séjour. Des policiers corpulents, portant des casquettes noires à visière rigide, guettaient les étudiants qui, selon la tradition et en dépit de la loi, se risquaient sur les glaces pour traverser le fleuve. Avant de prendre le bus bleu pour l'Ecole de santé publique, je m'efforçais chaque matin de traverser Kennedy Park et de courir le long de la Charles jusqu'à l'arche piétonnière qui porte le nom d'un ancien secrétaire d'Etat au Trésor.

Les respirations des joggers formaient des petits nuages de condensation dans l'air glacial. Personne ne parlait. Je croisais plus de femmes que d'hommes : de minces Asiatiques aux longs cheveux et des Noires, plus généreuses. Seules ces dernières saluaient volontiers de la main ou d'un « *Hi !* » soufflé au rythme du parcours. Arrivé au hangar de sculls, ces fins esquifs qu'au printemps les étudiants feraient glisser sur l'eau à coups de rames harmonieux sous des ordres hurlés dans un porte-voix, je tournais à droite et passais sur l'autre rive, quittant Cambridge pour gagner Boston et revenir.

La température évoluait entre zéro et moins dix-huit degrés centigrades. J'avais remis mes vêtements chauds, ceux du Kosovo, même si le temps était moins rigoureux dans la Nouvelle-Angleterre et que le chauffage fonctionnait partout en excès, ce qui marquait une différence avec les Balkans.

Dans les universités, sur tous les campus de Harvard, on ne parlait que de la guerre qui s'annonçait en Irak.

J'avais tout de suite téléphoné à Vjosa Dobruna, qui avait été ministre des Droits de l'Homme et de la Société civile dans le gouvernement provisoire que nous avions installé au Kosovo. Elle était désormais chargée de recherches à la Kennedy School of Government sur le rôle des femmes dans l'établissement de la paix. Dès notre première conversation, Vjosa Dobruna s'indigna du fait que le peuple irakien intéresse si peu les médias. « Je suis en faveur d'une guerre pour libérer les Irakiens, pas pour faire plaisir à M. Bush, s'enflammait-elle dans l'anglais aigre-doux des Slaves. Souviens-toi de nos amis au Kosovo, cachés sous les lits, entre de fausses cloisons, dans des greniers, sans que personne d'entre nous ne sache où était l'autre ou même son frère, nous attendions les bombes de l'OTAN comme une délivrance. C'était il y a trois ans : sommes-nous atteints du syndrome d'amnésie rétrograde ? » Souvenirs d'une connivence : avec Vjosa, nous nous plaisions à employer des formules médicales savantes, comme au temps de l'insouciance, lorsque nous étions des praticiens heureux, elle à l'hôpital de Pristina et moi à Paris, avant de nous occuper du malheur des autres en plus de leurs maladies.

Elle n'était pas de caractère commode, ma belle amie. J'avais exigé de Tom Koenigs, le chef de l'administration de l'UNMIK*, que Vjosa puisse s'installer dans le bâtiment du gouvernement : elle logea donc dans deux pièces exiguës au-dessus des miennes. Malgré cette proximité, les internationaux comme les Kosovars la tinrent trop souvent à l'écart de nos activités. Les femmes intelligentes font peur aux hommes plus encore que les batailles : elles ne transigent jamais sur leurs convictions.

Tom ne l'aimait guère, lui, l'ancien Vert allemand de la bonne tendance – celle qui avait voulu l'intervention militaire pour que cessent les massacres dans les Balkans –, l'ancien responsable de l'économie de la ville de Francfort, aux côtés de Joschka Fischer et Daniel Cohn-Bendit, l'esthète qui organisait des expositions de peinture kosovare dans son bureau. Avec lui, la nuit, j'aimais discuter d'amour et de politique chez Mirella, l'Italienne qui maintenait pour nous son restaurant ouvert très tard, et venait s'asseoir à notre table pour raconter comment elle avait réussi dans la cuisine, en Albanie puis au Kosovo, femme seule au milieu des mafias.

Tom pouvait se montrer indulgent et, mystérieusement, très dur. Il fallait choisir le bon jour. Daniel Cohn-Bendit qui, après Joschka Fischer, me l'avait

---

*  UNMIK : United Nations Mission in Kosovo ; en français, MINUK.

recommandé, avait défini d'un trait la générosité de son ami. Héritier d'une grande famille allemande, Tom avait tout donné au parti communiste du Viêt-nam à l'époque de la guerre américaine ! « Tu vois le genre ? » Je voyais. Cet homme, qui tenait d'une main ferme l'administration rétive que nous venions de créer, était incapable de mettre de l'ordre dans sa vie galante. Mais lui, qui aimait les femmes, n'appréciait pas la plus belle, Vjosa Dobruna, ma rétive ministre des Droits de l'Homme.

Glissant sur les tas de neige vers le bar du Casablanca, en contrebas de Harvard Square, je songeais au Kosovo, aux rumeurs et aux racontars, à ces vengeances horribles – on disait *revenge killings* en langage onusien –, à ce code de l'honneur – le *Lekë Dukagjini* –, qui datait du XIVe siècle et attisait toujours les haines\*. Je pensais aux étonnements et aux bonheurs aussi, aux légendes qui couraient sur la famille Dobruna, les quatre filles aux yeux bleus, dont la jeune Vjosa, leur liberté proclamée, leur arrestation, leur fuite vers la Macédoine devant les troupes serbes. Les parents, qui étaient fortunés, s'étaient installés à l'hôtel avec leurs filles... De quoi nourrir bien des rêves en ce pays de mâles farouches.

---

\* Le *Kanun* de *Lekë Dukagjini*. Nekra Publisher. Traduit par Christian Gut, 2001.

## Au bar du Casablanca

Dès l'entrée, j'aperçus Vjosa dans un box, sur la droite ; blonde, cheveux courts et libres, habillée de gris et de noir, elle fumait.

« *Mirbroma*, bonsoir ! »

Elle a sauté du tabouret, nous nous sommes étreints, avec des cris de joie.

« *Mirdita*, bonjour, tu es superbe, mon ministre. »

Personne n'a paru s'étonner de ces manifestations. Sans doute avions-nous vraiment l'air heureux de nous revoir.

« Qu'est-ce que tu bois ? » lui ai-je demandé. Devant elle, un verre d'une boisson laiteuse, avec du sel sur les bords, paraissait presque vide.

« Margarita », m'a-t-elle répondu sur le ton de l'évidence.

J'ai commandé deux autres Margaritas.

« As-tu lu le papier de Veton Suroi* sur l'Irak ? me demanda Vjosa.

— Bien sûr, c'est l'article le plus sincère, le plus convaincant, avec celui de Rolf Bierman dans le *Spiegel* qui raconte que sa mère antifasciste l'a sauvé, enfant, en 1945, en lui faisant traverser le Rhin à la nage, le portant sur sa tête, alors que tombaient les bombes américaines. En abordant l'autre rive, sa maman dit à Rolf : "Il y a des bombes qui délivrent." Veton explique aussi que le

---

\* Intellectuel et militant kosovar, fondateur et directeur de *Koha Ditore*, quotidien publié à Pristina.

sauvetage d'un peuple ne se définit point par la main qui se tend, mais par la liberté retrouvée.

– Et vous, les Français des droits de l'Homme, qu'est-ce qui vous prend de soutenir un tyran comme Saddam Hussein ? Pourquoi les Français ne comprennent-ils pas la nécessité d'une intervention ?

– Parce que Bush l'a mal présentée, qu'il a donné de mauvaises raisons pour une juste cause. Il se moque des droits de l'Homme et n'a pas évoqué dès le départ les massacres commis par Saddam contre son propre peuple. Les gens, aux Etats-Unis comme en France, n'en connaissent pas l'ampleur.

– Ça n'aurait rien changé. En Europe les gens ne réagissent que s'ils se sentent menacés. Et Saddam était votre "ami".

– Et au Kosovo, les Serbes aussi étaient nos "amis historiques" ?

– C'était plus près ! Il en aura fallu du temps, et que viennent les Américains, pour intervenir en plein cœur de l'Europe...

– Qui donc s'autorise ainsi à choisir entre les bonnes et les mauvaises victimes, celles qui méritent d'être sauvées et celles que l'on condamne à attendre et à mourir ?

– Les politiciens, en fonction de leurs intérêts. »

Avec Vjosa, la conversation dura toute la soirée.

## Les pépites de la haine

Nous avons abandonné l'Irak pour les Balkans. On croit tout savoir sous prétexte qu'on a beaucoup voyagé. Mais c'est en écoutant Vjosa la rebelle dans ce restaurant marocain de Harvard Square, sous le portrait d'Humphrey Bogart, devant une boisson cubaine, de la bière et du cognac, que j'ai le mieux compris ce que j'avais réussi et manqué en administrant le Kosovo. Devant un formidable steak, nous avons évoqué en termes rugueux les relations de la tendre et difficile Vjosa avec mes successeurs, un Aekerup autiste et un Steiner plus autoritaire. Pour elle, j'ai passé en revue le sort des membres de l'équipe, de Ian Kicker et Eric Chevallier à Yoshi Okamura et Marina Catena, d'Alexandros Yannis et Axel Ditman à Nadia Younès et Nina Lahoud, de Sylvie Pantz et de Jean-Sélim Kanaan, de Jock Covey, bien sûr, à Maryan Baquerot qui allait nous quitter tragiquement quelques semaines plus tard dans un absurde accident médical.

Nous nous sommes remémoré les personnages de cette *dream team* de Pristina, aujourd'hui éparpillés sur la planète, mais tous prêts à repartir immédiatement, ensemble, pour une destination inconnue. Nous avons parlé de Richard Holbrooke, Madeleine Albright, Joschka Fischer, mais aussi de Chirac, Blair, Aznar, d'Alema, Clinton et de leur entourage qui tous furent mêlés à l'aventure.

S'interrompant par moments pour rire très fort, ce qui ne trouble jamais les Américains habitués à hurler dans les lieux publics, Vjosa se mit à raconter une histoire de séminaire de la paix près de Washington, où, en août 2000, Serbes et Albanais du Kosovo mélangés de force durent vivre ensemble pendant une semaine dans un lieu fermé. Tous les acteurs du drame étaient là, l'archevêque Artemje, le père Sava, Rada

Trajkovic, les Kosovars Hacim Thaci, Ibrahim Rugova, Veton Suroi, Vjosa, bien d'autres personnages qui comptèrent dans nos vies. Une bonne habitude que ces vacances obligées, rituel efficace des missions de la paix qui connurent en d'autres temps leur consécration avec les accords d'Oslo ou de Dayton. Le soir, on boit un verre, on finit la bouteille, on se parle enfin, et parfois on rit. La prévention des conflits devrait plus souvent passer par ces camps scouts entre ennemis.

A l'évocation de Rada Trajkovic, un médecin serbe qui fit partie de notre gouvernement du Kosovo, Vjosa s'écria :

« Celle-là... je n'ai rien dit, j'étais souvent à côté d'elle pendant les séances, ou bien dans des promenades pour les dames...

– Rada ne fut-elle pas très courageuse ? N'est-ce pas à partir de sa décision, après tant d'affrontements violents entre elle et moi, que les Serbes du Kosovo ont rejoint le gouvernement provisoire ?

– Elle avait été membre du pire gouvernement des Serbes, celui de Seselj, le fasciste...

– Je le savais. Mais quoi, n'avait-elle pas changé ? »

Vjosa avait croisé les bras sur sa poitrine, ses yeux bleus devenaient sombres. Elle reprit :

« Lorsque la police serbe m'a exclue de l'hôpital en une heure, sans que je puisse même finir ma visite aux malades, ma sœur, inquiète, est venue aux nouvelles. Rada, la gentille oto-rhino aux gros bras, s'est jetée sur elle et l'a balancée dans l'escalier, la blessant. Après la guerre, par crainte de mettre en péril le processus de paix, comme nous disions, je n'ai jamais fait allusion à la violence de Rada. Bernard, la haine est si longue à disparaître. »

Médecin pédiatre à l'hôpital de Pristina, alors que Rada Trajkovic, la Serbe, était oto-rhino-laryngologiste, la « musulmane » Vjosa avait été chassée de son service, un beau matin, sans préavis, comme tous les autres médecins albanais du Kosovo. Les policiers serbes étaient arrivés, listes en main, et tout le personnel albanais avait été brutalement forcé de quitter les lieux pour n'y plus jamais revenir. Dix ans sans pratique médicale, sans argent, sans métier. Un apartheid se mettait en place, théorisé par les juristes de Belgrade au temps sinistre de Milosevic. Beaucoup de médecins, de juges, de fonctionnaires quittèrent le pays devant les rafles et les humiliations persistantes. D'autres, autour d'Ibrahim Rugova, inventèrent une résistance pacifique, une sorte de contre-société souterraine. Les écoles s'organisèrent dans les caves des immeubles. Les médecins exclus construisirent des cliniques discrètes aux consultations clandestines.

Vjosa m'avait déjà raconté la vie de ces praticiens réduits au secret ou à une oisiveté qui les privait de savoir et de pratique. Le téléphone ne sonnait plus, l'hôpital leur était interdit. Un soir, Rada la violente avait sonné à la porte d'une autre pédiatre albanaise célèbre, privée de son métier : Flora Brovina, que je connaissais depuis les années 1990 et l'épisode de l'empoisonnement collectif des enfants albanais dont nous parlerons plus loin. La fille de Rada était sérieusement malade. Sans rien dire, la pédiatre Brovina avait saisi sa trousse et suivi la mère inquiète. Elle avait soigneusement examiné la petite malade. Pas un mot ne fut échangé entre les deux femmes. Une ordonnance changea de main, rien d'autre. Peu avant la guerre du Kosovo, Flora Brovina fut emprisonnée à Nic et condamnée à vingt ans de prison au cours d'une séance de jugement collectif qui fera date dans les annales de la justice totalitaire. Plus tard, en charge de la paix au Kosovo, négociant sans relâche avec les diverses autorités de Belgrade, nous nous battrons pour faire libérer la célèbre pédiatre et poète, devenue une des héroïnes de la résistance, et la récupérer à la frontière. Ce fut l'une des bonnes actions du président Kustunica après l'arrestation de Milosevic. Entre-temps, nous avions confié la Banque centrale du Kosovo au mari de Flora : Ari Begu. Bien plus tard, ils viendront dîner un soir à Paris et Flora parlera longtemps, de manière inoubliable, de ses épreuves de prisonnière, des traitements qu'elle avait subis et de la pitié que lui inspiraient ses tortionnaires.

## Un homme digne

Nous voilà à nouveau au bar du Casablanca, parce que Vjosa ne pouvait pas fumer au restaurant. Au Kosovo tout le monde fume, sauf Rugova et Thaci ! Perchés sur de hauts tabourets, coincés contre le mur, nous n'étions entendus et dérangés par personne. Vjosa m'a demandé si je pouvais l'aider à trouver un travail à l'ONU. J'avais déjà apprécié son désir d'oubli. Oui, je pouvais essayer, mais je voulais en savoir plus.

« Tu ne veux plus retourner au Kosovo, Vjosa ? »
Elle alluma une autre cigarette.

« Tu sais... je veux bien aider le Kosovo, revoir le Kosovo, mais pas pour y revivre. J'y pense souvent. J'y reviens pour la famille, les amis, mais je ne m'y sens pas à l'aise. Comment t'expliquer ? Il y a un mois, j'y suis retournée. Je voulais embrasser les miens, passer la nouvelle année avec eux, les écouter, leur faire la cuisine pour la fête. Mes trois sœurs, que tu connais, étaient absentes : une à Londres pour les soldes, une autre à la messe à Vienne, la troisième en Turquie. Seuls mes parents et mes beaux-frères étaient là, avec les enfants, sans leurs femmes ! »

La famille Dobruna, célèbre au Kosovo, je ne l'avais jamais rencontrée au complet. Je savais que le père était l'un de ces titistes de légende, communiste à l'ancienne mode, généreux, hostile à toute oppression. Il croyait encore à l'ancienne Yougoslavie, même s'il s'était conduit en patriote kosovar, partisan de l'indépendance. Sculpteur de profession, il avait occupé un poste élevé dans l'administration. L'homme n'avait pas fui pendant les bombardements : les milices serbes le chassèrent en Macédoine. Il lit toujours Marx et Engels. J'aime ces Yougoslaves-là. Avec eux, nous avions cru, pour un temps, à l'autogestion et au socialisme à visage humain.

Vjosa reprit :

« Ce 31 décembre, je m'étais installée à la cuisine. Papa voulait me faire un cours sur la nécessité d'une solution politique et sur la trahison des internationaux qui avait transformé leur mission de paix en routine. Maman l'interrompait sans cesse pour me demander comment je vivais à Harvard. J'étais heureuse d'être avec les miens. Le téléphone sonna.

"Pour moi ?

– Oui, pour toi", dit maman.

J'ai pris l'appareil. Dès les premiers mots de l'homme, j'ai senti son anxiété. On sait cela très vite, hein, Bernard, au début d'une consultation ? L'homme s'est présenté, son nom ne me disait rien.

"Je veux vous voir, demanda-t-il.
– Quand ?
– Maintenant, je veux vous parler de ma femme.
– C'est impossible, monsieur. J'arrive d'Amérique pour voir mes parents, c'est le jour de l'An, je suis en train de faire la cuisine." Il a longuement insisté. Au bout du compte, je lui ai demandé pourquoi était-ce si urgent. Il paraissait perdu.

"C'est ma femme, m'a-t-il dit, vous la connaissiez.
– Je ne crois pas, votre nom ne m'évoque aucun souvenir. De quoi souffre votre femme ?"

Il est resté un moment sans répondre. Je l'entendais respirer.

"Elle vient de se suicider...
– Je suis désolée, vraiment, je vous présente mes condoléances, vous avez toute ma compassion, mais je veux rester avec mes parents. Nous pourrons nous voir dans deux jours si vous le désirez." »

Vjosa et moi avons commandé du cognac. Le barman du Casablanca apporta une bouteille en me jurant que c'était celui-là même que buvait Napoléon. Vjosa parlait maintenant plus vite, elle mimait le dialogue et je n'avais plus rien à répondre.

« Deux jours après, j'ai vu mon interlocuteur, un architecte, un homme qui se tenait. Je me suis souvenue de sa femme dès ses premiers mots, qui sortaient mal, comme d'une gorge trop sèche. "Vous la connaissiez, elle était infirmière, nous habitions dans les maisons des fonctionnaires, vous savez, l'immeuble gris des cadres et des aviateurs, à côté de cette boîte de nuit qui empêche tout le monde de dormir... Il y a moins de deux mois, ma femme – il insistait sur le possessif – est rentrée comme tous les jours après son travail. Dans le couloir, elle a rencontré notre ancien voisin, un Serbe... Elle a aussitôt reconnu l'homme qui l'avait violée, avec deux autres Serbes dans les derniers jours de la guerre. Il était revenu.

– Je me souviens maintenant, ai-je répondu. Elle était venue me voir à l'hôpital et n'avait pas voulu que je prenne de notes, que j'écrive son nom, elle voulait juste se confier à quelqu'un... Elle n'avait parlé qu'à la police, et à vous, je pense...

– Pas à moi, pas encore, elle ne voulait pas. Vous connaissez donc l'histoire. Ma femme est allée voir la police dans le grand bâtiment, devant le premier siège du gouvernement de l'ONU. Elle voulait porter plainte auprès du KPC, le Kosovo Police Corps. On l'a reçue avec des ricanements : *– Un viol ! Et vous avez des témoins ? – Non. – Il était seul ? – Non, ils étaient trois. – Ben voyons ! Vous savez, madame, ça ne sert à rien, on ne va pas prendre votre plainte, on a déjà trop de travail.* Ils lui ont conseillé d'oublier : *– Et ne revenez pas, madame, ce n'est pas la peine. Si nous enregistrions tous les viols sans témoin, ce serait trop facile...* Ils ne la croyaient pas, ils ne voulaient pas la croire. Des policiers albanais du Kosovo, des compatriotes, des... comment dire ? Pardonnez-moi, madame, mais, même tièdes, c'étaient des musulmans !

Alors, a poursuivi l'homme, elle s'est rendue à

l'ONU, à l'UNMIK-police, dans le même bâtiment. Des policiers allemands et pakistanais, je crois, l'ont reçue et lui ont posé les mêmes questions. Ils lui ont demandé pourquoi leurs collègues n'avaient pas accepté sa plainte. Ils trouvaient cela louche : – *Pas de témoin, comment voulez-vous que l'on enquête ? – Arrêtez cet homme, faites-le avouer, a exigé ma femme. – Nous ne parlons ni kosovar ni serbe, ont-ils répondu, et nous n'avons pas assez d'interprètes.* Alors, un grand Allemand blond au ventre plat, habillé de jaune et de vert, a osé lui dire : – *Madame, il semble que vous soyez contre le retour des Serbes, contre la politique de la communauté internationale. C'est bien cela, n'est-ce pas ? Répondez !*

Elle était devenue l'accusée. Ma femme est rentrée chez nous sans me parler. Je la voyais partir au travail en rasant les murs.

– Elle ne voulait pas rencontrer cet homme...

– Elle était ailleurs. Elle s'enfermait dans le silence, s'adressait à peine aux enfants. Mais c'était une forte femme, vous savez, douce et droite, déterminée. Elle est retournée à la police. Même accueil, mêmes arguments. D'abord les Kosovars, puis les internationaux plus brutaux encore. Elle continuait de rencontrer son violeur dans l'escalier. Il faisait semblant de ne pas la reconnaître, même lorsqu'elle se plantait devant lui. Un jour, enfin, elle m'a raconté toute l'histoire. Les atrocités avaient eu lieu pendant les bombardements, quand j'étais caché près de la frontière. Elle avait honte, me disait-elle, comme si elle était responsable, comme si elle se reprochait de s'être laissé faire.

– Comment avez-vous réagi ?

– J'ai pensé aux enfants, j'ai pensé qu'il fallait les protéger. Je l'ai dit à ma femme qui a sangloté. On ne s'était jamais rien caché, vous comprenez ? Je voulais réagir comme un homme civilisé, pas comme un primitif. Alors je lui ai dit que nous retournerions le lendemain à la police, que j'irais avec elle, que c'était la seule solution, un progrès par rapport au code de l'honneur, à la loi de la revanche. Le lendemain, j'ai accompagné ma femme chez les hommes du KPC.

– Ont-ils refusé votre plainte ?

– On ne refuse pas à un mari ! Ils ont enregistré ma plainte. Mais ils m'ont dit que, sans témoin, cela ne servait à rien. Et, bien évidemment, je n'étais pas témoin. Nous sommes sortis. Je tenais ma femme par la main. Nous avons marché vers la maison. Dès que nous avons été à l'abri des escaliers, que nous avons commencé à monter les marches, elle me l'a dit..." »

Vjosa marqua une pause dans son récit. Elle prit son verre de cognac, me regarda, ses yeux bleus étaient à nouveau presque noirs. Elle poursuivit :

« Je savais ce qu'il allait me dire puisque, maintenant, je me souvenais très bien des récits de cette femme que j'avais vue deux ou trois fois et qui, à la dernière entrevue, dans l'hôpital où elle travaillait, n'arrivait plus à s'exprimer. Je savais ce que l'architecte allait me dire... »

Vjosa pleurait. Elle se souvenait du regard perdu de l'homme qui racontait :

« "Je ne comprenais pas qu'elle voulait me parler avant d'arriver à la maison, où les enfants nous attendaient. Elle m'a dit, dans un souffle, qu'elle ne m'avait jamais confessé l'essentiel : des témoins elle en avait, c'étaient nos deux enfants, sept et neuf ans. Vous comprenez, ils avaient tout vu, ils étaient bloqués sur cette horreur, ils n'en parlaient pas, mais un jour ils hurleraient. Voilà pourquoi, docteur Dobruna, je vous ai dérangée chez vos parents pendant les fêtes, parce que vous aussi vous pouvez témoigner. Elle est venue vous voir, elle vous a parlé. Elle me l'a dit avant de se pendre, chez nous, profitant d'un moment où nous étions tous partis faire des courses. Elle avait peur pour les enfants, peur qu'on les force à parler. Je n'en avais pas la moindre intention. Vous êtes le seul témoin, au moins le seul souvenir. On ne va quand même pas demander aux enfants de témoigner ! Vous me l'écrirez, n'est-ce pas ?

– Oui, monsieur, bien sûr, je vous écrirai tout ce qu'elle m'a dit. Je le ferai dès ce soir. Et vous, monsieur, qu'est-ce que vous allez faire ?

– Oh, moi, je vais m'occuper des enfants, essayer de pousser la police avec mon avocat, puisqu'il y a de nouveau des avocats, maintenant. Votre témoignage permettra d'ouvrir une enquête, même si elle n'aboutit pas. Je dois cela à ma femme.

– Merci, c'est ce qu'elle aurait voulu. Vous êtes un homme bien, un homme digne." »

Vjosa pleurait sur le bar de bois sombre du Casablanca. Je reniflais aussi. J'ai pleuré juste après. Elle m'a répété : « Cet homme était peut-être le modèle de ce que les Kosovars devraient devenir, des hommes souffrants, meurtris, perdus mais dignes. Il m'a regardée à son tour, puis il a tourné la tête vers la cloison avant de déclarer d'une voix douce mais décidée : "Moi, vous savez, je n'ai qu'une chose à faire. Quand la plainte sera instruite, j'irai acheter une arme. Vous voyez, docteur

Dobruna, je suis l'un des seuls à ne pas être armé au Kosovo, mais je dois acheter une arme et aller le tuer. Je le sais. Je dois faire ça. Le tuer. J'espère simplement ne pas le rencontrer avant. Vous trouvez ça lâche ?" »

Je me souviens que le bar du Casablanca était plein. Des inconnus derrière nous attendaient la place. La pièce avait comme chaviré dans ma tête, et le portrait d'Humphrey Bogart jouait au justicier.

Nous sommes rentrés par Cambridge Boulevard, puis Broadway et Irving Street. Nos pas s'enfonçaient plus bas que prévu dans la neige. Nous parlions très peu, seulement de l'Irak. Huit mois avant l'assassinat à Bagdad de nos amis de l'ONU, nous pensions que nous irions peut-être là-bas, que l'équipe était prête, que nous donnerions le pouvoir aux Irakiens, et qu'il n'y aurait pas d'hésitation, cette fois, entre l'indépendance et l'autonomie.

Les taxis semblaient nous éviter.

I

# LA GRANDE MISSION

« *Demain viendront les oiseaux noirs.* »
Jean-Paul Sartre.

# Chacun sa croix

*Paris, juin-juillet 1999*

« Bernard, c'est Hubert, je peux te parler ?
– Oui, Hubert, je t'écoute. »
Hubert Védrine était alors ministre des Affaires étrangères dans le gouvernement de Lionel Jospin, où je figurais comme secrétaire d'Etat à la Santé.
« Si on te proposait de diriger la mission des Nations Unies au Kosovo, continua Védrine, que dirais-tu ?
– Je dirais oui, avec joie. J'ai combattu Milosevic, je connais le Kosovo, j'ai proposé l'ingérence... Comment refuserais-je ?
– La mission sera difficile.
– Tu veux dire impossible ?
– Quand serais-tu disponible ?
– Immédiatement, si Lionel est d'accord.
– N'en parle à personne.
– Pas même à Christine ?
– A personne, cela compromettrait nos chances. La cohabitation est un constant exercice de voltige. Personne ne doit le savoir.
– Pas commode.
– Je te demande quelques jours : ce n'est qu'une hypothèse, tu as des concurrents, des gros...

– Que dit le Président ?
– Il n'est pas encore au courant.
– Comment cela ? »

Qui savait quoi ? Qui, le premier, a proposé mon nom ? La cohabitation a ses rites et ses mystères. Il était plus de vingt heures, un soir de juin. Je regardais mon bureau trop grand, trop jaune, trop... Il aurait fallu changer le style du ministère de la Santé, mais je ne suis pas de ceux qui veulent imprimer leur trace, réaménager les salles de bains, puiser dans le mobilier national pour marquer leur territoire en modifiant systématiquement le décor du prédécesseur grâce à l'argent des contribuables. A cet instant, l'esplanade devant le ministère me sembla bien vide : le vendredi soir, les manifestants qui ont l'habitude de prendre à partie les responsables de la santé publique sont au repos.

La fin de semaine fut anxieuse et studieuse. Je m'informais, je relisais des textes sur les Balkans. Serais-je nommé ? Je n'avais pas envie de demeurer en France.

Lors d'une rencontre avec les cadres du ministère de la Solidarité, où tous les ministres du « pôle social » étaient là, autour de Martine Aubry, je me sentais déjà loin. Je ne pouvais rien dire, surtout à ma ministre de tutelle.

Partir pour le Kosovo, abandonner le gouvernement ? Ce soir-là, je regrettais déjà mes vives et tendres altercations avec la patronne, celle qui installait à la force du poignet les 35 heures dans un pays qui n'en demandait pas tant, surtout à l'hôpital, dont je pressentais les crises. Je songeais à nos moments de fou rire et de travail exténuant. De l'amitié, de l'affection même, mais une duplication impossible entre le ministère du Travail et celui de la Santé. La santé représentait la première préoccupation des Français, la première industrie de ce pays. Les soins employaient près de deux millions de personnes, grâce au premier budget de la France. La gauche n'avait pas voulu comprendre qu'un ministère de la Santé devait avoir son autonomie, avec son financement, une transparence totale et un budget, impôt choisi, que les Français approuveraient ou non après avoir été informés des progrès et des coûts de la médecine, des nécessités des personnels. Un budget que les associations de patients et les représentants des personnels médicaux discuteraient avec les syndicats, sous l'œil vigilant du gouvernement et du parlement. Opposer deux ministres sur un tel territoire, c'était nuisible : une entente impossible. François Mitterrand l'avait compris en 1992 et nous avions hissé notre système de santé au premier rang, organisant la sécurité sanitaire. Cette fois nous avions régressé. Nous en paierions le prix plus tard.

Lionel Jospin savait qu'il n'était pas facile de travailler avec Martine Aubry, que nos deux styles s'opposaient et parfois nos analyses, malgré notre amitié. Il n'aimait pas ces disputes. Il m'avait répondu sèchement : « Chacun sa croix. »

Ce jour-là, je me tus devant Martine et les autres ministres. Si j'avais enfreint ce rite conjuratoire, j'aurais aussitôt perdu la compétition. Pour le Kosovo, des concurrents redoutables s'étaient déclarés : Martti Ahtisaari, le président finlandais ; Yan Prunk, le ministre hollandais de la Coopération, deux Italiens dont la formidable Emma Bonino, commissaire européen ; Paddy Ashdown, chef du parti libéral britannique, ancien général des Marines qui connaissait très bien les Balkans, sans compter Sergio de Mello lui-même, en charge des affaires humanitaires à l'ONU qui assurait l'intérim à Pristina... Je poursuivis ma cure de silence et réglai les affaires courantes de la Santé, c'est-à-dire les crises permanentes.

Je présidai le conseil d'administration de l'Institut de veille sanitaire, laboratoires modernes dans le parc de l'hôpital Saint-Maurice, au cœur du bois de Vincennes, où je souhaitais installer un campus de santé publique et attirer les Européens qui, depuis la dioxine et la vache folle, découvraient la nécessité d'harmoniser nos précautions sanitaires et environnementales. Je désespérais d'intéresser les médecins à ce grand projet. Notre système de soins fonctionne autour de la maladie et du malade. La prévention n'intéresse pas assez les praticiens comme si, réussie, elle les priverait de patients. En rentrant au ministère, je trouvai l'avenue de Ségur envahie par une des innombrables manifestations qui campaient à nos portes. Je me faisais un devoir de recevoir les représentants de toutes celles qui n'étaient pas trop violentes. Au Kosovo, je découvrirai que la France, aux yeux de nombreux partenaires européens, passe pour un pays de « communisme résiduel ».

## Candidat

Hubert Védrine m'appela à nouveau. Je m'efforçai de cacher mon impatience. Toujours s'attendre au pire est une méthode qui ne réserve que des bonnes surprises.

« Nous négocions. Le Président accepte ta candidature. Il faut aller le voir au plus vite, ainsi que Lionel. Ils t'attendent.

– Je prends rendez-vous aujourd'hui même. Et Kofi Annan ? Veux-tu que je me manifeste ? Je le connais bien.

– Surtout pas, tu gâcherais tes chances. Les concurrents deviennent menaçants. Tony Blair pousse Ashdown. Un Brésilien fait le forcing.

– Un Brésilien ! Mais ce poste ne peut revenir qu'à un Européen ou à un Américain.

– Ils nous ont déjà forcé la main avec l'OTAN.

– Forcé la main, que veux-tu dire ? Etais-tu hostile aux bombardements ?

– Nous aurions pu et dû signer à la conférence de Rambouillet.

– Avec Milosevic ? Pour qu'il ait les mains libres au Kosovo, reniant une fois de plus sa signature ? Le droit d'ingérence avance, Hubert, une conscience internationale des droits de l'Homme se développe, une mondialisation des énergies militantes...

– Je m'en méfie. Les nations restent la clé, pas les émotions des téléspectateurs... »

Nous n'étions pas d'accord, comme souvent, ce qui n'empêchait ni l'estime ni l'amitié. Sous Mitterrand, il en était déjà ainsi. Hubert Védrine faisait partie du premier cercle qui réprouvait la faiblesse du Président à mon égard et jugeait mon influence démesurée, tout spécialement en matière de politique étrangère et d'expéditions humanitaires aventureuses : Liban, Kurdistan, Liberia, Salvador, Soudan...

Hubert Védrine est un homme très intelligent et cultivé qui jette sur le monde un regard ironique et blasé, un classique qui ne croit pas au droit d'ingérence mais à une diplomatie traditionnelle, limitée par le poids économique de la France, puissance moyenne. Il n'est pas hostile à l'Europe, il n'en est pas toujours convaincu. Francophonie et anti-américanisme d'abord, et puis nous verrons bien de qui nous avons besoin ! Il sait les moyens restreints de la France et ne sent pas la nécessité d'exalter notre pays, de lui proposer une vraie bataille pour les droits de l'Homme et le développement. Il est vrai que tous les gouvernements en place avaient raisonné ainsi, sauf Michel Rocard, ce qui avait installé entre nous une vraie connivence.

Briguer un poste dans un service hospitalier, dans l'administration ou les affaires internationales, cela commence d'abord, comme pour l'Académie française, par des entrevues protocolaires. Je rendis ma première visite de candidat rue de Varenne, chez Lionel Jospin. Matignon est un lieu de travail. Pas une semaine sans comité interministériel ou réunion de ministres. Nous y discutions de la politique générale et des projets, ce que nous n'aurions pu faire à l'Elysée lors du conseil du mercredi, beaucoup plus figé. Les conseillers de Lionel Jospin, un ou deux par ministère, étaient nos compagnons de réflexion depuis deux ans, militants socialistes, experts, énarques qui accompagnaient la gauche de leur expérience de l'Etat. En ces débuts de mandat, l'ambiance était sympathique : plus de chaleur que de respect, et un rien de méfiance pour ces ministres qui n'en faisaient qu'à leur tête. Le bureau de Lionel Jospin n'avait rien de solennel, meubles modernes, bois clair et courbes douces, tableaux modernes et anciens mélangés. La fenêtre ouvre sur le plus vaste des jardins privés de Paris. A droite de l'allée, au-delà des grands arbres, les salles à manger des collaborateurs et le sous-sol réservé aux crises militaires ; au fond, le pavillon destiné aux rencontres politiques discrètes. Lionel s'enquérait toujours de la santé de son interlocuteur et de ses proches, lorsqu'il les connaissait. Il s'exprimait comme un pudique qui force sa nature. Cette fois, nous étions en tête-à-tête, situation rare, bien trop rare, dans ce gouvernement.

Avant de dialoguer plus librement, le Premier ministre m'assura qu'il ne souhaitait pas influencer ma décision.

« Ton énergie et ton travail manqueront à ce gouvernement, mais tu es un des rares à pouvoir sortir l'ONU de ce guêpier : c'est une chance et un atout pour la France. Je respecterai ta décision, quelle qu'elle soit. Je sais aussi ce que tu penses.

– Que veux-tu dire ?

– Quant aux équilibres nécessaires de ce gouvernement, je connais ton sentiment. Bernard, cela ne doit pas influencer ton choix.

– Cela l'influence forcément un peu ! Mais j'ai milité toute ma vie pour le droit d'ingérence. Mon choix est fait.

– Hum...

– L'ingérence, oui, fruit de cette action humanitaire à laquelle tu ne crois guère : la protection des minorités. On me donne l'occasion de prouver que cela peut marcher : j'y vais.

– Que va penser Christine ? Lui en as-tu parlé ?

– Pas encore. Hubert m'a demandé le complet silence sur une nomination qui n'est pas encore décidée. J'attendais de te voir, de connaître ton sentiment. Christine sera malheureuse, me dira qu'elle comprend et que je dois partir.

– Je trouve courageux de tout quitter ainsi. Nos forces sont engagées au Kosovo, tu pourras compter sur notre soutien...

– Rien n'est fait. Kofi Annan voudra assurer avant tout sa réélection. Les candidats abondent... »

Le reste devenait amical. Nous pouvions nous parler plus librement puisque je m'en allais. L'ami prenait le pas sur le Premier ministre.

## « Salut, toubib »

Jacques Chirac, éternel jeune homme devenu président de la République à force d'obstination et de chance insolente qu'il a su construire, me reçut dans le bureau doré du général de Gaulle. Entre les lampes de style avec abat-jour métalliques, une statuette de bois témoignait de son amour pour les arts premiers, sujet sur lequel il était inépuisable. Je m'assis face à lui dans le fauteuil vert et or. Un entretien privé avant que ses collaborateurs nous rejoignent.

« Salut, toubib. »

Signe de très bonne humeur : d'habitude il m'appelait « docteur » et parfois « professeur » lorsque je n'avais pas démérité.

« Je suis heureux que ce soit vous. Je viens encore de parler avec Kofi.

– Qui n'a pas officiellement choisi...

– Pas encore. Mais vous êtes le seul candidat sérieux. Votre connaissance du terrain et des hommes, l'habitude des conflits et du maintien de la paix, Médecins sans frontières et le reste. Toubib, vous êtes notre homme.

– Et les autres, Ahtisaari, Ashdown, Bonino, Prunk...

– Ahtisaari est président de la République finlandaise, pas libre avant décembre et peu aventurier, Prunk a, me dit-on, un caractère impossible. Quant à Bonino, vous plaisantez, une pasionaria...

– C'est une amie...

– Ça ne m'étonne pas !

– Paddy Ashdown...
– Choisi pour des raisons de politique intérieure, c'est l'allié libéral de Blair. Je lui ai dit que je n'accepterai jamais cela. Je rappelle Kofi. Allez, toubib, c'est un honneur pour la France. Nos forces sont engagées. Nous avons besoin de vous dans une mission réputée impossible.
– Dois-je téléphoner à Kofi ? Je serai à New York dans quelques jours.
– Pour le voir ?
– Non, pour la Conférence sur la famille.
– Laissez-moi faire, ne bougez pas une oreille : je prépare votre visite comme j'ai préparé votre candidature, qui sert la cause de la démocratie. Milosevic reste très dangereux. Rappelez-vous que nous voulons la justice pour les Kosovars, mais que nous demeurons les amis des Serbes.
– Commode, Président ! »
Pour parler de stratégie et disséquer la résolution 1244 du Conseil de sécurité des Nations Unies qui deviendra ma bible, il fit entrer ses collaborateurs, dont Catherine Colonna et Jean-Marc de La Sablière. Je caressai sur la table basse une statue inuite, phoque ou otarie de savon. Le Premier ministre et le Président avaient employé les mêmes mots : continuité de la France et cohabitation.

Je pus enfin parler à Christine et à notre fils, à mon père malade, à ma mère, à mes enfants, Julien, Camille et Antoine. Sans ce ridicule rite conjuratoire, j'aurais pu le faire plus tôt. Christine se doutait de quelque chose, alertée par ces sautes d'humeur qui chez moi annoncent les départs. Elle eut du mal à cacher son trouble : « Evidemment, tu ne peux pas refuser, c'est ton combat pour l'ingérence, une victoire mondialement reconnue de tes idées. Tu ne peux pas te dérober, l'occasion est unique. Nous viendrons te voir, n'est-ce pas, Alexandre ? » Dialogue d'amour au bord des larmes.

J'appris à mon père mon prochain départ. Malade, il ne pouvait alors s'exprimer que par écrit. Je tiens pour prophétique la lettre qu'il me remit pour exprimer son bonheur et son plein accord. Je fus heureux comme jamais de lui faire cette joie, de ne pas me contenter d'une routine ministérielle qu'il approuvait et qui le décevait en même temps. Comme à son habitude, il fit preuve d'une érudition et d'une mémoire magnifiques. Mon père, au bout du chemin d'une vie de courage, m'écrivit une analyse politique et des recommandations dont la lucidité m'étonna longtemps lorsque, arrivé au Kosovo, je me débattrai dans les difficultés. Je suivrai ses conseils. Il mourut le 10 juillet. Je compris alors pourquoi je n'avais pas voulu hâter mon départ, comme me le recommandait mon ami Sergio de Mello, qui, à Pristina, faisait face aux pires difficultés.

Quelques jours encore, et toujours aucun contact avec Kofi Annan. Le Président devait s'en charger.

Je me traînai au Sénat, sous les plafonds surchargés d'or du palais de Marie de Médicis, où quelques parlementaires avec qui je m'entendais bien travaillaient sur les agences de santé. Cette Haute Assemblée, conservatrice par tradition, avait, à mon instigation, autorisé un débat sur les toxiques légaux et français, le tabac et l'alcool, au même titre que sur les illégaux et exotiques : le cannabis et les drogues dures. L'Assemblée nationale, où la majorité se situait à gauche, n'en acceptera jamais autant. Aux côtés de Martine Aubry, je présentai tard dans la nuit le projet de loi portant sur la création de la CMU, la Couverture maladie universelle : en France, on soignera désormais les plus démunis, les vrais indigents, y compris les étrangers. Ils seront remboursés à 100 %. Ce gouvernement que j'allais quitter aura accompli de bonnes réformes, que la droite pour une part effacera. Dans les dernières heures de la soirée, au banc des ministres, Martine et moi nous reprenions les rites : un coussin pour son dos, des confidences sur nos vies, des massages des mains, des fous rires, quelques cafés et des colères contre certains parlementaires dont les arguments nous paraissaient injurieux pour la majorité. Elle m'offrira une petite fête de départ et deux livres que j'emporterai au Kosovo : *Un voyage en Yougoslavie*, de T'Serstevens, et *La Guerre des Balkans*, de John Reed. Sur place, je comparerai souvent les descriptions de T'Serstevens et la triste réalité d'aujourd'hui.

Martine, une femme tendre et difficile, comme disait Montand de Simone Signoret...

Les jours passaient. Déchiré entre l'actualité française et mon départ hypothétique mais programmé, je devenais schizophrène. J'eus une réunion avec Dominique Strauss-Kahn à propos du *bug* électronique tant redouté de l'an 2000, lequel ne se produira pas, même dans les structures médicales de réanimation et de chirurgie où nous le craignions. Routine et toujours quelques surprises. Dominique était un des ministres phares de ce gouvernement, qu'il dut quitter injustement pour une inattention. Sa capacité d'invention et de synthèse manquera à toute l'équipe. Pourquoi n'avait-il pas imposé un rythme moins brutal à la réduction du temps de travail, puisqu'il l'avait proposée sans vraiment y croire ?

Rencontre, le soir, Place de Valois, avec les volontaires de l'Action humanitaire, ma dernière ONG. J'avais confié à Roger Fauroux l'association qui administrait nos différentes missions : l'hôpital de Boma, au Sud-Soudan, en guerre depuis trente ans, que rejoignaient par centaines des réfugiés entièrement nus, portant leurs enfants sur la tête ; la dialyse rénale pour enfants en Ukraine et le suivi des cancers de Tchernobyl qu'avait organisés Marie-Laurence Simonet, autre difficile amie ; une prise en charge des familles de toxicomanes à Paris ; un numéro vert social dans diverses régions.

A ces compagnons des aventures sans fin, de la lutte contre la guerre d'Algérie, de Médecins sans frontières et d'ailleurs, à ces vrais fidèles, je pus dire, sans autre précision, que je m'éloignerais sans doute pour un temps : une soirée d'adieux que je quittai comme un voleur.

Je partis à New York pour une conférence sur la famille organisée par l'ONU.

# East River

*New York, juin-juillet 1999*

Hubert Védrine m'avait recommandé la prudence : la décision n'était pas encore prise, Kofi Annan en était seul juge. Je m'en tenais donc à un faux détachement qui ne trompait personne, puisque, dans les couloirs de l'ONU, jusqu'aux étages élevés où réside le pouvoir, beaucoup semblaient renseignés sur mes intentions. Depuis 1971, l'année de la création de Médecins sans frontières, j'avais très souvent pris part, à un titre ou un autre, à des opérations de l'ONU. Ministre de l'Action humanitaire dans les gouvernements de François Mitterrand, j'avais, officiellement cette fois, monté des missions internationales au Soudan, au Kenya, en Somalie, au Liberia et en Sierra Leone, pour ne citer que les dernières activités africaines. Je comptais de nombreux partisans et de non moins nombreux détracteurs dans la maison de verre.

Mes amis me pressaient de questions. Je connaissais bien Bernard Miyet, j'aimais ce feu follet, toujours optimiste, énarque original et tout terrain, qui ne baissait jamais les bras. Responsable de la plus prestigieuse des directions générales, la DPKO\*, il dirigeait les guerriers

---

\* Department of Peace Keeping Organization.

de la paix. Nous avions travaillé ensemble sur bien des terrains, avec Médecins sans frontières, Médecins du monde, ou directement pour l'ONU, au Rwanda par exemple, sous l'égide de Boutros-Ghali, lorsque nous avions réussi à extirper des enfants isolés des toits des orphelinats en feu et à exfiltrer les cadres tutsis de l'hôtel des Mille-Collines, à Kigali. Bernard, ami fidèle, semblait considérer que ma nomination était acquise. Les Américains se faisaient tirer l'oreille. Lui me proposait de discuter des noms de mes futurs collaborateurs. Dans le système des Nations Unies, l'équilibre des pays gouverne les choix plus encore que les affinités, les spécialisations ou même le mérite personnel. Je croisais les doigts pour conjurer le sort, et me tins coi.

Je visitai, par courtoisie et amitié, le numéro deux de la maison, Louise Fréchette, ancien ministre de la Défense du Canada, qui avait la difficile charge du suivi des décisions du Secrétaire général. Son jugement et son soutien me seront très précieux lorsque je me hasarderai hors des sentiers battus, c'est-à-dire en terrain miné. Je la retrouve toujours volontiers dans ces conférences internationales ou ces colloques où il est de bon ton d'accabler l'ONU de tous les maux. Alors nous nous élevons, Louise et moi, pour répéter que l'ONU n'est jamais que ce que veulent en faire les pays qui la composent.

La dernière fois que nous nous embrassâmes, c'était à Genève, pour rendre hommage à Sergio, Nadia, Jean-Sélim et Fiona. Nous étions dans la grande salle du Palais des Nations et je pleurais en écoutant Louise évoquer le souvenir de nos amis qui ne reviendraient plus. Devant nous, les survivants de cette équipe de rêve, capable de faire bouger le monde, étaient tous en larmes.

Eric Chevallier qui, à mon cabinet de la Santé, s'occupait des affaires internationales, m'accompagnait à New York.

Mince, vif, séduisant et brun, s'il avait vécu sous Alexandre Dumas, Eric eût été Aramis. Docteur en médecine, diplômé de Sciences-po, il s'était frotté, à la sortie de ses études, à la médecine pénitentiaire, expérience singulière. Mais sa vocation, c'était l'international. Rapide, raffiné, tenace, il connaissait bien le tiers-monde, pour avoir dirigé Aide médicale internationale et participé à la création du programme des Nations Unies sur le sida, avant d'appartenir à mon cabinet. Il s'y montra précieux dans le combat pour le traitement des malades du VIH dans le Sud, qui à l'époque représentait un tabou. On laissait mourir les malades du tiers-monde en prétextant que la prévention était le remède pour ces gens-là !

A la Conférence sur la famille, j'insistai sur le nombre croissant des orphelins du sida. Mon savoir me venait de l'engagement de FXB\*. Comment pouvoir compter sur l'indispensable chaleur et la nécessaire éducation si le noyau familial disparaît, si les parents meurent atrocement sous les yeux des enfants ? J'étais heureux qu'avec le gouvernement de Lionel Jospin et le président Chirac nous ayons les premiers annoncé un plan français pour traiter les malades dans le monde en développement. Ingérence thérapeutique cette fois :

---

\* Fondation François-Xavier-Bagnoud dirigée par Albina du Boisrouvray.

aller chez les autres pour nous mêler de ce qui nous regarde, de la vie et la mort des plus pauvres.

Nous appelions de nos vœux cette première étape, dirigée et financée par le ministère de la Santé, le FSTI (le Fonds de solidarité thérapeutique international). C'était l'amorce du jumelage hospitalier, appelé ESTHER (Ensemble pour une solidarité thérapeutique en réseau), et du Fonds mondial que nous incitions Kofi Annan à créer sous l'égide de l'ONU. A l'époque, certains archéomarxistes et les tenants des luttes coloniales dépassées s'opposaient farouchement à notre approche, privilégiant, comme le pape, la prévention plutôt que le traitement, condamnant ainsi à mort les 40 millions de séropositifs alors recensés. Il s'agissait d'un épisode résiduel des antiques luttes de la science contre les bureaucrates, des médecins contre les agents du développement, de l'Europe du Nord – représentée par un ministre anglais de la Coopération aux idées d'un autre siècle – contre les pays de la Méditerranée.

Afsané Bassir Pour, correspondante du *Monde* auprès des Nations Unies, seule journaliste capable de rendre compte avec romantisme des séances du Conseil de sécurité ainsi que son mari, le docteur Michel Lavolley, ne me quittaient pas. Spécialiste du sida, ancien membre de l'OMS aux côtés de Jonathan Man, Michel occupait maintenant le poste d'attaché médical et social à l'ambassade de France de Washington que dirigeait François Bujon de l'Etang. Eux aussi attendaient la nouvelle : un Français à la tête d'une grande mission de l'ONU. Mais rien n'était encore fait.

Afsané et Michel organisèrent une soirée dans leur

petite maison de Manhattan. Tous ceux qui, à leurs yeux, comptaient à l'ONU étaient invités. Ils avaient préparé un barbecue dans leur minuscule jardin lorsqu'un orage éclata, obligeant les femmes aux vêtements légers à se réfugier dans les étages et les hommes à maculer de boue les tapis. On attendait le Secrétaire général. Afsané, la jolie sorcière iranienne, avait bien choisi ses invités : l'ambassadeur Greenstock, représentant le Royaume-Uni, son homologue français, l'ambassadeur Dejamet qui n'avait jamais l'air bien réjoui et allait bientôt signer un petit livre essentiel recensant les coins des Nations Unies où l'on pouvait dormir tranquille ; l'ambassadeur Chaudury du Bangladesh, qui jouera son rôle dans l'histoire, et surtout celui qui sera mon meilleur adversaire : l'ambassadeur Sergueï Lavrov, le représentant de la Russie, qui s'était opposé aux bombardements de l'OTAN sur la Serbie. Grand fumeur, homme du monde, élégant, Lavrov ne se départira jamais de cette culture diplomatique qui, à ce point d'excellence, justifie bien des refus et quelques audaces. Il se faisait le soutien des Serbes et de l'intégrité de leur territoire, mais jamais il ne défendit les crimes de Milosevic. Après de violents échanges publics, il me dira souvent : « Tu sais, Bernard, il n'y avait rien de personnel ! »

Presque tout le Conseil de sécurité était là, sauf les Américains qui n'avaient pas pu se libérer. Les agences des Nations Unies, les femmes chargées de vérifier le « *gender balance* » – l'équilibre des attributions de postes selon le sexe –, les responsables des droits de l'Homme, les Nina aux yeux verts et les Nadia aux yeux noirs, que je voyais pour la première fois et qui compteront dans cette épopée. Beaucoup de journalistes aussi, de politiciens américains, de fonctionnaires internationaux que je ne connaissais pas.

Le téléphone a sonné alors que je désespérais de la venue de Kofi Annan. « C'est le Secrétaire général, me dit Afsané dans un souffle, ses cheveux noirs ruisselant de pluie. Monte le prendre dans ma chambre. » Eric Chevallier – jadis on aurait dit mon confident, je disais mon compagnon – m'emboîta le pas.

« Bernard, comment vas-tu, comment vont Christine et Alexandre ? Et tes autres grands enfants ? » Kofi ne se départait jamais d'une politesse de seigneur.

« Merci, Kofi, ils vont à merveille. Nan se porte-t-elle bien ? Vous apprêtez-vous à partir en Suède ?

– Oui, un peu plus tard. J'ai du travail, tu le sais. »

Le moment approchait. Moins j'insisterais, mieux ce serait.

« *Ready to serve, Bernard ?*

– *Ready, Sir.*

– Ce sera une mission très difficile. Je vais annoncer ta nomination demain. Il reste quelques réticences.

– Américaines ?

– Oui, mais d'autres aussi. Nous en viendrons à bout. N'en parle encore à personne, veux-tu ?

– Bien sûr. Je ferai de mon mieux pour mériter cette mission.

– Je le sais, mais certains sont encore hostiles. Dis à Afsané que je regrette de ne pas être des vôtres, veux-tu ? A demain, onze heures, dans mon bureau. »

Je regardai Eric. Je crois que nous esquissâmes quelques figures d'une danse inédite et heurtée.

Nous redescendîmes plus détendus, et fiers. Afsané

avait compris, et déjà songeait à me présenter des volontaires pour m'accompagner dans les Balkans.

Sergueï Lavrov vint me dire qu'il serait très heureux si j'obtenais le poste. Il était sincère. L'ambassadeur chinois me tint le même langage. L'était-il autant ? Ce fut par le biais de cette soirée amicale que j'entrai dans la famille des Nations Unies. Une légion combattante plus qu'une entreprise de fonctionnaires. Au moins pour ceux avec lesquels j'aurai l'honneur de travailler.

Toujours élégant, à la fois cordial et réservé, ouvert et énigmatique, Kofi Annan doit faire tous les jours la part des pressions et des problèmes qui l'assaillent. Il travaille et voyage en permanence. Sa femme Nan, belle Suédoise au long cou et au sourire tendre, l'aide à préserver ce subtil équilibre entre passion et détachement. Ils forment tous deux une bien belle alliance. Natif du Ghana, tout en finesse aristocratique, parfait produit de l'Empire britannique, Kofi ne se départit jamais complètement de son air policé. Mais, dans l'intimité, cet homme chargé du poids du monde sait rire et se montrer proche des autres.

Diplomate de carrière, ayant effectué tout son parcours au sein des Nations Unies, spécialiste des missions de paix, Kofi Annan a bénéficié du concours d'un homme exceptionnel, qui préfère l'ombre et la besogne bien faite à l'aveuglement des projecteurs : Ikbal Riza, son directeur de cabinet. Je tiens ce lettré pakistanais pour l'un des meilleurs analystes de la vie internationale, un pessimiste actif que le devoir pousse sans arrêt de l'avant, un homme sensible que chaque malheur blesse, un coriace et un tendre que je mis du temps à comprendre et à apprécier.

Avant d'entrer dans l'antichambre de Kofi, guidés par le protocole, certains privilégiés ont la chance de saluer Elisabeth Lidenmeyer, précieuse collaboratrice du Secrétaire général, qui veille sur lui mieux que quiconque. Française, elle travaille à ses côtés depuis le temps où il dirigeait les missions de paix et l'accompagne dans tous ses voyages. C'est une femme de cœur qui sent mieux que bien des politologues les vibrations du monde.

Le bureau du Secrétaire général, au 38$^e$ étage, donne sur l'East River et la banlieue de New York. Beaucoup de crises se sont nouées et défaites dans cette pièce. Derrière, une petite salle à manger permet au Secrétaire général de recevoir discrètement des invités. Immanquablement, il arrive par la porte du fond, salue ou embrasse, et se tourne vers le photographe : rituel et contrôle à la fois, trace d'une entrevue qui peut plus tard s'avérer importante.

On nous laisse seuls. Assis à ses côtés sur le canapé, je remercie Kofi.

« Nous avons déjà travaillé ensemble en Afrique. Je connais ton parcours. Tout le monde te connaît dans la maison. Tu as construit des ONG qui ont changé les rapports internationaux, et attiré l'attention sur la prévention des crises. Tu as occupé des postes dans plusieurs gouvernements français. Même en temps de cohabitation, on sait reconnaître ta capacité d'action et ton courage. Tu en auras besoin dans les Balkans. Je sais que tu es déjà allé en Bosnie et en Serbie. Connais-tu le Kosovo ?

– Oui, j'ai visité Pristina, officiellement, mais contre l'avis de Belgrade. J'ai rencontré Ibrahim Rugova, le chef de l'opposition pacifiste.

– Ce sera un atout. Les choses seront très compliquées. La résolution 1244 que tu es chargé de mettre en œuvre est...

– ... impossible à appliquer...

– Je n'ai pas dit cela, précise-t-il en riant. C'est du langage diplomatique : Pas d'indépendance mais une "autonomie substantielle"... Es-tu libre immédiatement ?

– Je dois revenir à Paris saluer les collègues, Lionel Jospin et le Président, ma famille surtout, et préparer les dossiers pour mon successeur. Il me faut quelques jours.

– Fais vite. Sergio ne peut pas attendre trop longtemps. Vous vous connaissez bien ?

– Comme deux frères, avec parfois un peu de concurrence, ou d'irritation.

– C'est bien comme ça. Tu devras revenir ici pour les formalités et les réunions avec le département juridique et les affaires politiques.

– Le DPKO, Bernard Miyet, s'en charge.

– Non, ne néglige pas les autres départements, je connais tes préférences pour l'action. Mais là-bas, tu auras les pleins pouvoirs pour reconstruire le pays. Les affaires légales et politiques seront essentielles. Reviens avec Christine, nous déjeunerons avec Nan.

– Volontiers. Elle accompagne notre fils qui part en camp de vacances ici, sur la côte Est.

– Revenez avec Alexandre. Et maintenant, au travail : nous aurons d'abord une conférence de presse pour annoncer ta nomination, puis Louise organisera tes réunions. »

Nous sommes sortis ensemble de son bureau. J'étais heureux. Kofi semblait confiant. J'ai un immense respect pour cet homme.

L'après-midi, Louise Fréchette m'attendait avec un rien de solennité. La machine était en route. A la fin de la journée, j'appris que les Américains n'avaient accepté ma nomination qu'à la condition que le numéro deux, mon adjoint direct, soit américain. Ikbal et Louise m'avertirent de sa venue à New York pour me rencontrer. Nous n'avions qu'une heure puisque je repartais le soir même.

Avec Eric Chevallier, qui ne me quittera pas pendant les deux ans qui suivront, nous lui avions donné rendez-vous dans un bar de la Première Avenue, en face de l'ONU.

L'homme avait l'allure d'un chef de patrouille scout, d'un WASP*, blazer bleu de coupe classique, chemise blanche boutonnée, cravate rouge, mais aussi pantalon de toile beige d'un homme de terrain. Dans la salle sombre où les diplomates éventent des complots ou en ourdissent d'autres, je le reconnus entre tous, celui qui allait devenir mon alter ego, puis mon frère. Eût-il été vieux, cacochyme, moustachu, ou fumant la pipe, je serais parti en courant.

Jock Covey avait le visage ouvert et franc. Je savais

---

\* *White Anglo-Saxon Protestant.*

tout de son curriculum : diplomate, il avait servi à Berlin puis au Moyen-Orient dans des services variés. Il arrivait de Bosnie. Son savoir de guerre égalait sa mémoire balkanique. Nous avions bourlingué l'un et l'autre dans de nombreux coins inavouables.

Nous avons commencé à discuter de ce qu'il devait considérer comme une vraie différence entre le socialiste français que je suis et l'homme de droite qu'il affecte d'être. Il avait été conseiller de Kissinger, au moment de la splendeur de ce secrétaire d'Etat. Je lui affirmai qu'entre nous il n'y aurait pas de problème idéologique lié à notre nationalité, pas de Français ou d'Américain, d'accord ? Il accepta. Puis il parla de sa famille, et bien sûr moi de la mienne. Nous nous sommes donné rendez-vous chez moi, à Paris. Je lui proposai d'y passer la nuit avant notre départ. Il en fut surpris. Nous avons levé nos verres de bière : « *Gentlemen, to the mission !* »

Je suis sorti heureux. J'ai dit à Eric, qui l'était aussi : « Ce ne sera pas facile pour lui, avec nous, mais cet homme sera fiable et sincère. Il sera notre ami ! »

J'avais rendez-vous avec Afsané Bassir Pour en fin de journée, dans le bureau du Protocole, au premier étage. La femme qui le dirigeait, son amie Nadia Younès, était une Egyptienne effervescente, vêtue de rouge et noir, fumant sans cesse, qui riait en renversant la tête, montrant des dents parfaites. Elle m'invita à m'asseoir. Il était l'heure, elle sortit une bouteille de whisky.

« Bernard, il faut que je te dise : Nadia, c'est ma sœur ! s'exclama Afsané. Elle a tout fait dans cette maison. Elle n'est jamais partie en mission sur le terrain... Je voudrais qu'elle t'accompagne au Kosovo. » Je me suis tourné vers Nadia, qui me contemplait sans fard, malicieuse, vigilante et tendre à la fois.

« Bonjour Nadia, merci Nadia... »

La princesse égyptienne m'avait déjà conquis. En un instant, elle devint ma grande, ma meilleure amie. C'est ainsi qu'elle entra dans ma vie, et dans notre équipe. Elle allait en devenir l'égérie. Choisissant le risque, elle allait s'y brûler.

# Protocoles

Arriver le 14 juillet 1999 m'aurait placé dans la position difficile d'un représentant de la communauté internationale obligé de commencer sa mission par la revue des troupes françaises. J'avais donc entamé mon mandat de SRSG\* par des visites protocolaires indispensables aux principaux acteurs du drame yougoslave. A Innsbruck, j'avais ainsi rendu visite à Madeleine Albright, maîtresse femme, charmante cependant dans une robe à fleurs estivale, coiffée d'un grand chapeau de paille et entourée de ravissantes collaboratrices, qui m'attendaient pour déjeuner dans un vieil hôtel en bois. De grosses voitures noires aux vitres teintées bloquaient la rue pour la sécurité du secrétaire d'Etat américain. J'avais trouvé naturel de lui offrir un bouquet d'edelweiss. Cela me semblait convenir à la fois à l'altitude de la ville autrichienne et surtout au charme slave de cette femme venue d'Europe centrale, devenue un des personnages les plus importants des Etats-Unis.

Le secrétaire d'Etat américain s'était prononcée

---

\* *Special Representative of the Secretary General*, représentant spécial du Secrétaire général, avec rang de secrétaire adjoint des Nations Unies.

contre ma candidature, elle se méfiait de ce Français bizarre, me dira-t-elle plus tard*. Il avait fallu toute l'insistance de Richard Holbrooke, l'ambassadeur américain à l'ONU, un ami proche et un humaniste militant, que j'avais rencontré en Bosnie, à Banja Luka, et à Paris, pour convaincre le président Clinton.

Avec Madeleine Albright, pas de langue de bois, mais du charme et une intelligence des situations qui réduisaient presque à rien les phrases inutiles. Elle disait les choses franchement et sentait bien les situations. Nous parlâmes des victimes, les Albanais du Kosovo, des camps de concentration, du droit d'ingérence et des familles de nos parents prises dans la tourmente des années 1940 : nous tenions le même langage, avions les mêmes convictions. Elle me recommanda son protégé, Hacim Thaci, le chef de l'UCK, l'Armée de libération du Kosovo qu'elle avait découvert et en quelque sorte « lancé » pendant la conférence de Rambouillet. Plus tard, nous saurons qu'elle ne s'était pas trompée.

Dans un quartier élégant d'un Berlin retrouvé, le ministère des Affaires étrangères ressemblait à une villa bourgeoise, comme si la diplomatie allemande renaissante n'avait pas encore pris son envol. Je fus surpris par la conversation et le conformisme de Joschka Fischer, que démentait cependant son œil vif. Je ne le connaissais pas bien, mais j'avais assez fréquenté les Verts allemands pour me sentir proche de lui et des choix qui avaient autorisé la victoire de la

---

* Voir Madeleine Albright, *Madame le Secrétaire d'Etat*, Albin Michel, 2003.

gauche conduite par le chancelier Schröder. Je savais ce que nous lui devions dans le recours à la force pour ramener la paix dans les Balkans. Il savait ce que j'avais accompli pour les mêmes raisons et pourtant cet échange resta banal. Autour de lui, des hommes vêtus de gris semblaient lui interdire tout écart de langage. Je regardai le costume trois-pièces de l'ancien gauchiste et je compris qu'il avait choisi une voie qui lui permettrait d'aller plus haut que moi dans la hiérarchie politique. Il m'affirma que je pouvais compter sur lui, et il tint parole. Un jour, je lui demanderai de changer son ambassadeur en poste à Pristina, Klaus Bonneman, vétéran des Balkans, ancien d'Afrique, brave et très classique diplomate que mes jeunes conseillers trouvaient trop mou. Mais son remplaçant, je le sus trop tard, se révéla moins efficace encore. De cette injustice à l'égard de Klaus Bonneman, je me repens encore. Mais Joschka avait tenu parole.

Je visitai Robin Cook à Londres, dans ce Foreign Office de légende où les boiseries datent du temps des colonies, où se déploient une intelligence et une efficacité dont je m'émerveillerai souvent. C'est là que les renseignements obtenus des « services » m'ont semblé les plus sûrs.

Je partais avec le soutien de tous, en particulier celui de Lionel Jospin et de Jacques Chirac. Mais, hormis Hubert Védrine, je ne vis personne au Quai d'Orsay. Pas un chef de bureau pour préparer ma mission. Les diplomates français ne semblaient pas concernés.

Je ne fus pas surpris. Déjà j'avais tenté sans succès, dix ans auparavant, de les intéresser au Kosovo.

# Les enfants empoisonnés

*Paris, janvier 1989*

« Ils empoisonnent les enfants, des centaines de mômes sont hospitalisés, ils vont mourir ! Il faut y aller !

– Où ? Qu'est-ce que tu me racontes ?

– Au Kosovo, dit-il. Chez Rugova.

– Au Kosovo ! Et qui les tue ?

– Les Serbes.

– Les Serbes ?

– Enfin, Milosevic, les Serbes de Milosevic.

– Je préfère. Alors, allons-y. »

C'est ainsi que mon histoire avec le Kosovo a commencé.

Je me souviens de Michel Bonnot entrant avec Manaick Lanternier dans mon bureau du secrétariat d'Etat à l'Action humanitaire, en cette année 1989, pour me proposer un premier plan d'intervention dans les Balkans. A cette époque, je croyais à la loi du tapage que venaient conforter les moyens de l'Etat. Le mariage fut productif. Je décidai d'intervenir, en dépit des mises en garde officielles. Michel Bonnot, vétéran de toutes les missions, compagnon de Médecins sans frontières, fondateur de l'Aide médicale internationale, demanda à Jean-Louis Machuron, qui créa les Pharmaciens sans frontières, de partir avec un magistrat, Antoine Garapon. Il en sortira un Comité Kosovo, lieu de documentation rigoureuse et d'action résolue en faveur des droits de l'Homme, que la revue *Esprit* et son directeur Olivier Mongin devaient soutenir inlassablement. Grâce à eux, l'intellectuel kosovar Muhamedin Kullashi sortit de son isolement.

On nous avait dit que les Serbes de Milosevic empoisonnaient des enfants kosovars ; plus tard, on parla même de gaz sarin. Je n'arrivais pas à le croire. Des années plus tard, je n'y parviens toujours pas, malgré mes conversations avec la célèbre militante et pédiatre de Pristina, Flora Brovina, qui se souvient des jours sombres qu'elle passa au chevet de ces enfants.

Ma connaissance de la Yougoslavie était limitée, mais favorable, par choix et affinités culturelles, à la patrie de Josip Broz Tito, qui m'apparaissait unie et pacifiée. Tito, le résistant héroïque, l'homme qui délivra sa patrie des nazis avec ses partisans, sans l'aide des troupes alliées, était mort après une longue agonie. Je ne distinguais pas clairement les nations rassemblées dans cette République fédérale, ni la Croatie, ni la Bosnie, et sûrement pas le Kosovo.

J'appartiens à une génération pour laquelle le socialisme de Belgrade fut, avec le Cuba des années 1960, le seul qui trouvait grâce à nos yeux d'étudiants de gauche. Nous pensions que le mariage du parti communiste avec la démocratie était encore possible, malgré de fréquentes ruptures. Le renégat Tito, qui fut accusé de trotskisme par Staline, ne pouvait que nous plaire. La conférence de Bandung, l'invention des non-alignés, avec Nasser et Nehru, mélangeaient l'aventure exotique et la vision révolutionnaire. De plus, la Yougoslavie était le seul pays socialiste d'où les citoyens, les travailleurs surtout, pouvaient presque librement sortir et rentrer\*.

Les Serbes avaient été nos alliés les plus sûrs contre le nazisme. Nos académies militaires accueillaient régulièrement des officiers yougoslaves comme des frères d'armes. Je savais que la folle guerre de Tito et de ses partisans contre Hitler avait été la plus meurtrière de toutes les rébellions du continent européen. J'avais visité la Yougoslavie en 1963, avec mes amis André Sénik et Jean Piel. Membres de l'Union des étudiants communistes français, nous étions très antistaliniens, mais croyions encore en un socialisme que nous voulions bâtir comme un humanisme « à entrée libre ». Nous entretenions vis-à-vis de l'autogestion une considération qui disparut bien vite.

J'avais rencontré des gens durs et méfiants, des villageois de la côte croate que l'alcool libérait par bouffées, les Perisic, des pêcheurs chez qui nous avions habité. Ils m'avaient procuré, au cours de longues soirées, un savoir balkanique et des bribes de serbo-croate qu'amélioraient des amies élancées. Je connus des amours romantiques avec une très belle Croate, Vesna, qui m'emmena à Zagreb, que je préférais à Belgrade, sans bien comprendre la haine qui opposait les Serbes à leurs voisins et que masquait l'appareil répressif du

---

\* Voir Paul Garde, *Vie et mort de la Yougoslavie*, Fayard, 1992, corrigé par un ouvrage du même auteur : *Fin de siècle dans les Balkans*, Odile Jacob, 2001.

régime. Mon savoir yougoslave se perfectionna en 1968, au Biafra, lors de ma première mission humanitaire de médecin en Afrique, avec la Croix-Rouge internationale, grâce à l'influence d'un anesthésiste venu de Belgrade, Vladan Radoman. Je l'ai connu au cœur de ce Biafra assiégé, à l'hôpital Awo Ommana, dans les ruisseaux de sang de cette salle d'opération où il nous arrivait de tomber, oui, de choir ou de glisser de fatigue dans ces flaques rouges après plus de quarante-huit heures de chirurgie en continu. Nous recevions plusieurs dizaines de blessés graves, parfois près de cent à la fois, au rythme des attaques, des bombardements et de l'essence disponible pour transporter les victimes depuis les divers fronts.

Nous n'étions que quatre médecins valides dont deux, Max Récamier et moi, très inexpérimentés en chirurgie de guerre. Vladan réanimait et endormait nos malades à la chaîne. Il conseillait et opérait aussi lorsque les urgences vitales nous tenaient en éveil et que chaque minute comptait.

Le seul vrai chirurgien était un autre colosse, un Guatémaltèque, très différent du grand Serbe, plus violent et moins romantique, qui s'appelait Minor Heyssen-Hernandez. Après de très nombreuses missions communes, Minor mourut, de noblesse de cœur, de faiblesse cardiaque et hépatique. Au Biafra, pendant ce qui restait de la nuit, il buvait ; Vladan et moi aussi. Quel moyen de faire autrement ?

Il fut un temps où toutes les folies alcoolisées à l'eau-de-vie de prune étaient serbes, et tous les héros s'appelaient Lazar. Ce sont ces deux-là, le Yougo et le Latino, qui nous ont donné l'idée de Médecins sans frontières. Avec ces êtres tonitruants de vie, et sans doute pour eux deux, nous avons inventé cette ingérence, cette mondialisation du métier médical.

Minor et moi partagions un résidu de vision révolutionnaire du monde. Je ne connaissais pas encore son pays, le Guatemala, où j'allai plus tard exercer notre médecine dans la guérilla urbaine sous les auspices de Régis Debray. Mais j'avais encore de l'admiration pour le docteur Guevara. Nous traquions de conserve notre Serbe, que nous accusions de faiblesse idéologique. Vladan était un déçu du parti unique et des grandeurs du titisme. Il me choquait alors, mais je l'écoutais avec attention parce qu'il était mon ami.

Radoman avait été élevé dans un village de Serbie par un grand-père fabuleux, qui l'éduqua dans l'amour de ses ancêtres et le fit prénommer Vladan, comme l'un des proches chevaliers du prince Lazar : première allusion à ce prince battu par les Turcs à la bataille de Kosovo Polje, le fameux « Champ des merles ». L'aïeul jouait du violon à une corde, le *gouslé*, pour accompagner les épiques chants serbes. Vladan me raconta cette histoire au cours de ces nuits africaines semées de morts et de ces terribles combats que sont les batailles des pauvres.

« C'est une contradiction de l'histoire qu'on enseigne, Bernard, tu dois le comprendre. Moi, l'enfant bâtard, j'étais dépositaire d'un secret de famille. Ce jour de juin 1389, la Serbie attendait l'assaut de la puissante armée turque. Le prince Lazar avait convié ses fidèles à dîner, il leur fit part de ses visions : Dieu lui laissait le choix entre une victoire glorieuse mais temporelle, et une défaite. Ce sacrifice lui assurait l'éternité du royaume céleste. Certains laissèrent alors entendre que Miloch Obilitch, chevalier du prince, s'apprêtait à le trahir. Miloch, offensé, répliqua qu'on verrait bien sur le champ de bataille qui serait le traître.

« L'aube à peine levée, Obilitch, accompagné de deux amis, Milan Toplica et Ivan Kosantchitch, se présentait devant le camp turc. Ainsi introduit sous la tente du sultan, Miloch tira son sabre et éventra Mourad. Les trois chevaliers moururent sous les coups vengeurs de la garde. Les deux armées s'affrontèrent jusqu'au crépuscule. Le prince Lazar fut décapité et presque toute la noblesse serbe périt ce même jour. Le royaume disparut sous l'occupation ottomane, et sombra pour cinq siècles dans l'oubli de l'Europe. La légende dit que le sang abreuva la terre au point qu'elle s'en libère encore, crachant chaque printemps des milliers de caillots sous forme de pivoines rouges.

« Depuis ce funeste 28 juin 1389, fête de saint Vido, Obilitch, Toplica et Kosantchitch entrèrent à jamais dans la mémoire de notre peuple. »

Vladan insistait, dans la salle de garde surchauffée de notre hôpital de brousse : « D'après mon grand-père, les chevaliers étaient quatre. Le quatrième, notre aïeul, le poète, le barde, le fou du prince, fut – toujours selon lui – écarté pour des raisons mystérieuses de la poésie épique populaire. »

C'est ainsi que je compris, sur la terre africaine, que chaque famille serbe, comme un morceau de la vraie croix, portait une légende ; chacune avait un parent proche du prince Lazar qui se serait sacrifié pour ce héros à la bataille de Kosovo. Vladan ajoutait quelques vers accompagnés par l'archet de son grand-père :

*Mais pour qui se prenait-il ?*
*Mais pour qui se prenait-il ?*
*Si nous sommes dans la merde aujourd'hui,*
*C'est la faute de ce reptile.*
*Que les Serbes me pardonnent,*
*Que Dieu me fasse grâce,*
*Mais dans ce monde, au lieu d'être un ange,*
*Il vaut mieux être un rapace.*

Le grand-père, avec son aïeul hypothétique, sema le doute dans l'esprit de l'enfant. Vladan m'apprit encore la complicité ancienne entre les Français et les Serbes : une dizaine de jours après la défaite du Champ des merles, alertée par un message mal interprété, Paris fit sonner les cloches de Notre-Dame en l'honneur de la victorieuse armée de Lazar. L'ambiguïté dure encore.

Mon Yougoslave de référence n'accepta jamais les vérités qui semblaient trop simples. Il n'admit ni les massacres ni ma version des malheurs kosovars. Lui, l'un des vrais fondateurs de Médecins sans frontières, pas un de ceux qui accoururent avec les premiers succès, m'écrivit trente ans plus tard une lettre sanglante, lorsque j'acceptai les missions de l'ONU : « Après Médecins sans frontières, tu viens maintenant d'inventer *Assassins sans frontières*. Les enfants bombardés de Belgrade te pardonneront peut-être ; moi, je ne le peux pas. »

Je reçus ces mots comme autant de coups de poignard. Ce fut la seule attaque qui me blessa. Heureusement, après ma mission, le contact se rétablit avec Vladan et avec d'autres Serbes, dont Kustunica et surtout mon ami Doran Djinjic. Aujourd'hui, nous nous parlons à nouveau, et l'amitié revient, se souvenant de tout. Quant aux enfants empoisonnés, je ne saurai jamais la vérité.

## L'histoire brisée des Balkans

*Décembre 1991-août 1999*

Ceux qui suivirent les combats des Balkans, qui participèrent aux manifestations de soutien, qui pétitionnèrent comme seuls les Français savent le faire, ceux qui visitèrent ces villes bombardées aux noms saugrenus – Osijek, Vukovar, Dubrovnik, Srebrenica –, apportant des vivres, des livres ou leur solidarité nue, qui s'attardèrent dans les recoins de la *Sniper Avenue*, dans les rues dangereuses de Sarajevo, ceux qui furent les partisans de la liste du même nom, formèrent une conjuration d'obstinés flamboyants. Et ils gagnèrent la partie. Il leur fallait de la suite dans les émotions, de l'opiniâtreté dans les certitudes, pour soutenir ces Bosniaques méconnus, à moitié musulmans, à moitié réactionnaires, anticommunistes et séparatistes, habitants d'une ville qui avait été pendant des siècles un havre de compréhension et qui devenait intolérante. Ceux-là seuls étaient passés devant cette sculpture particulière, ces fragments de béton demeurés en équilibre s'élevant vers le ciel en blocs immenses, l'immeuble fracassé d'*Oslobojene*, l'héroïque quotidien bosniaque qui jamais ne cessa de paraître sous les bombes. Ces personnes très diverses avaient prévenu : la guerre de Bosnie signifiait l'éclatement yougoslave. Les massacres balkaniques illustrent tragiquement l'utilisation trop tardive du droit d'ingérence. Le conflit débuta le 30 décembre 1990 avec le référendum sur l'indépendance de la Slovénie. L'intervention de l'armée fédérale de Belgrade fut un surprenant échec et la résistance slovène une belle surprise. Les batailles les plus rudes allaient opposer les troupes serbes aux formations croates. La litanie des noms prononcés tous les soirs à l'heure des journaux télévisés finit par éveiller un macabre intérêt, puis une révolte de l'opinion, lasse de ces spectacles sanglants intervenant en Europe et imposés à l'heure du souper familial. Encore une fois Osijek, Vukovar, Dubrovnik, pas encore Sarajevo ni Srebrenica. Quelques fonctionnaires lucides du Quai d'Orsay, des ambassadeurs, dont le responsable de l'Europe, Jacques Blot, chargés de cette veille sur les périls du monde, tirèrent la sonnette d'alarme. « Vous n'avez encore rien vu, ce sera pire en Bosnie, ce concentré des conflits ethniques des Balkans, et à Sarajevo, ville symbole, ouverte, chaleureuse, dangereuse. » Ils ne furent pas entendus. A l'Elysée, François Mitterrand et Hubert Védrine veillaient pourtant, attentifs, préparant nos interventions[*].

A Belgrade, comme pour rétablir l'équilibre de l'erreur et de la médiocrité, un ambassadeur aveugle assurait qu'il n'y aurait jamais de guerre généralisée en Yougoslavie ! A quelques-uns, chargés de l'action

---

[*] Laurent Joffrin, *Suicide d'une nation*, Mille et une nuits, 1995.

humanitaire et de la santé, avec des ONG rétives et d'autres fraternelles, nous courions de ville en ville, tentant de parer au plus pressé : Dubrovnik, Vukovar, Osijek. Parlementant tantôt avec le Croate Franco Tujman et le Serbe Slobodan Milosevic, nous réussîmes à échanger des centaines puis des milliers de prisonniers, sur des routes et des autoroutes désertes, de nuit, gardées par des soldats ukrainiens des Nations Unies.

Nous agissions contre toutes les règles en vigueur, qui exigent que l'on négocie la libération de l'ensemble des prisonniers, et non des escouades successives. Avant la fin du conflit, convaincu, le CICR (Comité international de la Croix-Rouge) fit de même. L'illégalité bien employée sert la loi.

Le massacre de Vukovar intervint, que nous n'avions pas tenté de stopper, si l'on excepte, avec Michel Bonnot, une expédition par barges qui échoua sur le fleuve. Nous étions occupés à Dubrovnik, plus bas, au sud, à sauver 6 000 femmes et enfants. Nous les transportions sur un hydroglisseur portant le drapeau bleu de l'ONU vers les îles autour de Korchula, avant de rejoindre Split sous les tirs des canons serbes. Les salves nous manquèrent de peu. La guerre serbo-croate touchait à sa fin et Jacques Blot continuait à secouer son monde : « Ça va éclater à Sarajevo, la Bosnie, ce sera tragique. » C'était vrai.

Il convenait de prévenir les conflits plutôt que de panser les plaies. Nous entreprîmes de créer dans la capitale bosniaque le dialogue des religions. A la Noël 1991, regroupés dans un théâtre, les responsables des religions monothéistes locales se jurèrent amour et fidélité. Les orthodoxes et les musulmans qui allaient s'entre-tuer se montrèrent les plus pacifistes. Mon directeur de cabinet, Jean-Maurice Ripert, organisa, avec Michel Bonnot qui dirigeait la cellule d'urgence du ministère des Affaires étrangères, de multiples interventions de secours et d'autres tentatives de conciliation. Deux mois plus tard, les partisans de Karadjic, le psychiatre meurtrier de l'Hôpital de France, que nous fréquentâmes assidûment, tiraient sur la foule des manifestants pacifistes bosniaques. L'atroce guerre de Bosnie commençait.

Pendant toute la durée du conflit, un groupe réduit de militants s'acharna contre l'indifférence, alertant, manifestant, visitant les endroits les plus dangereux. Notre ministère les soutint de son mieux. Appartenant à une génération qui considérait les Serbes comme nos alliés contre le nazisme, seuls capables de prendre l'Allemagne à revers, François Mitterrand avait marqué les limites de nos interventions. Il acceptait que la France soutienne et participe à la mise en œuvre de toutes les résolutions du Conseil de sécurité, « mais notre pays seul ne fera jamais la guerre à la Serbie ». Les Casques bleus tentaient de protéger les populations, mais les mandats de l'ONU étaient trop étriqués, visant la paix et non l'offensive armée pourtant nécessaire pour obtenir la paix. L'aide humanitaire, juste suffisante pour empêcher la famine, fut cependant débloquée par l'arrivée surprise de notre président à Sarajevo. Ce fut un geste utile et beau. Les activistes et les militants ne voulurent y voir qu'une volonté politique de ne pas intervenir militairement et, au fond, une sorte de complicité avec ceux qui bombardaient.

Sarajevo, Mostar, Srebrenica. Il fallut des heures d'horreur télévisée, une élection présidentielle, des prises d'otages parmi les soldats de la paix et l'humiliation des Casques bleus français pour que Jacques Chirac puis John Major commencent à réagir et qu'une force d'action rapide franco-anglaise, puis les soldats de l'OTAN bombardent les agresseurs et exigent la paix. Les accords de Dayton, imaginés par Richard Holbrooke, furent imposés par les Américains à Milosevic, Izetbegovic et Tujman, créant un gouvernement tournant difficile à construire, mais rétablissant la paix, enfin\*. Pendant ce temps, Jacques Blot, notre vigie habituelle qui représentait la France à Dayton, martelait à qui voulait l'entendre : « Si l'on n'y prend pas garde, au Kosovo ce sera pire. »

Ce fut tragique, mais ce ne fut pas pire. Une fois de plus, le tocsin retentit trop tard, et les fosses communes se remplirent de civils\*\*.

Pendant la Première Guerre mondiale, plus de 90 % des blessés et des morts étaient des militaires. Pendant cette guerre des Balkans, le chiffre s'inversa : plus de 90 % des victimes furent des civils. La stratégie des guerres modernes se fonde désormais sur l'assassinat des civils, devenus des cibles privilégiées. Ce changement profond culmine avec les attentats-suicides contre la population. Les guerres ont changé de nature, il ne s'agit plus d'affaires d'Etat à Etat, mais souvent des conflits internes ou du réveil des ethnies que des

---

\* Voir Richard Holbrooke, *To End a War*, Random House, 1998.
\*\* Voir Michel Roux, *Le Kosovo. Dix clés pour comprendre*, La Découverte, 1999.

pouvoirs forts, au grand bonheur de souverainistes, maintenaient en tutelle. Il en fut ainsi dans la Fédération yougoslave comme en Irak. Là, le blocage de l'ONU transforma une opération de police, une exigence d'assainissement politique et de rétablissement des droits de l'Homme, une ingérence nécessaire en un affrontement faussé de deux Etats : les Etats-Unis contre l'Irak.

« La guerre que nous n'avons pas faite et que nous avons tous perdue. » Cette formule, qui caractérisait les débuts des épisodes balkaniques et pourrait aujourd'hui s'appliquer au conflit en Irak, est citée par Jacques Julliard* qui désapprouva la détermination, trop idéologique à son goût, des Américains. Leur outrance et leur simplisme me déplurent mais je connaissais trop les souffrances des Irakiens sous la botte de Saddam Hussein pour ne pas soutenir une libération que les populations irakiennes, dans l'indifférence générale, appelaient de leurs vœux depuis plus de trente ans. A chacun ses préférences dans l'ordre de la dictature. Nous l'avons bien fait pour le Kosovo. Il fallait se débarrasser du dictateur de Bagdad, de gré ou de force, comme l'affirma André Glucksmann**. Les Américains sont apparus à beaucoup comme nos adversaires, mais nos ennemis restent les terroristes.

A qui appartient la souffrance des autres ? Les victimes ne choisissent jamais les mains qui se tendent, elles les saisissent toutes.

---

\* Jacques Julliard, *Rupture dans la civilisation : Le révélateur irakien*, Gallimard, 2003.

\*\* André Glucksmann, *Ouest contre Ouest*, Plon, 2003.

# L'heure du départ

Jock Covey habitait chez moi depuis la veille. Nous avions dîné dans la cuisine avec Christine, et il s'étonnait de nous entendre parler anglais. Comme toujours, le style de Christine, fourni en adjectifs, d'une impeccable élégance, suscitait l'admiration. A côté d'elle, j'apparaissais besogneux et franchouillard. Au Kosovo, j'aurai l'occasion d'affiner ma syntaxe. J'apprendrai également quelques jurons internationaux nouveaux, et autres expressions sexuellement robustes.

Depuis une bière rapidement bue au coin de la Première Avenue, je n'avais pas revu Jock, l'homme que les Américains avaient nommé pour me surveiller. J'avais eu immédiatement confiance en lui. Méfions-nous de nos premières impressions, ce sont souvent les bonnes. Malgré une certaine rigidité, il m'avait semblé loyal et obstiné. Je ne savais pas que nous resterions amis. Comme toujours avec les Américains, dès que la confiance s'établit, ils parlent de la famille. La femme de Jock s'appelle aussi Christine. Elle avait enseigné et se dévouait pour une fondation qui prenait en charge des enfants palestiniens et israéliens, leur offrant de passer ensemble quelques semaines de vacances. La prévention des conflits se concrétise dans ces initiatives de la société civile, qui s'opposent à l'absence d'imagination des politiques.

En vérité, toutes les avancées de la société civile viennent des ONG et des militants, souvent religieux, parfois groupusculaires. Ainsi les droits de l'Homme, considérés non pas comme une finalité mais comme une condition préliminaire, les entreprises humanitaires, environnementales, les missions de paix, s'enracinent dans l'obstination de quelques hommes et femmes qui ne croient plus guère aux drapeaux des partis politiques, leur préférant les activités et les engagements fraternels des combats associatifs.

Jock nous parla aussi de ses deux grands fils qui entraient à l'Université. J'avais craint une hostilité qu'il me faudrait vaincre. Je découvrais un itinéraire semblable au mien, des horizons connus, des difficultés vaincues par l'un comme par l'autre, un parcours international familier. Jock et sa famille habitaient Washington, qu'ils quitteront pour San Francisco à la fin de notre mission au Kosovo.

Le lendemain, épreuve obligée que Jock supporta crânement : une petite course à pied dans le jardin du Luxembourg, avant la fuite en avant. Puis rendez-vous au ministère de la Santé. L'architecture sans grâce de ce grand immeuble me sembla cette fois presque douce. Les barrières métalliques qui l'enserrent me parurent presque accueillantes.

Au quatrième étage, nous retrouvâmes une partie de ce qui allait devenir une équipe demeurée célèbre dans les annales de l'ONU. Nadia Younès, l'Egyptienne à la voix rauque, à l'hilarité incendiaire, partait pour la première fois en mission longue dans une zone à risque. Munie de son diplôme de sciences politiques, elle avait commencé par faire des photocopies dans les sous-sols de l'immeuble de Manhattan, avant d'être remarquée par Pérez de Cuéllar, puis repoussée par son compatriote Boutros Boutros-Ghali et enfin intégrée à la grande maison par Kofi Annan, qui la nomma sous-secrétaire générale des Nations Unies. Elle devait mourir assassinée à Bagdad, par un fascisme musulman qu'elle connaissait bien et qui lui faisait horreur. Aujourd'hui, au détour d'un souvenir, je pleure brusquement son rire en cascade et son intelligence des êtres.

Je découvris ce soir-là un homme mince et vif, au visage expressif sous des cheveux très blonds, qui rougissait brusquement lorsqu'il se mettait en colère et blêmissait lorsque la situation tournait à l'aigre : Jolly Dixon s'embarquait dans cette aventure au nom de la Commission européenne, pour devenir le chef du pilier économique de l'UNMIK, l'un des quatre départements que je devais diriger et harmoniser au mieux. Profondément libéral, tant en matière économique que politique, Jolly n'était pas facile à manier. Il considérait lui aussi que la France était le dernier pays communiste et que la privatisation en tout domaine serait la seule solution aux problèmes du Kosovo. Nous nous heurterons bientôt sur tous ces points. Triste nécessité : il me faudra souvent décider en fonction des intérêts de la sécurité publique et des groupes politiques locaux. Lorsque mes choix iront à l'encontre des avis de mes conseillers, je m'attirerai le franc mépris de Jolly, lequel se montrera, en fait, un partenaire droit : une fois la décision prise, il l'appliquait en dépit de son opinion. Son humour, jaillissant alors brutalement, déclenchait des rigolades inextinguibles.

Un seul des officiers de sécurité du ministère avait été volontaire pour m'accompagner à Pristina, Patrice Guillermet, grand et athlétique compagnon de jogging, fidèle entre les fidèles. Cette décision rassurait les membres de mon cabinet, et m'enchantait. Hélas, quotas de nationalités obligent, il n'était pas possible à un fonctionnaire de police d'intégrer la cohorte des fonctionnaires internationaux. Après quelques semaines au Kosovo, Patrice Guillermet dut rentrer en France.

Pour mon directeur de cabinet, Anne Dux, et le chef de cabinet, Philippe Rognié, mon départ signifiait le terme d'une histoire collective, pour mes conseillers la fin d'une aventure médicale passionnante. Ils allaient bientôt retomber sous la coupe du ministère des Affaires sociales, qui préparait la réduction du temps de travail dans les hôpitaux. L'ambiance était morose Avenue de Ségur et nous décidâmes de brusquer les adieux. Nous avons heurté nos verres de champagne et entendu de brefs discours qui n'arrivaient pas à masquer leur tristesse. Des secrétaires et des huissiers pleuraient dans les couloirs, étreignant Eric Chevallier et moi comme si nous nous acheminions vers une mort certaine.

Vint le moment des adieux et des larmes ravalées. Qu'allais-je donc chercher au loin que je ne pourrais trouver auprès des miens ? La peur à vaincre tous les jours, l'héroïsme que le quotidien révèle pourtant mieux que l'exotisme, cette morale subversive, fuyante anguille, ces serments de jeunesse auxquels on s'efforce de rester fidèle malgré le temps qui passe : entrer en résistance contre l'oppression, toujours, partout ; n'être à l'abri de rien, faire sienne la douleur des autres, sans oublier ce qui fait pétiller l'ego. Il y a deux sortes de gens, disait Kipling, ceux qui restent chez eux, et les autres.

Les voitures officielles formèrent un petit convoi dans la vaste cour de briques rouges du ministère, que j'appelais la « cité des 4 000 ».

Avant de monter dans le Falcon 50 frappé des cocardes de la République française, les autorités de la base de Villacoublay vinrent nous saluer. Sur décision de Lionel Jospin, et parce que cet avantage avait déjà été consenti à mon prédécesseur, Carl Bildt, l'ancien Premier ministre de Suède, j'allais pouvoir disposer de cet avion dans l'exercice de mes fonctions internationales. Un avantage dont je n'abuserai pas.

## Le Kosovo vu du ciel

A bord, l'ambiance changea brusquement. C'était l'heure du repas et Nadia prit l'initiative de trinquer au succès de l'entreprise. Un par un, les pilotes vinrent nous saluer. La mission Kosovo deviendra très populaire chez les équipages qui, à tour de rôle, rejoindront Pristina, à qui nous tenterons de faire visiter cette curieuse ville.

Au-dessus de l'Europe et de l'Adriatique, l'équipe du Kosovo prit ses premières marques. Avec Eric, nous rédigeâmes mon discours d'arrivée en anglais puisque, dorénavant, ce serait notre langue de travail. Nadia et

Jock donnaient des conseils. Ma princesse égyptienne commençait à tisser sa toile. Jolly Dixon, mi-figue mi-raisin, contemplait cette effervescence. Nous avons beaucoup ri pour masquer l'angoisse.

Le voyage dura plus que prévu. Le ciel des Balkans était encore sous contrôle militaire de l'OTAN, et les rares appareils civils devaient emprunter des couloirs aériens très précis. Un peu plus de deux heures après, nous survolions enfin le plateau du Kosovo. Vue d'avion, Pristina, ville sans grâce, plantée sur un plateau agricole, ressemblait à une maquette de carton. On distinguait une curieuse barre de béton brut, avec une épine dorsale prétentieuse, démesurée, le palais du peuple qui brûlera, un stade, des bâtiments officiels incendiés, peu de ruines. De près, nous découvrirons une agglomération qu'aucun urbaniste n'avait jamais conçue, une capitale de hasard qui portait peu de traces de l'Histoire, hormis un vieux quartier exigu, un reste de mosquée, quelques vestiges ; une cité poussée trop vite, avec ses palais staliniens, ses monuments d'une rare laideur, quelques ruines fraîchement bombardées avec une grande précision, sans que le souffle n'ait complètement épargné les maisons les plus proches. Avant de se présenter à l'extrémité de la piste de l'aéroport de Slatina, le pilote, que ce voyage excitait davantage que le transport des ministres habituels, repassa au-dessus de maisons brûlées. Les toits éventrés et les murs ravagés témoignaient de l'étendue des saccages commis par les forces yougoslaves de l'intérieur et par les milices serbes. Autour de l'aéroport, aucune maison n'était intacte.

Ministre de la Santé et de l'Action humanitaire,

j'étais déjà venu ici, en 1992, au grand dam des diplomates mais avec la bénédiction de François Mitterrand. Peut-être était-ce le même avion, ce Falcon 50 aux cocardes tricolores, qui avait atterri sur cette piste. A l'époque, il s'agissait presque exclusivement d'un aéroport militaire. Les Mig 15 et 16 étaient parqués sous des monticules de béton recouverts de terre. L'accueil avait été frais. Ibrahim Rugova se cachait en ville, le milicien Arkan se présentait aux élections et nous insultait dans le hall du Grand Hôtel.

Le Falcon roula sur la piste courte. Je repérai les abris de béton, vides cette fois. Des hélicoptères russes et anglais stationnaient. Un seul avion militaire, un Hercules britannique, se trouvait devant les baraques sommaires de l'aérogare. Notre appareil s'immobilisa devant une haie d'honneur formée par des soldats britanniques et des officiers dont je distinguais mal la nationalité.

Au pied de la passerelle, se tenait Sergio Vieira de Mello, le patron de l'OCHA que Kofi Annan avait dépêché à titre provisoire dès les premières heures, et qui tenait le Kosovo depuis quinze jours. Nous étions amis depuis longtemps. Pour l'ONU, Sergio était un utopiste voire un révolutionnaire ; pour les diplomates, c'était un parfait gentleman. Les deux jugements étaient exacts. Nous étions des frères, et parfois des concurrents.

Nous avions travaillé ensemble dans bien des coins perdus, de l'Afrique à l'Amérique latine, et nous nous étions heurtés dans de nombreuses joutes oratoires, devant des audiences qui, pour finir, nous découvraient d'accord. Tous les deux, nous préférions le terrain au « siège », comme on disait. Dans les Balkans, sur les routes qui conduisaient à Sarajevo, nous avions déjà affronté des risques considérables. L'un et l'autre, nous avions fini par nous croire invincibles. C'était une coquetterie, une sorte de jeu, à qui irait le plus loin sans que jamais nous évoquions directement les périls encourus. Il allait de soi que les dangers nous provoquaient plus qu'ils ne nous faisaient reculer. Parfois, au bout du monde, nous nous laissions aller à parler de nous-mêmes et de nos relations avec nos proches. Nous nous découvrions terriblement semblables, et fragiles. Quand nous étions séparés par des événements éternellement tragiques ou par des continents, nous parvenions à nous joindre. Jamais un mois ne s'écoulait sans que nous nous parlions. Depuis son arrivée au Kosovo, nous nous téléphonions presque tous les jours. Lorsqu'il partira pour triompher, au Timor-Oriental, d'une situation difficile, nous nous parlerons et échangerons des conseils chaque semaine. Je serai heureux de sa nomination attendue comme haut-commissaire des droits de l'Homme à Genève. Je souffrirai avec lui de la nomination d'un ambassadeur libyen à la présidence de la commission de 2003. Nous nous concerterons pour constituer son équipe pour Bagdad. Ne voulant pas me laisser derrière, il me conviera, en compagnie de Nadia Younès, dans ce restaurant de la Poste qu'il avait contribué à créer à Genève avec Maryan Baquerot. Je les rejoindrais bientôt, nous disions-nous, puisqu'il partait en Irak pour seulement trois mois et qu'il ne voulait pas m'offrir le poste de numéro deux.

Pour l'heure, ce 15 juillet 1999, sur le tarmac de

Slatina qui ressemblait à tout sauf à ce qu'il deviendrait, un aéroport international, Sergio s'avançait vers moi, sous le dur soleil de l'été balkanique. Il me tendait vaguement la main, sachant que nous allions nous embrasser, à la latino, avec des tapes dans le dos. Il était comme à son habitude d'une extrême élégance.

« *Welcome amigo*, je suis heureux de te voir ici.

– Tu as été plus rapide que l'éclair, Sergio. Ce poste, je suis heureux de le tenir de toi.

– Tu vas voir, c'est une mission qui te convient, très politique !

– Tu veux dire que tu as déjà tout réglé et que les bureaucrates peuvent prendre le relais ? »

Nous commencions à plaisanter à moitié, comme à l'habitude, tout en nous tournant vers le grand officier britannique qui restait à saluer, la main à son béret de parachutiste, attendant que nous nous calmions. Sergio nous présenta.

« *May I introduce to you the Comkfor General Mike Jackson. General, this is minister Bernard Kouchner, special representative of the Secretary General, and my old friend.* »

Raide et mince, l'homme au visage de pirate des mers du Sud me tendait enfin la main, ayant cessé son garde-à-vous. Il sourit et son visage se plissa autour des poches qu'il avait sous les yeux. Je le verrais rarement aussi solennel, le commandant des forces de l'OTAN au Kosovo, le boucanier pour qui le risque faisait partie du jeu. A compter de cette date, nous nous rencontrerions plusieurs fois par jour.

Je présentai Jock, le numéro deux, Eric Chevallier, mon conseiller et confident, la belle Nadia, Jolly

Dixon, le financier, et Patrice Guillermet qui me suivait comme mon ombre.

Le ban et l'arrière-ban de l'état-major étaient là, que nous passâmes en revue. Deux groupes bien distincts : les Anglais, qui venaient d'arriver, et les Russes, qui avaient forcé le passage pour prendre possession de l'aéroport. Un échange brutal avait eu lieu entre l'Américain Wesley Clark, commandant en chef de l'OTAN, et Mike Jackson, lorsque les Russes, qui ne faisaient pas partie de la coalition bombardant les Serbes, avaient, sans prévenir, fait mouvement vers Pristina : une troupe nombreuse venant de Sarajevo, insistante avant d'être hostile, fonçant sur les autoroutes avec ses énormes tanks. Le général américain avait donné l'ordre au général anglais d'arrêter l'avance russe. Mike Jackson avait refusé. Il avait téléphoné au ministre de la Défense britannique et à Tony Blair. L'argument était simple, politique et non technique : « Je ne serai pas celui qui aura déclenché la Troisième Guerre mondiale\*. » Les Américains avaient cédé. Après une parade dans les rues de Pristina où elles furent acclamées par des Serbes, leur procurant une fausse impression de sécurité, les troupes blindées russes s'étaient assuré le contrôle de l'aéroport de Slatina. Ayant forcé la porte, les Russes étaient devenus membres d'une coalition qu'ils avaient refusée. Ils régnaient donc sur les bâtiments de l'aéroport et campaient en face, dans la boue. La modicité de leurs moyens techniques avait contraint l'OTAN à leur

---

\* Général Wesley K. Clark, *Waging Modern War*, Public Affairs, 2001.

adjoindre des soldats britanniques qui, de fait, étaient les maîtres du trafic aérien.

Mike Jackson deviendra plus tard le patron de l'armée de terre britannique et conduira les opérations irakiennes dans la région de Bassora. Pour l'heure, nous échangeâmes quelques compliments. Je prononçai une partie du discours concocté dans l'avion à l'intention d'une foule de journalistes que les soldats maintenaient à l'écart et que j'allai saluer. A cette époque, tous les ténors du reportage de guerre et de la presse internationale étaient au Kosovo. Le hall de l'aérogare me parut presque propre. Je poussai quelques portes : non, les pièces adjacentes étaient sales et en désordre. A l'extérieur, autour d'une maigre pelouse, des Kosovars applaudissaient. Je me dirigeai vers eux et serrai de nombreuses mains. Les gardes du corps faisaient la grimace. Pour eux, ces démonstrations ne laissaient rien présager de bon.

Nous nous entassâmes avec nos grosses valises, prévues pour un séjour de plusieurs mois, dans les Toyota blanches frappées du sigle ONU en larges lettres noires. Déjà, les hommes de la sécurité qui entouraient Sergio et Mike Jackson venaient se présenter.

Sergio et moi nous installâmes à l'arrière de la voiture. A l'avant, un chauffeur qui deviendra un fidèle et que j'apprendrai à connaître porte un prénom inimitable : Kosovo. Je saurai plus tard que sa mère était serbe et son père albanais. A sa droite, le responsable des gardes du corps que nous fréquenterons longuement : Donald.

« Je suis vraiment content que tu aies été choisi, Bernard.

– Mais tu aimerais rester, n'est-ce pas ?

– J'ai seulement répondu à l'appel de Kofi, pour une mission très temporaire. Je savais que quelqu'un allait me succéder.

– Alors tu ne regrettes rien ?

– Je n'ai pas dit ça !

– Tu auras vite une autre mission, ton ami Kofi...

– ... mon frère Kofi...

– T'en proposera une autre. Dis-moi, Sergio, comment les trouves-tu, ces Kosovars ?

– Pas faciles, tu verras, pas faciles.

– Un goût de revanche ?

– Tous les jours des crimes.

– Comment les protéger ?

– Qui ?

– Les Serbes qui restent.

– Avec les soldats de Mike Jackson, mais ce ne sont pas des policiers.

– Ce n'est pas leur boulot. Et notre police ?

– Notre police ? »

Nous approchions de Pristina par une route longeant des maisons calcinées, aux toits éventrés, œuvre des milices serbes. Quelques commerces de légumes s'étaient déjà installés dans les ruines. Au-delà, les champs portaient des récoltes que personne n'avait pu engranger. Le plateau brûlé de soleil n'était pas beau à voir. Dans les faubourgs, des baraquements, des usines et des casernes avaient été détruits par les bombardements de l'OTAN.

A ma gauche, je vis un grand bâtiment construit

dans le plus pur style stalinien, sorte de grand stade couvert aux formes curieuses.

« C'est quoi, cette horreur, Sergio ?

– Le *Boro y Ramiz*, chef-d'œuvre de l'architecture collectiviste, du nom de deux héros de la résistance contre les Allemands.

– Un Serbe et un Kosovar ?

– Oui, un des très rares symboles de la multiethnicité que Milosevic n'ait pas détruit. »

Quelques mois plus tard, ce bâtiment brûlera deux jours et une nuit. Le chef de nos pompiers, le grand Bob Triotsi de Brooklyn et de Rome, aux gros biceps, réussira à éteindre ce feu qui noircissait toute la ville grâce à son escouade de pompiers multiethniques. Oui, triomphe unique d'un combat quotidien : des pompiers serbes et albanais, unis contre les flammes. La seule réussite d'une réconciliation dans l'action. Avec les politiques et... les proxénètes. Mais c'est une autre histoire.

Nous arrivâmes au quartier général des Nations Unies. Barrières, casquettes et uniformes bleus. Un bâtiment bâtard qui servira de siège provisoire à l'Autorité internationale. A côté, une cantine dont les serveurs serbes seront assassinés et un hôtel infect, à l'époque sans ascenseur ni eau ni électricité.

Mike Jackson prit congé, l'œil toujours plissé. « A tout à l'heure ! » Sergio me prit par l'épaule. Nous gravîmes les marches en saluant les quelque vingt personnes qui constituaient le début d'une équipe. Puis nous entrâmes dans son petit bureau, qui était déjà le mien. Il y avait là une impressionnante quantité de téléphones.

« Le pouvoir d'un homme se mesure au nombre de ses téléphones ; vois comme tu es puissant !
– Ils fonctionnent tous ?
– Non, bien sûr, dit Sergio. Viens, nous avons préparé une petite réunion, tu pourras finir ton discours. »

Nous enlevâmes nos cravates. Il fait très chaud en juillet sur ce plateau du Kosovo.

## La belle équipe

Ce sont de drôles de gens qui vivent loin de chez eux d'amour violent, d'espoir fou, de dégoûts prononcés et de missions difficiles. Mi-baroudeurs, moitié dandys, ils ressemblent aux « aventuriers de l'arche perdue ». Une barbe de quelques jours et des vestons bien coupés : ils semblent se pavaner dès la sortie de leurs sacs de couchage dans des hôtels aux draps parfois douteux. Ils ont fait des études de sciences politiques dont la pratique des mandats de paix leur a appris la vanité. Les femmes insistent sur l'élégance, elles entretiennent loin de leurs bases leur mise et leur maintien. L'éloignement les rend toutes désirables.

Ils sautent d'un poste à un autre, quelquefois avant la fin d'une semaine, abandonnant parfois des projets importants au milieu du chemin. Ces exilés préfèrent souvent le déracinement antérieur : on s'attache à la moindre habitude, à des amis, à un morceau de liaison. Capables d'excès de boisson répétitifs pour pallier la difficulté des jours de travail et retrouver les illusions enfuies, ils ne manquent jamais le jour de travail suivant, ordinateurs allumés sur des textes importants que peu de gens lisent et qu'ils s'obstinent à terminer.

Ils aiment toutes les fêtes internationales, l'Aïd, Yom Kippour, les fêtes chrétiennes et les festivités bouddhistes, occasions de repos et prétextes à chansons.

Lorsque l'un d'entre eux meurt, d'une longue maladie ou dans un bref attentat, ils se retrouvent là, dans un amphithéâtre, sur une place glacée, dans une ville de pierre sèche balayée de vent chaud, écoutant un air de folk à la guitare ou les mots déchirés qu'il faut alors prononcer à la mémoire d'un mort de trop, encore un, en avalant ses larmes.

On les appelle expatriés. On dit « expats » dans le jargon des volontaires et des fonctionnaires internationaux. Il convient de souligner la différence qui s'accentue entre eux. Dans les ONG, à côté d'un encadrement aux postes permanents très recherchés, les volontaires ne connaissent aucune sécurité d'emploi. Ils aiment les autres, et tentent d'enchaîner les missions, emploi précaire et très peu rétribué, parfois pas du tout. L'exercice n'est pas sans risque. Il n'existe pas de bourse à l'emploi humanitaire. J'ai connu de vrais pionniers, des femmes et des hommes qui furent acclamés par des villages entiers pour d'indispensables travaux accomplis, qui après quelques années se retrouvaient sans ressources, presque à la rue, leur métier antérieur devenu impraticable. Il n'y a pas de reconnaissance de l'Etat pour services humanitaires rendus hors des frontières. Les grandes ONG* – certaines

---

* Organisations non gouvernementales.

créées par nous – sont devenues des machines efficaces, avec une administration qui risque d'éroder la vocation première et d'étendre son pouvoir.

Poussées par les syndicats maison, elles songent même à organiser un système de protection sociale. Faudrait-il inventer une forme de soutien aux vieux baroudeurs de la société civile ? Je ne songe pas à une énarchie humanitaire, mais à une reconnaissance des mérites passés. Le contraire de l'oubli habituel. Je l'ai proposé, sous la forme d'un service social, ou civique, ou humanitaire obligatoire avec des prolongements à explorer. Pour l'heure, ceux que la vocation humanitaire ou le goût du développement taraudent, se retrouvent souvent seuls, après quelques années productives, sans retraite, sans travail, avec une famille bancale qui a fini par se lasser.

Les autres, les fonctionnaires internationaux, courent parfois les mêmes risques, mais ils sont mieux rétribués, correctement assurés, et reçoivent une pension pour leurs vieux jours.

Libres, critiques, rétives aux embrigadements, les Organisations non gouvernementales organisent leurs interventions en toute indépendance. Certaines grandes machines consentent tout juste à quelques harmonisations des travaux lorsque le chantier est suffisamment vaste. Les plus petites sont les plus difficiles à enrôler dans des travaux collectifs au service des populations. Mais elles sont souvent plus inventives.

Les plus traditionnels des hauts fonctionnaires de l'ONU avaient tordu le nez à l'annonce de ma nomination. Je n'avais pas le profil classique : trop politique et non gouvernemental à la fois. Pas assez diplomate et souvent activiste, porté à la dénonciation tapageuse des violations des droits de l'Homme.

Les premiers mois de la cohabitation avec la structure onusienne furent rugueux. A la méfiance initiale de certains venaient s'ajouter les tensions inévitables entre le « siège » et le « terrain ». Les procédures, les règles de fonctionnement me paraissaient souvent lourdes face aux urgences quotidiennes.

Que l'on n'espère pas pourtant m'entendre entonner les refrains connus contre les bureaucrates onusiens. D'abord parce qu'ils se trouvent dans leurs officines moins souvent que nos bureaucrates nationaux. Tous passent du temps sur le terrain. Les ronds-de-cuir qui les critiquent paraissent, en comparaison, vissés à leur fauteuil. Ensuite ils sont bien moins nombreux qu'on ne l'imagine à porter sur leurs épaules des tâches immenses. Combien de fonctionnaires des Nations Unies pour s'occuper du plus grand pays d'Afrique, le Soudan, ce géant en guerre depuis plus de trente ans ? Quelques dizaines. Dans le département des Opérations de maintien de la paix, plus connu sous son acronyme anglais DPKO, dirigé par Jean-Marie Guéhenno, un Français décidé qui pressent habilement les dangers de certaines situations politiques et les affrontements, ils ne sont guère plus de deux cents pour suivre l'ensemble des missions de l'ONU à travers le monde. Je connais des services et des directions d'administration français pléthoriques qui se plaignent en permanence sans avoir autant de responsabilités. J'en connais aussi qui manquent cruellement de personnel...

Les fonctionnaires de l'ONU sont des êtres exceptionnels de dévouement et d'enthousiasme. C'est ainsi qu'ils me sont apparus dans leur majorité. Certes j'avais été gâté. Kofi Annan, conscient de la nouveauté et des difficultés de la tâche, m'avait adjoint des personnages de choix.

Nina Lahoud, flamboyante juriste américaine d'origine libanaise, à l'énergie sans pareille pimentée d'un romantisme admirable, au débit plus rapide que celui de Lucky Luke et baptisée You-see-what-I-mean. Elle skiait dans le New Hampshire, bronzait dans les Caraïbes et passait presque tout son temps en missions. Elle était toute dévouée et parlait très bien des « *gender issues* ». Avec ces deux femmes, Nadia et Nina, qui cohabitaient au même étage, il ne se passait pas un jour sans que jaillisse une étincelle féconde et surgissent des exploits à accomplir.

Marina Catena leur apportait un sens très précis de l'organisation. Italienne des Abruzzes, cette jeune femme toujours élégante avait été formée à la Commission européenne, à la direction des Aides alimentaires aux pays en difficulté. Elle avait travaillé sous la conduite inventive d'Emma Bonino, qui fut commissaire en charge des affaires humanitaires. On devait, entre autres, à Marina la magnifique campagne sur les femmes afghanes, avec la photo des femmes voilées, aux visages et aux corps cadenassés qu'écarte une petite fille au visage nu. Au Kosovo, Marina était responsable des visites officielles, des contacts avec les ONG et des opérations humanitaires spéciales. Son bureau était le refuge de tous les Italiens du Kosovo et de tous les hommes qui admiraient son esprit. Jock

Covey confiait parfois à Marina, deux heures avant l'arrivée d'un cortège imprévu, l'organisation de la sécurité de visites essentielles*. Toutes les organisations de sécurité étaient alors régentées d'une main de fer par cette élégante jeune femme dont la silhouette ne passait pas inaperçue. Après le Kosovo, Marina s'en retournera à Rome au Programme alimentaire mondial. Elle passera ensuite trois mois à Bagdad au plus fort des attentats.

J'appris à connaître beaucoup de ces fonctionnaires et à en aimer d'autres qui occupaient dans des villages perdus des fonctions plus modestes mais indispensables. Certains, depuis dix, vingt ou trente ans, avaient consacré leurs vies aux Nations Unies et à la Paix, sur d'autres terrains, en Afrique, en Asie, en Amérique latine, loin de leurs familles, de leurs amis, de leurs pays. L'acharnement au service des autres, voilà ce qui caractérise cette curieuse ONG officielle que sont les Nations Unies.

Cette incroyable Tour de Babel rassemblait au Kosovo des visages, des formations, des nationalités, des races et des caractères qui malgré leurs dissemblances finissaient par se ressembler tant ils mettaient d'acharnement à surmonter les obstacles quotidiens.

Notre ami Maryan Baquerot avait formé l'équipe. Maryan, mort bêtement à Genève quand les autres s'envolaient pour Bagdad. Lui, un des deux bébés nés et survivants d'Auschwitz, lui qui avait dénoué les

---

\* Marina a raconté de très belles aventures humaines dans le plus sensible des livres sur le Kosovo : *Il treno de Kosovo-Polje*, Selleria, 2002.

écheveaux des plus sinistres conflits, s'est éteint en grande colère une nuit de printemps dans une clinique de luxe, après une intervention bénigne. Maryan avait commencé sa carrière dans les couloirs du Palais des Nations à Genève. Il était préposé aux photocopies. Puis il passa par toutes les agences de l'ONU, se rendit indispensable à deux Secrétaires généraux, Pérez de Cuéllar et Boutros-Ghali, et gagna la confiance de Kofi Annan. Il dirigeait l'administration du Palais des Nations lorsque Kofi lui demanda de m'aider dans une tâche impossible : organiser l'inorganisable. Maryan savait tout faire : accommoder en salade les pissenlits qu'il trouvait sous la neige, privatiser une usine yougoslave improductive, affronter un fonctionnaire arrogant, aller chercher des deutsche marks clandestinement dans son sac pour assurer la paye des infirmières. Et chanter le soir. En quittant le Kosovo pour la direction administrative de l'OMS, il avait le rang de sous-secrétaire général des Nations Unies.

Maryan fit accourir à Pristina la fine fleur de ses collègues et de ses administrés, comme Véra Martin qu'une génération de fonctionnaires admiraient et qui dirigea mon secrétariat avec talent et générosité, aux côtés de Mimosa, la Kosovare, une ancienne dentiste qui travaillait comme secrétaire traductrice, la seule autochtone à nous inviter chez elle à dîner avec sa famille ! Stéphanie Malduit travaillait dans une pièce voisine, avec Alexandra Deshayes, cœur d'or qui choisit le secteur privé au sortir du Kosovo. Nous passions toutes nos journées ensemble, sans une seule dispute grave en près de deux ans, malgré la tension quotidienne. Et Nina du Ghana, encore une amie de

Maryan, dont le rire réchauffait les plus anxieux et qui restait tard dans la nuit pour étudier le programme d'un diplôme de droit qu'elle finit par obtenir : lueur de justice dans un pays sans loi.

Dan Everts était un militant. Il aimait le Kosovo et les Kosovars. Nous étions peu nombreux dans ce cas, les autres étant venus sans passion ni volonté politique. Ambassadeur des Pays-Bas, chef de la mission de l'OSCE au Kosovo avant la guerre, il avait déjà été en poste en Albanie et avait accompagné la retraite des réfugiés. Il connaissait les acteurs du conflit. En mai 1968, membre du groupe d'extrême gauche hollandais « Provos », il avait sauté dans sa 2CV Citroën pour rouler vers la Sorbonne occupée. Un tel homme ne pouvait pas être tout à fait mauvais. J'avais pour lui de l'amitié et parfois trop de compréhension.

Avec Tom Koenigs, l'ancien chef de cabinet de Joschka Fischer, nous formions le « noyau dur » des anciens de mai 68, auquel on pouvait ajouter d'autres activistes : Sergio Vieira de Mello, mon cher Sergio, que la France avait expulsé à l'époque ; et, même, un général Klaus Reinhardt qui succédera à Mike Jackson... Les militants de ces années de plomb et de fête constituèrent un élément important dans l'armature du Kosovo libre.

Je veux aussi citer Gérard Fisher, le talent et le charme, un Suédois coutumier des missions délicates qui sauva la MINUK à ses débuts alors que s'installaient les mafias pétrolières. De sombres technocrates accusèrent Gérard l'incorruptible d'avoir détourné certaines sommes qui nous permirent, sur mon ordre, de commencer, en urgence, un début d'administration municipale. J'ai une telle confiance en Fisher que je repartirais n'importe où avec lui. Il y avait Andy Bearpark, un Anglais à l'humour imparable qui avait raison de nos dépressions par les matins si froids lorsque les centrales électriques étaient « *out of order* ». Sur recommandation de Chris Patten, Andy, s'occupait des finances. Il fait de même en Irak aujourd'hui. Je ne veux oublier ni Fritz Bontekoe, le juriste militant, qui tentait de mettre mes « régulations » en règle, aux côtés de Terseli Loial ; ni Luis da Costa qui fit des prodiges pour faire de nous la seule mission des Nations Unies autorisée à recruter sur place son personnel. Alexandros Yannis, un Grec érudit, fin politique et charmant qui nous procura le soutien de Georges Papandréou et suivit les négociations avec les Serbes\*. James Hardy, colonel de l'Armée britannique, fut le plus précieux de mes attachés militaires et reste mon ami. José Luis Herrero fit partie de mes conseillers politiques les plus précieux. Il est aujourd'hui engagé dans les pourparlers de paix du Moyen-Orient. Fernando Gentillini nous fut « prêté » par son patron Javier Solana pour suivre spécialement les rapports du Kosovo avec l'Union européenne. Il a regagné le ministère des Affaires étrangères de Rome. Paul Mecklemburg, un Américain, s'occupait des problèmes de police et des services avec Jock Covey. Il est aujourd'hui en poste à Belgrade. Wahid Wahidulla, diplomate afghan, qui se démena

---

\* Alexandros écrivit sur la mission une très précieuse étude : *An Unfinished Conflict*, Eliamep, 2001.

pour régler la situation difficile de Mitrovica, est un brillant représentant de l'ONU à Tirana.

D'autres furent, de plus loin, des alliés indéfectibles, toujours prêts à nous protéger des mauvais coups et lever les multiples obstacles. Ikbal Riza, l'homme clé du système, dont il fallut gagner l'estime et le cœur. Je suis honoré d'y être parvenu. Bernard Miyet, le Français de l'ONU, infatigable, toujours à l'écoute, celui qui riait quand on le réveillait la nuit, à qui succéda Jean-Marie Guéhenno, infatigable et inventif. Jean-Pierre Halbwachs, le contrôleur des Nations Unies, chargé de surveiller le bon emploi des ressources, qui formait avec Maryan un tandem complice. Ils cherchaient, l'un à New York, l'autre à mes côtés, toutes les solutions imaginables pour nous permettre d'agir dans le bon sens.

J'ai rencontré, j'ai appris à aimer, au Kosovo, des frères et des sœurs d'armes magnifiques de volonté et de courage.

Tous ceux-là auraient donné leurs vies pour la considération de celui que nous estimons tous, et dont nous recherchons à maintenir l'amitié comme un bien exceptionnel : le premier d'entre nous, Kofi Annan.

## Une princesse égyptienne

J'ai déjà parlé de Nadia Younès, l'Egyptienne, fée et sorcière, arrachée à Manhattan, à Rome, au Caire, à

Paris, à Vence, ses lieux préférés. J'ai dit sa fin, à Bagdad, engloutie avec Jean-Sélim, Sergio, Fiona et les autres, dans l'attentat-suicide contre le bâtiment si mal protégé de l'ONU. Il me semble pourtant que je ne parlerai jamais assez d'elle.

Avant de partir avec nous en tant que responsable de l'information, Nadia avait été chargée du protocole aux Nations Unies, dans le mythique immeuble de Manhattan, où elle avait tout vu, et tout entendu.

Nadia n'était pas vraiment princesse, mais c'est ainsi qu'on la surnommait, dans la *dream team.* Le soir, le plus souvent possible, nous buvions ensemble, à deux, à cinq, à vingt, un verre ou deux, dans mon immense bureau de style soviétique, aux meubles massifs et sombres, ou dans le sien, plus exigu. Nous ingurgitions – c'est le mot, en aucun cas on ne pouvait le déguster – du whisky de contrebande, dont, par l'entremise de son chauffeur kosovar, elle semblait posséder une réserve inépuisable. Nous n'étions pas en reste pour nous en procurer. Nous avons ainsi découvert les plus infects breuvages, corrosifs et décapants, vendus dans des bouteilles imitant les grandes marques. A la fin, nous étions habitués : même cette boisson frelatée, qui sentait la punaise et venait de Macédoine, trouvait, tard le soir, grâce à nos palais.

Nadia Younès, toujours très bien vêtue, portait des tailleurs rouges lorsqu'elle n'était pas habillée de noir. Ses yeux de velours sombre captivaient les cœurs et ses cheveux corbeau, doux et souples, ondulaient sous ses rires de gorge même à la fin d'une nuit de travail, avant de rentrer chez l'un ou chez l'autre pour manger un morceau, nos restaurants habituels étant clos. Cela finissait fréquemment par des spaghettis qu'assaisonnait Marina Catena.

Dans le rire de Nadia, il y avait aussi l'écho du tragique. Elle savait forcer sa gaîté.

Née dans une famille d'Alexandrie, Nadia pratiquait ce français chantant de la Méditerranée orientale, avec un rien de roulé dans les *r*, qui nous invite, plus que la politique, à contempler les cartes de Vidal de La Blache, à rêver aux grands conquérants et aux alliances culturelles éternelles. Nadia avait beaucoup voyagé, goûté bien des plaisirs, et connu les grands de ce monde. Elle avait lu, elle avait vu, sa voix était éraillée à force d'avoir beaucoup fumé. Le Kosovo était sa première mission. Elle avait décidé de quitter le siège en un instant. J'en fus flatté et heureux à chaque heure des longs mois de notre mission.

Au début, je lui parlais avec autorité, comme à toute l'équipe, pour qu'ils accélèrent l'allure, mais nous ne nous sommes fâchés en aucune occasion. Sinon, je crois que notre entreprise aurait fait faillite. Tard dans la nuit, nous éclations de rire lorsque les fonctionnaires du siège nous expédiaient de Manhattan des câbles surréalistes, exigeant de notre groupe exténué des démarches et des notes administratives incongrues.

Généreuse et maléfique à l'occasion, Nadia entama une guerre de tranchées avec Dan Everts, le patron de l'OSCE. Epreuve obligée puisqu'ils étaient tous deux chargés de la même tâche, l'information. Dan devait organiser la formation des journalistes, les lois de la presse, la création d'une première chaîne de télévision du Kosovo et des radios libres alors que Nadia était, pour la MINUK, responsable de l'information elle-même, non de sa théorie mais de sa pratique. Nous accablions parfois sans y croire le pauvre Dan, dont il faut convenir qu'il jouait souvent double jeu.

La Princesse me faisait « manger dans sa main », ordonnançant ma communication, m'organisant beaucoup plus d'interviews avec la presse anglo-saxonne qu'avec les journaux français. Du *Washington Post* au *Guardian*, du *New York Times* au *Financial Times*, et à tous les grands journaux du monde, les correspondants parcouraient le pays avant de se bousculer aux conférences de presse que nous tenions dans le grand amphithéâtre de notre immeuble. Nadia les charmait, les impressionnait, les exaspérait à l'occasion. Elle savait faire tourner son monde.

Après la MINUK, tous les membres de l'équipe avaient juré de repartir ensemble à la première occasion. Espérant les rejoindre en Irak, une fois par jour et souvent deux, j'attendais, j'entendais au téléphone, la voix de Nadia, de plus en plus tendue, qui venait de Bagdad.

Nous avons perdu Nadia, j'ai perdu Nadia, et je ne m'en remettrai jamais.

# La ville et les chiens

*Kosovo, septembre-octobre 1999*

Les habitants de cette morne plaine et de ses alentours montagneux ressemblaient bien peu aux Bosniaques, eux aussi d'anciens Serbes contraints d'adopter la religion musulmane par l'occupant ottoman qui resta plus de quatre siècles pour cultiver leur terre. Au vrai, ils ne sont comparables à personne et détestent qu'on les assimile aux Bosniaques. Les plus nombreux parlent albanais et croient vaguement en Allah, à côté d'Egyptiens qui s'inclinent vers La Mecque mais parlent serbe. Les Serbes – qui eux-mêmes dominèrent le pays du temps de la Yougoslavie d'après la Grande Guerre et Tito – adorent le Christ orthodoxe et s'expriment dans la langue de Belgrade et de Sarajevo.

Il y a là également des chrétiens tournés vers Rome qui emploient la même langue pour leurs propres prières, des Ashkalis, gitans musulmans parlant albanais, des Goranis, gitans également, qui parlent albanais mais croient en Jésus, des Turcs qui parlent le turc, qu'ils voulaient maintenir comme un idiome officiel, mais qui préféraient les Serbes... Tout ce beau monde s'entre-déchirait dans une certaine agitation.

Je ne voudrais pas embrouiller le lecteur mais il me

faut aussi mentionner les Bosniaques, qui avaient récemment émigré de Bosnie. De confession musulmane, ils parlaient serbe et leurs enfants se faisaient tabasser sur les marchés par des musulmans parlant albanais ou quelques rares Croates que tout le monde rejetait avec mépris. Décidément, cela n'avait rien à voir avec la Bosnie. Pourtant...

Toujours, dans les villes fracassées, la race canine prolifère. Agressifs, bousculant les cartons déchirés des commerces renaissants de Pristina, répandant les ordures dans les rues, les chiens se groupaient par meutes innombrables, comprenant des animaux de toutes tailles, de tous poils, avec des crocs de dimensions variées qui s'entrechoquaient. Leurs ardeurs se heurtaient, et les chétifs étaient parfois dévorés sur place par les plus costauds. Les enfants kosovars affirmaient qu'il s'agissait de chiens sauvages dressés par les Serbes pour attaquer les Albanais et abandonnés dans la fuite vers Belgrade. La vérité était plus encourageante : certes, ces hordes créaient une menace canine indifférenciée, mais leur provenance était assurément multiethnique.

*La Ville et les Chiens* est le titre du premier roman de Vargas Llosa\*, qui fut brûlé par les militaires péruviens. *Inchallah*, le roman d'Oriana Fallaci\*\*, autrefois mon amie, commence par cette phrase : « La nuit, les chiens envahissaient la ville. » Elle parlait de

---

\* Mario Vargas Llosa, *La Ville et les Chiens*, Gallimard, 1966 ; réed. « Folio », 1995.

\*\* Oriana Fallaci, *Inchallah*, Gallimard, 1992.

Beyrouth, en guerre perpétuelle. Cette année-là, j'avais emmené Oriana jusqu'à la capitale libanaise par des chemins dangereux et des détours interdits. Une fois arrivés, nous nous étions séparés : j'avais tourné vers l'ouest, vers le quartier palestinien encerclé par les troupes de Tsahal, elle s'engageait vers l'est, côté chrétien. Nous nous étions retrouvés quelques semaines plus tard pour nous raconter nos peurs, semblables, et nos analyses, différentes, puis nous quitter sans donner de nouvelles, bien plus tard, après les massacres de Sabra et Chatila et les insultes échangées avec Ariel Sharon. Là aussi, les chiens de guerre avaient pris possession des faubourgs bombardés.

Je pensais à Oriana lorsque, à l'été 1999, nous arrivâmes à Pristina. Elle avait disparu, ne répondait pas au téléphone et, de loin plus que de près, grondait déjà contre l'islam. A nouveau, comme à Beyrouth, comme au Liberia, comme à Sarajevo, l'autre cité meurtrie des Balkans, des chiens m'accueillaient, occupant les rues qui empestaient la mort. Au Kosovo, je découvris une autre variante de cette menace animale : de grands oiseaux noirs obscurcissaient la voûte céleste. Ils suivaient les clébards et criaient dans le ciel sans que l'on sache si c'était de joie ou de réprobation. Ils planaient pendant des heures avant de plonger vers les cadavres invisibles qu'ils disputaient aux dogues.

Quand nous partirons, à la fin de l'hiver 2001, les corneilles occuperont encore l'espace, mais l'intervention internationale aura triomphé de ces chiens redoutables, tués à la kalachnikov, comme à Beyrouth, comme à Djamena, comme à Freetown... Entre-temps, l'inquiétude n'avait guère connu de variations saisonnières.

Nous n'arrivions pas dans la capitale en conquérants, mais en explorateurs heureux. Cela ne dura pas. Il y eut des soirs lugubres, le ciel glacé, noir de milliers de corneilles qui cherchaient en hurlant un havre pour la nuit, souvenirs nocturnes de journées exécrables, lorsque rien de ce que nous entreprenions ne marchait.

Dans les rues étroites, conçues pour la circulation des pays socialistes, où les voitures volées des Kosovars s'infiltreront bientôt, créant de monstrueux bouchons, les véhicules de l'ONU tentaient de progresser à grands coups de klaxons deux tons : cortèges des présidents et des grands de ce monde, précédés de toutes les polices en des compétitions rageuses que gagneront souvent les voitures bleu et rouge des carabiniers italiens, et parfois les grosses 4 × 4 blindées des officiels américains, avec leurs vitres fumées.

L'avenue *Mother Teresa*, rectiligne, est la plus importante de la ville. Des vendeurs de cigarettes et de CD, grappes de garçons vêtus de noir, et les mafias prendront très vite possession des trottoirs et imposeront le vacarme de leurs haut-parleurs concurrents. Le bruit deviendra tellement insupportable que Thaci, le chef de guerre, le héros des jeunes Albanais kosovars, demandera aux policiers de l'UNMIK d'intervenir, ce que nous ferons sans parvenir à dompter les intrus. En revanche, après quelques mois de pression, la foire aux véhicules volés se déplacera vers la périphérie de la ville.

Les Bérets verts, troupes d'élite britanniques qui, dès le début de notre histoire, tenaient Pristina, avaient décidé de barrer la circulation, laissant libre la chaussée de *Mother Teresa* à la nuit tombée. Les jeunes gens, blouson de cuir et cheveux courts, les filles, pantalons noirs étroits et corsages serrés, ne laissant rien ignorer de charmes intouchables – que défendraient les familles, frères en tête, à la moindre alerte –, tous envahissaient la large avenue, du crépuscule aux premières heures de la matinée.

Une formidable énergie jaillissait de cette délivrance inattendue. C'était la première liberté conquise par cette génération, née d'un baby-boom permanent. Quelques semaines plus tard, les meurtres perpétrés sans témoin au milieu de cette foule juvénile assombriront nos impressions.

Sous le maréchal Tito, qui avait imposé en 1974 une période d'autonomie salutaire pour le Kosovo, les jeunes Serbes, filles et garçons, arpentaient le trottoir de gauche, celui de l'« Hôtel Grant », et les Albanais mâles régnaient sur la partie droite de l'avenue, montant vers la vieille mosquée. On ne se mélangeait pas, on se croisait parfois, on s'affrontait aussi, juste au milieu de la chaussée, mais, en cette époque bénie, on se côtoyait. Sous le terrible règne de Slobodan Milosevic, dans les années 1990, les Albanais, contrôlés, arrêtés, malmenés et parfois assassinés, ne se risquèrent plus dans la rue à la nuit tombée. Dès lors, l'avenue *Mother Teresa* appartint entièrement à la jeunesse serbe.

Après les bombardements de l'OTAN, à l'arrivée de l'UNMIK, le passage était exclusivement albanais. Tous ceux qui s'exprimaient en serbe devinrent des cibles au milieu de la foule juvénile. Ainsi succomba, le jour même de son arrivée, un volontaire bulgare des Nations Unies, le jeune Krumnov. L'enquête de police ne découvrit rien, pas le moindre indice, aucun témoin.

Ce fut l'occasion d'une triste réunion dans le grand amphithéâtre du *government building*, d'un chant doux et déchirant, joué à la guitare par l'un d'entre nous, puis d'un discours funèbre que je prononçai, la voix brisée, promettant de ne pas abandonner le combat devant les extrémistes. L'ONU, je l'ai fait remarquer, est une sorte d'ONG. Elle ressemble à une grande patrouille de scouts solidaires, souvent perdus, toujours sentimentaux.

Quelques semaines plus tard, j'irai en Bulgarie, répondre aux exigences de l'enquête, mais aussi aux angoisses de la famille du soldat Krumnov.

A la nuit précoce de l'hiver, vers cinq heures, Dragodan, le quartier, qui fut celui des privilégiés de cette métropole de l'Est communiste, apparatchiks, policiers et chefs politiques, et qui abritait maintenant les humanitaires et les fonctionnaires internationaux, se couvrait alors de volatiles noirs. Nous pensions aux corbeaux de Hitchcock, mais c'étaient les corneilles. A nouveau, elles balayaient l'ensemble du ciel, au-dessus de la sombre cité privée d'électricité, comme autant de vagues de bombardiers piquant vers la terre neigeuse, criant de façon effrayante sur un mode suraigu.

Nous montions avec Jock Covey et Eric Chevallier vers *Film City*, la colline de l'état-major de la KFOR. Dans cet espace, baptisé du nom d'un studio de film porno que nous avions réquisitionné, nous avions rendez-vous avec les militaires. Tous les soirs, j'agaçais Eric et Jock en hurlant ces vers dont le souvenir remontait à l'école communale de Montreuil-sous-Bois où l'instituteur s'appelait M. Curutchet : « Au sommet de la tour que hantent les corneilles, tu la verras debout, blanche aux longs cheveux noirs... » Leconte de Lisle ou Rimbaud ?

## La nostalgie de l'espérance

Sur le plateau du Kosovo, un climat continental juxtapose des hivers de glace et des étés brûlants. Le ressentiment apparaît en toute saison comme la seule constante des températures humaines. Il nous fallut peu de temps pour prendre la mesure des haines. Faut-il aimer ceux qu'on aide ? Au Kosovo, nous avons appris à nous contenter de petits bonheurs.

Fernand Braudel parle de trois Méditerranées, la grecque, la musulmane, l'occidentale. Que faut-il faire lorsque les gens ne veulent pas vivre ensemble, lorsque deux communautés, à quelques précieuses exceptions près, refusent de cohabiter et s'exècrent au point de vouloir s'exterminer ? Qu'est-ce qui rend la péninsule balkanique différente de ses voisines, italienne ou grecque, toutes pointées vers la mère de toutes les mers, la Méditerranée ? La direction de l'Orient plus que celle de l'Afrique ? Une marche souillée par l'histoire ? Les hommes ? Les Serbes, paysans et poètes, rugueux, indéracinables, capables des pires violences ? Les musulmans, si peu religieux, mais imprégnés d'une culture de la différence* ?

---

\* Personne n'écrit mieux sur le Kosovo qu'Ismail Kadaré. Voir en particulier *Il a fallu ce deuil pour se retrouver*, Fayard, 2000.

On a reproché aux Serbes de fonder la légitimité de leur nation sur leur défaite du Champ des merles devant les Ottomans au XIV<sup>e</sup> siècle. La nation française ne s'est-elle pas forgée sur un mythe fondateur semblable, la défaite de Vercingétorix à Alésia devant les troupes de Jules César ? Notre proximité avec les Serbes vient-elle de cette similitude ? Une différence pourtant : Vercingétorix se rendra à Jules César qui l'enfermera à Rome avant de le faire étrangler six ans plus tard. Au Champ des merles, les chefs des deux armées périrent.

Aux yeux des Occidentaux les Balkans sont une part de l'Europe contaminée par l'Orient, selon l'expression de Stéphane Yérassimos. Lorsque, en février 2002, François Léotard vint me voir au ministère de la Santé avant de s'engager pour la paix en Macédoine, je lui dis : « Tu es un peu corse ; d'avance, tu as donc tout compris de ce sombre bonheur rentré des Méditerranéens. » Les Kosovars témoignent de cette contradiction du clanisme : ils sont à la fois sauvages et civilisés. Ils savent faire battre « le sang aux tempes » comme dans le *cante jondo*, de García Lorca.

L'histoire des Balkans, comme celle de la Corse, est pleine de promesses non tenues et de serments mortels bâtis sur elles. Comme on va le voir, nous ne fûmes pas parfaits, nous ne réussîmes pas tout ce dont nous rêvions. Nous n'avons pas su, en deux ans, effacer de longs siècles de haine, réconcilier les Albanais du Kosovo et les Serbes qui s'agrippent à cette terre, mais nous avons été *utiles*.

Au retour, nous avions la nostalgie de l'espérance.

## II

# LES JOURS DE CETTE GUERRE

*« Il y a pour vous, jeunes gens, toujours une guerre où partir. »*

ARAGON.

# La moisson noire

*Gracko, Kosovo, 23 juillet 1999*

Dans le couloir du premier étage, les visages sont devenus gris, quelques-uns pleurent doucement d'effroi et de fatigue. Nous venons d'arriver et il fait très chaud lorsque nous apprenons que l'horreur et la revanche, les oiseaux noirs du Kosovo, ont déployé leurs ailes. Axel Ditman et Ian Kickert l'apprennent les premiers, puis Jock Covey et Mike Phillips nous le confirment par leurs canaux de renseignements militaires : quatorze paysans serbes du village de Staro Gracko, dont un enfant de quinze ans – on saura plus tard qu'il s'appelait Novica –, ont été assassinés dans les champs de blé qu'ils moissonnaient.

On nous dira ensuite qu'ils étaient inquiets, que chaque départ pour le travail devenait une épreuve, sans que des menaces précises fussent proférées. Mais quoi ! Il fallait bien récolter, sinon le blé allait pourrir sur pied. Et avec ces chaleurs, les orages n'étaient jamais loin. Les paysans avaient demandé la protection de la KFOR (troupes multinationales de l'OTAN au Kosovo) de Lipjan, et reçu une réponse équivoque : « Nous patrouillerons à côté des champs à moissonner. Nous n'avons pas assez de soldats pour maintenir des gardes fixes dans toute la campagne », avaient expliqué les militaires suédois.

« La moisson débuta aux aurores », écrivit plus tard un officier supérieur français. « Le bruit des moissonneuses, la poussière de blé soulevée, les chauds rayons de ce soleil estival, les bottes de paille à cercler occupaient les esprits et les muscles des hommes. Aucun d'entre eux ne vit sortir de l'orée des bois voisins les soldats tout de noir vêtus. Un à un, les paysans furent assassinés sans qu'ils trouvent les moyens de se défendre, sans qu'ils puissent donner l'alerte. Derrière le volant de la moissonneuse, derrière la fourche et la faux, chacun des paysans fut égorgé, poignardé, abattu. Le jeune Novica n'eut pas le temps de voir l'éclat du canon et la bouche noire qui lui perfora le cœur et les poumons. Le conducteur de la moissonneuse ne vit pas non plus le résistant lui trancher la gorge d'une oreille à l'autre : sa machine continuait à tourner sur place lorsque les forces militaires arrivèrent au début de la nuit. Les soldats britanniques n'eurent pas de difficultés à relever les corps éparpillés dans les champs : il leur suffit de trouver les taches sombres de sang séché parmi les blés blonds\*... »

Plus tard, en lisant ce texte, j'ai pensé que le mot « résistant » ne convenait pas. J'aurais pour ma part employé le mot « tueur ». Il me faudra du temps pour le comprendre.

Je décidai de foncer à Gracanica, chez l'archevêque orthodoxe du Kosovo, Mgr Artemje. Dans la grande

---

\* Georges Neyrac, *Les Larmes du Kosovo*, Ed. du Cerf.

salle du couvent, l'atmosphère est lourde. Les moines, silencieux par vocation, parlent haut, avec des phrases sèches. Ils ne veulent pas partir vers Gracko sans m'avoir servi l'alcool blanc de prune que je ne dois jamais refuser. Je prends Monseigneur avec moi dans cette haute voiture blindée sud-africaine que l'on m'imposera un temps pour conjurer les risques. Il a beaucoup de mal à s'y installer. Nous nous rendons sur les lieux du massacre par des chemins peu gardés, en suivant la petite voiture de Momcilo Trajkovic, le costaud avec qui je m'entendrai bien et que l'on tentera d'assassiner. Cet homme est l'un des rares Serbes assez courageux pour circuler encore. La semaine précédente, en compagnie de Hacim Thaci, le jeune chef rebelle de l'UCK, l'Armée de libération du Kosovo, et de moi-même, nous avions visité dans des HLM de Pristina de vieilles femmes serbes isolées et parfois violées par de jeunes voyous kosovars.

Gracko est un village au creux de la plaine ; des maisons de briques rouges sans allure et sans âme, des rues de terre, et une place où la chaleur ne cesse d'augmenter. Les soldats de l'ONU sont nerveux. Les claquements des culasses se veulent menaçants, mais paraissent dérisoires après le drame que nous n'avons pas su prévenir.

Nous arrêtons les voitures sur la place, sans trop savoir quoi faire. Un peu plus loin, les hommes du village stationnent, immobiles, formant une ligne massive et sombre. Victor, un moine de Gracanica, un jeune à la barbe très noire, vient nous chercher en sortant d'une des maisons serbes. Mgr Artemje me demande quelles sont mes intentions. Le père Sava sert comme d'habitude de traducteur, immense silhouette à mes côtés. Je lui réponds que je souhaite l'accompagner dans les maisons des morts, visiter les familles, m'incliner devant les corps. Victor me prie de n'en rien faire. Il affirme que les paysans sont près de se révolter, qu'ils sont tous armés, trop violents et trop malheureux pour accepter ma présence. Pour eux, me dit-il, je suis l'allié des Albanais, donc l'ami des meurtriers.

Je regarde le chef des gardes de sécurité, Donald, le grand Jamaïcain, qui fait une grimace peu engageante et contrôle son arme au fond de sa poche. Les missions de paix comportent des risques qu'il faut savoir prendre, faute de quoi la tâche devient impossible. Dans les deux camps, on jugerait ma dérobade inacceptable. Je m'avance donc vers la ligne sombre des hommes de Gracko. Une rumeur enfle. Je tente de leur parler, le père Sava traduit : « Nous partageons votre douleur. Nous trouverons les assassins. Ne fuyez pas, ne donnez pas la victoire au désir de vengeance. Seul le temps et votre générosité peuvent faire barrage à la haine. »

Les villageois sont simplement vêtus de pantalons de toile et de chemises ouvertes sur des peaux bronzées. Je remarque les couleurs passées des vêtements usés jusqu'à la trame, d'où émergent des mains de paysans. Des vieux s'inclinent pour baiser l'anneau de l'archevêque alors que d'autres reculent devant lui en grognant. Au milieu des murmures hostiles, un cri haineux jaillit. Un homme corpulent, à la barbe courte et blanchie, me désigne du doigt. « C'est le grand-père de Novica, l'enfant assassiné. Il dit que tu es responsable et qu'il te tuera si tu approches », me glisse Sava, le visage blême. A ce moment, tout peut basculer. Reculer, c'est perdre le contact avec la communauté serbe.

Un vent léger commence à rafraîchir l'air brûlant. Du regard, j'ordonne à Donald et à son équipe de rester sur place, et m'avance vers l'homme aux yeux rougis. Je lui parle en français, en anglais, avec les quelques mots de serbe que je connais : « Non, tu ne me tueras pas, dis-je, je comprends ta peine et je suis ton ami, nous sommes venus pour que plus jamais on ne tue les enfants dans ce pays de cruauté. » L'homme sort la main de sa poche, il tient un de ces couteaux tout simples comme en possèdent tous les gens qui travaillent la terre. Je m'arrête près de lui, et le regarde les yeux dans les yeux. Je parle toujours – pour faire du bruit, pour me rassurer. Le silence alors se fait.

Je prends le grand-père de Novica dans mes bras, et j'embrasse sa barbe piquante. Seuls quelques jeunes Serbes continuent à pousser des cris hostiles, qui, doucement, s'apaisent.

Avec mon escorte religieuse, nous arpentons les rues du village, nous arrêtant dans les maisons où les corps reposent. Je salue les dépouilles comme s'il s'agissait de gens de ma famille. Des maisons simples, des intérieurs qui tranchent sur les demeures albanaises par la présence de tables et de chaises, en lieu et place des tapis et des pièces vides en leur milieu qui indiquent les demeures musulmanes. Certains nous interdisent leurs logis et nous menacent. Je les comprends. Dans la maison de Novica, je tiens à entrer seul avec le père de l'adolescent. Nous nous tenons lui et moi par la main, devant le lit où repose le corps, et nous pleurons tous les deux. Ian et Eric nous rejoignent. Ils pleurent aussi.

La nuit est noire lorsque nous redescendons la rue imprécise de Gracko aux côtés de Mgr Artemje. J'aperçois plus bas des maisons semblables à celles que je viens de visiter : mêmes toits de tuiles, mêmes briques rouges, une impression d'inachèvement identique. Mais ces maisons, qui jouxtent les autres, sont brûlées, ainsi que toutes celles qui suivent. Il s'agit des habitations des Albanais de Gracko, des paysans semblables à ceux qui me sont aujourd'hui tellement hostiles, mais musulmans ceux-là. Pendant la guerre, comme on me le précisera, ces mêmes hommes aux polos de couleur avaient incendié les habitations des voisins que l'histoire des Balkans leur avait imposés. Je regarde le père Sava, Eric, Ian et tous mes amis. Ils sentent, comme moi, peser l'irrémédiable.

Le soir de ce jour maudit, avec le général Mike Jackson, le commandant anglais de la KFOR, nous avons fait une véritable déclaration de guerre à la violence, devant une presse choquée et silencieuse. Nous avons juré n'avoir de cesse de retrouver les meurtriers. De fait, l'enquête fut longue. Sur la foi de renseignements militaires, nous arrêtâmes un homme et saisîmes une kalachnikov. L'analyse balistique traîna, les résultats n'arrivaient pas de Londres malgré l'insistance de Mike Jackson que nous interrogions quotidiennement lors de notre rencontre de 17 heures avec les militaires. Puis d'autres meurtres survinrent, qui firent oublier la tuerie des paysans moissonneurs. Nous n'avons jamais su qui avait assassiné les quatorze de Gracko. L'enquête est toujours en cours.

Ce fut la première calamité d'un séjour qui en comportera de nombreuses. Nous revînmes à Gracko pour l'enterrement. Je me tenais avec les responsables de la MINUK, cravatés et vêtus de costumes sombres : Jock, Eric, Nadia Younès, Ian, Axel, aux côtés du général commandant la KFOR et de tous les dignitaires serbes, en particulier du gouverneur Angelkovic, qui représentait l'autorité yougoslave, celle de Slobodan Milosevic. Les familles des morts de Gracko restèrent serrées, chacune portant une immense photo de leurs parents assassinés. Sur la place inondée de soleil, le rituel orthodoxe, chamarré, excessif, paraissait naturel, comme directement issu de cette terre de brutalité. Balkans des excès, Balkans de la douleur : à nouveau j'embrassai les familles, m'attardant avec celle de Novica. Cette fois, le grand-père me prit dans ses bras.

Dans le cortège qui suivait les cercueils, je ne voulus pas de place d'honneur, au premier rang, avec les notables. Nous nous mêlâmes donc aux paysans qui suivaient le chemin de terre avec des centaines de personnes, des Serbes sortis de nulle part puisqu'ils étaient tous bloqués dans des ghettos assiégés. Ils remontaient lentement vers le cimetière, après le carrefour, le long de la route mal goudronnée. L'après-midi était chaud et nous transpirions dans nos habits de deuil.

Une fois de plus, je passai devant les maisons brûlées des Albanais. Etaient-ce ceux-là, ces fermiers kosovars chassés de chez eux, qui avaient tiré des rafales de kalachnikov sur leurs voisins serbes ? Eux qui, depuis des générations, moissonnaient le même pauvre blé pour survivre ? Etaient-ils capables de pareille vengeance ? Les hypothèses avancées par nos enquêteurs ciblaient certains extrémistes, membres de l'Armée de libération du Kosovo, l'UCK, et partisans d'une stratégie de tension. Certains accusaient même les miliciens de Milosevic qui, seuls, pouvaient bénéficier d'un durcissement de la situation et d'une déroute des forces internationales.

De très nombreux militaires de diverses nationalités veillaient aux carrefours, sans oser s'approcher du cortège funèbre. Des soldats désemparés, dont les barrages et les patrouilles n'avaient pas su empêcher ce crime massif. Que pouvais-je dire à ces officiers qui n'avaient pas pris au sérieux le cri d'alarme venu de Gracko ?

L'aventure de la Paix au Kosovo se présentait mal.

## La vallée de la révolte

*Dranica, Kosovo, août-septembre 1999*

Un massacre de Serbes dès notre arrivée, ou peut-être même *parce que* nous étions arrivés : mortel signal d'alarme. Il y en aura beaucoup d'autres. Venus pour protéger les populations victimes, les Albanais du Kosovo, nous découvrions une réalité différente. Les Serbes qui s'accrochaient à cette terre noire, dont certains avaient peut-être été parmi les bourreaux des Albanais, étaient à leur tour devenus les victimes résiduelles des vengeances. Nous n'étions pas préparés à les protéger. Il fallait accepter cette évidence : les 45 000 soldats de la KFOR ne pouvaient pas tenir lieu de forces de police ; ce n'était pas leur métier, ils ne savaient pas patrouiller discrètement, effectuer des filatures, arrêter un suspect, l'interroger, suivre une enquête. Et en quelle langue l'auraient-ils fait ? Nous pensions, chacun de notre côté, à des stratégies nouvelles, nous ruminions de sombres arguments qui allaient modifier la représentation simpliste du conflit qu'on nous demandait d'apaiser.

L'équipe de l'UNMIK n'était pas composée de fonctionnaires internationaux sans cœur, comptabilisant leurs heures de travail. Elle réagissait sous le coup des émotions. Gracko ébranla nos certitudes : les victimes de la guerre étaient d'abord albanaises, nous n'en disconvenions pas, mais la culpabilité des Serbes ne pouvaient en rien légitimer la traque de ceux qui étaient restés là : moins de 100 000 personnes, qui se cramponnaient à leurs villages. En présence et sous la responsabilité de la communauté internationale, les Serbes du Kosovo étaient bel et bien devenus la cible des violences : dialectique de la victime et du bourreau, dont les volontaires de terrain sont hélas coutumiers.

Quelques jours après le massacre de Gracko, je me rendis pour la première fois dans la vallée de la Dranica. Bardyl Marmuti m'avait convaincu d'y aller sans tarder. C'était un des premiers parmi les Kosovars à avoir pris les armes, le porte-parole des combattants de l'UCK, un homme que nous avions souvent regardé et écouté sur nos écrans de télévision. Il m'expliqua les choses dans un français très pur : « Vous ne comprendrez jamais rien au Kosovo tant que vous n'aurez pas entrepris cette visite, tant que vous n'aurez pas vu les retombées du massacre. Parlez avec les survivants de la famille Jashari, et vous comprendrez les motifs profonds de cette guerre. »

Ancien dirigeant étudiant de l'université de Pristina, né dans la région de Tetovo, en Macédoine, Marmuti avait passé plusieurs années d'exil en Suisse, organisant le financement de la lutte armée. Il jouissait d'une réputation d'homme habile à manipuler aussi bien les concepts de la sociologie politique que les armes et les hommes qui les utilisaient. Dans ces semaines chaudes, il apparaissait comme le seul concurrent sérieux de Hacim Thaci dans la course au poste de dirigeant du parti politique qui devait succéder à l'UCK. M'amener à visiter la famille Jashari, c'était un joli coup politique. Thaci mettra du temps à oublier sa rancune à mon égard, d'autant qu'il était, lui, natif de cette célèbre vallée de la Dranica. Les Serbes, eux aussi, me le pardonnèrent difficilement.

Soupçonnant les enjeux de cette démarche, je demandai à mes conseillers et à ma sécurité de préserver le caractère de deuil et de recueillement qui s'imposait. Pas de journalistes. Seul Eric Chevallier, préposé aux missions délicates, m'accompagnait. Le but était simple : saluer les survivants de cette famille martyre.

Une heure de route dans la Toyota blanche des Nations Unies, haute sur pattes, inconfortable. Déjà, j'avais renoncé à la voiture blindée. Nous longeâmes des usines semblables à toutes celles des pays de l'Est, dont la production est moindre que la pollution qu'elles entraînent. Au sommet des collines la végétation devient plus drue. La guérilla avait commencé là, menée par des hommes dont la réputation de violence et d'audace n'est plus à faire au Kosovo.

Au détour d'un chemin creux m'attendait une démonstration militaire, la route bordée par des soldats de l'UCK en uniforme, martiale haie d'honneur d'hommes et d'enfants agitant les petits drapeaux rouges de la lutte. Les derniers kilomètres avant la ferme Jashari, la foule débordait largement sur le chemin. Ces volontaires avaient payé le prix du sang. Leurs maisons brûlées sur les bas-côtés se dressaient comme des témoins de l'horreur. Le message adressé au représentant de l'autorité internationale était clair : dans la Dranica libérée par elle-même, le pouvoir n'appartenait à personne d'autre qu'à l'UCK.

Au bout de ce chemin, devant un groupe de bâtiments en ruines, une silhouette voûtée nous attendait. Les militaires et les jeunes filles brandissant des bouquets semblaient nous porter vers cette figure immobile. L'homme nous accueillit comme à la parade et nous embrassa à la manière albanaise, aux coins des lèvres et bien serré contre son corps osseux. Coiffé d'un turban autour de la calotte blanche traditionnelle, il nous guida vers une maison basse, à la façade criblée de balles et de projectiles de plus gros calibre, qui semblait pourtant avoir été plus épargnée que les autres. Des hommes de tout âge nous y attendaient, déployés en arc de cercle, des moustachus, des barbus et un imberbe. On nous les présenta comme les notables de la vallée, des survivants de la guérilla aspirant à la politique.

Dans la petite pièce surchauffée par l'haleine des participants, des tapis usagés avaient été regroupés à notre intention. Je m'adossai à un mur fragile, terre et chaux mélangées, qui s'effondrait par plaques, à côté du survivant de la famille Jashari et de Bardyl Marmuti. Face à nous, un immense portrait d'Adem Jashari, le héros du Kosovo, le rebelle, celui dont le sacrifice avait déclenché la révolte. Assis, les jambes croisées sous les fesses, dans cette posture que tous les musulmans du monde affectionnent mais qui coupe la circulation du sang et oblige à passer d'une fesse sur l'autre lorsque l'immobilité se prolonge, l'homme, les mains ouvertes, paumes vers le ciel, psalmodia des paroles dont je devinai le sens et que Bardyl me traduisit. Il rappela le sacrifice, évoqua les martyrs de la famille, salua son hôte. Cela n'avait rien d'une cérémonie religieuse, mais d'une célébration païenne et militante, comme c'était déjà le cas avec Izetbegovic, quelques années auparavant, à Sarajevo. Ces Kosovars, comme les Bosniaques hier, se sont battus plus pour la dignité, pour l'indépendance aussi, que pour un islam tolérant auquel ils ne se réfèrent jamais mais qu'ils incarnent si bien. Je fus ému, plus que je ne m'y attendais. On a beau s'exercer à l'impartialité, se faire un devoir de maintenir la balance égale entre les antagonistes, l'évocation des malheurs profonds et des sacrifices consentis par les plus nobles des guerriers d'une cause me bouleverse. Je promis alors, en butant sur les mots, de ne jamais oublier ces morts et leur poids de courage, de poursuivre ma lutte pour un Kosovo tolérant et libre. Je n'allai pas plus loin. Tous voulaient m'entendre, en cet instant, évoquer l'indépendance. Je n'en dis mot.

Je ne le ferai jamais au cours de ma mission, même si, au fond de moi, je pense qu'il s'agit de la seule issue, tant est lourde la haine entre les deux communautés. Solution provisoire, parce que, plus tard, à la faveur d'un nécessaire rapprochement avec l'Union européenne, tout peut redevenir possible. L'Europe, voilà le levier dont nous devons user pour gagner la paix dans ces Balkans fracassés. A partir de cette visite dans la Dranica, et après Gracko, toutes les décisions politiques que je prendrai, toute la stratégie que j'élaborerai avec Kofi Annan seront guidées par ce choix.

Après la cérémonie des boissons, du thé et des sodas, nous dûmes répondre à des interviews pour la presse locale. Chaque expression devait être pesée pour ne rien brusquer, ne pas provoquer la colère des enclaves serbes, éviter de déclencher un nouvel exode ou une nouvelle flambée de violence. Avec Milosevic au pouvoir, l'exercice était relativement facile : j'accusai les milices et le régime. Personne ne pouvait s'en offusquer. Et pourtant je savais que les officiels n'auraient rien pu empêcher, les très nombreux Serbes qui participaient à la boucherie croyant accomplir un geste sacré, une tâche historique. Ceux-là mêmes qui, dans toute l'ancienne Yougoslavie, commencent leur phrase au présent et l'achèvent au passé, faisant toujours référence aux Oustachis, aux Turcs et aux Tchetniks... Nous marchâmes vers les autres habitations, dont il ne restait que des ruines. Devant l'horreur, nous devînmes muets. J'ai pourtant déjà vu des façades à ce point criblées, murs devenus dentelle. Je me souviens de Beyrouth, de Monrovia, de Vukovar et surtout d'Osijek et de Srebrenica... Mêmes balles, même ivresse du crime, semblable plaisir à massacrer des civils, acharnement, barbarie de la pensée, blocage du raisonnement : les femmes et les enfants de tous âges deviennent les cibles ; il faut éradiquer la race.

Dans la dernière pièce de la dernière maison, dont il ne restait plus qu'une sculpture, élancée et diaphane, à la gloire de la haine, nous ne pouvions tous pénétrer. C'est là que plus de vingt membres de la famille Jashari avaient été regroupés pour être hachés à la kalachnikov, bébés et nourrissons dans les bras de leurs mères, fragments d'os et morceaux de chair qui s'accrochaient aux murs sous la force des impacts. Puis on incendia l'ensemble, bouillie de mort tressautant encore de quelques vies préservées.

Nous n'en pouvions plus d'effroi. Nous restâmes longtemps silencieux. Le bruit des quelques appareils photo des Kosovars nous fut insupportable. Nous gagnâmes enfin la sortie de la ferme, chacun marchant séparément.

## La mémoire du feu

Une petite colline venait finir doucement devant la ferme martyre. La foule s'était massée là, alignée face aux tombes. Rien n'était prévu de notre côté, mais le commandant local de l'UCK avait tout organisé. Impossible de me dérober. Avec Eric Chevallier, Bardyl Marmuti et le commandant local, Remy, je passai devant les dix-huit tombes fraîchement creusées.

Je déposai sur chacune d'elles un bouquet de fleurs des champs. La dernière sépulture, devant la maison, était celle d'Adem Jashari, dont le portrait en farouche guerrier barbu va me poursuivre pendant les deux ans que durera ma mission.

Je m'arrêtai longuement et dis quelques phrases pour exprimer ma haine des violences et le désir de paix de la communauté internationale, sentiment renforcé par cette inoubliable visite. Je nommai ceux des morts dont je connaissais le nom. Je pris là cette habitude de terminer mes allocutions par une phrase d'espoir et de pardon en serbe et une autre en albanais.

Après ces heures déchirantes, nous voulûmes, Eric comme moi, nous écarter. Contre l'avis de notre sécurité, nous nous arrêtâmes dans un village voisin que les milices serbes de Milosevic avaient dévasté. Ce fut une épreuve plus douloureuse encore d'être vécue loin de la foule, dans le soir qui tombait sur la vallée.

Une petite place en ruines où jouaient quelques enfants devant le mur écroulé d'une ferme. Nous rentrâmes dans la cour, sans avoir prévenu quiconque. La petite bande d'adolescents nous suivit. Un homme édenté surgit, affable, d'une maison éventrée. Il se nomma. Il était le frère des propriétaires assassinés, l'oncle des enfants brûlés vifs, l'ami des *chaïds*, ces martyrs, seule marque d'islamisme dans cette vallée. Délabrement, pas de nettoyage : le crime était récent, on sentait le cadavre, l'incendie, le meurtre, et cette odeur que les médecins reconnaissent entre toutes : le sang frais.

Le vieux nous guida à travers un maigre jardin vers l'habitation principale dont ne subsistaient que des fragments de murs noircis, nous expliquant qu'il entretenait bénévolement la propriété, par respect pour sa famille assassinée, même si personne ne s'arrêtait ici. Ses parents, expliqua-t-il, avaient été massacrés au cours des représailles qu'exerçaient régulièrement les milices serbes et la police. On regroupait les villageois raflés à proximité dans une seule pièce et on y mettait le feu. Les adolescents nous suivaient en se moquant du vieil homme, avec de petits rires incongrus.

Dans la pièce, l'air provoquait une nausée immédiate, odeur de chairs brûlées. Les murs étaient lacérés par les ongles des suppliciés dont les vêtements calcinés s'entassaient sur le sol. Une boucle de ceinture, des lunettes surnageaient, mêlées aux restes d'os, aux dentures...

Eric, notre interprète, deux gardes de sécurité et moi n'osions pas marcher. Les adolescents s'étaient tus. Combien étaient-ils lorsqu'ils moururent brûlés vifs ? Plus de quarante dont vingt-cinq enfants, affirma le gardien. On ne le saura jamais, tant les restes humains avaient fondu au point que, dans la pièce du dessous, le sang et d'autres liquides avaient traversé le plancher et baignaient encore le sol de la cave d'un magma que l'on ne voulait pas toucher du pied. De petits tas bleutés attirèrent l'attention d'Eric qui se pencha pour ramasser deux amas coagulés : les billes fondues des gamins suppliciés.

Pendant notre mission au Kosovo nous avons conservé ces billes d'enfance et d'horreur. Parfois, dans les moments de doute, timidement, respectueusement, je prenais dans ma paume cette pâte de verre informe et colorée.

## Les orthodoxes

L'orthodoxie, la religion des Serbes, est née au Kosovo. Seuls quelques bâtiments aux fresques et aux icônes magnifiques en témoignent encore. Le monastère de Decani est de ceux-là, avec Pec et Gracanica, et beaucoup d'églises dynamitées par les Albanais du Kosovo, ou d'autres qui sautent encore.

Sous l'étroite protection de la KFOR, nous fréquentions beaucoup ces lieux superbes. On connaît peu de chose sur les orthodoxes, sinon qu'une église russe existe rue Daru, à Paris, que les prêtres portent le cheveu long, que les cérémonies croulent sous l'or et la pompe et que les Arméniens n'en sont en quelque sorte que des cousins germains. Depuis Raspoutine, on croit également savoir que leurs robes noires sont parfois douteuses. La séparation d'avec l'Eglise de Rome, ce schisme de 1054 qui entérine une bataille déclenchée longtemps auparavant, trouvait encore un écho à Pristina et expliquait le ton particulier du Vatican dans sa condamnation de la guerre de Bosnie puis du Kosovo.

J'avais vite compris l'importance de la tradition de résistance, et l'enracinement du clergé orthodoxe dans la vie des villages. J'avais relu quelques textes avant mon départ et, un soir de doute, m'étais replongé dans Dostoïevski. J'avais rafraîchi mes souvenirs de la quatrième croisade, lorsque les croisés pillèrent Constantinople. Après la chute de l'Empire byzantin, l'Eglise orthodoxe garda son influence sur diverses capitales, dont Moscou et Athènes furent les plus importantes. Dans le monde entier, des foyers d'orthodoxie demeurèrent vivaces, et l'Eglise résista héroïquement au communisme. Je me méfiais de la force des croyances serbes. Mes amis yougoslaves, démocrates et modernes, parlaient de la foi avec un grand respect et, parfois, sans même avoir trop bu – et plus encore s'ils étaient pris de l'exaltation particulière que procure cet alcool blanc nommé *slibovic* –, ils baisaient les anneaux de rencontre.

Combien de fois, les yeux perdus au milieu de ces beautés, ai-je rêvé devant les fresques des monastères, comprenant les Serbes dont je me sentais voisin, sans pour autant accepter les massacres commis parfois en invoquant Dieu ? Combien de fois suis-je venu passer la journée à Decani, avec le père Sava, que je reçus plus tard avec bonheur chez moi à Paris ? Les Français sont restés proches de la culture et de l'histoire serbes : alliance contre les Allemands, défense des portes de l'Europe, siège de Vienne, bataille contre les Ottomans... Mais quoi ? L'Europe existe enfin et on ne peut donner quitus aux hommes de Milosevic qui massacrèrent Srebrenica et le Kosovo. D'ailleurs, mon ami Sava leur donnait tort.

A mes yeux, deux hommes ont personnifié cette religion orthodoxe dans ce qu'elle a de plus beau et de plus efficace : Mgr Artemje et le père Sava, qui firent preuve d'une belle et féconde intrépidité.

Artemje, l'archevêque du Kosovo, est un homme petit et souriant, infatigable dans la défense de ses ouailles, qui faisait de la politique poussé par les circonstances sans goût aucun pour le pouvoir. Il m'accueillait toujours avec chaleur dans le monastère de Decani – un groupe de bâtiments sommaires près de Pristina, mais son discours sans détour pouvait être terriblement violent. C'est grâce à lui et à la confiance qu'il me témoignait qu'un gouvernement provisoire du Kosovo a pu mêler Albanais et Serbes. Pour cette raison, il fut vivement critiqué par les extrémistes, mais il tint bon et entraîna ses partisans, Rada Trajkovic en particulier.

Je suis convaincu que c'était la seule solution pacifique, et je lui en suis très reconnaissant. Il se battait et se bat toujours contre l'indépendance du Kosovo et je comprenais ses motifs. Je crois cependant, après une dernière visite à Belgrade avec les représentants de la démocratie retrouvée, qu'une période d'indépendance avant un regroupement dans l'Union européenne pourrait être la solution.

Il y a peu, Mgr Artemje vint à Paris. Je suis allé l'embrasser dans une petite église orthodoxe du XVIIIe arrondissement. Un mariage serbe bloquait la rue. Je fus reconnu. Au lieu d'être écharpé, je fus invité à saluer les mariés et à boire un verre. Le prélat était au fond, dans une petite pièce. Il n'avait pas changé, doux et obstiné à la fois. Il m'affirma que, depuis mon départ, rien n'avait bougé au Kosovo, qu'il ne croyait plus aux promesses et que mes successeurs ne le recevaient jamais. Je promis de revenir le voir à Decani. Je tins parole.

Le père Sava, surnommé le « cyber-moine », de son vrai nom Sava Janic, a consacré à mes yeux, avec certains dissidents chinois, le rôle libérateur de l'Internet. Avec Mgr Artemje, il était le religieux orthodoxe le plus connu du Kosovo. Etre plus populaire que son supérieur entraîne immanquablement des désagréments, dans les Balkans comme à Paris. Le père Sava a l'allure conique d'un colosse fragile, les cheveux en queue de cheval, barbe rousse et lunettes de myope. Avec son air d'enfant timide, il enflait parfois la voix de façon impressionnante, et fit preuve d'un grand courage.

Au cours des réunions du Conseil intérimaire du Kosovo, employant un langage vrai et dru, il fut le plus critique de nos partenaires serbes. Sava était né en Croatie et y avait fait ses études. Il voulait être comédien et avait prononcé ses vœux tardivement. Il menait sa vie de moine reclus dans le monastère de Decani, l'un des joyaux de la religion orthodoxe où les prêtres hébergèrent des Albanais persécutés par les milices serbes. Féru d'informatique, Sava avait lancé, depuis Decani, des libelles sur tous les sites Internet du monde, ou presque. On l'appela donc le *cyber monk*, le moine cybernétique.

Certains intellectuels, qui n'écrivent pas tous à la plume d'oie, affirment que l'informatique ne remplacera jamais ni la presse écrite ni la démocratie politique. Parce qu'ils ne l'utilisent pas, ou ne savent pas le faire, ils accusent la Toile d'être réservée à une élite. Feignant de défendre un tiers-monde qui y aspire, des marxistes résiduels exigent que l'Internet organise son propre mécanisme de redistribution des informations. Ceux-là auraient accusé Gutenberg d'élitisme et d'impérialisme. Chaque jour, Sava leur répond depuis son monastère. Il ne conteste pas l'importance de l'écrit, au contraire, il s'est acharné à publier le petit journal de l'Eglise orthodoxe que les moines distribuaient dans les enclaves serbes. Avec un peu d'argent de la MINUK, raclé dans les fonds de tiroir, au mépris des règles et des équilibres comptables, nous avons aidé cette feuille de chou, imprimée à Belgrade, à survivre. Nous avons même monté, avec Claudio Taffori, l'excellent ambassadeur italien, un projet d'imprimerie locale, à Gracanica.

Selon Sava, le Net est un moyen essentiel d'information et de recherche dans les pays sans liberté. La démonstration du moine orthodoxe était limpide. Iran, Irak, Chine, Kosovo de Milosevic et Kosovo du « terrorisme albanais » : les dictatures cherchent à empêcher ou contrôler le réseau, perçu comme une formidable menace. L'ennemi des oppressions, c'est le témoignage. Sava est le militant exemplaire du cyber-temps. Même s'il n'avait pas toujours raison, loin s'en faut.

Sava poursuit son harcèlement cybernétique. Je reçois de lui deux e-mails par jour. Et je les lis tous.

## Des musulmans du Kosovo

Ben Laden est le maître du terrorisme international. Tirant parti du climat ambiant, Milosevic fera de cette assertion un argument d'autorité au cours de son procès de La Haye.

Ben Laden est-il venu au Kosovo ? Le bruit en avait couru dès les premiers mois de notre engagement sur le terrain. Nous avons enquêté, remonté soigneusement toutes les pistes : aucune preuve n'apparut. Ben Laden avait en effet annoncé sa venue. Voulait-il radicaliser les musulmans modérés qui avaient choisi de prendre les armes contre l'oppression serbe ? Au début des affrontements, des extrémistes musulmans de la mouvance Ben Laden vinrent effectivement de Bosnie, dans les montagnes. Après la victoire sur Milosevic, ils infiltrèrent les villes. Mais, dans les deux cas, les combattants de l'UCK eux-mêmes les prièrent fermement de déguerpir. Des agences dites humanitaires et des associations musulmanes prosélytes, profitant de l'afflux des volontaires de la paix, tentèrent de corrompre une jeunesse désemparée et impécunieuse, parfois avec quelques succès. Des intellectuels affirmaient que des notables étaient payés pour se rendre ostensiblement à la mosquée et que de fortes sommes étaient offertes à qui apprenait l'arabe. Ces mêmes ONG religieuses offraient

600 deutsche marks par mois aux familles des jeunes filles qui acceptaient de se voiler pour fréquenter l'école. Au fil des mois, les adolescentes aux cheveux couverts d'un voile gris ou noir se firent plus nombreuses dans les rues de la capitale, et plus encore dans les régions. Je m'en ouvris au grand mufti de Pristina qui ne se faisait pas d'illusion sur son pouvoir :

« Je n'ai aucune influence sur la jeunesse, je m'en plains assez. Il me reste quelques fidèles, certes, surtout des vieux. Mais, aucun danger de dérapage.

– Pourtant ces adolescentes voilées, ces mosquées que l'on construit...

– Oui, oui, du commerce d'influence. La religion, ici, vous l'avez vu, est un facteur de modération et non d'hostilité.

– Ce n'est pas une guerre de religion ?

– Ce ne le fut jamais. Les chefs des quatre religions se rencontrent et s'entendent. Ils le faisaient, hélas en vain, en pleine guerre. Nous sommes en Europe, pas en Orient. »

Il m'offrit ce jour-là un chapelet musulman aux trente-trois grains noirs. Je collectionne ces moulins à ferveur, une habitude contractée au Liban et souvent, au détour d'une conversation ou d'une rencontre officielle, je sors l'un de ces petits colliers. Certaines ONG islamistes furent rapidement repérées par les services secrets des brigades nationales, et surveillées par les diverses polices. L'une d'elles, très prosélyte, occupait une maison sous la colline de la KFOR, non loin du bureau de la représentation américaine. Sa propagande fut jugée trop active. On décida donc une perquisition. Une nuit de la fin de l'année 2000, alors que l'opération allait se faire, l'ONG disparut sans laisser d'adresse. En lieu et place, les Américains entreprirent de raboter la butte pour construire un vrai bunker, un quartier protégé et bien défendu.

Les projets des militants islamistes ne manquèrent pas, dès lors, d'inquiéter. Nous demandâmes au prince Moulay Hicham, Marocain et cousin du roi, qui faisait partie de mon équipe, de se charger des délicates relations avec les pays islamistes membres de la coalition, soit qu'ils aient envoyé des brigades au sein de la KFOR, soit qu'ils aient fourni des volontaires par l'intermédiaire des ONG. Notre ami se montra très habile, respectant les opinions de tous les protagonistes, mettant progressivement en relation les uns et les autres, organisant avec une grande patience des séances de médiation. Il nous fournit un rapport pertinent en octobre 2000. « Les projets de l'hôpital de Vushtri, financé par les Emirats arabes unis, et du complexe culturel et sportif de Pristina, financé par l'Arabie saoudite, illustrent les problèmes délicats qui surgissent de la confrontation entre la version stricte de l'islam émanant du Golfe et les expériences des populations musulmanes d'Europe. Dans les deux cas que je cite, les populations musulmanes locales souhaitaient la coopération et l'aide de leurs coreligionnaires, mais résistaient fermement à toute pression pour adopter une interprétation de leur religion qui les écarterait de leurs traditions européennes et pluralistes. Ils étaient déterminés à choisir leur propre manière de vivre l'islam. Dans le cas de l'hôpital, il y eut d'abord une résistance à donner au bâtiment le nom du président des Emirats. C'était le cœur de la question : leur foi n'impliquait aucune religion d'Etat. Malgré leur attachement au grand gymnase de Pristina, dont l'incendie fut vécu comme un drame national, ils se méfiaient des Saoudiens qui avaient également offert de financer la reconstruction de la célèbre mosquée martyre de Djakova, donnant l'impression de vouloir imposer une interprétation rigide de l'islam et écarter les coutumes locales. »

Je me souviens de séances d'une solennité théâtrale entre les représentants des pays du Golfe et la MINUK, des visiteurs islamiques officiels surpris et respectueux en découvrant l'arabe dialectal impeccable de Moulay Hicham, descendant du Prophète. Certains d'entre eux ne comprenaient pas comment et pourquoi nous repoussions leurs cadeaux. J'ai même refusé un hôpital complet à Vushtri, proche de Mitrovica. Nous souhaitions une maternité, on nous proposait un énorme bâtiment polyvalent. Le coministre de la Santé, Pleurat Sediu, combattant kosovar et chirurgien formé en Grande-Bretagne, ne se laissa pas faire : tous les Kosovars ne sont pas des mafieux. De leur côté, les Emirats arabes unis avaient un programme de construction de trente mosquées à travers la province.

J'ai visité les brigades venues des pays d'islam et discuté souvent avec les responsables des ONG venues des pays arabes. Certains islamistes ne croyaient qu'à leur mission humanitaire, comme s'ils ignoraient leurs propres dérives prosélytes. D'autres, parmi les trente associations caritatives musulmanes présentes au Kosovo, liées à divers Etats musulmans, me semblèrent plus suspectes encore. Les organisations de contre-espionnage de la KFOR affirmaient que certaines avaient des liens avec les crimes ethniques. Peu après mon arrivée au Kosovo, il y eut un grand branle-bas : vers la fin juillet 1999, les soldats américains arrêtèrent quatre Iraniens qui travaillaient pour une ONG médicale. Après de vives protestations de Téhéran, ils furent relâchés, faute de preuves. Les Kosovars, les intellectuels et les écrivains en particulier, craignaient le vandalisme des religieux radicaux qui rasaient ou endommageaient les monuments traditionnels de la culture kosovare au prétexte de reconstruire des mosquées.

De France, on imaginait le Kosovo peuplé de musulmans extrémistes, de terroristes, d'assassins professionnels, de mâles farouches et moustachus opprimant des femmes voilées. Exagération : sur place, on ne découvrait rien de cela, ou si peu.

D'où viennent ces musulmans enclins à la démocratie, à une religion si peu agressive qu'elle semble une posture culturelle ? Rexep Joshia, le grand écrivain albanais du Kosovo, dramaturge et polémiste, membre apprécié de notre administration internationale, guidé par sa morale et non par des intérêts partisans, les appelle « le peuple interdit ». Au cœur de l'Europe survivait un peuple interdit d'existence légale. Il se trouve que ce peuple est de religion musulmane, trace plutôt qu'héritage de la conquête turque. C'est bien ce voisinage et ce mélange qui créent l'explosion. Au XVIIIe siècle, l'Europe chrétienne repousse les Turcs aux portes de Vienne. Dans les Balkans, elle est constamment restée sur la brèche. Les marches du continent européen étaient tenues par les Serbes et les Grecs, à la satisfaction des peuples de l'Europe de l'Ouest qu'ils protégeaient. Ce sont encore les mêmes, les Serbes qui, nous jugeant bien ingrats, refusent ceux qu'ils appellent toujours les Turcs et tiennent pour des envahisseurs. Les Kosovars, eux, sont las de payer le prix de l'histoire.

# La lutte armée

La bravoure à l'état brut, le courage héroïque ou bestial, une impression massive, physique de l'engagement sourd de chacun, voilà ce qu'expriment les gestes des hommes des Balkans. Déterminés à lutter contre le monde entier. Pour aller au marché ou garer leurs voitures, ils se déplacent sur la terre comme s'ils marchaient au sacrifice. Chaque geste balkanique est une figure de la guerre\*. Au Monténégro, le pays de Milovan Djilas, l'opposant le plus célèbre de Tito, on dit que les enfants apprennent à connaître une seule peur : celle de la montrer. Les gens des Balkans, au psychisme modelé par des siècles de batailles, s'efforcent de toujours faire preuve de ce courage exaspérant qui pousse à chercher le danger ou à le provoquer par des défis insensés. L'obstacle majeur pour construire un Kosovo autonome, c'étaient les Kosovars.

On comprend que la théorie de la non-violence, dans ce contexte de virilité, apparaisse comme un refuge dérisoire, sinon dégradant. Le pacifiste exemplaire qu'est Ibrahim Rugova est apparu à la fois comme un révolutionnaire, tant la tradition guerrière était grande,

---

\* Voir Alexandro Marzo Magno, *La guerra dei dieci anni*, Il Saggiatore, Milan, 2001.

et comme un lâche. L'opposition reste farouche entre ceux qui prirent les armes et ceux qui employèrent des méthodes plus douces, plus modernes, plus médiatiques. Le jeune Thaci et le vieux Rugova symbolisent ces choix irréductibles l'un à l'autre.

Dès mon arrivée, le 15 juillet 1999, j'ai entrepris de rencontrer tous les dirigeants, souhaitant les convaincre d'accepter mon programme de travail.

Ibrahim Rugova, 58 ans, le chef historique de la rébellion pacifiste, séjournait en Italie, craignant au Kosovo pour sa vie et celle des siens. Il ne voulait pas rentrer, souhaitait attendre une période favorable. Je lui garantis une protection solide de sa maison. A la fin, Rugova se rendit à mes raisons : le premier parti de la province ne pouvait pas en être absent. En fait Ibrahim ne disait jamais non. C'était un vrai et profond pacifique. Il pensait toujours pouvoir convaincre, estimait que de la discussion seule peut jaillir une victoire.

Un père et un grand-père tués par les communistes, des études de lettres poursuivies à Paris sous la direction de Roland Barthes, qui expliquent son français très pur. En 1989, Milosevic supprima l'autonomie du Kosovo et chassa les Albanais des services publics. Rugova et son mouvement, la LDK\*, organisèrent la société civile en système parallèle, avec des écoles souterraines et des cliniques clandestines. Ils soignèrent, enseignèrent, encouragèrent. Un gouvernement en exil encadra la résistance passive. Rugova fut élu clandestinement à la tête du Kosovo. Il refusa de prendre les armes et préféra toujours le dialogue au combat,

---

\* Ligue démocratique du Kosovo.

même avec Milosevic en pleine guerre. C'est un érudit, volontiers autocrate, imprévisible et flexible à la fois, passionné par les pierres du Kosovo, des quartz aurifères, de l'argent, du gypse, des fragments rares qu'il offre à ses visiteurs. C'est un homme de paix, très populaire, toujours poli, que sa timidité et une culture profonde rendent parfois hautain. Sa retenue naturelle ne doit pas tromper : Ibrahim Rugova est un lutteur tenace*.

Il accepta de faire un voyage éclair au Kosovo pour me rencontrer.

L'homme le plus célèbre du Kosovo, la représentation internationale de cette lutte de libération, passa facilement les barrières de sécurité et arriva, entouré de gardes, devant le bâtiment de l'ONU. J'étais dans mon bureau du deuxième étage lorsque j'entendis la rumeur des applaudissements. Ibrahim Rugova portait son légendaire foulard de soie autour du cou sur une cravate élégante. Il était accompagné d'une femme blonde et ronde, redoutable et redoutée, Edita Tahiri, membre de la direction de la LDK. Au Kosovo, ce n'était pas chose aisée de s'affirmer comme une femme indépendante, il était encore plus compliqué de jouer un rôle en politique et cela frôlait l'admirable de résister comme elle le faisait aux machos de la KLA**.

Les politesses réduites à l'essentiel, cette discussion avec Rugova au Kosovo fut délicate. Il avait été choqué par les réactions internationales devant sa poignée de main contrainte avec Milosevic et, orgueilleusement,

---

\* Voir Ibrahim Rugova, *La Question du Kosovo*, Fayard, 1994.
\*\* Kosovo Liberation Army.

refusait de s'en expliquer. Nous nous trouvions devant une figure classique de fin de guerre civile. Les résistants, l'UCK de Thaci, ceux qui avaient pris le risque du maquis et des armes, entendaient occuper tous les postes du pays et les « collaborateurs », même si en l'occurrence ce furent ceux-là qui lancèrent la guerre pacifique de libération, commençaient de trembler. Entre les deux grandes tendances la guerre était ouverte et signifiait risque de mort violente, permanence des dangers pour soi et pour sa famille. Je devais absolument éviter un tel affrontement.

Ce n'est pas toujours un avantage de trop connaître son adversaire. Les négociations sociales organisent des ballets répétitifs entre responsables qui se suivent et s'affrontent depuis des années. Une telle ambiance relativise certes les tensions. En politique étrangère le poids des alliances, toujours, et la surprise, parfois, pèsent sur l'issue. En matière de maintien de la paix, l'obstination est la vertu cardinale. Ne jamais se plaindre, ne jamais céder et ne jamais rompre, rester des semaines, des mois, être sur place, disponibles pour des va-et-vient permanents.

Après cette visite de deux heures, Rugova repartit pour Rome. Je lui avais arraché une promesse essentielle : celle de revenir dès que sa sécurité serait assurée. En le raccompagnant à sa voiture avec une Edita renfrognée, je pus mesurer sa popularité, intacte malgré sa position ambiguë sur la lutte armée.

Il me fallait convaincre Thaci, l'homme de la résistance armée. Je ne le connaissais pas avant de l'avoir découvert à la télévision lors de la conférence de Rambouillet. Sa génération était celle de l'intransigeance.

Il n'avait pas participé aux combats pacifiques et considérait les activités de Rugova comme une complicité avec le régime de Milosevic. On doit à la vérité d'écrire que les décisions du patron de la LDK n'avaient pas toujours été limpides, parce que l'homme était compliqué, un intellectuel qui confondait sa popularité avec un assentiment et répugnait autant à l'autocritique qu'à l'explication. Hacim Thaci sortait de la guerre en considérant que c'était sa victoire, non celle des bombardiers de l'OTAN. Il bénéficiait du soutien américain et souffrait d'une méfiance européenne et d'une défiance française, alimentées par les crimes impunis attribués à la KLA et aux trafics divers, d'armes en particulier, auxquels certains membres de la guérilla auraient été mêlés.

Après quelques rencontres formelles, le jeune dirigeant m'invita à dîner. Ce fut une soirée importante qui devait améliorer pour un temps nos rapports. Thaci se montrait toujours doux en paroles malgré la rudesse des arguments employés : un honnête homme. J'étais avec Eric Chevallier. La maison prêtée pour la circonstance était typique de la bourgeoisie kosovare, chargée, dorée et vaste. Les natifs des Balkans boivent sec et les musulmans du Kosovo ne font pas exception. Sauf Thaci qui ne boit et ne fume jamais. Il y avait comme toujours dans les pays de disette trop de nourriture à manger afin d'honorer l'hôte. Thaci parle allemand, langue que je comprends assez pour me tromper souvent. Un compagnon traduisait en un anglais approximatif. Nous parlâmes de nos amis communs, des Américains, et de quelques hommes des services secrets français qui avaient accompagné la guérilla dans les montagnes, enfin de la Dranica, la vallée où était né Thaci que l'on surnommait le « Serpent ».

Le dialogue ne fut pas facile, seul comptait le geste : cette invitation, l'hospitalité de tradition. Il ne peut rien arriver de fâcheux dans la maison de l'hôte, mais attention : le seuil franchi, la protection cesse et tous les coups sont permis. Cela se passa ainsi, la bataille fut féroce.

Pendant trois longs mois, émaillés de crimes et de tensions ethniques, j'ai poursuivi cette politique d'approche des deux courants du nationalisme kosovar, celui de la lutte armée et celui du pacifisme.

Ian Kickert, le gigantesque et longiligne diplomate autrichien, homme d'acharnement et d'humour, d'abattement et de passion, avait servi en Bosnie où il fut une tête chercheuse pour la conférence de Rambouillet. C'est lui qui le premier découvrit les talents d'un jeune homme présentant bien, le guérillero Hacim Thaci. Cette relation particulière jointe aux talents de Ian pour les contacts humains et sa capacité de footballeur à absorber de la bière pour donner confiance à l'interlocuteur nous valurent de ne jamais perdre le contact avec le chef rebelle devenu président du gouvernement provisoire.

Axel Ditman, autre diplomate, allemand celui-là, présent à Rambouillet et connaissant la configuration politique du Kosovo jusque dans les moindres détails, occupait le bureau en face de celui de Ian, dans la même pièce, avec un autre jeune homme, chercheur grec en sciences politiques, Alexandros Yannis, qui, lui, s'occupait des Serbes.

Je quittais souvent l'immense pièce sombre de style Europe de l'Est du gouverneur de la province, que j'avais renoncé, faute de crédits, à transformer en bureau moderne, pour aller rire ou échanger quelques impressions politiques avec ces trois-là qui s'étaient autoproclamés les *monkeys*, les singes. Ils avaient donc recouvert les murs des caricatures et autres photos de cet animal pittoresque. Il faut dire qu'une autre raison justifiait des apparitions fréquentes chez les *monkeys* : la présence abondante des femmes en visite. Dans les organisations des Nations Unies où les plaisanteries sur le sujet sont strictement prohibées, on dit *gender balance*, gender visite donc.

Il ne se passait pas de jour sans qu'une réunion ne se tînt, dans les bistrots et les restaurants que fréquentait Thaci, *La Spaghetterie* en particulier, en bas de son bureau. Sa principale collaboratrice était en liaison constante avec nous.

Pendant cette période de manœuvres et de dérobades, les crises furent fréquentes. La plus importante intervint autour d'une opération délicate : la démilitarisation de l'Armée de libération du Kosovo, celle d'Hacim Thaci et du général Hagim Ceku.

# Zoulou One

*Kosovo, juillet 1999-janvier 2001*

Au début de l'histoire, le 15 juillet 1999, quelques jours avant le massacre de Gracko je m'appelais Zoulou One et j'étais entouré, jour et nuit, de gardes du corps qui répondaient à des sobriquets analogues. Sierra Zoulou One était un gigantesque Noir de la Jamaïque, Donald Patterson ; Sierra Zoulou Two fut alternativement un Suédois un peu enveloppé ou un Iranien charmant qui se révéla excellent au pistolet-mitrailleur et qui rejoignait sa femme à Vienne tous les mois. Sierra Zoulou Three, c'était Joseph, un autre Noir des Iles, qui avait de l'allure et fut déçu de ne pas être promu lorsque Zoulou One regagna ses fonctions au siège des Nations Unies. Il est encore là-bas et parfois, lorsque je pénètre dans ce que les journalistes appellent « l'immeuble de verre de Manhattan », à la porte ou patrouillant dans les couloirs, j'entends un tonitruant « Docteur Kouchner » : une montagne se précipite vers moi, me soulève de terre au risque de me rompre une vertèbre. Tous, nous les rencontrerons souvent au cours de ce récit.

La vie était éreintante au Kosovo. Avec mes *body guards*, nous n'empruntions jamais les mêmes routes pour nous déplacer. Nous arrivions au *government building* par des chemins bizarres. Je l'ai dit, j'avais vite refusé une voiture blindée en provenance d'Afrique du Sud parce qu'elle était trop haute pour que les dames y puissent monter sans risque, et qu'elle me faisait ressembler à Tintin en Syldavie. Je préférais ces Toyota blanches à quatre roues motrices, spécialement fabriquées pour l'ONU qui en avait acheté plusieurs milliers et qui suivaient en bateau ou en train les diverses missions de l'Organisation. Une hiérarchie particulière dont je n'ai jamais compris le fonctionnement distribuait ou supprimait, au gré du préposé UN aux garages, l'accès à ces véhicules immaculés.

Donald avait installé un dispositif impénétrable, dans et hors les murs de mes maisons. Devant la porte, contre la fenêtre de ma chambre, glissaient des ombres, et résonnaient l'hiver des respirations contraintes par le gel. Nous ne nous étions pas aperçus qu'au fil des mois, en face de notre logis, s'était installé un repaire de prostitution et de crimes qui profitait de notre déploiement protecteur. Une nuit de grande froidure, la police et l'armée attaquèrent ce nid de guêpes, ce qui fit un beau vacarme.

Parfois, les Zoulous harassés succombaient au sommeil ; il devenait impossible de les réveiller. Ce fut le cas lorsque Eric Chevallier fut victime d'une attaque de péricardite et que Maryan Baquerot, mon chef de cabinet, homme de cœur et de ténacité, tenta de se faire aider par le *body guard* de permanence. C'était Joseph. On brisa sa porte sans le tirer de son sommeil. Je me souviens de la tête souffrante d'Eric, alité dans la tente commune de l'hôpital britannique, aux côtés des blessés graves des derniers attentats ; j'entends encore les explications savantes des médecins militaires, et l'air apitoyé des infirmières, vêtues de blouses serrées, qui auraient pu jouer dans *M.A.S.H.* Je pense aussi à Maryan qui mourut à Genève le 13 mai 2003. Trop d'amis disparurent dans cette équipe merveilleuse.

Nous habitions des maisons différentes, mais nous vivions ensemble. Dans la bande, mes copains proches étaient Jock, Zoulou Two, Eric, Zoulou Three, Nadia, Zoulou Four, Maryan, Zoulou Five, et Nina, Zoulou Five aussi, qui le remplaça, Marina, Zoulou Eight, enfin tous les autres qui n'avaient pas le grade de Zoulou mais auxquels j'étais très attaché. Chacun possédait une autre distinction, le talkie-walkie : étrange instrument de puissance. Confiée à un être doux, cette machine à bruit devient aussitôt le symbole d'un pouvoir qui pousse au hurlement, à l'ordre bref et comminatoire. Chacun des propriétaires devient un général de bataille. « *Copy, over and out !* »

Nous étions sans cesse menacés et recevions des bulletins d'alarme en provenance des multiples services secrets qui opéraient dans les Balkans. Lorsqu'un attentat semblait se monter contre moi, des émissaires venaient nous prévenir. Jock Covey se chargeait de démêler les rumeurs des vrais dangers, et je lui faisais entièrement confiance. Lorsqu'il le décidait, nous renforcions ma protection par des militaires français, des commandos d'une rare qualité que me prêtait le général J.C. Thomann ou ses successeurs, Philippe Wirth et Georges Ladevèze. Il y eut des attaques, des tirs, et des voitures sautèrent dans les rues. La police de l'ONU arrêta à temps quelques forcenés. Lorsque les bruits de complots se faisaient plus insistants, les commandos français se joignaient à la sécurité des Nations Unies, militaires en bonne forme physique qui se mêlaient alors aux internationaux, et notamment à l'excellent Glasgow, un Noir américain affûté, un culturiste remarquable, bon dans tous les sports, qui me suivait facilement dans les joggings que je m'imposais trois fois par semaine, sur des itinéraires choisis au dernier moment par crainte des attentats. Glasgow protégeait à l'américaine : me précédant dans la rue, il marchait droit sur les passants qui venaient en sens inverse. S'ils ne s'écartaient pas, il les bousculait violemment. Habitué aux spécialistes français qui cheminaient plutôt à côté des cibles potentielles, je m'offusquais souvent des manières brusques de mon ami.

Disponible, Glasgow, l'homme aux biceps renforcés, prenait tous les risques. Je nous revois, là-haut, au-dessus de Pristina courant, vers Germia et la forêt jonchée de bombes à fragmentation, avec Sylvie Pantz, juge de charme et de ténacité, Eric Chevallier et Jean-Sélim Kanaan, mon fils de cœur que je vouvoyais encore.

Les précautions de Glasgow étaient inefficaces contre les mines des chemins et des champs. Nous débouchions parfois – Glasgow, Eric, Sylvie, Jean-Sélim et moi – sur des rubans qui barraient la forêt, marquant une zone dangereuse. Il fallait faire demi-tour. Nous courions le long des routes pour ne pas sauter sur des mines posées sur des chemins inexplorés. Il fallut enseigner à la population, aux jeunes Kosovars surtout, à se méfier des chemins creux et des champs proches des frontières. Deux ONG, l'une anglaise,

Demining et l'autre française, Handicap International, prirent cette immense tâche en charge.

Malgré ces précautions, et comme après tous les conflits modernes où l'on cible avant tout les populations civiles, près de deux cents malheureux sautèrent sur des mines laissées par les uns ou les autres. Faible chiffre si on se reporte aux bilans du Cambodge ou de l'Afghanistan. Les militaires et les ONG organisèrent de spectaculaires démonstrations publiques de protection. On y faisait sauter des mines réelles pour bien convaincre des dangers. J'assistais officiellement à certaines de ces curieuses festivités pédagogiques, j'y faisais un discours et je remerciais les volontaires. Dès que nous eûmes une télévision locale, grande affaire politique menée par l'OSCE*, nous employâmes les caméras pour protéger des mines les citoyens de ce pays inexistant.

Un autre Sierra Zoulou One, Alan Remington, un Canadien sérieux et costaud, bouleversa le style de ma sécurité et changea à temps tout le dispositif de protection de ma maison. Il installa une guérite dans le jardin, établit des rondes au cours des nuits glaciales, imposa des barbelés, vérifia les maisons environnantes. Nous devenions professionnels.

---

* Organisation pour la sécurité et la coopération en Europe.

## « *Transformimi* »

Ce fut une différence majeure d'avec le comportement des Américains en Irak : que faire des combattants, une fois les combats terminés ? En Afrique, en Asie, en Amérique latine, et bien sûr dans les Balkans, s'est posée cette question cruciale. Après l'arrêt des conflits, comment reconvertir les maquisards ou les soldats ?

A notre arrivée, à l'été 1999, plusieurs milliers de membres de l'Armée de libération du Kosovo circulaient librement, à Pristina et ailleurs dans la province, avec fierté et souvent arrogance, en armes et en uniforme. La vallée de la Dranica, le fief à partir duquel ils avaient entamé la lutte armée quelques années auparavant, était entièrement contrôlée par leurs troupes. Nous y trouverons des caches d'armes bétonnées. Ils bénéficiaient de la légitimité du combat victorieux contre l'oppression serbe, même si cette victoire fut largement acquise grâce à l'appui international. Ils semblaient bien décidés à conserver leurs armes et à étendre leur contrôle sur le Kosovo, ce qui était contraire au mandat que nous avait confié la communauté internationale : restaurer la loi, l'ordre, et implanter la démocratie.

L'UCK voulait transformer les structures de la guérilla en noyau d'une future armée du Kosovo, ce que la résolution 1244 des Nations Unies, qui ne reconnaissait pas à la province le statut d'Etat, interdisait formellement. Pas d'Etat, pas d'armée. Que faire de ces hommes qui s'étaient courageusement battus, qui en avaient tiré une aura personnelle et collective aux yeux d'une large part des Albanais du Kosovo, des jeunes notamment ?

Mike Jackson, le remarquable patron de la KFOR, était, comme moi, sensible au risque de les voir reprendre la lutte, cette fois contre la communauté internationale. Si nous n'avions pas compris cet état d'esprit, si nous n'en avions pas tenu compte, nous serions très vite apparus comme une armée d'occupation.

Comment concilier ces deux visions contradictoires, la nôtre et celle des chefs politiques et militaires de l'UCK, Hacim Thaci et le général Ceku en tête, sans embraser de nouveau la province par une confrontation directe qu'aucun de nos pays contributeurs de troupes à la KFOR n'était prêt à engager – et dont, sur place, nous ne voulions à aucun prix ?

La reconversion nécessaire des combattants, signée par les militaires lors des accords de Tetovo, nous paraissait passer par quatre stratégies complémentaires. Premièrement, encourager les combattants, sans complaisance mais sans arrogance, à former des mouvements politiques acceptant les règles du jeu démocratique. Deuxièmement, offrir à certains d'entre eux d'intégrer une structure « sous uniforme », tout en respectant la résolution 1244. Troisièmement, aider les autres à retourner à la vie civile, par un accompagnement personnel. Enfin, leur assurer une forme de reconnaissance institutionnelle pour les sacrifices qu'ils estimaient avoir faits, parfois au péril de leur vie.

C'est aux militaires de la KFOR que revenait la tâche première de la démilitarisation de l'UCK, et de l'intégration de quelques milliers d'entre eux dans une structure appropriée. Mais nous étions convenus avec Mike Jackson que nous devions y travailler ensemble, d'autant que cette transformation – *transformimi* en albanais – était évidemment liée aux autres volets politiques et sociaux de cette reconversion des combattants. Les accords de la mi-juin 1999, signés en Macédoine, qui avaient scellé la fin des combats, nous avaient donné trois mois pour y parvenir : une véritable course contre ce calendrier impossible s'était alors engagée.

La structure à imaginer ne pouvait être ni une force armée, ni une force de police. Je ne sais qui eut l'idée de créer une organisation calquée sur la garde nationale américaine ou la sécurité civile française. Le général français Jean-Claude Thomann, alors l'adjoint de Mike Jackson, dont l'intelligence et la capacité d'innovation m'avaient impressionné, n'y fut pas étranger. Cette astucieuse proposition permettait de tenir compte de ce qui était alors pour la communauté internationale une ligne rouge infranchissable, tout en offrant au général Ceku et à une moitié de ses hommes une structure et des moyens leur permettant de préparer un jour une force armée. Nous n'étions ni dupes ni naïfs. Nous avions conscience de la schizophrénie ainsi créée, les uns et les autres s'accordant sur une idée tout en poursuivant des objectifs opposés. Nous savions que le désarmement de l'UCK ne serait que partiel, dans une région où la possession d'une arme était naturelle.

Personne ne fut en mesure de nous proposer une

autre idée. Dans ce genre de situation, le choix n'est jamais entre une bonne et une mauvaise solution, mais entre une mauvaise et une pire. La pire était la reprise de la lutte armée.

Cette solution ne pouvait pas s'imposer sans difficultés. De très longues semaines de débats tendus commençaient. Le nombre d'anciens combattants concernés, les mécanismes hiérarchiques, le contrôle de son fonctionnement par la KFOR, le type et le nombre d'armes autorisées, mais aussi les insignes et les grades, tout était l'objet d'âpres discussions, au cours desquelles Hacim Thaci et Agim Ceku allaient se montrer de redoutables négociateurs. La date-butoir, à l'expiration des trois mois, se rapprochait sans que nous ayons trouvé un accord.

La tension montait considérablement à mesure que se cristallisaient les oppositions. Les réunions se succédaient dans une ambiance de plus en plus glaciale, jusqu'au moment où, enfin, un compromis apparemment acceptable sur le terrain parut se dégager, au terme d'une nuit de négociations longtemps infructueuses. Restait à obtenir l'accord des grandes capitales des pays membres de l'OTAN, le processus se déroulant sous la supervision de la KFOR.

Nous nous étions réparti la tâche. Mike Jackson s'occupait de Londres, Jock Covey de Washington, tandis que je me réservais Paris. Jock obtint rapidement l'accord de Madeleine Albright, comme moi celui de Lionel Jospin. Pas Mike, malgré plusieurs tentatives et une détermination sans faille. Or, sans les Britanniques, nous ne pouvions plus avancer. Il semblait que Robin

Cook, le ministre anglais des Affaires étrangères, bloqué à New York, refusait le compromis.

L'atmosphère devenait irrespirable dans le spartiate bureau de campagne du chef de la KFOR. Les cernes déjà impressionnants de celui qui avait mené tant d'opérations victorieuses prenaient des proportions sidérantes. En attendant un éventuel déblocage de Londres, je décidai d'informer le président de la République, par l'intermédiaire de son conseiller diplomatique, Jean-David Levitte, avec qui j'entretiens des relations de confiance et d'amitié depuis les opérations de sauvetage des boat people vietnamiens au début des années 1980. Il deviendra plus tard le représentant de la France auprès de l'ONU à New York avant d'être nommé ambassadeur à Washington. Lorsque je parvins enfin à le joindre, il me répondit qu'il ne pourrait pas rester longtemps en ligne, étant en route avec le Président pour le 10 Downing Street, où Tony Blair les attendait pour un dîner officiel... L'occasion était belle. Je leur expliquai la situation. Le Président, immédiatement convaincu, s'engagea à persuader le Premier ministre britannique. Quelques minutes plus tard, le général Jackson recevait le feu vert que nous n'attendions plus. Les Anglais enfin d'accord, le whisky de Mike, déjà entamé, pouvait couler sans réserve.

A l'expiration exacte des trois mois impartis, l'accord de démilitarisation de l'UCK fut officiellement signé en ma présence entre le général Jackson et les représentants albanais. Une étape importante du processus de paix venait de s'achever. Nous ne nous faisions aucune illusion à son propos, mais il n'en était pas moins indispensable. L'UCK devenait le KPC, le

Kosovo Protection Corps. Le « *transformimi* » était accompli.

Plus de dix mille armes de toute sorte, y compris de vieilles pétoires datant de la guerre de 1939-1945, seront remises à la KFOR. Combien ne le furent pas ? Beaucoup. Pouvait-il en être autrement ? En tout cas, les rues étaient désormais libérées d'une présence oppressante. Cinq mille hommes se sont retrouvés dans le KPC, dépourvu de fonction militaire ou de police. Agim Ceku en prit la tête, mais sous couvert de la KFOR, qui se chargea de sa supervision et tenta d'en extraire les éléments les plus perturbateurs, tâche ingrate et difficile.

Nous commençâmes alors à mettre en œuvre les autres volets de la stratégie de réinsertion des combattants. Les deux partis issus de l'UCK, le PDK de Thaci et l'AAK de Ramush Haradinaj, participeront aux premières élections et accepteront, une fois battus dans les urnes par leur concurrent, la LDK d'Ibrahim Rugova, de céder, après bien des incidents, les positions de force qu'ils avaient conquises par les armes dans de nombreuses municipalités.

Je confierai à l'Office des migrations internationales la responsabilité d'établir un programme d'enregistrement et d'aide au retour à la vie civile de ceux qui n'avaient pas été intégrés dans le KPC. La plupart des estimations évaluaient à moins de dix mille les membres de l'UCK ayant combattu : ils seront plus de vingt mille à se faire enregistrer ! Vieille constante de l'histoire : il y a beaucoup plus d'anciens combattants après la victoire qu'il n'y en avait lors des combats.

Enfin, quatrième axe de notre stratégie, nous fîmes adopter une loi, une *regulation* selon le terme officiel, afin d'offrir une reconnaissance officielle au statut d'ancien combattant. Certains d'entre eux, très malades, amputés, diminués, manifesteront souvent dans la rue et envahiront mon bureau.

Désarmer, démobiliser, réintégrer : les experts désignent habituellement sous le sigle abscons de DDR ces impératifs complémentaires de toute situation d'après-guerre. Imposées d'abord par la situation sur le terrain, ces démarches de DDR sont indispensables même si, bien sûr, elles ne constituent ni des solutions miracles ni des solutions idéales. Peut-on pour autant les rejeter ? L'exemple irakien est venu montrer *a contrario* les risques majeurs que l'on court à s'y soustraire.

Pourquoi les Américains n'ont-ils pas choisi de tenter en Irak ce qu'ils firent avec nous au Kosovo, et qu'ils favorisèrent ailleurs ? Personne ne le sait clairement, mais on s'accorde aujourd'hui à reconnaître que ce fut une terrible erreur d'abandonner plus de quatre cent mille anciens soldats à leur sort, et donc à la démagogie des adversaires de la paix, alors même que beaucoup d'entre eux n'avaient qu'une loyauté très relative, et généralement contrainte, au régime de Saddam.

C'est ainsi que les Américains ont cruellement manqué d'appui dans leur lutte contre l'insécurité. La coalition a choisi en Irak une autre stratégie et va jusqu'à confier aux milices d'importantes tâches de sécurité. Espérons qu'elle sera efficace. Le temps perdu a été meurtrier.

# Le pont sur la rivière Ibar

*Kosovo, septembre 1999*

Mitrovica, ville de cent mille habitants, coupée en deux par la rivière Ibar : le sud aux Albanais, le nord aux Serbes. Le pont de Mitrovica, je le comparais pour mes amis au passage du musée de Beyrouth, à la zone portuaire de la ville de Monrovia, aux quartiers révoltés de San Salvador, séparations meurtrières d'une cité.

Ce pont de Mitrovica était devenu le symbole de la fracture irréductible entre les Serbes et les Albanais du Kosovo. Les colonnes françaises, chargées de cette zone lors de la pénétration alliée, le 12 juin 1999, ayant trouvé casernement au sud, n'avaient pas pourchassé les milices de Belgrade et s'étaient pratiquement arrêtées sur le pont poussant quelques rares éléments de reconnaissance plus au nord, découvrant des résidus de milices et des tueurs qui portaient des scalps, des chevelures de femmes albanaises accrochées à la ceinture de leurs treillis. Sur l'ordre de qui s'étaient-elles arrêtées, nos forces libératrices ? Je ne le sus jamais précisément, mais ce fut une belle erreur politique.

Cette halte précoce, qui fit de Mitrovica une ville divisée, provoqua un exode massif, un chassé-croisé permanent de réfugiés désemparés, et offrit aux Serbes un territoire de refuge inespéré, limitrophe de la Serbie encore aux mains de Milosevic. Très vite, des volontaires serbes organisèrent au nord du pont une milice habilement dirigée par Oliver Ivanovic, ancien sportif de haut niveau, homme courageux, politique avisé qui fut, pour l'UNMIK, un interlocuteur difficile, aussi sincère qu'on pouvait l'être dans de telles circonstances. Il organisa une troupe armée de *bridge watchers*, les gardiens du pont, des hommes armés de toutes appartenances, des plus louches et des plus brutaux aux patriotes dévoués, qui avaient leur siège au café *La Dolce Vita*, face au pont, marquant le « territoire serbe libre » et qui, reliés par talkies-walkies, pouvaient accourir à la moindre alerte.

Nous entreprîmes de les déloger à plusieurs reprises, en vain. J'allai moi-même les visiter une fois ou deux dans leur repaire. L'atmosphère était lourde de menaces. Une offensive armée nous permit de prendre le dessus. Nous voulions dégager un pont situé plus à l'est et nous sommes parvenus, Klaus Reinhardt, le général allemand, et moi, à chasser militairement les *bridge watchers*, leur offrant, en pleine bataille, au cours d'un dialogue heurté avec Oliver Ivanovic, la possibilité de surveiller les accès de leur domaine à partir d'un appartement situé plus haut dans la ville. Mais le commandant français de la zone était réticent devant ces manœuvres qui menaçaient l'autonomie serbe de la partie haute de Mitrovica. Je me souviens de discussions difficiles entre le général allemand et l'officier supérieur français, le général Pierre de Saqui de Sannes. Devant le refus du Français, nous n'allâmes pas plus loin, hélas, ce jour-là.

Un commandant de brigade de l'OTAN, *a fortiori* dans une opération de l'ONU, a toujours la possibilité de refuser un ordre, se référant aux instructions de son ministre de la Défense. En cas de crise, il doit lui téléphoner immédiatement, ce qui complique la tâche du commandement unique, pourtant indispensable. Il faut donc préparer soigneusement chaque opération qui met en jeu plusieurs brigades de nationalités diverses.

Pendant toute notre mission, la ville de Mitrovica demeurera une épine douloureuse dans le corps de la province, un problème humain insoluble sans issue politique, un casse-tête technique, un piège.

Fin juin, début juillet 1999, lorsque les bombardements de l'OTAN aboutirent aux négociations de Tetovo, en Macédoine, sous la direction du général Michael Jackson, des amis étaient en alerte, sur place, au nom de ce qui restait encore de la belle cellule d'urgence du Quai d'Orsay que nous avions bâtie, et que des fonctionnaires parvinrent à démolir. Le docteur Michel Bonnot, qui avait créé la cellule, et Jean-Louis Machuron, fondateur de Pharmaciens sans frontières, sont deux hommes sans peur, capables de passer partout. Ayant emprunté une voiture à l'ambassade de France en Macédoine, ils le prouvèrent en atteignant Pristina avant les troupes anglaises, remontant les colonnes de réfugiés kosovars dont le terrible exode avait alarmé les téléspectateurs.

Michel et Jean-Louis trouvèrent la ville partiellement détruite, mais la situation assez calme. Ils me demandèrent ce qu'il convenait de faire. Réflexe de ministre, je leur conseillai, puisqu'ils précédaient les troupes, d'aller préparer l'accueil des unités françaises à Mitrovica, région désignée pour y planter provisoirement le drapeau tricolore. Ils tournèrent donc à droite vers le nord et arrivèrent dans la ville au milieu des combats.

Ils rencontrèrent vite le responsable albanais, Barram Rehxipi, un chirurgien valeureux de l'UCK, avec lequel ils opérèrent dans des conditions difficiles. Le grand hôpital de Mitrovica se trouvait en zone nord, chez les Serbes. Dans cet établissement, comme dans toutes les autres structures publiques du Kosovo, les Albanais avaient été chassés de leurs postes dix ans plus tôt, au profit de Serbes « importés » de Belgrade. Un véritable apartheid administratif et médical régnait. Ils passèrent donc plusieurs fois le dangereux pont de l'Ibar, pour tenter de faire admettre des blessés d'origine albanaise dans les salles de chirurgie. Ils constatèrent que les miliciens serbes pavoisaient sur l'autre rive, pourtant habitée par une population mixte, et que les massacres et règlements de comptes s'y poursuivaient. Ils tentèrent de monter un circuit de navettes et de convaincre les responsables de l'hôpital de ne pas sélectionner les malades. Ils y parvinrent dans un premier temps et je m'efforcerai, plus tard, de les soutenir dans cette tentative d'imposer une impartialité médicale, qui se révéla impossible.

Malgré un bon démarrage, des réunions multiples et mixtes que je présidais, au cours desquelles les médecins kosovars et serbes acceptaient de planifier la marche de l'établissement, la politique imposée par les durs de Belgrade reprenait à chaque fois le dessus. Rien n'y fit, ni les bus protégés par l'armée pour le transport des malades, ni les personnels albanais courageux, qui tentaient de revenir travailler dans les locaux qu'ils avaient quittés de force dix ans avant, ni la venue d'une directrice française intrépide, Murielle Arondeau, ou de son successeur. Des grèves se déclenchaient à tout moment ; de l'argent frais, qui arrivait de Belgrade, achetait l'ignominie des médecins et du personnel qui obéissaient aux ordres d'un praticien serbe peu respectable nommé Milan Ivanovic. L'hôpital continuait de refuser les malades albanais dont certains, même gardés par la troupe, furent expulsés. Il fallut défoncer la porte principale de l'établissement au bulldozer.

L'hôpital de Mitrovica fut mon premier et symbolique échec. Les *French doctors* – Médecins sans frontières, Médecins du monde – avaient imposé dans le monde entier une approche humaniste et équilibrée des soins. Au Kosovo, ce fut un fiasco qui augurait mal de cette « impossible mission ». Pour gagner cette partie, il aurait fallu déclencher une importante bataille militaire qui aurait permis aux troupes de l'OTAN de reprendre la partie nord du Kosovo. J'y étais prêt, le COMKFOR* aussi. Pas les brigades...

La confrontation ne cessa jamais. Plusieurs administrateurs régionaux se succédèrent qui, avec des succès divers et des stratégies variables, tentèrent de mater la rétive ville du nord et s'y cassèrent les dents. Sir Martin Garrod, un ancien général de marines qui avait bien réussi à Mostar, fut le premier. Mais sa santé était chancelante, et nous fûmes obligés de le remplacer

---

\* Commandement de l'OTAN au Kosovo.

par un préfet italien, Mario Morcone, qui fit de son mieux aux pires moments. Puis Madeleine Albright proposa un général américain démocrate, Bill Nash. C'était un ancien de Bosnie avec qui mon adjoint Jock Covey avait éprouvé quelques difficultés. Jock fut assez grand seigneur pour accepter Bill, qui devint un ami. Il fut fortement influencé par la personnalité d'Oliver Ivanovic tout en aidant Rehxipi l'Albanais qui deviendra Premier ministre à transformer la ville côté sud. Bill Nash avait une science extraordinaire du contact humain : comme on ne pouvait guère espérer davantage, les deux groupes ethniques chantèrent ses louanges. Puis vint un général anglais, Tony Welch, inventif et fraternel, qui se heurta à mes successeurs.

# Klaus Reinhardt et la Nuit de cristal

*Kosovo, novembre 1999*

Ce matin-là, je trouvai Klaus Reinhardt, le successeur de Jackson, très énervé. Il brusquait les officiers de haut rang qui l'entouraient et apostrophait rudement les Kosovars. Certes, nous devions affronter une séance de travail difficile avec les officiers du Kosovo Protection Corps (KPC), cette fameuse sécurité civile issue de l'Armée de libération du Kosovo dont l'évolution laissait à désirer : les farouches maquisards se conduisaient en pays conquis et multipliaient les exactions. De fait, le pays leur appartenait enfin puisque qu'ils l'avaient arraché de haute lutte à leurs adversaires. Mais la communauté internationale n'admettait pas cette justification simpliste.

Les meurtres de Serbes se multipliaient. Le général Reinhardt et moi, les civils et les militaires qui avaient promis la paix, nous sentions responsables de ces crimes ethniques. Le *Kanun*\* ne dit-il pas : « C'est le Dieu tout-puissant qui nous a placé deux doigts

---

\* Le *Kanun* de *Lekë Dukagjini, op. cit.* Voir *Fehmi Agami* (« L'honneur »), page 139. Droit pénal et droit coutumier, le *Kanun* illustre ce que furent les traditions juridiques du peuple albanais depuis le XIVe siècle, et en particulier la vendetta.

d'honneur sur le front » ? Et, plus loin : « Pour l'honneur pris, il n'y a pas d'amende. L'honneur pris ne se pardonne jamais. »

Nous réagissions toujours ensemble, civils et militaires mêlés ; pas question de se défausser les uns sur les autres. Nous avions tenu plusieurs conférences de presse afin d'expliquer les difficultés du maintien de l'ordre à des journalistes que seuls les résultats intéressaient. Nous tentions de prouver à nos interlocuteurs kosovars que la paix est un problème de temps, la fraternité aussi, que nous en étions, lui l'Allemand et moi le Français, les vivants exemples. Dans nos pays, il y a seulement vingt ans, une telle communauté de vues entre nous était impensable. L'Union européenne fournissait un modèle aux dérèglements balkaniques. On nous présentait comme les frères jumeaux de cette mission : pas une décision importante sans l'assentiment des deux responsables.

J'avais demandé à Kofi Annan d'accepter que le général Reinhardt s'adressât au Conseil de sécurité à mes côtés. Le Secrétaire général, fin politique, accepta cette nouvelle hardiesse venue de la MINUK : un officier supérieur de l'OTAN allait bientôt témoigner au cœur de l'organisme chargé du maintien de la paix.

Les premiers jours de novembre avaient été sanglants : des enlèvements tournaient aux meurtres. Momcilo Trajkovic, le Serbe courageux, fut victime d'un attentat. Quatre grenades à Suvido firent trois blessés graves, un homme dut être amputé. Un autre Serbe fut tué à Obilic, ville difficile administrée par Laura Dolci. Des hommes du KPC furent convaincus de trafic de cigarettes à grande échelle. On découvrit huit cadavres à Makrialj. Un Serbe fut tué à Dobracane à la suite d'une manifestation qui dégénéra en émeute. Dans la région de Gjilane, à Dokovica, un Albanais fut tué, deux autres blessés. Chaque jour, des hommes en colère descendaient dans la rue...

Tel était notre quotidien de guerriers de la paix, plus de six mois après l'entrée des troupes. Une mission de ce genre ne peut se juger dans les premiers mois. Il lui faut du temps pour s'installer et convaincre. Je devais l'écrire et le répéter très souvent trois ans plus tard, lorsque la presse internationale publiait des éditoriaux péremptoires sur l'échec des Américains en Irak. Il en fut de même pour notre mission au Kosovo : elle fut condamnée avant qu'elle ne s'installe.

Notre réunion, dans le sous-sol du *government building*, cette salle bétonnée où avaient été signés les accords de transformation de l'UCK, commença à l'heure. La séance fut violente\*. Klaus, responsable de l'ordre chez les anciens maquisards, et moi-même, devant veiller à leur intégration dans la vie civile, au bon versement de leurs soldes et à l'accomplissement des besognes assignées, nous relayâmes pour mettre en garde contre le risque de rupture, puisque le pacte n'était pas respecté. Le ton monta. Klaus, impressionnant de vigueur, menaça nos interlocuteurs d'offensives armées dans tout le pays, en particulier dans la Dranica où nous avions déjà trouvé des caches

---

\* Voir Général Klaus Reinhardt, KFOR, *Steitkrakte für den Frieden*, Blaezk und Berman, 2001.

d'armes. Les Kosovars, le général Ceku en tête, répondirent que nous ferions mieux de nous souvenir de la dernière guerre : les armées allemandes n'avaient-elles pas été défaites non loin de là ? « Pas par vous, par les Serbes ! » avons-nous hurlé en retour.

Nous suspendîmes la séance en exigeant de nos interlocuteurs qu'ils rendent les armes conservées malgré les accords et en leur rappelant que nous les tenions pour responsables des crimes passés et à venir.

Après ce coup de gueule, je montai dans le bureau de Klaus et lui demandai la raison de sa véhémence. Nous étions assis dans de mauvais fauteuils autour d'une petite table, sa chambre de commandant en chef juste de l'autre côté d'un rideau mal tiré. Par la fenêtre, on apercevait le paysage sans âme de ce camp militaire improvisé.

Klaus se pencha vers moi :

« J'y ai pensé toute la nuit. Quel jour sommes-nous ? La date ne te dit rien ? C'est l'anniversaire de la Nuit de cristal\*. A toi, je peux le dire : je ne veux pas revoir ces brutalités, ces crimes. Je ne supporte pas l'idée que se répètent en Europe de telles violations des droits de l'Homme comme toi et moi, enfants, nous en avons connu. »

Plus tard, lorsqu'il m'est arrivé de douter de l'Europe, quand des gens de peu de mémoire, oublieux de l'Histoire, souverainistes niais la prenaient à partie, j'ai souvent repensé à cette scène. Les parents de Klaus Reinhardt et les miens n'auraient jamais pu imaginer cette fraternité pudique nouée entre nous, en haut d'une

---

\* 9-10 novembre 1938. Premier pogrom officiellement organisé par le régime nazi.

colline pelée des Balkans. Moins encore mes grands-parents, morts à Auschwitz.

Le lendemain nous partîmes ensemble pour une séance exceptionnelle du Conseil de sécurité des Nations Unies.

# La marche sur Mitrovica

*Kosovo, décembre 1999*

Ce jour-là, plus de cent mille personnes venues de tout le Kosovo se mirent joyeusement en marche vers Mitrovica – immense ruban humain, jeunes gens enlacés, quelques carrioles, de rares voitures, que survolaient les hélicoptères de la KFOR. Nous étions très inquiets, un seul incident grave pouvait compromettre notre politique. Je me tenais en contact permanent avec le général Klaus Reinhardt, commandant des forces du Kosovo. Nous avions décidé de mettre en place des barrages bien avant les premières maisons de Mitrovica, loin des usines de Treca qui rouillaient sur pied, gigantesques carcasses, injures à la nature sur les sols pollués.

Les premiers éléments de l'armée tentèrent de détourner les manifestants à partir de Wushtri-Wicitirn, la ville que surveillaient les unités des Emirats arabes unis. Dès les premiers heurts, nous comprîmes que rien n'arrêterait les Kosovars décidés à prouver, avec le soutien de tous les partis politiques – surtout l'un d'eux, composé d'anciens communistes –, que le Kosovo ne s'arrêtait pas au pont de Mitrovica.

Très inquiets, les responsables de notre antenne

ONU sur place, dirigée par Mario Morcone, se trouvaient dans une maison proche du pont, face à la municipalité albanaise. Ils étaient les témoins des assauts en préparation contre les gendarmes français et les soldats britanniques qui gardaient le pont.

Les attaques se déclenchèrent bientôt. Les soldats demandèrent à pouvoir utiliser des grenades lacrymogènes. Nous comprîmes que la situation n'était pas tenable. Je donnai rendez-vous sur place au général Reinhardt. La route était impraticable. On se battait à tous les carrefours. Pour venir de Pristina avec Jean-Sélim, Nadia et les autres, nous avions emprunté l'hélicoptère des Nations Unies, un gros Sikorsky bi-rotor américain, de couleur blanche, frappé du sigle de l'Organisation. Je l'employais le plus souvent possible pour visiter les provinces du Kosovo. Les pilotes, des Sud-Africains, sous la direction d'une navigatrice blonde en combinaison bleue, étaient alternativement hostiles et chaleureux. Je n'ai jamais su de quoi dépendait leur humeur – des heures de vol, des circonstances ou des destinations.

L'hélicoptère blanc nous déposa dans le camp des soldats français, sur un petit terrain en surplomb. La nuit tombait déjà. Le général français nous fit passer par l'arrière du bâtiment de l'ONU. Nous montâmes au dernier étage. L'air était chargé de gaz lacrymogènes. Les manifestants attaquaient par vagues successives, se protégeant avec des foulards sur le nez. Ils semblaient agir à mains nues, mais nous savions qu'ils avaient des armes et qu'ils pouvaient s'en servir.

Les assauts se heurtaient au mur des gendarmes français qui portaient des masques à gaz et barraient solidement le pont. Nos soldats que j'admirais beaucoup étaient certes entraînés à ces confrontations, mais la pression se faisait de plus en plus forte. Il fallut bientôt le renfort des soldats britanniques qui, eux, n'étaient pas équipés de masques et tenaient héroïquement leur position en se protégeant avec des serviettes contre le nuage de gaz.

De l'autre côté, les Serbes se regroupaient derrière les escouades de *bridge watchers*. Comment faire face ? Je demandai au général Ceku, commandant du KPC, de venir me rejoindre. Il refusa de gagner le PC de l'ONU. Je lui offris de nous retrouver au bâtiment de la police, un peu plus éloigné du pont. Je n'étais pas sûr de sa détermination. Ceku était loyal, mais il souhaitait, comme tous les Kosovars d'origine albanaise, rentrer en possession du territoire entier du Kosovo.

Nous étions tous très anxieux. Que ferions-nous si les manifestants réussissaient à passer le pont, si les Serbes les décimaient à l'arme automatique ? Devions-nous déplacer des troupes sur l'autre rive à titre préventif ? La brigade française l'accepterait-elle ? Je tentai de joindre Alain Richard, le ministre français de la Défense, lorsque des coups de feu éclatèrent. Avec Jock et les autres, je sortis dans la cour.

Nous étions séparés de la foule des jeunes manifestants par une simple grille métallique, peu élevée. Les hommes de la sécurité se tenaient autour de moi, prêts à tirer. Je m'approchai de la grille, et des jeunes Albanais me reconnurent. Loin de me conspuer, à ma grande surprise, ils m'applaudirent. Je commençai à parler avec eux. Ils m'apprirent qu'un commando albanais, sans doute des soldats de l'UCK du commandant Remy, tentait de prendre pied sur l'autre rive en traversant l'Ibar. Venez voir, me proposèrent-ils. Ils hurlaient : « *Kouchneri, Kouchneri* avec nous. Venez voir ! »

Contre l'avis de tous les officiels, préfets, militaires et policiers, mais avec l'approbation inquiète des membres de mon équipe, je décidai de rentrer dans la foule. Je voulais tenter de les arrêter, de l'intérieur.

Gaz lacrymogènes, bruit des armes, densité dangereuse, fatigue de la journée de marche : la manifestation atteignait son paroxysme d'excitation. Le pire était à craindre. La foule était capable de renverser les barrages sur le pont, ce qui aurait obligé nos hommes à riposter à balles réelles.

Un par un, je perdis ma petite troupe de conseillers. Seuls quelques hommes de la sécurité s'accrochaient à moi, et moi à eux. Je me rendais compte que la situation pouvait basculer à tout moment. Pourtant, j'avais confiance. Je m'étais dirigé vers le fleuve. J'avais vu s'éloigner vers l'amont le commando qui tentait de traverser, et les tirs qui les visaient avaient cessé. Sur l'autre rive, les Serbes s'étaient regroupés en carrés, comme les anciennes légions romaines.

L'accueil de la multitude restait chaleureux. Nous étions tellement comprimés les uns et les autres qu'on ne pouvait retrouver son chemin qu'en se fiant aux étoiles : impossible navigation. J'étais palpé, encouragé, embrassé, déchiré, mais sans crainte. Après une salve plus massive de lacrymogènes, les gens toussaient et pleuraient comme moi ; je décidai qu'il était temps de conférer avec Ceku et de tenter quelque chose. Je voulus m'adresser à la foule. Mais où et comment ?

Je tentai de ramper debout vers le poste de police lorsqu'un remous plus violent me précipita dans un groupe qui parlait une autre langue : l'allemand. C'était Klaus Reinhardt, le général en chef, mon frère jumeau comme on nous nommait. Nous avions eu la même idée et, sans nous consulter, tentions en confiance de canaliser une foule immaîtrisable ! Pas d'accolade dans ce magma, nous n'aurions pas pu nous toucher la main tant la pression humaine était grande.

Klaus, son groupe et le mien parvinrent à l'entrée du poste de police gardé par des fonctionnaires inquiets qui peinèrent à pousser les grilles pour nous laisser entrer. L'obstacle passé, je vis Klaus palper son flanc droit, chercher quelque chose à terre et ses aides de camp s'agiter. Dans la cohue, quelqu'un avait subtilisé l'arme de poing du commandant des forces du Kosovo ! Soulagement d'être sortis sans dommage de la foule, bonheur d'avoir été acclamés et non malmenés : Klaus éclata de rire et j'en fis autant. C'est ainsi que j'aime les généraux.

Cependant, la manifestation se poursuivait, et les grenades claquaient davantage. Nous gagnâmes le balcon du premier étage qui surplombait la foule, et vîmes arriver le général Ceku porté par les vivats des manifestants. J'exposai mon plan à Jock, Klaus et Eric. Il fallait convaincre Ceku de s'adresser à ses partisans en leur demandant de rebrousser chemin. Ce n'était pas gagné. Moment décisif pour l'avenir du Kosovo.

Je demandai qu'on me laisse seul avec Ceku. Il arriva, plus heureux que grave. Je développai mon argument : cette marche sur Mitrovica était une immense victoire si elle s'achevait sans effusion de sang. Il ne pouvait tout gagner en un jour. Sous la poussée des manifestants, nos soldats seraient bientôt obligés de tirer. Moi-même, j'en donnerais l'ordre, et tout le bénéfice politique serait perdu devant le nombre des morts et le scandale international. Il fallait que lui, Ceku, militaire de carrière, comprenne qu'en cet instant tout pouvait sombrer dans l'anarchie et l'échec. Il devait me faire confiance pour récupérer par la loi la partie nord du pays, dont on avait maintenant démontré qu'elle appartenait au Kosovo et non à la Serbie, selon les termes de la résolution 1244.

Il hésita, resta un long moment silencieux. Je lui proposai de parler le premier, en signe de confiance. Il accepta. Je fis rentrer les autres et je résumai ma proposition. Tous le félicitèrent.

Le reste fut un moment d'exaltation politique. On ne pouvait pas sonoriser le balcon. Les gendarmes nous procurèrent un porte-voix. Le général Ceku, très applaudi, se lança dans un discours martial puis explicatif. Klaus Reinhardt et moi tentions de suivre grâce à un interprète laborieux. Lorsqu'il demanda la dispersion, je crus que les clameurs de protestations allaient balayer notre plan, mais Ceku reprit le dessus sur les récalcitrants. Je pris la parole à mon tour. Mes phrases étaient traduites les unes après les autres : je les félicitais et leur demandais de repartir pour ne pas gâcher la victoire. J'affirmais que la communauté internationale avait compris leur message. Je les remerciais de leur maturité politique et je terminais par quelques phrases en albanais que j'avais répétées avec Yoshifumi Okamura, mon conseiller politique, le seul Japonais capable de parler l'albanais. Je vis que les plus sages ou les plus fatigués commençaient à rebrousser chemin. Puis Klaus prononça un discours très fort et très net, dans son uniforme de combat de général allemand.

L'étreinte se relâcha sur le pont. Nos soldats harassés avaient tenu sous le choc, sans bavures. J'étais fier d'eux.

Nous regagnâmes Pristina, épuisés et heureux. De notre hélicoptère qui suivait le ruban des routes, on entendait les jeunes manifestants, drapeau à l'épaule, qui chantaient dans la nuit.

# La violence faite aux femmes

*Kosovo, juillet 1999-janvier 2001*

Violence et femmes, violences sur les femmes : sujet sinistre qui mêle rejet et fascination. Les conflits de Yougoslavie, peut-être en raison de leur proximité géographique, ont mis en évidence ce que l'on avait toujours su : les viols systématiques étaient employés, sous nos yeux, comme arme de guerre*.

Il faut comprendre que, dans cette partie d'Europe, violer une femme, c'était offenser gravement l'homme : le protecteur supposé se reprochait de n'avoir rien pu faire. Son honneur était atteint. Souvent, lâchement, il interdisait à la victime de parler. Les femmes furent donc des proies, des enjeux, des prises de guerre, et il faudra bien des années pour qu'elles aient enfin la possibilité de s'exprimer. Néanmoins, quelques-unes, héroïques, prirent la parole. Pour elles, nous avons installé, avec l'OSCE, des appartements pour les protéger des représailles.

A ce point du récit, il convient de citer quelques phrases du *Kanun* de *Lekë Dukagjini*, ce livre fondateur

---

\* Cécile Dauphin et Arlette Farge, *De la violence et des femmes*, Albin Michel, 1997.

dont j'ai déjà parlé. A l'article 29, il est écrit que « la femme est une outre qui doit tout supporter » ; tant qu'elle est dans la demeure du mari, il règne sur elle. « En cas d'infidélité, d'adultère et de violation de l'hospitalité, le mari tue sa femme sans avoir besoin de sauf-conduit (...), sans être poursuivi parce que les parents prennent le prix du sang de la morte, lui donnent la cartouche et lui servent de garants. » C'est l'article 31 dit « de la frange coupée », autre pratique destinée à *marquer* la femme coupable. A l'article 33, au paragraphe 58, on affirme que le mari a le droit de conseiller et de corriger, de battre et d'enchaîner sa femme. Le texte a beau dater de plusieurs siècles, la culture en reste imprégnée. J'ai rarement vu pleurer les femmes du Kosovo. Là comme ailleurs, ce sont elles qui portent l'avenir.

*Harije Xhema*, paysanne analphabète de la Dranica, vallée de violence et d'obstination, a raconté son histoire : « Les viols étaient massifs, programmés et prémédités par Belgrade, pour faire perdre sa dignité à la femme albanaise. C'était une arme mortelle, parfois utilisée sous les yeux des parents. » La fille d'Harije, Zahide, avait vingt ans lorsqu'elle fut violée par les miliciens serbes, en avril 1998, non loin de leur village de Khocince, près de la mosquée de Qirez. Les miliciens, portant l'écusson à l'emblème du tigre sur leur uniforme, emmenèrent les filles une par une. D'abord Antigone, puis Zahine, puis Baccuri, Merisha, Lunmi... Aucune ne survivra.

Après l'arrivée des troupes de l'OTAN, on retrouvera leurs corps dans des puits des environs. Les médecins légistes du Tribunal pénal international affirmeront qu'elles y furent jetées vivantes. On présentera à Harije un pantalon de jogging jaune, pour identification. « Je n'ai pas pu dire un dernier mot à ma fille. J'avais si peur. Je ne sais même pas comment elle est morte. Qu'y a-t-il de plus terrible pour une mère ? »

Les autres mères n'ont pas eu le courage de parler. Elles ont préféré le silence et ce qu'elles croient être de la dignité. Pas Harije : elle a été entendue par les enquêteurs du TPI, elle ira témoigner devant Milosevic à La Haye, si on le lui demande. Bien sûr, le dictateur dira qu'elle ment, ou bien que c'était ça la guerre... Harije portera dorénavant le voile clair du deuil, jusqu'à la fin de ses jours*.

## Sevdije

Les cheveux de Sevdije ont blanchi : elle n'est pas vieille, elle est vieillie. L'air doux, les yeux tendres, elle penche la tête avant de parler, toujours doucement, ce qui fait prêter l'oreille à l'assistance comme on l'enseigne aux diplomates et aux énarques. Personne n'a appris cette technique à Sevdije Ahmeti, présidente de l'Association de la mère et de l'enfant. Chaque semaine, nous avons passé ensemble plusieurs heures, dans l'immense salle au dernier étage du bâtiment du

---

* *Le Monde* du 13 février 2001, « Martyrs du Kosovo », enquête de Christophe Châtelot.

gouvernement. La porte était gardée par les divers services de sécurité des membres du KTC*, des hommes que la guerre avait opposés et que la paix contraignait à ne pas s'attaquer ouvertement. Ceux de Thaci, ceux de Rugova, qui parfois s'insultaient et s'affrontaient, étaient séparés par les robustes officiers des polices spécialisées de l'ONU et des unités spéciales des polices nationales. Les couloirs, devant les doubles portes semblaient en état de siège.

Un an après notre première rencontre, après de longs mois de silence Sevdije Ahmeti me racontera son histoire.

Dès 1987, lors du plénum du Comité central lorsque Milosevic commença son ascension, Sevdije dénonça la propagande contre les femmes albanaises que les Serbes appellent des « machines à laver », pour illustrer leur prétendue ignorance. Elle participa à la fondation du Conseil pour la défense des droits de l'Homme et des libertés (KPMDN). Elle était membre du parti communiste puisque c'était obligatoire pour faire des études, et secrétaire de la section culturelle du syndicat. Elle militait pour le changement de Constitution afin que les catégories ethniques disparaissent au sein de la Fédération. La grève des mineurs commença en novembre 1988. Les étudiants rejoignirent le mouvement. La section culturelle dut démissionner : 83 personnes dont Ibrahim Rugova et Sevdije Ahmeti. Milosevic abolit la Constitution et donc l'autonomie du Kosovo, le couvre-feu fut instauré. Dans les mois qui suivirent, des dizaines de milliers de Kosovars

---

\* Kosovo Transitional Council.

furent limogés de leurs postes, des milliers d'arrestations, des condamnations intervinrent. Quelques Albanais fuirent à l'étranger et fondèrent le Mouvement pour la république du Kosovo. Ahmeti créa en mars 1990 l'Association des femmes qui rejoignit bientôt la LDK de Rugova. Sevdije qui n'acceptait aucune allégeance s'écarta sans esclandre. Proche d'Adem Demaci, le Gandhi des Balkans qui passera 27 ans en prison, elle continuait d'apprécier Rugova et commença à écrire.

Pendant l'année de poudre et de mort, 98-99, elle tint un journal sur Internet et alerta le monde entier, assiégeant de déclarations et de faits les ambassades, les associations de droits de l'Homme et les journaux. Elle joua, chez les Kosovars albanais, le rôle que tiendra le père Sava chez les Serbes assiégés.

En juillet 1999, elle devint membre du Conseil transitoire du Kosovo où elle intervient souvent. Sava et Ahmeti se retrouvèrent donc tous les deux autour de la grande table du Conseil et je me souviendrai longtemps des regards qu'ils échangeaient, quêtant une approbation mutuelle. Ils n'étaient hélas pas du même côté de la table.

Le journal d'une femme du Kosovo, la transcription des cris d'alerte et des réactions diplomatiques molles révèlent un constat effrayant du conformisme occidental*. Sevdije enseignait les droits de l'Homme dans les villages, et s'était ainsi constitué un réseau de correspondants qui lui téléphonaient les faits, les exactions

---

\* Sevdije Ahmeti, *Journal d'une femme du Kosovo*, CCFD Karthala, 2001.

comme les ripostes de la population. A la lecture de son journal, une évidence apparaît : la guerre avait commencé dès le printemps 1998, et les autorités serbes s'étaient préparées à vider le Kosovo d'une grande partie de sa population albanaise. Le journal commence le 6 mars 1998 par le compte rendu du massacre de Prekaz, dans la Dranica, début de la répression et du nettoyage ethnique programmés par les Serbes de Milosevic. Il se termine le 25 mars 1999, lorsque les miliciens s'approchent du domicile de Sevdije qui, déguisée, réussit à fuir. Je ne saurai que bien plus tard, à Pristina, lorsqu'elle protestera contre le peu de résultats obtenus dans l'assistance aux femmes violées et notre quête des disparus, combien elle fut elle-même traumatisée, attaquée, violentée. Elle me le dira plus tard, à Paris, me rendant visite au ministère de la Santé. Nous avons alors eu le sentiment, en nous embrassant avec une émotion singulière, d'avoir toujours été amis, depuis longtemps, sans même nous connaître.

## Les yeux verts

Derrière chez moi, une rue plus haut, sur *Sunny Hill*, une petite baraque abritait une association où je me sentais à l'aise mais que nos voisins n'aimaient pas. J'ose dire « chez moi », même si j'étais de passage et que j'avais loué la petite demeure. Pendant de longs mois et de très courtes nuits, je me suis senti « à la maison » dans cette vilaine bicoque meublée selon les canons du mauvais goût local, sols de marbre de diverses couleurs, rampes de fer forgé, rideaux rose et vert à l'éclat des bonbons anglais.

Dans la villa, plus haut, des femmes très courageuses, des psychiatres, des infirmières et une gynécologue aux grands yeux verts prenaient en charge, sur leur demande, les femmes violées de la guerre du Kosovo. Dès ma première visite, je me suis trouvé en complicité avec celles qui osaient parler ou faire parler l'inconscient. Encore faut-il tendre l'oreille, se porter assez doucement en avant pour recevoir ces confidences, les plus intimes, les plus enfouies et les plus déchirantes.

Je suis allé les voir le plus souvent possible et j'ai aidé comme j'ai pu, d'argent et de cœur, ces femmes qui bravaient l'interdit. Une société honorant le héros mâle vainqueur et violeur laisse peu de place à la compagne. Dans les Balkans, la société patriarcale s'est « épanouie » plus qu'ailleurs, c'est-à-dire pire qu'ailleurs. Et les enfants mâles des Balkans furent élevés par ces femmes balkaniques qui se rendirent, à leur corps défendant, complices de la perpétuation de ces traditions. Comme au Moyen-Orient, comme en Afghanistan, partout où l'hormone mâle commande ces horreurs viriles.

## Shukria Reka

J'étais parti pour Mitrovica. Eric, Nadia et Marina, demeurés dans le *government building*, furent soudain informés qu'une foule importante assiégeait l'immeuble. Déjà débordée par le nombre, la sécurité s'inquiétait. On parlait des familles des personnes prisonnières ou disparues, ce qui n'était pas la même chose. J'avais donné consigne de ne jamais refouler les délégations sans les recevoir. Nos amis descendirent dans la foule, comme nous avions coutume de le faire, ne se considérant pas en pays hostile. Deux responsables se ruèrent vers eux, un homme aux yeux clairs, le maire de Djakova, et une femme au regard de braise, Shukria Reka, qui devint un des acteurs essentiels de l'épopée kosovare. Retour de Mitrovica, je trouvai tous ces gens dans mon bureau, plus ou moins séquestrés par les manifestants que j'avais interdit de charger. Un dialogue s'amorça, qui devait durer de nombreux mois.

Petite, ronde, joufflue, tendre et indomptable, cette activiste n'arrivait pas, au début, à s'exprimer en public. Je lui donnai quelques conseils de maintien militant : avancer le pied, pour donner de l'élan à la phrase, se servir des silences. Organisatrice de toutes les manifestations, elle se battait pour que son fiancé, arrêté en plein jour à Djakova, soit libéré. Je savais les manifestants déterminés, cherchant l'incident, attendant la charge. J'avais adopté une technique inverse, qui n'était pas sans rapport avec mon passé d'activiste : je me portais, souvent seul ou avec Eric au-devant des manifestants, en pleine rue, m'avançant vers eux. En les rejoignant je formais un groupe de discussion qui permettait souvent de les canaliser.

Shukria luttait sans relâche contre l'évidence. Les personnes dites disparues étaient mortes pour la grande majorité d'entre elles, même si leurs familles les attendaient, tous les matins, tous les soirs et chaque heure de la journée. J'avais connu ce refus du réel dans bien des endroits du monde, au Salvador, en Afrique, au Viêt-nam, au Cambodge, toujours avec la même obstination. Le même déni de l'évidence. Trente ans après la séparation des communautés, à Chypre, des femmes en noir brandissaient encore des photos de leurs « *missing persons* » sur la ligne de démarcation, espérant un miracle. Au Kosovo, personne ne se résignait. Combien étaient-ils ? Un jour de visite devant le charnier de Mitrovica où travaillait une équipe française, j'avais imprudemment donné un chiffre qui était aussi celui du TPI : environ dix mille personnes. Les révisionnistes habituels, les pro-Serbes de profession, hurlèrent. Il y a quelques mois, en 2003, à Belgrade, les autorités devenues démocratiques me présentèrent les mêmes estimations auxquelles ils ajoutèrent, légitimement, deux mille disparus serbes. Je rencontrai les mêmes femmes en noir espérant l'impossible, avec une dignité identique. La présidente du Comité des disparus serbes était la femme d'un chirurgien connu, le Dr Andrija Tomanovic qui choisit de rester à l'hôpital de Pristina pour s'occuper des malades albanais. Cet homme avait toujours joui d'une excellente réputation. Il fut enlevé par des inconnus, comme on disait, et probablement tué. Sa disparition marqua la fin de la cohabitation ethnique en matière médicale.

La compétition des souffrances est cruelle : Shukria la pasionaria cherchait un fiancé qui apparut bientôt sur les listes des rares prisonniers que pouvaient se procurer nos amis du Comité international de la Croix-Rouge. Il figura parmi les accusés d'un procès collectif à Nic, ville serbe réputée pour sa sinistre prison. Procès truqué dénoncé par les journaux serbes eux-mêmes. Pas d'accusations individuelles, pas d'accès pour les avocats à des dossiers inexistants et une sentence collective lourde, de vingt à trente ans.

Le groupe de Shukria continua de manifester contre nous, puisqu'ils n'avaient sous la main que cette représentation de la communauté internationale. Nous avions désigné des membres de l'UNMIK qui ne cessaient de harceler l'appareil judiciaire serbe et de se déplacer à Belgrade pour faire avancer le dossier. Parmi eux, l'une de nos plus belles « panthères », le surnom donné au merveilleux groupe des femmes exerçant des responsabilités au sein de l'UNMIK : Maria Helena Andreotti, juriste italienne, se dévoua, avec imagination, féroce et calme à la fois.

Six mois, puis un an plus tard, les mêmes manifestants étaient toujours à nos basques. Souvent ils voulaient forcer la porte. Parfois ils campaient dans l'avenue *Mother Teresa*, commençaient des grèves de la faim. Lorsqu'ils passèrent plus de deux jours à coucher par terre, nous leur fîmes parvenir couvertures et nourriture. Curieux rapport entre assiégés et assiégeants. Je dus aller plusieurs fois à Djakova pour calmer les émeutes qui s'annonçaient. Nous consultions d'abord les édiles de la ville qui nous faisaient part, théâtralement, des nouvelles informations, toujours plus négatives. On nous rendait responsables de notre impuissance à retrouver des disparus ou, au moins, leurs corps.

Avec une certaine démagogie, nous profitions de ces séances d'anxiété et de douleur. Lorsque des fonctionnaires du siège de New York nous rendaient visite, nous les emmenions à Djakova pour que la foule dans les rues les apostrophe et les inquiète. Il en fut ainsi avec de nombreux membres du Conseil de sécurité dont Sergueï Lavrov, l'ambassadeur russe, le plus retors dans ses critiques de la mission et le soutien le plus efficace des Serbes du Kosovo. Je le vis vaciller sous les évidences des massacres. A l'époque, on ne savait pas que des cadavres avaient été transportés par milliers vers la Serbie, en camions frigorifiques, puis ensevelis au fond de lacs et de grottes profondes.

A Djakova, après la séance à huis clos, une réunion publique se tenait dans le grand théâtre de la ville. C'était toujours un moment éprouvant, presque insupportable de tension. Un mélange de douleur et de haine flottait dans l'atmosphère. J'écoutais beaucoup, longuement, je rappelais que les Serbes aussi comptaient de nombreux disparus, ce qui déclenchait des hurlements, surtout lorsque j'alternais des phrases en albanais et en serbe. Je prononçais des paroles d'apaisement, mais avec un réalisme croissant, je parlais aussi de la mort probable des disparus.

Ils savaient tous, mes amis les habitants de Djakova que leurs êtres aimés disparus depuis plus d'un an étaient morts. Mais ils ne voulaient pas se rendre à l'évidence sans avoir trouvé, contemplé des restes, des bouts de vêtements autour desquels ils pourraient enfin commencer le rituel du deuil. Nous n'en finissions pas. Je savais depuis le début que je devrais un jour les brusquer.

Un jour, fin 2000, bien après l'arrestation de Milosevic, dans la grande salle de Djakova, je fus brutal, et délibérément agressif.

« Ce que j'ai à vous dire ne va pas vous faire plaisir,

et beaucoup d'entre vous vont éclater en sanglots. Ce moment est nécessaire, même s'il est pénible. Je sais que vous le savez. Nous avons enquêté partout, ouvert toutes les portes, ici au Kosovo et à Belgrade où s'installe lentement la démocratie... »

« Démocratie d'assassins, de meurtriers, de tortureurs, de violeurs... » La salle explosa en invectives, mais personne ne se leva pour sortir, sauf une femme au premier rang. Je poursuivis :

« Vos êtres aimés sont morts, ils ne sont pas disparus momentanément et vous ne les reverrez pas un jour, demain ou dans deux ans. Ecoutez-moi bien, mes chers amis, chères familles, je suis un ami, un homme de paix et d'apaisement, je vous dois la vérité : ils sont tous morts. Nous continuerons de chercher mais nous ne trouverons que des restes, des cadavres. Hélas, hélas, la guerre est cruelle ; ils sont tous morts, vos enfants, vos maris, vos femmes, vos filles... »

J'avais fait un effort immense pour éviter des larmes. Je regardais Nadia Younès, ma belle et douce Nadia qui pleurait, et Maria Helena qui regardait droit devant elle. Marina pleurait aussi. A la tribune tous les amis de la belle équipe restaient muets. Eric me soutenait du regard.

La salle était silencieuse, pour la première fois. Nous étions tous assis, sans parler, sans nous regarder. Les gardes de sécurité entouraient la tribune, immobiles. Dans leurs yeux aussi, j'ai vu des larmes.

Je ne voulais pas fuir. Je suis resté longtemps pour que nous sortions ensemble. Puis je me suis levé, j'ai remonté la salle vers la sortie. Une femme se mit à hurler de douleur, et me montra du poing. Dehors, la foule habituelle des porteurs de photos des disparus restait sur les trottoirs, silencieuse, et les portraits paraissaient en berne. J'allai vers eux, j'étreignis des femmes et des vieillards, je serrai des mains et je pleurai.

Le 1er avril 2001, événement inouï, Milosevic fut livré au Tribunal de La Haye. L'acharnement de nos négociateurs, Maria Helena et Eric, redoubla. Lors du sommet de Zagreb je rencontrai plus d'une heure le président Kustunica. Juriste de la plus belle eau, jeune encore, le cheveu dru et un air de froide douceur, le nouveau président était un nationaliste de tradition, mais un démocrate, ce qui changeait l'atmosphère. Je plaidai longuement la cause des prisonniers et des personnes disparues. J'insistai sur l'aspect illégal et moyenâgeux des procès collectifs. Après cet entretien, je pus entretenir des relations directes avec lui, et Eric noua des contacts privilégiés avec Liliana, sa conseillère. Après de longues tractations, des voyages à Belgrade, un séjour de Liliana, fortement protégée, à Pristina, les Serbes relâchèrent certains des condamnés de Nic. Shukria et ses amis affrétèrent un convoi de bus et de voitures protégé par notre UNMIK-police et organisèrent l'accueil à la « frontière ». Le fiancé retrouvé traversa la frontière, sous les youyou et les applaudissements. Il y avait aussi, accueillie par son mari, Ari Begou, le directeur de la Banque du Kosovo et ses fils, l'héroïne de la région, mon amie et collègue, la pédiatre et poétesse Flora Brovina, celle qui avait autrefois attiré notre attention sur le bizarre phénomène d'empoisonnements d'enfants kosovars. Hurlements de joie, furieuses embrassades dans la nuit, avant de remonter dans les bus blancs des Nations Unies pour retrouver enfin l'intimité familiale.

Shukria poursuivait son combat, agissant pour d'autres prisonniers, dont certains n'avaient pas encore quitté la prison de Nic, recherchant tous ceux dont on commençait à mieux comprendre les mystérieuses disparitions : connaissant les trajets suivis par les milices, on découvrait des fosses communes supplémentaires.

Les familles de disparus reprochèrent implicitement à Shukria, la dirigeante du mouvement, d'avoir retrouvé son fiancé. Triste réalité humaine, que j'avais déjà vécue au Salvador et au Liban.

On n'en finira jamais avec Shukria : femme symbole des contrastes kosovars. Le bien et le mal, l'injustice et la dignité. Retrouvailles au village, yeux de braise adoucis par l'amour. Deux semaines après la libération du fiancé, ils se marièrent, au restaurant *Dora*. Elle ressemblait à une meringue, sous sa robe blanche. Bientôt elle fut enceinte. Shukria n'arrêta pas de militer, mais elle se faisait plus calme. Alors la malédiction du Kosovo la frappa.

Une rumeur s'était propagée, furtive, vulgaire : « L'enfant qui allait naître du ventre de Shukria n'était pas du mari, le prisonnier de Nic, comptez les jours, bonnes gens, mais du cousin, vous savez, celui qu'elle fréquentait...

– C'était un militant de son association, avec qui elle organisait les manifestations. Elle ne pouvait pas tout faire toute seule...

– Là, là, là, comptez les jours : le ciel s'éclaire d'évidence.

– Shukria était un modèle de dévouement, vous la calomniez, je ne vous permets pas d'aller plus loin. »

La rumeur vint aux oreilles du mari tout frais. Alors commença le vrai calvaire de Shukria. Elle fut tantôt répudiée, tantôt reprise et rejetée encore. Son ventre s'arrondissait et son corps maigrissait. Elle ne dormait plus, celle qui avait harangué tant de foules, déployé tant d'énergie se taisait. Elle ne confiait sa douleur à personne : on n'humilie pas un mari, sauf à risquer la mort. Le *Kanun* le dit : si une femme est calomniée, on ne doit pas vérifier mais sévir, contre la femme, pas contre le délateur ou le calomniateur. L'honneur de l'homme d'abord, le reste est accessoire.

Je revis Shukria avant son accouchement, à l'occasion d'une cérémonie à l'université de Pristina, le 30 mars 2003. Je savais qu'elle était maltraitée. Avec Marina Catena qui recueillait ses confidences, je voulus lui en parler. Elle affirma que tout allait bien, qu'elle aimait son mari, que tout rentrait dans l'ordre. Je sus plus tard qu'à l'accouchement d'une petite fille, son mari l'avait chassée. La petite Varda était atteinte d'une insuffisance rénale très rare. Sans traitement, elle était condamnée. Aucune dialyse rénale n'était possible au Kosovo, surtout pour un si jeune bébé. La pauvre femme, isolée, prit son enfant dans les bras et gagna Belgrade, la ville hostile, en bus. Elle qui personnifiait le combat du Kosovo, que tout le monde reconnaissait, essuyait sans broncher sarcasmes et menaces. A Belgrade, on accepta l'enfant dans un service de pédiatrie où on l'attacha sur un lit, à la mode de la médecine roumaine ou soviétique, provoquant des atrophies musculaires et des atteintes nerveuses que l'on prit longtemps pour des affections neurologiques irréversibles. Shukria était seule chez l'ennemi et tentait de voir sa fille tous les jours, ce qui lui était interdit. On ne pratiquait qu'une mauvaise dialyse péritonéale, insuffisante pour épurer le sang de l'enfant. Elle allait mourir lorsque Marina fut alertée, à Rome, par les Italiens restés au Kosovo. Je reçus un e-mail comminatoire : « Tu dois sauver cette enfant, tu es le seul... » Le gouvernement de Lionel Jospin n'était plus aux affaires, je n'étais plus en charge de la santé. Il fallut obstination et invention pour contourner les obstacles. Devant le refus du cabinet du ministre des Armées, ce furent les militaires français qui payèrent le voyage jusqu'à Paris, puis Lyon. Avec Eric, j'assurai le transport. L'Institut français des greffes que nous avions créé avec Didier Houssin trouva l'oiseau rare, le spécialiste mondial de cette maladie, Pierre Cochat, un proche qui avait commencé sa spécialité grâce aux bourses d'essais cliniques qu'avec Félix Reyes, le doyen de Créteil, membre de mon cabinet, nous avions créées.

Shukria est toujours à Lyon, accueillie par un magicien du droit d'asile, Olivier Brachet, militant rigoureux qui lui permet de survivre. La petite fille, dont le sang épuré autorise une croissance normale, attend sa greffe dans un service à l'ambiance accueillante.

Elle ne se décourage pas, la pasionaria du Kosovo, militante obstinée. Elle m'a affirmé que son mari était venu voir sa fille à Lyon et que l'espoir revenait. Au Kosovo, comme ailleurs, l'avenir passe par les femmes. L'illusion et la paix aussi.

*Nekebe Kalmendi* était une grande dame. Avocate, toujours habillée de noir, elle était l'épouse du plus célèbre défenseur kosovar des droits de l'Homme, assassiné par les milices serbes le dernier jour du conflit, dans sa maison, en même temps que ses deux fils. Dans le gouvernement que j'avais formé, où chaque portefeuille était partagé entre un international et un autochtone, j'avais nommé Nekebe à la Justice au côté de Sylvie Pantz. Tous les deux jours elle démissionnait de son poste tant son exigence de rigueur était grande. Elle venait me voir dans mon bureau, et je tentais de fléchir sa décision. Aujourd'hui, elle est encore en place. Sa maison était la plus belle de la ville, malgré quelques traces de balles. Au premier étage, dans la pièce où on avait tué ses fils et son mari, des photos rappelaient son bonheur passé.

*Sonia Nicolic* est une Serbe d'une espèce très rare, puisqu'elle avait épousé un Albanais dont je ne connus jamais le sort, sans doute funeste. Cheveux blonds tirés en arrière, jupes courtes ou pantalon de cuir noir, fumant sans cesse, elle dirigeait Radio 21, une station pacifiste en langue serbe, cible de nombreux attentats, dont aucun responsable municipal ne voulait sur son territoire. Elle avait tant de courage qu'on préférait la juger folle, ce qui évitait de l'aider. Nous lui fournîmes une escorte permanente qui l'abandonnait souvent, jugeant incontrôlables son emploi du temps, ses foucades, ses sorties nocturnes et son usage de la boisson : sa vie en somme. Je lui avais garanti l'entrée de mon bureau en permanence. Elle en usait et en abusait. Je devais parfois déployer des ruses insensées pour éviter des demandes excessives. Mais à chaque fois je m'en voulais de céder à la lâcheté générale. Les femmes de cette trempe, on les préfère irréprochables, correctes et discrètes. Sonia était impossible et scandaleuse. A cause d'elle, Marina Catena fit irruption chez nous en pleine nuit, après un attentat à la rocket qui avait démoli la façade de leur immeuble commun sans heureusement faire de blessé. Marina décrivit la scène, la grenade dans la fenêtre de l'appartement vide de Sonia, pourtant protégé par la police, sa chambre et celle de Maria Helena Andreotti dévastées, l'arrivée lente de la police. Elles découvrirent que l'appartement visé abritait des journalistes serbes de passage, ce qu'ignorait notre police. Elles déménagèrent. Marina était à Bagdad, à l'ambassade d'Italie, lorsque les carabiniers furent assassinés en Irak. Ils avaient été avec nous au Kosovo.

*Sonja Bisserko*, présidente du Comité Helsinki pour les droits de l'Homme en Serbie, militante antinationaliste réputée, jamais fatiguée, toujours épuisée, est une de ces femmes au visage attirant à force de douceur et de détermination. Elle courait d'une réunion à l'autre, à l'étranger ou aux quatre coins de son pays, là où des êtres étaient menacés. Serbe, marginalisée sous Milosevic comme sous Kustunica, elle avait le courage de venir à Pristina, où les chefs de la guérilla albanaise la toléraient, faute de la comprendre. Quand venait le temps du doute, qui m'assaillait souvent au Kosovo, aux environs de minuit, personne n'était plus rassurant que Sonja. Un soir, nous décidâmes d'aller tous les deux parler aux quelques Serbes qui restaient terrés dans un groupe de HLM de Pristina ; on venait d'y faire sauter un appartement.

Nous arrivâmes dans ce décor de film réaliste-socialiste : blocs d'habitations grises et défoncées, portes de verre délabrées et ballantes. J'avais plusieurs fois visité le poste de garde que nous avions installé dans un container : une police de proximité plus proche, mais toujours inefficace. Mes gardes du corps craignaient beaucoup cette intrusion nocturne, mais j'avais exigé que nous allions vers les victimes sans préparation ni tintamarre.

Notre arrivée déclencha le tumulte chez les policiers internationaux qui jouaient aux cartes. Nous nous regroupâmes dans une petite pièce, chez une vieille femme qui n'avait pas craint de nous laisser entrer. Un dialogue hésitant s'engagea. Sonja les fit parler, dénouant les cordes d'angoisse les plus apparentes. Le quotidien de ces gens apparut dans toute son horreur. Certains habitaient ce groupe d'immeubles depuis toujours, ils étaient les survivants des milliers de Serbes qui résidaient hier encore dans la capitale ; les autres étaient des réfugiés venant des maisons ou des bourgades voisines. Ils disaient ne faire confiance qu'aux seuls Bérets verts britanniques, qui patrouillaient dans les rues avec la technique efficace apprise en Irlande du Nord, couchant dans des guérites sur les toits et dans les caves des immeubles.

Sans ces anges gardiens, les Serbes n'auraient même pas pu aller faire leurs courses. Quand de vieilles femmes étaient frappées par des adolescents dans la rue, personne n'intervenait. Je me souvenais de nos tournées aux premiers jours de mon entrée en fonction.

M'indignant du viol des vieilles femmes par des adolescents kosovars, nous avions entamé une série de raids improvisés en compagnie de Hacim Thaci et de Momcilo Trajkovic. Nous débarquions à l'improviste, le Serbe, l'Albanais et moi, dans les appartements touchés par le drame.

Habitué des spectacles de misère, je n'oublierai pourtant jamais cette femme serbe d'une soixantaine d'années, corpulente, qui avait voulu se défendre des jeunes violeurs de son immeuble, des enfants qu'elle rencontrait dans l'escalier depuis de nombreuses années. Elle avait été rouée de coups. Son corps n'était plus qu'une plaie. Je l'examinai, hors de la présence des deux autres, et voulus la faire hospitaliser. Elle refusa, craignant d'être assassinée. J'aurais dû insister, la faire emmener de force à l'hôpital militaire anglais. Mais je venais d'arriver, j'avais peur de commettre une bévue. Je promis donc de revenir la voir et la confiai à des voisins. Lorsque je revins, quelques jours après, elle s'était suicidée.

Je racontai l'histoire à Sonja dans le soir glauque des HLM de Pristina. La militante serbe me prit par les épaules et me consola. Personne n'aurait pu me donner plus d'espoir qu'elle ne le fit*.

*Rada Trajkovic* est médecin, oto-rhino bâtie à chaux et à sable. Une forte femme, mère d'une fille romantique, et qui avait appartenu au gouvernement de Seselj, le fasciste serbe. A notre arrivée, elle faisait

---

\* Voir Sonja Bisserko, Eric Chevallier, « Serbie, Kovoso : construire la paix », *Esprit*, juin 2001.

partie de la garde rapprochée de Mgr Artemje, au monastère de Gracanica. Je m'étais heurté à elle immédiatement. Nous échangeâmes des injures. Je fus contraint de défendre la vertu outragée de la communauté internationale et de partir alors que l'archevêque grommelait quelques excuses. Plusieurs mois plus tard, en dépit de propos toujours vifs, elle se révéla l'interlocutrice la plus décidée à collaborer avec nous. Elle fut la première, avant même l'archevêque, à accepter de rejoindre le gouvernement pluriethnique du Kosovo. Cela lui valut des menaces qu'elle affronta courageusement. Ses enfants, une fille et un garçon, durent s'exiler. Malgré d'exécrables rapports avec certains membres du gouvernement provisoire, et un franc-parler qui n'avait d'égal que celui de mon ami le père Sava, Rada fut très utile. Elle fonda un parti politique, le Porvatac, et fut élue au Parlement où elle devint le chef d'une opposition rétive et parfois brutale. Mais elle jouait le jeu.

La dernière fois que je visitai Mgr Artemje, en octobre 2003, au monastère de Decani, elle était là. Le prélat comme le médecin hurlèrent tous deux que rien n'avait changé depuis mon départ. Ils avaient partiellement raison. Toutes les responsabilités que j'avais données aux Kosovars avaient été, sinon retirées, au moins rétrécies. Ce soir-là, Rada Trajkovic fit rire l'assemblée de prêtres : « Qu'est-ce qu'il a, ce Kouchner ? On sait que c'est notre ennemi, mais on n'en est pas sûr et on l'aime quand même. Pourquoi, pourquoi ? » J'avais de la tendresse pour ce bulldozer.

En janvier 2001, le jour de notre départ, sur le podium du centre sportif, Hacim Thaci parla le premier et me remit une carte du Kosovo, gravée de mots de reconnaissance pour notre travail. Ibrahim Rugova le suivit sur la scène et me remit une pépite d'or. Je sentis que les quelques Serbes qui avaient accepté de venir et que l'on avait comme remisés sur la droite de la salle devaient parler. C'était le moment. Je descendis dans la salle et allai chercher Rada Trajkovic. Je lui donnai la main. Elle accepta de monter sur le podium et livra un témoignage d'une bravoure exceptionnelle. A ma demande, elle dit quelques mots en serbe. Les jeunes sur les gradins commencèrent à siffler et crier. Je pris la parole avec colère pour leur demander de ne pas se conduire aussi bêtement que leurs parents. A ma surprise, ils se turent. Rada parla. Puis elle accepta de donner la main à Thaci et à Rugova pour danser pendant qu'un groupe multiethnique de chanteurs organisé par Marina hurlaient : « *We are the world, we are the children, we are the ones who make a brighter day, so let's start giving...* »

En ce dernier jour au Kosovo, Rada, mon amie, me rendit heureux, et triste de partir.

## Avec un ciel si bas...

*Kosovo, novembre 1999*

« *We have lost control of the plane, sir...*
– *Would you repeat ?*
– *Yes sir ! We have lost control of the WFP\* flight, sir. From the radar, sir.* »

Le major Mark Wordley se tourna vers Marina, la prit fermement par les épaules en la priant de s'asseoir.

« *I am going to look for the facts.* » Il sortit avec le soldat qui venait de la tour de contrôle.

A 10 heures 30, malgré le brouillard qui se levait de la plaine grise, deux hélicoptères décollaient de Pristina pour des recherches en cercles de plus en plus larges.

Ce 12 novembre 1999 était un vendredi, journée affreuse, glacée, humide. Marina Catena, chargée au sein de l'équipe des agences, des ONG et des visiteurs de haut rang, attendait, dans la partie anglaise de l'aéroport, en compagnie du major Wordley, l'arrivée de son amie Rafaela Liuzzi, qui, comme elle, travaillait au siège du Programme alimentaire mondial (PAM) à Rome.

---

\* *World Food Program*, le Programme alimentaire mondial de l'ONU.

Le PAM est une agence très active des Nations Unies. Elle fut la première, avant même le retour des réfugiés, à installer une base dans la capitale kosovare. Elle occupait un bâtiment blanc, presque moderne, à un carrefour important. Ses nombreuses camionnettes et des hélicoptères avaient très tôt ravitaillé des populations qui ne connurent ainsi que la disette, jamais la famine.

Les Britanniques étaient les véritables responsables techniques de la plate-forme aérienne de Pristina. Quelques Américains étaient également logés dans une petite niche du bâtiment surchargé. Des recoins soigneusement calculés les séparaient des Russes. Ces derniers, venus de Bosnie, avaient, comme on l'a vu, lancé leurs chars sur les autoroutes de Yougoslavie, aux premières heures de l'entrée des forces de l'OTAN au Kosovo.

Les soldats russes souffraient du froid dans leurs tentes sommaires. Certains arrivaient directement de Tchétchénie et nous inspiraient une légitime méfiance. Mais leur dénuement, la nourriture élémentaire et insuffisante qu'on leur faisait irrégulièrement parvenir, l'absence de paie, tout concourait à en faire des alliés. De fait, les échanges humains ou politiques nous en apprenaient beaucoup sur eux, qui avaient été envoyés sans aucune explication et qui, découvrant la réalité, oscillaient entre leur rigidité de soldats et un immense étonnement en faveur de la mission.

Ce fut un jour de froid, de colère et de deuil. Je reçus la première alerte alors que je présidais le JIAC, le gouvernement du Kosovo, comme tous les vendredis, dans la grande salle sombre. On ne me dérangeait là que pour les événements très graves, en général des attentats ou des dangers immédiats. « On a perdu l'avion, je te passe Mark. » L'officier me fit un sombre récit : les responsables de l'urgence ont un langage commun avec les médecins. Je demandai à Mark de ne pas divulguer la liste des passagers. Le major n'y pensait pas, il se montrait plus calme que rassurant. « D'abord cherchons dans toutes les directions, même les plus improbables. Cet avion est-il parti pour Pristina ou pour ailleurs ?.. »

Je revins en séance et ne voulus pas tout de suite semer la panique, j'espérais une erreur de la part d'une administration militaire aux performances variables. Pourtant je sentis dans la salle une crispation, un silence particulier. Les joutes habituelles cessèrent. Hacim Thaci ne brocarda plus Ibrahim Rugova. Rexep Joshia me regardait avec son air de douceur attentive et, comme souvent, il se rapprocha pour parler à la Serbe Rada Trajkovic. L'atmosphère se tendait.

A 11 heures 30, Marina nous rappela, joyeuse. La tour de contrôle avait signalé que l'avion du PAM avait atterri à Tirana et que tous les passagers étaient sains et saufs. Je m'inquiétai de savoir ce qu'il fallait faire pour aller les chercher, envoyer des autocars sans doute, car le plafond était trop bas pour que les hélicoptères franchissent les montagnes frontalières avec l'Albanie. Je retournai au JIAC et racontai l'histoire aux responsables réunis. Nous en avons ri, soulagés. Avant qu'un autre appel du major Wordley n'alerte les dirigeants : « Sir, me dit-il, ils ont dû se poser en Serbie, détournés par des Mig. » L'affaire prenait une autre tournure. Aussitôt, le général Klaus Reinhardt nous quitta pour rejoindre son PC.

Rafaela Liuzzi avait pris la ligne régulière Rome-Pristina du PAM, qui fonctionnait depuis quelques semaines, en parallèle avec une liaison de l'OSCE depuis Vienne : deux cordons « ombilicaux » bienvenus pour les milliers de volontaires internationaux, ceux des ONG, les policiers de la MINUK, les fonctionnaires des Nations Unies, les journalistes, les familles des militaires, tous voulaient prendre place sur une des rotations de ces nouveaux avions bimoteurs. Depuis la capitale du Kosovo, Marina décidait, en fonction des besoins, de l'attribution des sièges. L'affrètement était italien et les propriétaires comme la maintenance sud-africains, ce qui n'arrangeait rien.

Depuis la guerre de l'OTAN, l'aéroport de Pristina était régi et contrôlé par les militaires de l'Alliance. Bruxelles délivrait les autorisations de survol de l'espace aérien de l'ancienne Yougoslavie.

A 14 heures 15, les équipages des hélicoptères de recherche revinrent bredouilles. New York appelait, Rome et la direction du PAM se manifestaient enfin. Nous savions que la liste des passagers comprenait des membres du PAM, de nombreux policiers de la MINUK et des volontaires des diverses ONG. A tous nous répondions que l'avion avait disparu, que nous étions certes inquiets mais que nous ne savions rien. Toute la région militaire était en état d'alerte maximum. Les services de sécurité de l'ONU communiquaient entre eux et nous sûmes qu'à 17 heures l'aéroport de Campino à Rome avait transmis aux familles la liste des passagers.

Une cellule de crise s'installa à La Farnesina, au

ministère italien des Affaires étrangères. Penchés sur la carte avec Klaus Reinhardt, nous avons envoyé les militaires, les gendarmes français et les carabiniers italiens à la recherche de l'avion dans les montagnes autour de Mitrovica. Les hélicoptères français décollèrent de nuit. Grâce à l'obligeance de l'ambassadeur serbe Vukicevic, un diplomate d'une correction exemplaire, nous savions que Belgrade n'avait mené aucune action de détournement. Nous attendions, incapables de penser à autre chose qu'à cet avion perdu, que nous imaginions dans une situation terrible, sans toutefois nous avouer le pire. Nous tentions de ne pas nous sentir coupables.

A 23 heures 40, Klaus Reinhardt téléphona. Les Français avaient trouvé la carcasse et les débris de l'avion. Le fuselage s'était disloqué et les corps gisaient sur le mont Piccoli, à la frontière avec la Serbie, sur le versant kosovar.

« Y a-t-il des survivants, des blessés à secourir ?

– Non. Pas un, semble-t-il.

– Allons-y tout de suite, Klaus, c'est notre devoir. C'est le mien.

– Impossible. Il y a de la neige et le terrain est truffé de mines.

– Est-on certain qu'on ne peut rien faire, qu'ils sont tous morts ?

– Les Français se sont posés. Ils ont vu les corps.

– Tous ?

– Comment savoir ? Il faut leur faire confiance. Ils sont sur place. Partons demain matin. Et attention à la presse.

– Alors soyons-y au lever du soleil. »

Ce fut bien long pour une courte nuit. Le lendemain, mon équipe de sécurité m'imposa pour la route cette horrible voiture sud-africaine blindée que l'on croyait sortie d'un dessin animé du temps de Baden Powell. Notre équipe, Jock, Eric, Marina et moi, rejoignit les militaires au pied de *Film City*. La voiture de Klaus était une Mercedes 4 × 4 blindée bleu foncé que l'Allemagne avait fournie à son officier le plus célèbre. La route de Mitrovica était toujours aussi déprimante, mais cette fois, avant la ville elle-même, nous prîmes à droite par des petits hameaux.

L'environnement changeait à mesure que nous grimpions la pente : la montagne apparaissait propre et le paysage apaisé. Les voitures des journalistes de la presse internationale qui nous pistaient depuis Pristina furent arrêtées aux divers barrages. Nous fîmes halte sur une plate-forme dominant la vallée. Le berger qui avait découvert la carcasse nous attendait. Les gendarmes français étaient là, fraternels ; ils se mettaient sous mes ordres, négligeant le général allemand que je sentis se raidir. Le colonel, un ami, nous décrivit l'horreur de la découverte. Nous demandâmes à Marina de rester en bas, non pour ménager une sensibilité féminine, mais parce que la découverte du corps de son amie Rafaela et le sentiment de culpabilité qui s'ensuivrait nous semblaient un fardeau trop injuste à porter. Elle ne protesta pas.

Les chemins devenaient très étroits et les barrages plus hermétiques. Avant la dernière butte, sur le mont Piccoli, les gendarmes avaient organisé un va-et-vient de 4 × 4 Peugeot et installé des cordes pour nous acheminer au sommet, sur un terrain pentu et glissant. Un cordon, largement déployé, interdisait l'accès aux photographes et aux journalistes qui auraient pu vendre très cher les photos de la tragédie. Nous étions silencieux depuis les deux derniers barrages de véhicules blindés, disposés en quinconce sur des chemins très étroits. Avec le général Reinhardt, j'étais monté dans la première voiture. La pente était très forte. Nous commençâmes à découvrir les corps et les objets qui jonchaient le sol de la face sud du mont. C'était comme un semis constitué d'humains, de vêtements, de quelques morceaux de carlingue, de moteurs, de valises, de sièges déchiquetés. Jock et Eric nous avaient rejoints.

On nous avait demandé de ne toucher à rien, l'enquête étant en cours. Nous étions submergés par une profonde émotion. Respect et amour pour ceux-là que nous ne connaissions pas, qui étaient venus de loin pour protéger les autres et qui en étaient morts. Je ne laisserai personne dire qu'ils moururent bêtement. Par pudeur, nous nous écartâmes les uns des autres et partîmes pour nous incliner sur ces cadavres dans ce cimetière sans tombe. Les poses révélaient leur intimité, comme dans un tableau de Jérôme Bosch. Ces vêtements arrachés, ces objets personnels qui n'appartenaient peut-être pas au corps près duquel ils gisaient, ces chairs gonflées, ces bras qui prenaient des postures que seules les fractures multiples autorisent, ces montres qui boursouflaient les poignets, ces têtes comme n'appartenant plus à la personne, ces tickets, ces sacs à dos ouverts, ces photos, ces livres...

Nous n'osions pas toucher à ces effets quotidiens devenus reliques et que les familles ne manqueraient pas de réclamer. Je suis resté à genoux au côté du corps d'une jeune femme que je croyais reconnaître. Un jouet en peluche avait roulé non loin de là. Je l'ai rapproché de ce corps. J'ai osé fermer les yeux d'un homme en uniforme, probablement un officier de notre police. Les visages des cadavres étaient déformés, mais ils ne reflétaient aucun effroi, comme si la catastrophe était intervenue à un moment paisible du vol, sans alerte particulière. En regardant de l'autre côté, sur le versant nord de la petite montagne, nous comprîmes que l'avion avait percuté le mont Piccoli, sans doute rendu invisible par la brume ou les nuages bas, trente mètres à peine en dessous du sommet.

Chacun pensant à ses morts, au destin, à la vanité comme à l'exigence des responsabilités qui nous incombaient, nous nous sommes réunis, Klaus, Jock, Eric et moi, sans parler, pour redescendre vers la plate-forme où convergeaient des véhicules arrêtés par les gardes. Des journalistes probablement.

Nous nous sommes tus jusqu'à l'arrivée. Marina est venue vers nous, les yeux rouges. Klaus Reinhardt la prit dans ses bras pour la consoler. Au loin, le groupe des journalistes a vu cette scène et c'est la seule photo du drame qui fit le tour du monde. Nous étions bouleversés et réagissions chacun selon notre tempérament. Je vis le général allemand piquer une grosse colère, faisant acte d'autorité gratuite, mais je savais que c'était sa façon d'exprimer son angoisse.

D'autres questions se posaient dans l'urgence : qui devait décider des mesures à prendre ? Fallait-il respecter les zones géographiques attribuées à chacun ? Un tel accident était du ressort de la police de la

MINUK, bien incapable de mener une enquête scientifique pour déterminer les causes de la catastrophe. Des enquêteurs spécialisés allaient venir, assurances, aviation civile, etc., mais dans quel délai ? Il était hors de question de ne pas rassembler les corps et de les laisser là. Une fois de plus, je dus bousculer le droit. Je décidai que les gendarmes français feraient les investigations et s'occuperaient des cadavres en compagnie des carabiniers. Une alliance illégale, qui ne plut à personne, mais se révéla efficace, et qu'accepta Klaus.

Pendant ce temps, à Rome, l'émotion était considérable. Le gouvernement italien affréta un avion spécial pour les familles. L'ambassadeur Sessa, en poste à Belgrade – nous étions toujours sur un territoire yougoslave – et mon ami Staphan de Mistura, le représentant de l'ONU à Rome, les accompagnaient. Un autre avion rapatrierait les corps. Mais nous étions dans un territoire sans loi, sous-équipé, sans morgue suffisante, sans voiture réfrigérée, sans corbillard ni cercueil, sans médecins légistes pour les autopsies nécessaires aux indemnisations.

Après une brève polémique avec les responsables italiens venus sur place, je compris qu'il était impossible de torturer ainsi les familles, privées de renseignements, laissées dans une trop grande ignorance, qui exigeaient de ramener avec eux les dépouilles de leurs proches. Les autopsies et la reconnaissance des corps se feraient donc à Rome avec l'accord express du président d'Alema, à qui je le demandai directement. Nous aurions souhaité que Mme Bertini, la patronne du PAM, responsable officiel de l'affrètement de l'avion et du transport des passagers, soit à nos côtés. Elle ne daigna pas se déplacer, ce qui fut ressenti comme une insulte. Son délégué, un Belge, fit de son mieux.

Les soldats anglais et russes édifièrent dans l'aéroport un grand hangar de toile blanche où l'on devait célébrer une messe et tenir une conférence de presse. Marina, Eric et de nombreux membres du cabinet étaient chargés de l'accueil comme du transport des proches à l'Hôtel Grand. Ceux-ci découvrirent par les vitres de l'autocar blanc des Nations Unies le décor sinistre de cette ville, pour laquelle les victimes avaient sacrifié leur vie. Ils s'aperçurent aussi que des soldats et la police devaient les protéger, et qu'ils ne pouvaient sans risque déambuler dans Pristina. Ensuite, on les achemina vers le site.

Les familles purent voir la montagne, mais nous ne pouvions autoriser la marche sur le lieu même du drame, dans cette zone frontalière truffée de mines. Pendant ce temps, nous hâtions les enquêtes sommaires et le transport des corps vers l'hôpital. On ramena les familles par hélicoptères depuis la montagne maudite.

Klaus Reinhardt et moi avions eu une journée difficile, tentant d'organiser le désordre, improvisant sans cesse entre des exigences contradictoires. Thaci, Rugova, Joshia, Trajkovic, Artemje, tous les responsables du Kosovo nous avaient fait parvenir leurs condoléances et s'étaient mis à notre disposition. Je crois qu'il s'agissait là de leur part d'un premier témoignage d'appartenance à la communauté internationale. Je fus plus sensible encore au geste de l'ambassadeur Vukicevic, le représentant de Belgrade, qui me téléphona sur mon portable, ce qu'il ne faisait jamais, et me dit sa peine en termes plus humains que diplomatiques.

« Avoir été peut-être utile », écrivait Aragon. Malheureusement, je n'avais pu être là à temps pour l'accueil des familles. C'était une faute : il faut toujours être présent, même et surtout pour se taire. J'étais passé le matin à l'Hôtel Grand pour les saluer, mais le lieu se prêtait mal aux confidences.

Plus tard, dans le bureau de Marina dans le couloir de droite, celui de la bande des amis, je rencontrai un couple âgé qui se tenait droit sur les mauvaises chaises. Lui était blême, la femme avait les yeux perdus. Marina me présenta l'amiral et Mme Liuzzi, les parents de Rafaela. Je balbutiai quelques mots plats de condoléances pour cette jeune femme que je ne connaissais pas et qui était morte pour venir saluer notre mission en la personne de Marina Catena. L'amiral parla d'une voix douce, qui sentait le chagrin et la peine, avec une infinie politesse, celle de l'éducation profonde :

« Je suis venu alors que je sais vos harassements, Monsieur le représentant spécial. Ma femme et moi admirons votre action. Nous sommes fiers que notre pays y participe. Je veux vous dire que rien n'est de votre faute, même si vous le sentirez longtemps ainsi. Notre Rafaela était venue voir son amie parce qu'elle me disait que Marina montrait un courage qui lui avait manqué pour partir. Elle était heureuse de passer quelques jours avec vous : je veux que vous le sachiez... »

La femme, qui s'était tassée sur son siège, redressa la tête pour dire : « Ne soyez pas malheureux. Ne soyez pas malheureux, Monsieur, Dieu ne l'aurait pas voulu. »

Je garderai toujours en moi les paroles de ces parents admirables et fragiles qui pleuraient en me demandant de ne pas pleurer et qui étaient fiers de leur fille qu'ils aimaient tant, morte d'avoir vécu comme elle l'entendait, pour le bien des autres. La mort, ce grand moment de la vie. « Le dur désir de durer », disait Eluard.

Je pensais à eux en pénétrant sous la tente blanche avec mon ami Klaus Reinhardt. Nous n'en menions pas large. Ceux qui pratiquent les réunions publiques sentent en arrivant les ambiances. Certains signes, les regards, les frémissements, sont comme des ondes qui préviennent des humeurs et préparent les protestations ou les explosions.

Klaus parla comme un soldat. Il ne fit pas d'effet de manches, ne dissimula pas l'état des lieux avec lequel il nous fallait composer : nous étions dans une zone de guerre, avec les règles de la guerre ; l'aéroport était une région militaire comme l'espace aérien, les vallées profondes et les villes où sévissait encore le crime. En l'écoutant, je me disais qu'il est commode d'être commandé et peu facile de comprendre ce que les gens ressentent au plus profond d'eux-mêmes au moment de la bascule, de la disparition des autres et de soi-même, puisqu'on parle toujours de soi, dans ces cas extrêmes. A Klaus qui devait quitter l'aéroport peu de temps après, les familles posèrent des questions techniques. Pourquoi ne pas avoir pu visiter le site de l'accident, pourquoi les corps n'arrivaient-ils pas, ne pouvait-on retarder la fermeture de l'aéroport, prévue pour 5 heures ?

Mon dialogue fut beaucoup plus rude. Ils me réservaient l'expression d'une douleur insatiable. Toute la peine qui submergeait ces êtres se traduisait par une série ininterrompue de questions, d'agressions qui étaient autant de sanglots rentrés.

« Pourquoi avez-vous laissé partir cet avion alors que le temps était exécrable ? Qui décide de l'autorisation ou de l'interdiction de décoller ?

– Hélas, Monsieur, les décisions se prennent à Belgrade pour toute la région aérienne, c'était déjà ainsi avant la guerre. Il faudrait recueillir les renseignements météorologiques ici et décider sur place. Cela prendra encore du temps. Les pilotes le savent. En partant de Rome, les renseignements qu'ils trouvent dans leurs casiers sont ceux de Belgrade. A Belgrade, le temps n'est pas toujours le même.

– Mais alors, si vous le saviez, vous êtes des criminels ! Ma femme attendait un enfant, est-ce que vous vous rendez compte ? Vous êtes responsable d'un double assassinat !

– ... Monsieur, je comprends votre peine. Je vous demande pardon. Nous ne savions rien de plus.

– Vous nous avez reçus comme des chiens. Qui est responsable, ici, vous ou bien ce général brutal ?

– Moi, Madame, moi. Mais je n'étais pas en charge du vol. C'est un aéroport sous commandement militaire. L'ONU ne fait que s'en servir et tenter de le réhabiliter.

– En somme, personne n'est responsable de la mort

de nos enfants, c'est ça ? Vous vous en lavez les mains, vous êtes des irresponsables.

– Je ne peux rien faire d'autre que vous aider au maximum et vous dire la vérité... Je sais que votre peine est sans limite. »

Il y eut d'autres péripéties. Les soldats grecs qui devaient charger les cercueils à la morgue de l'hôpital et les déposer dans le Hercules C130 envoyé par les Italiens ne pouvaient faire plus vite, et l'aéroport allait fermer. Je me précipitai à la morgue. Elle ressemblait à un hôpital de guerre encombré de corps. Des menuisiers s'y affairaient ainsi que tous les fonctionnaires de l'ONU en charge des fosses communes et de l'identification. Tous avaient pris cette triste besogne à cœur et ne pouvaient aller plus vite. Il était hors de question de laisser les familles une nuit de plus à Pristina et il n'était pas possible qu'ils partent sans les corps de leurs êtres aimés. Nous décidâmes de convaincre les familles de s'en aller ; l'avion des corps suivrait le soir même, au plus vite. Mensonge nécessaire.

Après des scènes pénibles et quelques inévitables crises de nerfs, les familles s'installèrent dans l'avion italien. Je montai à bord dans un silence lourd pour saluer ces gens qui devaient définitivement haïr le Kosovo. Dans une rangée de droite, au milieu de l'avion, je repérai un blazer bleu à boutons dorés : l'amiral Liuzzi et sa femme, côte à côte et toujours aussi droits. Je m'approchai d'eux et, pour leur adresser quelques mots, je m'inclinai comme si j'allais me mettre à genoux.

« Madame, Monsieur, dis-je dans un mauvais italien,

je regrette tant la mort de votre fille. Il me semble désormais la connaître.

– Vous la connaissez maintenant. Elle aurait aimé cela, tout ce que vous faites. Elle était heureuse de venir vous voir. Nous parlerons de vous à sa sœur et à son frère. »

Je fis un dernier geste d'adieu comme si je m'exprimais au nom du Kosovo. Je sortis de l'avion à reculons, la gorge serrée. Les pleurs me brûlaient les yeux dans le vent de l'hiver, alors que l'appareil italien s'alignait sur la piste.

Nous entreprîmes alors d'établir des certificats de décès que les autorités aériennes exigent dans le monde entier. Je ne pouvais pas le faire seul : des signatures italiennes étaient indispensables. On réquisitionna l'ambassadeur Sessa et notre ami Claudio Taffori, le responsable italien pour le Kosovo.

Il y eut encore un épisode qui eût été cocasse en d'autres circonstances. Les cercueils avaient été alignés dans le C130 qui allait décoller de nuit, sans piste éclairée, par autorisation militaire spéciale, afin de rapporter les corps à Rome pour la cérémonie officielle à Fiumicino, où l'on attendait les plus hautes autorités italiennes. Brusquement, le commandant de bord sauta à terre. Il ne pouvait pas décoller avec des cercueils qui fuyaient. Le pire est toujours à craindre et particulièrement une explosion en altitude si les bières ne retiennent pas les gaz que dégagent les corps en décomposition. Je connaissais cette règle impérative : impossible de s'y soustraire. Il fallait galvaniser et souder les caisses.

Chez les Russes, Mark Wordley découvrit du matériel de soudure abandonné. Il fallut redescendre les cercueils et alerter Rome : la cérémonie officielle devait être retardée. Les soldats britanniques soudèrent toute la nuit. Le ministère des Affaires étrangères italien réagit brutalement à ce contretemps. Je dus les rappeler à la réalité : « Ces malheureux sont morts dans un pays en guerre. Les lois de la guerre sont différentes des routines de la paix. » J'appelais encore Massimo d'Alema qui, comme à son habitude, se montra courtois et amical.

Au matin, les soudures effectuées, une garde de policiers internationaux en grand uniforme rendit les honneurs à tous les morts et tout spécialement aux dix policiers venus de loin pour apporter la paix, et, à 11 heures, le C130 décolla enfin de Pristina. Le maire de Rome et le président du Conseil italien purent saluer les familles et rendre un dernier hommage aux passagers du vol du PAM à destination de Pristina, au Kosovo.

Il y eut des suites, notamment légales, à ce drame, dont plusieurs enquêtes internationales plus ou moins contradictoires. L'aéroport de Pristina fut fermé pour six mois, jusqu'à l'installation des équipements élémentaires destinés à l'atterrissage de nuit. Seuls décollaient des avions militaires qui, en temps de conflit, échappaient aux règles communes.

Les enquêtes conclurent que l'aéroport relevait de l'OTAN et qu'il fallait en transférer la responsabilité à la MINUK. Nous acceptâmes cette charge supplémentaire. Mais les vols du PAM ne reprirent jamais. Et de nombreux volontaires des Nations Unies et des organisations gouvernementales renoncèrent à leurs missions.

# III

# LE MÉDIATEUR DU SANG

« *C'est la maison de l'assassin qui paie les honoraires du médiateur du sang.* »

Le *Kanun* de *Lekë Dukagjini*,
1410-1481.

# La police et l'ordre public

*Kosovo, juillet 1999-janvier 2001*

Les premières nuits à Pristina, nous demeurions éveillés, attendant les coups de feu pour nous précipiter vers le lieu des incidents – une dangereuse habitude contractée au Liban, au Viêt-nam, mais aussi au Salvador où elle nous avait sauvé la vie. J'habitais une bâtisse dans le *compound* des Nations Unies, une sorte d'hôtel réservé aux internationaux, le plus souvent sans eau ni électricité.

De mon balcon du septième étage, je voyais éclater les incendies criminels et repérais parfois les attentats. Deux voitures étaient prêtes en permanence, pour Eric Chevallier et moi, avec des chauffeurs albanais et des gardes du corps de l'ONU qui n'approuvaient pas ces logiques de guerriers exaltés, eux qui, d'ordinaire, protégeaient de sages diplomates dans des immeubles calfeutrés. Patrice Guillermet, mon officier de sécurité que la bureaucratie parisienne n'encouragea pas à rester, tentait de convaincre les gardes onusiens du bien-fondé de ma méthode. Ces costauds se divisèrent bientôt entre ceux qui acceptèrent ces manières sportives et les autres, qui les redoutaient et tentèrent d'y mettre fin. Ils étaient chargés de ma protection et faisaient leur travail, sans ignorer que je recevais de très fréquentes menaces de mort.

Les services secrets des armées engagées dans la KFOR nous communiquaient discrètement les renseignements concernant les attentats ourdis contre la personne du SRSG, à savoir moi-même, ou de son adjoint américain, Jock Covey. Le personnel de sécurité aurait donc souhaité que je reste plus calme. Mais je savais que dans un tel pays, sauf pour les dictateurs, il faut en permanence rencontrer, toucher, affronter ou conforter les gens.

Après tant d'années de communisme, la population ne croyait ni aux belles déclarations de dirigeants retranchés derrière leurs bureaux, ni à l'administration d'Etat. Il fallait les surprendre en allant leur serrer la main, s'asseoir un moment à leur côté, sans paraître ni arrogant ni pressé. Cette règle s'applique partout et sous tous les régimes, y compris en France où le pouvoir est trop éloigné, coincé, calfeutré. A Pristina, au Kosovo, il fallait être vu, consulter lorsqu'une décision difficile devait être prise, parler avec la population, aller les rencontrer dans les rues et sangloter avec eux, les Kosovars, albanais ou serbes, bosniaques ou roms, quand la barbarie ou la vengeance, le crime, en somme, avait frappé.

J'ai appliqué cette stratégie, je devrais dire cette politique, pendant plusieurs années dans les Balkans. Au vrai, j'ai fait de même partout, y compris chez moi, où c'est le plus difficile, dans ce qu'on appelle, par antiphrase, le dialogue social. Pourquoi les Américains n'ont-ils pas fait de même en Irak ?

Les morts étaient nombreux. Nous ne savions pas qui tuait, nous ignorions si les attentats et les meurtres étaient politiques, ethniques, mafieux ou familiaux. Chaque fois, nous recueillions des indications plus ou moins crédibles, nous allions sur place, nous interrogions. Et puis, plus rien : *under investigation*, disait le commissaire interrogé par Jock ou par moi lors de notre réunion matinale de la MINUK, à 9 heures précises. Y étaient conviés les représentants des quatre piliers, les gros calibres (les Nations Unies, le Haut Commissariat aux réfugiés, l'OSCE et l'Union européenne), plus la police, Nadia, Jock, Eric et moi. Et le COMKFOR, successivement Reinhardt, Ortuno, Cabigioso. Militaires et civils, nous ne faisions pas de différence.

Les services de renseignements des diverses brigades nationales n'échangeaient pas toujours leurs informations. Les grands pays avaient organisé des systèmes d'écoutes téléphoniques qui furent parfois précieux pour déjouer les tentatives d'attentats, en particulier contre Jock Covey, mon adjoint américain, et contre moi. Tout le monde espionnait tout le monde, surtout les communications de la MINUK et les miennes. J'en étais arrivé à ne plus prendre aucune précaution oratoire. Naïveté ? Pas sûr : je disais la même vérité à tous. Les carabiniers italiens possédaient une base de données qu'ils dissimulaient jalousement aux autres, même à leurs collègues, les gendarmes français. J'allais parfois, avec Marina Catena, Claudio Taffori, le chargé de mission italien et Fernando Gentillini, dîner dans ce corps d'élite qui avait installé son PC sous une large tente dans l'enceinte du gigantesque hôpital de Pristina. Nous étions alors admis à consulter le fichier des noms et des connexions mafieuses que l'Italie observait de près. Beaucoup de réseaux, ceux de la contrebande de cigarettes en particulier, se perdaient au sommet de la République du Monténégro. La toile d'araignée des responsables du proxénétisme européen et des trafiquants de drogue passait par certains villages et certaines familles précises du Kosovo. Les patrons étaient kosovars, mais leurs activités se développaient ailleurs, en Allemagne, en Belgique, en Suisse, en Italie principalement. Les pauvres femmes réduites en esclavage étaient à l'Est, mais les consommateurs et les polices qui fermaient les yeux étaient à l'Ouest.

Nous courions ainsi dans la nuit. Je me souviens d'un attentat contre le représentant de Belgrade, Vukicevic, un Serbe né à Pec, un diplomate d'un commerce agréable que je recevais une fois par semaine. Avec lui, nous avions initié les contacts avec le gouvernement de Belgrade.

Lorsque Milosevic fut arrêté et Kustunica parvenu au pouvoir, je pris l'habitude de téléphoner à Djinjic, devenu Premier ministre, que j'avais connu quand il était dissident. Nous nous entendions bien.

Je ressentis l'attentat contre le représentant serbe comme une terrible injustice et une énorme stupidité. Il habitait une petite maison moderne dans un quartier neuf, au-dessus de l'hôpital, où résidait également Jock, lequel nous invitait parfois à partager sa cuisine.

La maison avait été criblée de balles, son chauffeur tué. Les fenêtres de Jock et une partie de son salon avaient été endommagées. Au milieu des décombres,

Jock m'apparut en T-shirt, couvert de poussière. J'étais heureux que mon ami soit encore en vie.

## Dégager la place

Prendre des décisions concernant l'ordre public change un homme. Je m'étais trouvé du côté des manifestants plus souvent qu'à mon tour. Je ne chérissais ni les charges de police ni ceux qui les commandaient. Je ne confondais pas les groupes bruyants, souvent violents, qui parcouraient les rues de Paris pour venir assiéger mon ministère et que j'interdisais à la police de charger, avec les déferlements spontanés et redoutables, capables de tuer, dans les rues de Pristina. A Paris, les risques allaient rarement plus loin qu'un coup sur la tête ; au Kosovo, les défilés populaires conduisaient à l'affrontement : balles réelles et attentats à l'explosif. Les enjeux ne sont pas les mêmes, mais les processus de décision se ressemblent.

Doit-on attendre, pour faire dégager la place devant le ministère, que les manifestants se lassent et se dispersent, que les forces de police soient exaspérées de recevoir injures et projectiles et chargent dangereusement, ou bien donner l'ordre préventif que force reste à la loi, au risque d'être accusé d'acharnement sécuritaire ? Que faut-il faire lorsque les nuées de groupes armés de Kosovars se rassemblent dans les rues et que les troupes, qui leur font face, attendent les consignes, fusil d'assaut en main ? Fallait-il, par exemple, laisser quelques Albanais passer le pont de Mitrovica pour contraindre les Serbes à accepter que la loi internationale s'applique aussi dans le nord du Kosovo ? J'ai éprouvé, je l'ai dit, une forte angoisse lorsque les gaz lacrymogènes lâchés sur le grand cortège firent refluer en désordre les jeunes qui avaient parcouru toute la route depuis Pristina, portant à l'épaule le drapeau rouge frappé de l'aigle à deux têtes – filles et garçons enlacés marchant vers leur avenir, avec la certitude d'avoir brisé les chaînes par leur courage, prêts à mourir pour ce Kosovo indépendant qu'ils désiraient follement.

D'un côté, les énarques, de l'autre, les manifestants. A quel moment doit-on faire dégager la place ? Exercice classique du grand oral de l'ENA. Avec José Bidegain, géant de l'amitié, nous avions fait passer le concours de la troisième voie de cette prestigieuse école, un examen qui mêlait les candidats fonctionnaires et ceux qui venaient de la société civile, et nous avions commenté les réponses. De futurs et frêles serviteurs de l'Etat à vocation bureaucratique n'hésitaient pas à faire charger les gardes mobiles à l'heure dite. Les anciens syndicalistes s'y reprenaient à deux fois, regardaient autour d'eux et se raclaient la gorge, puis se lançaient dans la répression qu'ils avaient tant honnie, sachant que les défenseurs de l'intérêt public doivent avoir à connaître de ces nécessités.

Encore ne s'agissait-il pas de crimes et d'assassinats dont l'horreur et la fréquence vous laissaient le cœur aux bords des lèvres. Il y avait aussi des réalités plus ordinaires. Je savais le nombre considérable des accidents de la circulation. Sur des routes très étroites et glissantes, les véhicules roulaient très vite. Le co-ministre de la Santé, un chirurgien albanais du Kosovo, Pleurat Sediu, un des dirigeants de l'UCK, ami de Thaci, ne cessait d'attirer mon attention sur ce drame. Je passai avec lui une nuit aux urgences à l'hôpital de Pristina, curieusement le plus étendu d'Europe mais doté d'équipements dérisoires : le Moyen Age de la médecine. Ainsi, la maternité n'avait jamais bénéficié de chauffage. Les femmes y accouchaient par moins dix degrés centigrades. Bien sûr, l'eau était gelée. Nous avons fait poser le chauffage. Combien de temps fallut-il ? Je crois que ce n'est pas encore terminé...

Revenons à ces randonnées mortelles. Les arrivées aux urgences, dans des ambulances militaires, prenaient à la gorge. Des familles entières, des morts et des blessés mélangés, entassés, des enfants, des hommes jeunes qui avaient attendu dans un froid mortel sur le bord des routes, saignant, souffrant, sans que personne ne vienne les secourir.

Au Kosovo, il n'y avait pas de permis de conduire, pas de carte grise, pas de plaques d'immatriculation, pas d'assurance... Les voitures étaient volées, l'état des routes inimaginable. Devions-nous hausser les épaules ? Les grands héros de la guerre contre les milices serbes ne s'arrêtaient pas pour un accident ; lorsqu'ils heurtaient une silhouette dans la nuit, ils n'hésitaient pas à prendre la fuite.

Que devions-nous faire ? Improviser une réanimation avec les volontaires des ONG qui ne voulaient pas travailler avec les militaires de l'OTAN, former des spécialistes ? Reconstruire les urgences et les salles d'opération, mais aussi enseigner à des médecins qui n'avaient pas touché un bistouri depuis plusieurs années ? Pour les accidents eux-mêmes, cela regardait la police. Et nous devions sévir, emprisonner, déférer devant une justice qui relâchait immédiatement les coupables, par peur des représailles. Je décidai d'arrêter les chauffards. Mais, copinage ou intimidation, la police et les juges kosovars que j'avais nommés les libéraient aussitôt. J'ai donc signé pour les maintenir en prison au moins quelques jours des *executive orders* que la communauté des droits de l'Homme renâclait à accepter. Le moyen de faire autrement devant l'hécatombe ? Changer la loi ? Je l'ai fait. Faire adopter un code de la route ? Nous en avons commencé l'étude avec les juristes kosovars. Il a fallu plusieurs années.

Et la mafia ? La lutte contre le crime organisé ne pouvait être confiée à ces policiers dévoués mais pas assez formés. Même si l'importance de cette menace fut exagérée, la criminalité organisée, pour laquelle la réputation du Kosovo n'était plus à faire, devint une des préoccupations essentielles de la MINUK. Il nous fallut plus d'un an pour mettre en œuvre, avec l'aide de cinq pays, un groupe international de recherche et d'action sur le crime organisé. Il est secrètement en place, quelque part à Pristina.

## Le rythme des meurtres

A la fin de l'année 1999, il y eut jusqu'à cinquante meurtres par semaine, et nous franchîmes le millénaire avec ces chiffres terribles. En 2001, on en comptait moins de cinq. Dix-huit mois après l'arrivée de l'administration internationale, on tuait moins au Kosovo qu'à Washington et le rythme rejoignait celui de la plupart des pays occidentaux.

Meurtres inter- et intra-ethniques : au début de notre mission, nous désespérions. La majorité de ces crimes touchaient des Serbes et des représentants des minorités, les Roms, les Tziganes, les Egyptiens, les Bosniaques. Ces derniers, musulmans ayant souvent choisi de se battre contre Milosevic, étaient agressés dans la rue parce qu'ils y parlaient serbe.

Des Albanais succombaient également : règlements de comptes familiaux, politiques ou mafieux, souvent les deux ensemble. On appelait ceux-là les morts « habituels ». Tous les matins, à la réunion de 9 heures, le responsable de la police annonçait le nombre des morts, que Jock Covey commentait lorsqu'il avait glané quelques détails. Invariablement, la formule était prononcée qui devint une forme de requiem : *under investigation* ! Et rien, au début, ne venait jamais éclairer ces enquêtes.

La haine n'était pas résiduelle mais permanente. On la sentait partout, palpable dans les réunions interethniques que nous tentions d'organiser, mais aussi entre les partis albanais, entre ceux qui avaient choisi le maquis et ceux qui s'étaient résignés à l'épreuve sans les armes. Les enfants et les femmes souffraient plus que les autres. Je me souviens du secrétaire général adjoint du parti démocrate bosniaque qui, à sa première visite dans le bureau encombré de l'ancien bâtiment des Nations Unies, au mois d'août, me raconta que ses enfants n'étaient pas descendus dans la rue depuis deux mois. Après une agression contre leur mère au marché, où elle cherchait en vain à acheter quelque chose à manger, ils craignaient pour leurs vies. Il me décrivit sa famille pâle comme si l'été n'était jamais venu et les garçons qui ne comprenaient pas pourquoi même le palier de leur immeuble était devenu dangereux.

## Policiers et militaires

Que pouvions-nous faire pour empêcher la haine de faire dégainer les armes, les vieilles rancunes de sourdre à chaque occasion, les mafieux d'étendre leurs effrayants commerces ? Le neuvième paragraphe de l'article 11 de la résolution 1244 stipulait que notre responsabilité était de « maintenir l'ordre public, notamment en mettant en place des forces de police locales et, entre-temps, en déployant du personnel international de police servant au Kosovo ». C'était la première fois qu'une mission internationale de paix se chargeait de l'ordre public et pas seulement, comme en Bosnie, de former les policiers, ou d'assister la police locale, comme le fit très bien mon ami Jacques Klein à Sarajevo.

Slobodan Milosevic avait chassé tous les policiers d'origine albanaise pour les remplacer par des fonctionnaires d'origine serbe. Ces derniers, qui se montrèrent souvent très violents et recouraient à la torture, avaient disparu de la région. A la MINUK d'assurer elle-même la sécurité dans les rues, d'enquêter pour traquer les malfaiteurs, de mettre les mains dans le cambouis, de retrouver les criminels, de réprimer les batailles de clans et les bagarres entre automobilistes, d'empêcher les vols, de veiller sur les personnes menacées et les personnalités étrangères qui recevaient des menaces de mort. Au Kosovo, on s'assassinait pour une place de parking, et la loi du talion permettait à la vendetta entre familles de s'étendre sur plusieurs générations. Il fallut confier à notre police des tâches qui réduisaient d'autant nos moyens d'action : garde statique des monuments religieux ou sécurité des transports en commun...

J'offris à plusieurs reprises à l'ONU de recourir à des prestataires internationaux de services de sécurité, entraînés, capables d'être rapidement déployés pour des tâches non policières. Pour les travaux spécialisés, les diverses polices européennes pourraient, comme les soldats, s'entraîner ensemble, apprendre l'anglais, connaître les rudiments du droit et des coutumes locales. Les Nations Unies et la Peace Academy organisèrent plusieurs séminaires, au cours desquels Sergio de Mello et moi insistions sur le rôle crucial de la police, plus important encore que celui de l'armée. Après sa mission au Timor, identique à celle que j'exerçais au Kosovo, Sergio de Mello fut parfois plus véhément encore sur ce sujet. A la fin d'une guerre, les familles éprouvent un besoin vital de sécurité. Hélas, en Irak, les Américains le comprirent trop tard.

Les policiers internationaux à peine formés, dont les règles d'engagement correspondaient aux exigences d'un pays du tiers-monde, étaient difficiles à diriger, à coordonner, à former, à comprendre. Comment commander à un service d'ordre qui ignorait les règles, les lois locales, et qui regroupait plus de trente nationalités ? Les hommes issus des pays pauvres n'étaient pas équipés, ceux qui provenaient des pays riches, comme les Etats-Unis, avaient parfois été recrutés par une organisation privée parmi les gardiens de square ou même les dentistes ! Les impératifs quantitatifs et les promesses politiques ne peuvent être prétexte à l'envoi contre-productif de personnels non qualifiés. L'aptitude à servir dans une zone de conflit dans un cadre multinational peut s'enseigner, chacun s'en trouvera mieux. Nécessité du risque, une chance pour les volontaires, belle occasion pour les pays fournisseurs : tout cela pourrait être prévu. Cette formation rapprocherait les pays donateurs, tout comme la maîtrise d'un langage de paix et d'une méthode de travail. Cela passerait aussi par un niveau d'anglais suffisant, et le français serait utilisé s'il y avait des volontaires français sur place. Pas s'ils boudent ! La force de police européenne prévue par le traité de Nice aura dans les Balkans de belles heures devant elle.

Le commandement de la police internationale devrait également être modifié. Chez les militaires, les unités, coordonnées par un commandement central, étaient réparties géographiquement. La police devrait en faire autant. A Pristina, à Pec, dans un même poste de police, travaillaient conjointement des personnels africains, asiatiques, nord-américains, allemands... Seules les unités spéciales – indiennes, pakistanaises, jordaniennes – étaient mises à disposition comme des brigades constituées et intégrées directement au commandement multilatéral.

Ces unités qui pratiquaient un maintien de l'ordre musclé n'avaient pas d'états d'âme : elles frappaient. Je me souviens de la visite du général pakistanais qui me trouvait trop mou. Habillé à l'anglaise, accent inimitable, moustache en croc il me disait : « Nous avons l'habitude des désordres. Vous connaissez Karachi : il y a des millions de manifestants. Pas de problèmes, nous frappons, nous nettoyons. Ici, avec les Kosovars, donnez-nous des ordres, nous frapperons. *No problem, give us orders, and we go* boum boum ! »

Les crimes et les délits nous submergeaient et, dans les premiers mois, la situation nous semblait désespérée. La communauté internationale veillait particulièrement sur les statistiques, publiées par nos soins, des exactions quotidiennes, hebdomadaires, mensuelles. On nous reprochait légitimement notre impuissance. Après des enquêtes superficielles, le climat de violence était décrit à longueur d'articles par des journalistes de passage. Les allégations passaient pour des faits documentés. Ce qui était écrit par l'un se retrouvait, comme souvent, reproduit à l'identique chez l'autre. Des informations douteuses devenaient des événements historiques ! Les correspondants des journaux et des chaînes de télévision qui séjournaient plus longtemps au Kosovo tenaient davantage compte du contexte de violence de la région, de la proximité immédiate d'une guerre civile dont les affrontements n'étaient pas achevés, des atrocités des milices serbes et des souffrances des populations. Leurs articles devenaient plus humains, et plus prudents.

On retrouvait tous les jours des fosses communes, mais l'identification des cadavres restait presque impossible, faute de personnel et d'argent pour utiliser la technique de reconnaissance par l'ADN. Comment ignorer cette énorme anxiété qui pesait sur les Albanais et les Serbes du Kosovo, enfermés dans leur rancœur ? Il aurait fallu aussi analyser, ou au moins tenir compte, de la ténacité des haines balkaniques, des siècles d'antagonisme et des dix années atroces d'apartheid sous Milosevic. Il aurait fallu se souvenir que, au début de la mission, nous ne disposions que de quelques dizaines de policiers de diverses nationalités, pour la plupart sous-équipés.

Les effectifs policiers furent prétexte à des débats très vifs. On nous accusait de ne pas obtenir de résultats rapides dans la lutte contre la criminalité ; je contre-attaquai vertement, expliquant que je ne disposais pas des moyens pour l'assurer. Initialement, un contingent de 3 000 policiers avait été prévu pour le Kosovo. J'avais, dès le premier Conseil de sécurité, à New York, affirmé qu'il m'en fallait le double. Deux mois après mon arrivée à Pristina, à la mi-septembre, la police de la MINUK comptait 723 policiers internationaux, des plus disparates\*. L'ONU haussa le niveau autorisé à 4 718\*\* : grande victoire de nos armes. Au maximum, un an après, on compta 4 387 hommes et femmes de

---

\* Chiffre extrait du rapport *Kosovo under United Nations Rule*.
\*\* Voir le rapport du secrétaire général du 6 juin 2000 (S/2000/538).

53 pays différents, dont 3 298 dans la police civile et 1 089 dans les unités spéciales*.

Nous fûmes longtemps accusés à longueur de pages par le monde paisible de ne pas obtenir des résultats suffisamment rapides et probants en matière d'ordre public. Je savais que cela prendrait du temps, je gardais pour moi les comparaisons avec les banlieues parisiennes ou la Corse, que je connais bien et que j'aime.

Il faut se garder des jugements précipités. Les Américains ont commis beaucoup d'erreurs en Irak. Pourtant, on ne pourra se prononcer sur leur action qu'après quelques années. Succès ou échec, au bout de six mois, il y avait encore de nombreux attentats, et il y en aura encore après l'arrestation de Saddam Hussein. Au Kosovo, six mois après l'entrée des troupes, on comptait encore de nombreux morts, des dizaines chaque semaine.

Comment rendre plus efficace notre embryon de police des Nations Unies ? Dans un pays inconnu et violent, les policiers internationaux ne parlant pas la langue étaient souvent réduits à une fonction démonstrative. Ils devaient se fier à des interprètes souvent partiaux, opérant sous la menace de représailles. Nous exigions des officiers de l'UNMIK-police les tâches les plus diverses. A l'évidence, ils n'y étaient pas préparés.

Il eût fallu disposer d'un nombre suffisant d'officiers de police. Pour les obtenir, nous avons livré une bataille

---

* Voir le rapport du secrétaire général du 7 juin 2001 (S/2001/565).

éprouvante. Je me suis rendu dans les principaux pays d'Europe qui me semblaient intéressés au rétablissement de l'ordre dans les Balkans. Je téléphonai plusieurs fois à Jean-Pierre Chevènement, à l'époque ministre de l'Intérieur français. Je lui rendis spécialement visite, place Beauvau. J'intriguai avec Alain Leroy, l'amical et pugnace administrateur de la ville de Pec, dont le frère était au cabinet du ministre. Chevènement, dont j'apprécie l'ironie et la culture, dont tant d'idées me séparent, et qui avait condamné l'intervention au Kosovo, me promit, malgré l'hostilité des syndicats et, m'affirma-t-il, l'absence de candidatures, de faire tous ses efforts pour découvrir les oiseaux rares : des policiers volontaires français qui parleraient anglais. Pour lui je consentis, malgré les règles de l'ONU, à accepter de jeunes retraités. Il ne chercha pas et ne découvrit rien du tout.

J'en appelai au Premier ministre, à maintes reprises, jusqu'à l'agacer au point qu'un beau jour il me demanda de renoncer définitivement à cette chimère ! Je crois que Lionel Jospin essaya de convaincre Jean-Pierre Chevènement, comme Hubert Védrine me le confirma, mais ils renoncèrent vite à l'affronter et le Premier ministre réserva son autorité pour le problème corse, ce qui me fournit une occasion supplémentaire de comparer, sans les confondre, les mentalités du Kosovo et les réactions de nos insulaires. Je tentai également ma chance auprès de Jacques Chirac. Des réunions interministérielles furent organisées, mais Jean-Pierre Chevènement tint bon et le Président se montra navré. Nous énonçâmes ainsi une « loi du plus faible soutien », immanquablement vérifiée : ceux qui protestaient le plus fort contre l'anarchie régnante étaient les mêmes qui nous refusaient leur appui. Les souverainistes français poussaient des cris d'orfraie, et nous privaient des policiers dont nous avions tant besoin.

Il n'y eut jamais de policiers français dans les rues ou sur les routes du Kosovo. En revanche, de nombreux gendarmes efficaces défendirent nos couleurs faisant preuve d'un courage, d'une détermination sans faille, et souvent d'un véritable enthousiasme.

Alain Richard, ministre de la Défense, gardait sa porte ouverte en permanence à mes requêtes. Nous pûmes ainsi, pour l'honneur du pays et l'efficacité des missions, recruter des gendarmes qui parlaient souvent très bien l'anglais. Habitués des opérations de maintien de la paix, ils avaient « fait » la Bosnie, la Somalie ou le Cambodge. Pour donner le change, le commandement français, à ma demande, nous autorisa à déployer environ 70 gendarmes dans les rues de Pristina, sous commandement de l'UNMIK-police.

Ces gendarmes ne ressemblent à aucun autre corps, sauf aux carabiniers italiens avec lesquels ils ne s'entendaient pas. Malgré des rapports souvent difficiles avec l'armée de terre, ils en demeuraient le fer de lance, souvent sollicités pour contenir les émeutes. On voyait alors les gendarmes mobiles ou autres spécialistes aux premiers rangs, repousser avec un sang-froid admirable les attaques qui se produisaient sur le pont. Charges, gaz lacrymogènes et parfois balles réelles : une tension de tous les instants. J'entretenais avec les gendarmes des rapports de franchise et d'amitié. La nuit, nous passions souvent, seuls moments de loisir, des heures ensemble.

Je le répète, je ne reçus pas le moindre policier français. Ce fut notre petite défaite.

Pourtant, pendant près de deux ans, je continuai à recevoir des lettres de policiers français bilingues, se plaignant d'un refus d'enregistrement de leurs candidatures dans les commissariats. Des fax, des e-mails ou des missives à l'intitulé parfois sommaire – *B. Kouchner, Kosovo, Balkans* – arrivaient dans ce pays sans poste. Je dus ainsi renvoyer des dizaines de demandes qui ne furent jamais instruites. Pour l'honneur de la police, plus de quarante policiers instructeurs, des officiers de CRS, des policiers en tenue, des inspecteurs de diverses brigades, et une admirable femme commissaire, Helena Thomas, enseignèrent à l'école de police d'Obilic, que l'OSCE de Dan Everts confia à un directeur américain à la poigne de fer : Steve Bennet.

Ce fut un des résultats les plus appréciables et les plus novateurs de cette opération d'ingérence policière. La formation de ce service de police du Kosovo par l'OSCE reste un des succès de la mission. Au 7 juin 2001, 3 847 recrues furent diplômées sur les 4 200 prévues et 6 000 fin 2002. Tous reçurent un enseignement sur les droits de l'Homme, grande première pour les Balkans. Toutes les ethnies y furent représentées, et la répartition des sexes respectée : la première unité réellement démocratique et moderne de la région. Sur les effectifs des quatre premières promotions, on comptait 29 % de femmes, 6 % de Serbes, 5,5 % d'autres communautés non albanaises.

Dans le grand hall des sports de la faculté de Pristina, je devins le parrain de la première promotion que dirigeait le « commandant Leka », surnom d'un homme qui s'était distingué dans le maquis de l'UCK et qui avait choisi la police. Il était encore là, Leka, héros de la guerre, un an après, pour le baptême de la dernière des promotions de mon mandat. Une dernière fois, les policiers se levèrent aux premières notes de musique, Kosovars censés rétablir l'ordre, et vinrent saluer le SRSG qui leur tendait un diplôme. Une dernière fois, Steve Bennet me broya la main. Contre tous les usages de la virilité policière d'outre-Atlantique, il m'embrassa. Ne voyez aucune ironie malveillante dans cette manière de décrire les hommes et les femmes que forma l'académie. Ce fut précisément une des grandes victoires de l'ingérence internationale au Kosovo.

Dans les rues de Prizren, de Pec, de Gelani, de Pristina et d'ailleurs, on vit peu à peu des patrouilles vêtues de bleu, coiffées de casquettes danoises, conquérir leurs territoires de chasse. L'enseignement était sérieux et les consignes strictement appliquées.

Quelque temps avant mon départ, en janvier 2001, une arrestation opérée en pleine Dranica, la zone rebelle, confirma que le Kosovo Police Service, le KPS, était parvenu à maturité. Un soldat russe avait été assassiné dans cette vallée où la rébellion de l'UCK avait commencé, la zone la plus violente, la plus nationaliste du Kosovo. Accompagné de Mike Jackson, je vins en hélicoptère depuis Pristina, avec le commandant français de la brigade Nord. Nous atterrîmes sur un petit champ en pente que sécurisaient quelques soldats, des commandos russes mal équipés. Un colonel nous attendait. Il nous conduisit devant le cercueil et nous nous inclinâmes, saluant le soldat, un homme jeune, marié, venu mourir si loin de son pays. Je visitai le camp. Des blindés enterrés, quelques tentes, des zones communes sommaires. Les soldats russes restaient un an ou plus dans cette région hostile. On disait qu'ils n'étaient pas payés et qu'ils mangeaient fort mal. J'avais une réputation sulfureuse, entretenue par Moscou et surtout par le ministre des Affaires étrangères, Igor Ivanov, qui m'accusait d'être favorable aux Albanais du Kosovo. Les soldats russes et leur colonel nous reçurent pourtant chaleureusement. Nous nous efforcerons par la suite d'améliorer leurs rapports avec les civils albanais, et des réunions avec les responsables autoproclamés des villes communes furent mises sur pied.

On arrêta le meurtrier, un garçon de moins de quinze ans, très agité, qui fut dénoncé par sa propre famille. Il déclara détester les Russes, accusés d'avoir fourni des mercenaires aux milices serbes qui avaient répandu le crime et l'horreur dans toute la vallée de la Dranica. Il avoua aussi qu'il avait parié avec ses amis qu'il volerait une kalachnikov. Ce qu'il fit. Le garçon bien que frêle et de petite taille était violent, impossible à tenir, au dire de ses parents. Il fut remis aux gendarmes de Mitrovica, puisque la vallée de la Dranica était située dans la zone sous le commandement des Français de la KFOR. Nous étions très satisfaits de cette arrestation. Pour une fois, nous avions trouvé un assassin en un temps record. Notre adolescent fut donc enfermé chez les gendarmes, puisqu'il était mineur et que nous suivions scrupuleusement les conventions juridiques les plus modernes d'Europe. Ce jeune homme devait s'échapper trois fois de trois prisons différentes, par des lucarnes étroites et des gouttières fragiles. Quelques mois plus tard, à Skenduraj, la capitale de la Dranica, il fut repéré dans la rue par un policier kosovar du KPS.

Ce fut cet homme brave qui arrêta l'assassin supposé du soldat russe, en pleine ville, alors même que la foule était en faveur de l'adolescent. Le KPS avait prouvé son professionnalisme. Lorsque nous sommes partis, en janvier 2001, il n'y avait plus que deux à quatre meurtres par semaine. Deux à quatre de trop, mais quand même nous avions amélioré le climat.

## La prostitution

Une dépêche de presse approximative parlait d'une prostituée mystérieuse rencontrée dans un bar. Les journaux de toute l'Europe reproduisirent des articles inventifs consacrés aux femmes esclaves à vendre dans les bouges de la région. Notre police prétendait effectuer de nombreuses descentes, nous arrêtions des « consommateurs », les emprisonnions pour le temps légal et les relâchions faute de preuves. Aux reporters qui m'interrogeaient sur le trafic des femmes de l'Est européen, je répondais qu'à Paris je savais où se pratiquaient de tels commerces, dans quelles ruelles ou avenues, sur quelles places ou derrière quels bosquets, à Vincennes ou à Boulogne, ou dans les quartiers nord de Marseille. Je pouvais situer les endroits selon leurs spécialités, jusqu'à la pédophilie tolérée par ceux qui devraient la poursuivre. Bien sûr, il y avait aussi des prostituées au Kosovo – des Ukrainiennes, des Roumaines, des Bulgares, des Russes et quelques Slovènes et Bosniaques –, mais pas autant qu'on l'écrivait. Il y avait aussi 45 000 hommes de troupe, la plupart consignés le soir dans leur caserne, près de 6 000 policiers et 1 000 fonctionnaires internationaux qui n'étaient pas tous des anges de vertu, ni des adeptes de l'abstinence éternelle...

Nous avions créé, avec nos amis de l'OSCE un circuit clandestin d'assistance. J'ai accompli des prouesses comptables pour soutirer rapidement, grâce à la complicité de Maryan Baquerot, mon chef de cabinet, un peu d'argent afin de soutenir une ONG qui prenait ces femmes en charge. Avec cette association et l'OSCE, nous avons loué des appartements dans des quartiers tranquilles de Pristina afin de protéger les malheureuses de la vindicte de leurs souteneurs. Personne ne connaissait les lieux. On avait privé ces étrangères de leur passeport, elles ne pouvaient donc pas regagner leurs familles. J'ai délivré de faux permis de séjour et des passeports spéciaux des Nations Unies pour qu'elles puissent fuir vers un provisoire salut. Tout cela n'était pas très légal, mais rapide et efficace.

Malgré nos efforts, le Kosovo est resté dans l'imaginaire des lecteurs de la presse populaire européenne comme une immense maison de passe. Au Conseil de sécurité, lors d'une séance particulièrement animée, mon adversaire favori, l'ambassadeur russe Lavrov, excellent polémiste, me reprocha une fois de plus un laxisme supposé de la communauté internationale à l'encontre du trafic de femmes et de drogues, organisé par les Albanais du Kosovo. Il me fut facile de lui répondre que la vraie multiethnicité, nous l'avions rencontrée dans une maison de passe de Kosovo-Polje où le trafic des Ukrainiennes était organisé par des proxénètes serbes et albanais associés, seule réussite commerciale du multiethnisme. Les « consommateurs » étaient des soldats russes que nous avions pris sur le fait !

Ce furent des incidents mineurs. J'étais informé des prises de drogues : quelques centaines de grammes de haschich et, une seule fois, quelques pincées d'héroïne dans le secteur des soldats américains. Je le répétais en vain aux rares journalistes qui ne se contentaient pas d'idées reçues. Oui, l'Albanie, le Kosovo et la Bosnie furent traditionnellement les chemins de la drogue venue d'Asie et de Turquie pour être consommée dans l'Europe riche. Mais les routes pour gagner l'Occident avaient été modifiées par les guerres. Pourquoi des trafiquants, hommes d'affaires avisés, et souvent albanais du Kosovo, prendraient-ils le risque de passer par une région patrouillée par 45 000 soldats et 3 000 policiers, qui ouvraient les coffres des voitures et installaient des barrages partout ? Ces trafics se poursuivaient, en particulier par la Serbie, l'Italie, la Bulgarie et le Monténégro. Et parvenaient à gagner les pays consommateurs, la France, l'Allemagne, l'Italie.

La presse internationale n'en démordait pas, elle estimait que le Kosovo était un vrai lupanar et reproduisait les mêmes erreurs d'un papier à l'autre. En revanche les circuits de la prostitution européenne, en Italie, en Allemagne, en France, étaient souvent dans les mains de proxénètes albanais, ce qui est différent. Impossible de rectifier.

Toutes ces histoires prenaient au Kosovo une dimension politique. Nous n'avions pas toujours, pour des raisons notamment linguistiques, le pouvoir de contrôler nos forces internationales de police. A chaque manquement d'un Jordanien ou d'un Pakistanais à des règles inexistantes, les contrôleurs se déchaînaient. Ainsi, à Prizren, on assassina le commandant Drini, un ancien maquisard modéré, partisan des réformes, notre allié naturel. Malgré mon insistance et de longs mois d'enquête, tous les matins notre commissaire Svere Frederiksen, qui commandait l'UNMIK-police, ne nous annonçait aucun progrès. Un jour, on perquisitionna trois fois chez Hacim Thaci, inquiétant sa famille. S'agissait-il d'un complot politique ou d'une incompréhension entre services ? Une autre fois le commandant Sami Lustaku, « héros » de la guerre, malmena un médecin sur un stade de football. Fallait-il le mettre en prison ? Je pensai que non. Un an après les élections menées à bien, on me le reprochait encore. Que valait-il mieux : des élections démocratiques ou une arrestation héroïque de Lustaku pour une babiole ?

On arrêta Lustaku plus tard.

Ces histoires, qui furent autant d'échecs, devaient nous coller à la peau. Avoir fait preuve d'un sens politique élémentaire, réussi partiellement une mission jugée impossible par les mêmes journalistes ne justifiait pas, à leurs yeux, ces légers manquements à nos règles occidentales. Quant à changer la mentalité des Kosovars, c'était une autre affaire. Une affaire de génération.

Eric Chevallier était de mon avis.

Seul membre de mon cabinet à m'avoir accompagné au Kosovo, il y fut indispensable. Je connais peu de gens plus politiques qu'Eric, je me sens souvent dans ce domaine un de ses moins bons élèves. Seul Français de mon entourage immédiat avec Sylvie Pantz, Jean-Sélim Kanaan et Alain Leroy, conseiller spécial, c'est à lui que je devais confier les missions les plus complexes, les plus délicates, les plus stratégiques : des négociations pour la dissolution des institutions parallèles et la composition d'un gouvernement commun, aux premières discussions avec le nouveau président Kustunica, que je l'avais envoyé mener en toute discrétion à Belgrade, dès la chute de Milosevic. Il me faudrait aussi raconter le froid intense qui saisissait notre bande de militants dans les nuits de Pristina, les moments de dépression que nous partagions, et le rôle d'Eric dans le choix des remèdes nocturnes, du jogging aux chansons, des engueulades aux erreurs, du rire à l'alcool blanc, *slibovic* chez les Serbes, *raki* chez les Albanais du Kosovo : à notre santé, *jiveli* et *zouar*\* ! Je n'aurais pas supporté les deux ans sans lui et les autres amis. Lorsque avec Eric, choisissant contre l'exil définitif le retour vers nos familles, nous avons repris le chemin du grisâtre bâtiment du ministère de la Santé, nous n'avons pas eu le loisir de jouer les héros. J'étais

---

\* *Jiveli* : « à votre santé » en serbe ; *zouar* : « à votre santé » en albanais.

de nouveau ministre, il revenait au cabinet. Je ne dirais jamais que tout était rentré dans l'ordre. Il avait changé, comme moi, et beaucoup appris. Eric assure aujourd'hui le suivi des crises internationales dans un organisme dépendant de Matignon. Et il tente de partager ce qu'il a appris à l'ENA, à Sciences-po à la Sorbonne, avec ce qu'il a compris au Kosovo.

## Droits de l'Homme et liberté de la presse

Notre service de communication fonctionnait jour et nuit. Les équipes de jour commençaient à l'aube par la traduction de la presse locale et internationale, radios et télévisions, un travail nécessaire pour le comité exécutif. Pour réagir à chaud, nous disposions des informations et des déclarations essentielles qu'apportaient à Nadia, un Belge exceptionnel, François Charlier, son protégé, et Susan Manuel, une fille attachante et tenace, une *flower child* de Milwaukee qui, après la Bosnie et la Serbie, n'avait plus vraiment envie de crier « *peace and love* ». Arrivée avant nous, avec le commando de Sergio, elle se trouve encore à Pristina.

Plusieurs journaux paraissaient déjà, dont le fameux *Koha Ditore* de Veton Suroi – le plus occidental, le plus humaniste et le plus élégant des Kosovars –, *Kosova sot* et *Bota sot*, imprimés en Suisse par les hommes du gouvernement en exil de Rugova. Avant les querelles qui allaient nous opposer, la question se posait de savoir comment les aider. L'OSCE s'y attela, mais la MINUK devait également faire face. Il fallut, dès le mois d'août 1999, tempêter, hurler, créer un fonds d'aide grâce à l'entregent de Maryan Baquerot à Pristina et de Jean-Pierre Halbwachs à New York pour rassembler quelques crédits destinés à l'information. J'insistai, je hurlai pour qu'une télévision kosovare et d'abord des radios libres puissent fonctionner. Je pensais aux élections que je voulais organiser au plus vite.

Nadia fit venir un remarquable technicien de l'Union européenne de radiodiffusion de Genève ; il sut nous convaincre que seule une télévision hertzienne pouvait émettre rapidement deux à trois heures par jour. Je donnai mon accord sur-le-champ. Il fallut alors nous battre pour obtenir des tarifs acceptables sur le satellite, passer un contrat avec l'UET\*, et trouver un directeur. C'est ainsi que le Suisse Eric Lehman resta héroïquement un an en place. Cinq mois après notre arrivée à Pristina, j'inaugurai par une heure d'interview la première télévision libre et indépendante du Kosovo. Nous étions très fiers. Hélas ! Malice ou fatalité balkanique, une panne d'électricité, difficulté habituelle mais cette fois prolongée, interdit aux Kosovars de profiter de ma bonne et première parole ! La radio et la télévision, créées grâce à l'acharnement de l'OSCE et de l'équipe de Nadia, de Susan Manuel, de François Charlier, d'Andréa Angeli et de Nana du Ghana, venue de la BBC, et de trente techniciens de la direction de la communication, furent les seuls médias à conserver des émissions en langue serbe, et continuent de le faire.

---

\* Union européenne de télévision.

Publiques et privées, il y a maintenant quatre chaînes de télévision au Kosovo.

Communiquer n'est pas informer. En l'ignorant, on obtient parfois l'effet contraire de celui qu'on vise. Les communicants professionnels, ceux qui sont responsables des grandes entreprises ou des ténors politiques, cherchent davantage un écho qu'une adhésion, ils veulent séduire plus que convaincre. Il en était ainsi des envoyés spéciaux des grandes associations de droits de l'Homme et de prévention des conflits, américaines pour la plupart. Si l'on excepte les représentants de l'International Crisis Group, dont les rapports sont devenus indispensables –, ils venaient pour quelques jours, enquêtaient superficiellement et publiaient un rapport définitif à temps pour la réunion de leur direction. Ces envoyés d'un genre hybride, mi-inspecteurs, mi-journalistes, n'étaient jamais satisfaits de ce qu'ils voyaient : leur métier exigeait le scepticisme et nos succès, inédits aux Nations Unies, en réalité nous desservaient.

Il était pourtant impossible de tout construire en même temps et, sans argent, d'inventer en permanence tout et n'importe quoi : des centrales électriques aux plaques d'immatriculation, de la nouvelle monnaie aux banques inexistantes, des hôpitaux aux tribunaux et à la presse. Nous devions tout improviser. Le mieux n'est-il pas l'ennemi du bien ?

La résolution 1244 du Conseil de sécurité nous demandait de « rétablir la démocratie dans la province serbe du Kosovo ». Rétablir ? Dans cette région de l'Europe, elle n'avait jamais existé, et surtout pas la liberté d'expression. Pour la justice et dans bien d'autres secteurs, nous avons voulu en faire trop, raccourcir les étapes, compacter les évolutions, adapter des lois et des conventions qui, dans notre Europe libre, n'étaient pas encore en vigueur, que les Kosovars ne réclamaient pas mais que les associations de droits de l'Homme nous imposaient. Au lieu de nous contenter d'une évolution, d'une approche plus lente, plus humaine, on tenta dans la hâte de construire une impossible perfection.

Nous nous heurtions à l'intransigeance et à l'esprit de revanche des Kosovars. Parce qu'ils avaient souffert, devions-nous souscrire à leur intolérance ? Nous devions comprendre, pas tout accepter.

La presse et la MINUK vivaient à des rythmes différents. La cadence des informations réclamées par les journaux ne suit pas le mouvement d'une mission de paix. Il y a une vitesse des médias qui correspond rarement à celle de l'histoire que nous tentions d'écrire. Ils travaillaient dans l'émotion quand nous misions sur le long terme.

Nous avions besoin d'eux. Nous devions convaincre les opinions publiques, afin que leurs représentants politiques décident d'attribuer les sommes nécessaires à notre budget destiné aux Kosovars, pas aux internationaux. Nous tentions d'apaiser les impatiences, de gommer les effervescences, d'expliquer que le goût de la revanche s'effacerait lentement ; nous avions, au début, la patience de convaincre. La réussite de cette rhétorique acharnée à laquelle s'attachèrent tous les membres de la direction de l'information fut modérée. Nous affrontions une culture étrangère et contre le temps qui s'inscrivait en générations successives. Les reporters voulaient du tragique : nous ne jouions pas sur le même registre. Ils voulaient de l'intégration, nous pensions que l'étape d'un communautarisme modéré était indispensable.

Certains ténors, souvent les correspondants de télévision les plus célèbres, ne passaient pas plus d'une journée au Kosovo. Une équipe avait défriché le terrain et nos vedettes se postaient sur le pont de Mitrovica, « en situation », pour faire un plateau, interrogeant quelques officiers et soldats de leur nationalité, des Américains à Gnilane, des Allemands à Prizren, des Italiens à Pec. Puis ils se plantaient dans mon bureau et, en deux minutes maximum, souhaitaient tout savoir du passé, du présent et de l'avenir de ces dangereux Balkans.

Au début, je tentais l'impossible, articulant des « *sound bites* », des résumés de phrases, puis je traversai une période de colère et de révolte face à des enquêteurs trop impatients, parfois incultes. Avec la complicité des gens de l'information, je gagnais ou perdais des paris portant sur les questions qu'on allait me poser. C'était assez facile : « De quoi êtes-vous le plus fier ? Quel est votre échec le plus grave ? Qu'est-ce qui vous a poussé vers ce poste ? » Je gagnais souvent. Nous organisâmes aussi des compétitions occultes de platitudes journalistiques. Certains se surpassèrent dans l'énoncé des plus parfaits lieux communs balkaniques.

Il n'était pas trop difficile de faire la différence entre les médias, de repérer la nationalité des équipes de télévision. Les Français, sauf les spécialistes, ceux-là au contraire très pointus, et certains vieux routiers, connaissaient souvent mal les dossiers. De toute évidence, ils n'avaient pas ouvert un livre et auraient pu poser les mêmes questions dans tous les coins du monde, ce qu'ils faisaient d'ailleurs : « Quel est votre bilan ? Qu'avez-vous envie de dire aux Français qui vous regardent ? » Les mêmes questions revenaient, toujours négatives : « Après ces mois passés ici, les choses n'avancent pas, pourquoi ? L'échec de votre mission est patent, à quoi l'attribuez-vous ? A Belgrade, on dit que vous êtes anti-Serbe. Comment réagissez-vous ? Hier encore, un attentat albanais a eu lieu, pourquoi n'arrêtez-vous pas les coupables ? »

Certaines séances virèrent à l'affrontement. Un journaliste du Kosovo était mort assassiné à Vushtrii. Une réunion indignée de la presse locale eut lieu, agitée et revendicative. Baton Haxiou, un des meilleurs journalistes kosovars, m'attaqua bille en tête. Réplique : « Vous vous indignez parce qu'un journaliste kosovar est mort. Quand êtes-vous indigné pour les assassinats de Serbes ? Avez-vous fait une enquête sur les mafias ? » Veton Suroi, mon ami, le directeur de *Koha Ditore*, resta muet.

Il faut bien survivre et, si possible, progresser.

Nous pestions souvent, le soir, contre la presse, puis nous en riions, sachant qu'accuser les journaux de tous nos échecs était un travers qui conduisait à la cécité politique. Alors nous nous calmions et nous tournions vers Richard Puech, de l'agence Capa, qui nous suivit comme une ombre pendant six mois avec sa minuscule caméra. Il habitait avec nous, il faisait partie de l'équipe. Les téléspectateurs français furent très impressionnés par son *Good morning, Kosovo*, qui relatait notre vie quotidienne. Moi, je me vis en Tintin au Kosovo, et je boudai le reportage. Pourquoi ? Sans doute parce que c'était vrai !

## L'information

*Kosovo, mai 2000*

Le 16 mai 2000, la police internationale retrouva le cadavre de Peter Topolski, un jeune Serbe qui travaillait au département médical de la municipalité de Pristina. Il avait été lardé de coups de couteau. Un Pakistanais de la MINUK, son patron mal inspiré, l'employait parfois comme chauffeur pour des courses personnelles qu'il accomplissait seul, malgré le danger. Il enjoignit un jour à Topolski de se rendre avenue *Mother Teresa* retirer un billet d'avion dans une agence de voyages. On ne revit plus Peter Topolski vivant.

Les employés serbes furent très secoués par ce meurtre, et les traductrices de notre équipe pleurèrent plusieurs jours dans les couloirs du *goverment building*. Des spasmes les secouaient brusquement et elles fondaient en larmes, appuyées contre un mur, dans l'indifférence générale. Le personnel serbe de la MINUK entra en rébellion, nous sommant de le protéger. Nous organisâmes des gardes et surveillâmes davantage les transports. Si notre chef de la sécurité, débordé, ne prit pas l'affaire trop au tragique, je découvris de cruelles réalités. Nous nous heurtions à la mauvaise volonté affichée de certains employés kosovars qui espionnaient les Serbes, les harcelaient, les dénonçaient, refusant de transmettre leurs messages et leurs cris d'alarme, retardant les bus qui leur étaient affectés, etc.

Sur les portes, et les boîtes aux lettres, les noms serbes étaient immédiatement lacérés. Des cambriolages avaient lieu malgré les rondes et les gardes. On rentrait par effraction dans les bureaux de l'administration, les disques durs des employés d'origine serbe étaient explorés, parfois vidés de leur contenu. Les listes de Serbes et de leurs lieux d'habitation furent copiées, les horaires des déplacements, théoriquement protégés par des codes secrets, expurgés. Un nettoyage ethnique électronique s'opérait dans les bâtiments des Nations Unies ! Comme dans toutes les missions internationales, dissimuler des papiers était difficile, il fallait se méfier de tout le monde et de la routine elle-même.

En dehors d'un circuit court, que Jock Covey avait mis au point avec nos conseillers politiques, nous ne pouvions nous fier à personne. Les téléphones étaient écoutés par toutes les « grandes oreilles » des multiples brigades, et bien sûr par Belgrade. Les vraies confidences devaient demeurer orales, ainsi que les renseignements venus des services du même nom des armées et des polices, lesquelles ne se les communiquaient pas souvent entre elles.

Le nom du jeune homme, Peter Topolski, avait été publié par *Dita*, un nouveau quotidien kosovar qui voulait conquérir le marché et se réclamait de l'UCK. Une vengeance donc, et tristement réussie. J'étais mortifié, plein de rage. Avec Nadia Younès, Eric Chevallier et Jock Covey, nous cherchâmes à sévir contre le journal. Je réclamai sa fermeture. Je me heurtai au front commun des journalistes kosovars et à la mauvaise volonté de notre police. Je fus très méchamment critiqué par les associations défendant les droits de l'Homme.

Nous consultâmes des juristes afin de renforcer une position qui entendait se fonder sur la justice. Les lois, oui, mais lesquelles ? Pas celles de la Fédération yougoslave, issues du communisme, qui m'auraient permis de censurer lourdement la publication, mais celles que nous souhaitions imposer, les plus progressistes des lois européennes qui protègent la nécessaire liberté de la presse sans négliger les droits des assassinés. Nous étions victimes de nous-mêmes.

Feignant de respecter une démocratie à construire, nous autorisions le crime ! Porter plainte était impossible, aucun procureur, aucun juge et pas un avocat n'aurait relayé notre demande. Je décidai de fermer le journal pour huit jours, et de lui infliger une lourde amende. Nouveau tollé chez les défenseurs des droits de l'Homme. Nadia, Jock, Eric et moi nous battions à fronts renversés. Le droit devait-il oublier la justice ? Nous devions penser à la sécurité publique, aux sentiments des Serbes bloqués dans leurs enclaves, désespérant, perdant la petite confiance que nous leur offrions depuis quelques semaines.

Nous n'avions guère de soutiens dans cette affaire. Tous les Kosovars se dressaient contre nous, arguant de la barbarie toute fraîche, des fosses communes que l'on découvrait quotidiennement sans pouvoir identifier les corps, au nom de la revanche que leur imposaient les règles traditionnelles du *Kanun*.

Il y eut de l'agitation à l'étage. Le couloir résonnait de la vivacité des discussions. Dan Everts, patron de l'OSCE, responsable de la presse, pour qui j'avais de l'amitié, n'arrivait pas à choisir entre la fermeté et le laxisme. Il penchait pour cette dernière stratégie. Les militants du Kosovo, mon équipe au sens large, ceux qui tous les jours travaillaient avec les Albanais, étaient hostiles aux mesures prises. En revanche, mes conseillers politiques qui, en nombre très réduit, fréquentaient des Serbes des enclaves me soutenaient. Nous nous sentions seuls.

Plusieurs fois, les employés serbes aux abois se réunirent dans mon bureau où ils avaient libre accès. Nous passâmes en revue toutes les mesures de sauvegarde et tentâmes, une fois de plus, d'améliorer leur quotidien et de les conforter. Ces courageux jeunes gens demeuraient terriblement anxieux. Ils étaient revenus de Belgrade dans ce qu'ils considéraient comme leur pays, pour travailler, attirés par les salaires confortables de l'ONU grâce auxquels ils aidaient des familles nombreuses de réfugiés sans moyens. Les médecins acceptaient des travaux de chauffeurs et des ingénieurs, des besognes de traducteurs. Tous vivaient un enfer. Ils ne pouvaient pas sortir dans la rue, ne parlaient pas en public de peur d'être trahis par leur accent, n'entraient pas chez les commerçants. Ils ne se confiaient à personne. Des voitures, toujours en retard, les ramenaient à la nuit tombée vers un domicile clandestin : quelques appartements délabrés où ils vivaient en groupe, tentant de se réconforter les uns les autres. Certains, ceux que Sergio de Mello, avant moi, avait engagés, des serveurs ou des cuisiniers de la cantine internationale où nous prenions souvent nos repas, avaient été assassinés sur le chemin de leurs logis.

Après bien des reculs et des dérobades, nous obtînmes de notre police la fermeture de *Dita*. Les communiqués des belles âmes affluèrent. De l'UNESCO, signé d'Alain Maudoux, qui fut un des délégués amis du CICR, un communiqué m'accusa : je dépassais les bornes de la censure ! Reporters sans frontières et toutes les associations amies, America's Watch, Amnesty International, firent retentir le tocsin des libertés meurtries. Un éditorial du *New York Times* donna le ton de la bonne conscience. Des dizaines d'entre mes anciens compagnons sonnaient la charge contre « le proconsul du Kosovo qui étouffait la liberté de la presse ». Terminé l'état de grâce, j'avais enfreint le pacte que les théoriciens blottis dans leurs bureaux, irritants mais indispensables veilleurs des droits de l'Homme, avaient passé avec moi. J'avais franchi la ligne au-delà de laquelle mon passé de militant des droits de l'Homme ne me protégeait plus. A partir de cette censure mal comprise, leurs allergies habituelles à la décision politique se déclenchaient.

*Dita*, proche de Hacim Thaci et du PDK, était un nouveau quotidien. Il se vendait moins que les quatre grands, *Koha, Zeri, Kosovo sot* et *Bota sot*, mais sa mise en pages était claire et son allure moderne. Dan Everts et l'OSCE lui avaient procuré une aide importante. Dan offrait à tous ces journaux de regrouper leurs bureaux dans un immeuble commun que finançait en partie l'OSCE et qui subit plusieurs attentats. Des subventions venaient du monde entier, des fondations américaines et européennes, celle de George Soros en particulier, pour soutenir cette presse indispensable, et cette fois meurtrière. Les commanditaires et les donateurs ne faisaient pas dans la nuance. Ils se prononçaient pour les victimes, c'est-à-dire pour les Albanais du Kosovo. Loin du terrain, ils ne pouvaient se rendre compte qu'une oppression pouvait en cacher une autre et que la menace avait changé de camp. Sans le savoir, mes amis proches, en particulier les organisations de George Soros, faisaient le jeu de l'injustice.

*Dita* prit l'habitude de publier, sans enquête policière, sans faits nouveaux, sans preuves, des listes de Serbes suspects de crimes de guerre. Ses responsables imprimèrent également des photos, dénoncèrent des prêtres, dont le père Quirilo, un ami de Sava que nous connaissions, et des prétendus miliciens. Ces clichés, impressionnants, représentaient des soldats en uniforme mêlés à quelques civils : pas de date, pas de preuves, mais déjà une sentence. Dans ce Kosovo aux nerfs à vif, suspecter revenait à condamner, parfois à assassiner. Quelqu'un viendrait qui porterait la vengeance, comme l'imposait le *Kanun*.

Au début, malgré une lecture et une traduction quotidiennes des services de Nadia, nous n'avions pas mesuré l'ampleur des dégâts. Interpellés, les journalistes de *Dita* et le directeur de la publication ne parurent pas comprendre ce que cette dénonciation permanente avait de choquant et de dommageable pour notre système judiciaire renaissant. Le journal publia d'autres listes, qui provoquèrent encore des attentats...

J'ai rencontré et sermonné à deux reprises le directeur de *Dita*, que je n'arrivais pas à trouver antipathique. Le médiateur fut alerté et s'empressa de ne pas trancher. Nadia Younès et moi avons fermé *Dita* à deux reprises, malgré les protestations des belles âmes.

Nous entretenions de bons rapports avec les journalistes kosovars, même si leurs journaux ne nous épargnaient guère. Ils attaquaient souvent la communauté internationale, hydre multiforme, cet élément non identifié qui avait déployé des troupes puissantes, bombardé un pays, s'était battu pour eux et les avait délivrés. Nous eûmes de nombreux démêlés avec la presse locale. Lorsqu'une fausse information était publiée qui concernait la mission, fallait-il expliquer, convaincre, protester, se battre, réclamer un démenti ? Il convenait d'adapter notre riposte. Au début, toute la presse internationale était là, les grands ténors, les derniers représentants de la race des baroudeurs, les reporters de guerre, et les spécialistes des Balkans, deux espèces différentes. *Libération* ouvrait un bureau, jurant d'accompagner l'évolution du conflit. L'Agence France-Presse, Reuter, AP, *Le Monde, Le Figaro, La Croix* étaient présents. Le *New York Times* et le *Washington Post*, le *Guardian, The Economist* se partageaient entre Belgrade et Pristina. Les Italiens de la *Repubblica* et du *Corriere della Serra* venaient souvent ainsi que les Espagnols d'*El País* : tous les bons en somme, qui se montrèrent objectifs. Les Allemands furent plus nuancés : le *Frankfurter*, compréhensif, était informé par Tom Koenigs ; *Die Welt* n'était pas tendre et le *Spiegel* franchement hostile, parfois calomnieux. Les radios, les plus grandes chaînes de télévision comme les plus improbables, venues d'Amérique latine, d'Asie et des plus petits pays d'Europe centrale, s'aggloméraient pour les conférences de presse, dans l'amphithéâtre étroit et sombre de notre premier immeuble, sur le *compound* gardé par de maigres troupes. Nadia Younès, effervescente et efficace, régnait sur son monde de sa voix cassée distribuant les interviews, organisant des déjeuners dans la gargote surchargée où nous avions nos habitudes.

# Une occasion manquée

*1er janvier 2000*

Les médias préparaient fébrilement cette grande nuit, à la fois passage d'une année, changement de siècle, aube d'un nouveau millénaire, et fin de cette année 2000, achevée, usée, rompue.

Les cinquante plus importantes chaînes de télévision du globe s'étaient constituées en réseau pour être présentes, à l'heure fatidique de minuit, dans les endroits clés de la planète, afin d'en retransmettre les multiples aspects, souvent contradictoires. Toutes ces manifestations seraient filmées en direct, à minuit.

Le Kosovo avait été choisi comme l'un de ces lieux importants, et TF1 avait été chargée, pour la France, de tourner sur le pont de Mitrovica. Un envoyé spécial était venu au Kosovo pour préparer l'événement. J'avais imposé mes conditions, que la chaîne avait acceptées : ce tournage serait une étape sur la route de paix que nous avions choisie. Encore fallait-il que les protagonistes acceptent de se parler. Pas de dialogue, pas d'images...

J'avais donc approché les adversaires, habitant les rives opposées de l'Ibar : Serbes réfugiés au nord, Albanais au sud. Je présentai l'opération comme une démonstration indispensable pour la poursuite de l'aide

## Le médiateur du sang

internationale, une occasion d'affirmer la confiance et l'espoir, un instant de paix entre deux millénaires.

Les séances de négociations s'étendirent sur deux mois. Les groupes constitués rejetaient l'idée de se rencontrer sur le pont de Mitrovica, comme si le début d'une entente aurait pu, aux uns comme aux autres, s'avérer préjudiciable. L'opération paraissait compromise, et l'affrontement garanti.

Avec les esprits plus politiques, il en allait tout autrement. Oliver Ivanovic pour les Serbes de Mitrovica, le père Sava pour les orthodoxes, Bahran Rehxipi, le maire de la ville, pour l'UCK, tous acceptaient de donner cette bonne image d'eux-mêmes, mais désespéraient de convaincre un groupe représentatif.

La fin de l'année approchait. TF1 se montrait inquiète, les télévisions du monde entier réclamaient des assurances. Je décidai de hâter le mouvement. J'invitai chacun à dîner en tête-à-tête à mon domicile. Seul Eric Chevallier était présent. Ils acceptèrent finalement de se rencontrer au milieu du pont, de se saluer et d'écouter ensemble un morceau de musique classique que la brigade française allait se charger d'interpréter. Les rendez-vous étaient pris.

L'équipe de TF1 annonçait sa venue pour la dernière semaine de décembre : il lui fallait régler la transmission satellitaire. Deux camions leur seraient nécessaires. Tout avait été contrôlé, les connexions électriques, les projecteurs, les interventions policières et médicales, les protections et les transports organisés pour les Serbes.

Christine et Alexandre, notre fils, étaient venus avec Martine Bidegain changer de siècle avec moi. Il faisait très froid dans cette nuit du 31 décembre, la neige tombait à gros flocons. L'équipe de télévision avait disposé ses équipements. Tous les protagonistes s'étaient retrouvés dans la maison de la MINUK, proche de l'Ibar. Un buffet sommaire, de charcuterie kosovare, de fromage blanc plâtreux et de pain noir, avait été préparé. Des agents de liaison faisaient la navette entre le pont et l'intérieur.

Chez les Serbes, une petite foule attendait le signal. L'atmosphère se détendait. Bahran l'Albanais et Sava le moine orthodoxe échangeaient leur vision du conflit et de ses excès. Bahran était un médecin engagé et humaniste qui aurait pu, avec nous, fonder Médecins sans frontières à la belle époque des débuts. Au cours de la discussion, le maire de Mitrovica s'enflamma :

« Je les ai soignés, ces malheureux, j'ai vu mourir les torturés.

– Pourquoi haïssez-vous les Serbes ? demanda Sava.

– Je ne suis pas un homme de violence, je hais la guerre, pas les Serbes. Mais croyez-moi, père Sava, les massacres dont j'ai été témoin étaient atroces et délibérés*.

– Il y en a eu de chaque côté, répliqua Sava.

– Je le sais, mais pas à cette échelle. Vous verrez, les fosses communes vont s'ouvrir, des milliers de victimes seront pleurées. Et le plus pénible, le plus incompréhensible, c'est ce mépris pour les Kosovars. Je le connais. J'ai fait mes études de chirurgie à Belgrade...

---

* Voir The Independent International Commission on Kosovo (Richard Goldstone), *The Kosovo Report*, Oxford University Press, 2000.

– Je vous présente mes excuses, je regrette ce que le peuple serbe a fait à votre peuple... »

Sava se tut. Tout le monde fit silence. C'était la première fois qu'un Serbe de premier plan reconnaissait les meurtres, et surtout qu'il présentait des excuses. Le docteur Rehxipi se leva et serra les mains de Sava.

Je demandai au moine :

« Seriez-vous prêt à répéter cette phrase devant la caméra ?

– Oui, dit Sava, si cela sert la paix. »

Nous étions tous heureux. Minuit approchait. Nous sommes descendus dans la neige. De l'autre côté du pont, les Serbes attendaient le signal. Les militaires, le général Soublet, les gendarmes, toute l'escorte tapait la semelle sur la terre glacée. La journaliste et l'équipe nous demandèrent d'attendre encore un instant. Plusieurs fausses alertes nous arrêtèrent alors que nous nous dirigions vers le pont à pied. La technique ne semblait pas au point. Le froid était si vif que nous pouvions à peine parler. Les protagonistes s'impatientaient, tant sur la rive gauche que sur la rive droite. La fraternité esquissée semblait prise par les glaces.

Enfin, la journaliste donna le signal. Le millénaire et ce dernier siècle qui organisa tant de massacres allaient basculer dans l'Histoire. Les deux groupes marchèrent droit sur l'Ibar. Les gendarmes écartèrent les rouleaux de barbelés, le pont était libre pour la première fois depuis juin 1999. La musique des troupes, un assemblage symbolique de cors de chasse, avait choisi un morceau doux et sonore qui s'accordait bien avec les bourrasques de neige.

Oliver et quelques amis serbes que je connaissais,

dont beaucoup de ces médecins qui refusaient l'accès de l'hôpital aux malades albanais, arrivaient vers nous, escortés de soldats français. Sava et Rehxipi, accompagnés de quelques-uns des conseillers municipaux, des politiciens albanais locaux, marchaient eux vers le nord. Les deux groupes se rencontrèrent. Des cris de joie et les applaudissements des internationaux les accueillirent. Je regardais Christine et mon fils cadet. J'étais heureux. La buée de nos souffles formait des nuages immaculés sous les projecteurs. Les hommes – il n'y avait que des hommes – se serrèrent la main, en l'exact mitan du pont. Sava prononça devant la caméra la phrase magique du pardon. Christine me prit la main. La musique, étrange et sonore, ajoutait une note fraternelle à cette scène de film d'espionnage du temps de la guerre froide.

Je croyais que des anges allaient prendre leur envol sur ce pont de la haine. Tous les protagonistes, du nord comme du sud, revinrent vers la maison de la MINUK pour se réchauffer d'alcool blanc. « *Zouar* », disaient les uns en levant leurs verres, « *Jiveli* », répondaient les autres avec un geste semblable. Cette démarche commune était une grande première. Je me prenais à espérer.

Le lendemain nous fûmes surpris du silence des médias sur cet événement majeur. Plus personne ne téléphonait de la chaîne de télévision. La transmission n'avait pas eu lieu. La connexion avec le satellite n'avait pas fonctionné.

Le monde n'avait pas été témoin de ce moment de fraternité glacée.

# Les visiteurs

La Russie ayant menacé de son veto le Conseil de sécurité des Nations Unies, les démocraties occidentales, début 1999, d'un commun accord et non sous la pression des Américains, retirèrent leur résolution sur le Kosovo. Le veto signe la fin de la diplomatie, il existe pour ne pas être utilisé, pour permettre aux tractations de se poursuivre en urgence. Il est le signe d'une défaite plus que l'introduction d'une stratégie de rechange. Après l'échec de la conférence de Rambouillet l'intransigeance russe eut pour seul résultat d'inciter l'OTAN à bombarder la Serbie sans mandat international. Ce qu'ils firent victorieusement. Cette guerre virtuelle, selon l'expression de Michael Ignatieff*, fut rapidement gagnée, malgré les articles alarmistes et les fausses informations en forme de certitudes qui alimentaient la première page de certains journaux.

Après la reddition de S. Milosevic, les troupes russes venues de Bosnie forcèrent l'entrée de Pristina. Hostiles à la politique de la communauté internationale, ils en devinrent les complices. Sur place au Kosovo, les

---

* Michael Ignatieff, *Virtual War*, Metropolitan Books, New York, 2000.

troupes russes, mal équipées, mal ravitaillées, mal renseignées, comptèrent peu. On changea l'écusson de la KFOR pour adjoindre quelques caractères cyrilliques. Certains officiers russes intriguèrent avec le réseau téléphonique mobile de Serbie, d'autres provoquèrent des manifestations d'hostilité monstres dans la vallée de la Dranica : peu de chose au regard de l'efficacité des alliés de l'OTAN et de la MINUK. Ce fut la leçon du Kosovo : ensemble les Etats-Unis et l'Union européenne devenaient invincibles, ils étaient les maîtres de la politique mondiale. Divisés, nous demeurions impuissants.

Près de trente nations participaient militairement à la KFOR. Une compétition positive s'installait entre ces brigades. La reconstruction du Kosovo devenait un enjeu entre les pays engagés sur le terrain. La politique intérieure de chaque peuple s'en ressentait. Les chefs d'Etat qui venaient saluer leurs soldats s'intéressaient personnellement au progrès et aux reculs de la MINUK.

Bénéfice secondaire : les recevant je pouvais solliciter leur aide directe sur des dossiers urgents.

## Mister President

Ce 23 novembre 1999, la neige salissait le Kosovo plus qu'elle ne le faisait luire. Les agents des services spéciaux avaient pris en charge la sécurité de l'ensemble de l'aéroport de Pristina. Un Boeing 747 gris les avait déposés trois jours auparavant. Un double cordon de troupes enserrait les bâtiments : les soldats américains portaient des casques lourds ; leurs gilets pare-balles, que l'on disait obligatoires pour des raisons d'assurances, les engonçaient gravement et donnaient à leurs déplacements une allure chaloupée. Le plafond des nuages était bas. Nous recevions Bill Clinton, président des Etats-Unis.

Ceux qui attendaient l'appareil étaient frigorifiés. Soldats, civils et barbouzes déguisés de diverses manières, battaient la semelle, mains dans les poches et dos rond sous les flocons qui glissaient vers le cou. Les soldats russes qui avaient forcé la porte de l'aéroport au début du conflit ne devaient pas se montrer, à l'exception des officiers supérieurs qui seraient admis à saluer le président Clinton.

Le général Klaus Reinhardt, commandant des troupes de l'OTAN au Kosovo, le petit béret rouge crânement incliné, me racontait son Mai 68. Il avait participé aux manifestations et manqué de revenir à la vie civile. Au dernier moment il choisit de regagner la caserne mais décida de compléter sa formation philosophique. Ses études complémentaires dataient de cette période agitée.

On nous prévint de l'arrivée imminente de l'appareil et le protocole exigea que l'alignement se fasse. Par ordre hiérarchique j'étais le premier à devoir saluer le Président. Je m'avançai, en compagnie de Klaus et de l'ambassadeur.

Le Hercules C130 de l'armée de l'air américaine ayant percé la couche de nuages roula sur le sol vers nous et s'immobilisa. L'immense porte arrière s'ouvrit.

Dans la soute, bras dessus, bras dessous, nous aperçûmes deux silhouettes : Bill Clinton et Chelsea qui cheminaient avec précaution, la fille s'appuyant au bras de son père, riant entre eux des difficultés de la progression. Tous deux vêtus de noir, ample manteau pour le Président ouvert sur une chemise claire et une cravate grise rayée qui commencera immédiatement à s'imbiber de flocons de neige. Chelsea, col roulé bleu, manteau long, portait des gants que son père lui enviait, ses cheveux bouclés et souples d'un très beau roux, souriait sans cesse. De jeunes militaires empressés des services spéciaux encadraient les visiteurs. Tout ce que notre équipe comptait de séducteurs faisait la roue autour de la jeune fille. Madeleine Albright, toujours élégante, manteau noir et large écharpe blanche, suivait le cortège sur le tarmac, souriant à tous et s'arrêtant auprès de ceux qu'elle connaissait. Madeleine, qui, avec l'ambassadeur Richard Holbrooke, fut un des artisans essentiels de l'engagement américain au Kosovo, se devait de surveiller les créatures nées de ses tactiques. Pour l'heure la situation se présentait bien.

L'ambassadeur présentait les locaux. Clinton, professionnel, avait consulté ses fiches et devançait sa description : un mot pour chacun.

A moi qu'il semblait reconnaître comme son ami alors que nous ne nous étions vus qu'une seule fois : « Bernard, tu fais ici le sale boulot, mais tu le fais bien, tout le monde me le dit, surtout Madeleine et Richard qui est un de tes fans. Il m'a dit que tu étais *"the right man in the right place, at the right moment"* ! Il rit. Je répondis : *"Richard is too kind, look at this place, President, it's far from paradise. Tell me the way to love them.* "

– Viens tu me raconteras ça à l'intérieur, tes idées sur les élections m'intéressent... quand j'aurai moins froid... »

A Klaus Reinhardt, Bill Clinton assena : « Général vous êtes un intellectuel, m'a-t-on dit, et pourtant vous ne reculez pas devant le risque. J'aime ça. Il faudra qu'on se revoie. Que pensez-vous de la brigade américaine ?

– Très bonne brigade, très solide, Président, mais ils devraient vivre un peu plus avec les gens, et moins entre eux...

– Comment cela ?

– Oh ! vous savez, je dis cela aussi des troupes allemandes...

– Président – j'intervins – dans une *peace-making mission* il faut surtout rendre la dignité à ceux qui furent malheureux et pour cela les fréquenter longuement. »

Clinton s'était arrêté pour nous considérer : « Certaines troupes se conduisent-elles mieux ?

– Pas mieux, plus adaptées à la mission, dit Klaus.

– Les Britanniques, les Français, les Belges, les Danois. » J'ajoutai : « Les vôtres, Mister President, on les voit peu, ils restent dans leur zone, dans leur ville aseptisée, Bondsteel, là où vous allez les visiter. »

Nos propos ne plaisaient pas au Président qui pourtant n'avait rien d'un guerrier.

Toute son équipe débarquait, conseillers blêmes habillés comme à la ville, costumes sombres et cravates claires, des jolies femmes, journalistes, des collaboratrices, très « *executive girls* »...

Clinton passa en revue une représentation des troupes, dans le froid et la neige. Il s'attarda auprès des généraux russes, plus chamarrés, puis se dirigea vers l'aérogare. Une nuée d'hommes de la sécurité l'entourait, compacte parmi des tornades de neige. Madeleine s'entretenait avec Jock Covey, trouvant de l'intelligence et du charme à ce garçon qu'elle avait désigné pour me « marquer ». Jock et moi étions devenus indispensables l'un à l'autre.

Nous marchions vers l'aérogare au charme stalinien, sommairement nettoyé pour l'occasion. Il était vraiment grand ce Président. Il se déplaçait souplement, comme un athlète. Son visage juvénile rougissait sous la neige et le froid. Lorsqu'il se déplaçait on avait l'impression que l'ensemble du décor bougeait avec lui. Il se trouvait toujours au centre de l'image.

Les Kosovars, Albanais et Serbes avaient été soigneusement sélectionnés. Ils seront reçus séparément par le Président en ma présence. J'insistai pour qu'une séance commune soit organisée, qui, pensais-je, me permettrait d'avancer vers ce gouvernement multiethnique dont je rêvais. Les officiels n'avaient pas prévu cette rencontre collective avec les Kosovars, trop incertaine, disaient-ils, et le programme était si chargé ! Madeleine souhaitait nous aider. Je m'en ouvris à Bill Clinton. Il accepta la rencontre.

J'admirais les capacités d'adaptation de Clinton, le ton déférent et familier qu'il savait trouver, différent pour chacun, les Serbes comme les anciens maquisards, laissant ainsi croire à tous qu'ils partageaient une confidence avec le président des Etats-Unis. Plus que de l'art, une vraie sincérité.

Chacun des grands personnages du petit Kosovo fut auditionné ainsi. Il eut une question pour chacun, prouvant qu'il appréhendait le problème.

« Bernard, qu'est-ce que je dois faire ? » Le Président était assis à ma gauche, et ses assistantes sur de mauvaises chaises derrière lui, le dos au mur froid. Bill Clinton avait rencontré les protagonistes, prôné la paix et le dialogue entre les ethnies, puis nous avions gagné un recoin tendu de liège mal collé pour cette réunion générale pendant laquelle nous allions tenter l'impossible. Je lui expliquai que les Serbes étaient à la veille d'un accord avec nous, que je croyais possible un gouvernement multiethnique de la Province et qu'il lui fallait insister, pour que l'accord soit accepté aujourd'hui, en sa présence.

« Qui fait obstacle ? »

Bill Clinton se piquait au jeu.

« Monseigneur Artemje.

– Et notre allié ?

– Rada Trajkovic.

– La femme en noir ? »

Immédiatement le président des Etats-Unis se tourna vers Rada, la pédiatre de choc et lui sourit. Rada plissa les yeux de plaisir.

La discussion commença qui allait durer longtemps. J'exposai l'état des lieux et l'impatient désir de la communauté internationale de mettre ensemble tous les groupes ethniques du Kosovo. Qu'ils assument alors leurs responsabilités. Clinton prenait goût à la joute. Se retrouvait-il sur les bancs de l'Université au moment du Viêt-nam, ou bien dans les éternelles tables rondes entre les Palestiniens et les Israéliens ? Il m'interrompait pour souligner un point, pour insister sur son impatience personnelle, lui qui avait soutenu la paix depuis le début. Les officiers s'impatientaient. Mais Clinton voulait réussir la manœuvre. Si nous passâmes tout près du succès, nous ne réussîmes pas ce jour-là à convaincre Artemje. Aux yeux des Serbes bombardés par les avions américains, il pouvait difficilement paraître se ranger à l'avis du Président. Mais Rada était acquise. Bill Clinton, dans un grand ballet de pales d'hélicoptère qui me rappelait la chute de Saigon, s'envola bientôt pour Bondsteel, la ville de bois que les contrats en or et les sous-traitants qui suivaient les armées comme la « mère Courage » de Brecht courait après les batailles, avaient bâtie en quelques mois. Une cité aseptisée, sans contact avec les Kosovars, où le cinéma projetait les films de la semaine, où la nourriture sentait le terroir américain, et les journaux arrivaient le jour même... A travers le hublot Chelsea fit un petit signe. Il neigeait toujours sur le Kosovo.

Quelques semaines après l'assaut présidentiel du militant Clinton, les Serbes du Kosovo rejoignaient l'IAC\*. Clinton s'informait souvent. Je devais lui apprendre son succès : le ralliement d'Artemje.

---

\* Interim Administrative Council.

## L'ami Richard

Devenu ambassadeur des Etats-Unis auprès des Nations Unies et donc membre permanent du Conseil de sécurité, l'aide de Richard Holbrooke me fut très précieuse. Nous nous téléphonions plusieurs fois par semaine et jamais il ne manqua à la confiance que je lui faisais. Bien au-delà des connivences et des soubresauts politiques, nous entretenons des rapports fraternels. Comme on peut le lire par ailleurs, nous étions membres du très petit club des militants de l'ingérence. J'aime chez lui l'érudition, ce mélange de sensibilité européenne et de volonté, parfois de brutalité, américaine. Il est un négociateur exceptionnel et un politique très intelligent. Son aptitude à convaincre les pires adversaires nous permit d'imposer au Conseil de sécurité les élections municipales et les autres scrutins.

La première fois que Richard vint nous saluer, je découvris la « méthode » Holbrooke : des collaborateurs de qualité qu'il presse en permanence et cajole en même temps. Un emploi du temps qui ne les laisse pas en repos ; tous les rendez-vous avec les interlocuteurs importants doivent être assurés, méthodiquement selon la stratégie que l'ambassadeur poursuit. Les entrevues sont parfois tendues, toujours vives. Holbrooke ne pratique pas la langue de bois.

Richard n'est pas un adepte du bain de foule, il préfère les avancées personnelles avec des adversaires qui deviennent souvent les complices d'une politique qu'il aura su leur imposer.

Nous offrions à Richard l'hospitalité de notre villa kitsch. Lorsqu'il ne venait pas lui-même, il nous envoyait son collaborateur Lewinski qui habitait dans notre maison commune. La nuit, des discussions interminables tentaient de régler le sort du Kosovo, des Balkans et du reste de la planète !

Mon ami Holbrooke est une pacifique machine de guerre.

## Le Prince et le séducteur

Je connaissais le Prince Charles pour avoir été un des « jeunes Français » désignés pour lui offrir une image contrastée de notre pays. Lorsqu'il quittait le protocole la conversation du Prince de Galles était agréable et drôle. La meilleure part de la culture royale concernait l'urbanisme et l'architecture.

Ministre de la Santé, j'étais présent à l'hôpital de la Salpêtrière la nuit de l'accident et de la mort de Lady Diana. J'avais conduit l'héritier du trône d'Angleterre auprès de sa femme. Nous nous étions entretenus ensuite et j'avais admiré son flegme. Cette dernière épreuve devait modifier nos relations.

Le Prince passait quelques heures au Kosovo, saluant les troupes et offrant une petite réception dans la cour de l'école de police. Il n'était pas venu visiter le SRSG dans l'immeuble de la communauté internationale, mais il nous avait invités à son cocktail.

Il y avait foule en uniforme pour saluer le Prince. J'étais étonné devant le nombre de réceptions auxquelles pouvaient assister des gens qui s'occupent de la paix des autres.

Au milieu d'une maigre pelouse, le Prince de Galles, vêtu d'un costume de toile grise, transpirait avec élégance, sans jamais s'essuyer le front. La petite assistance le serrait de près. Nous échangeâmes quelques banalités sur la difficulté de ma tâche et la succession des jours. Il ne souhaitait pas parler politique et se bornait à feindre de reconnaître les gens qui s'empressaient vers lui et à commenter du bout des lèvres la chaleur étouffante qui nous enveloppait. Le Prince disparut sans autres commentaires avec une sorte d'inclination aristocratique du corps vers moi.

Mike Jackson le général-pirate, qui offrait son whisky aux gentlemen exactement à l'heure du coucher du soleil, me l'avait murmuré en confidence : « *Prime minister is visiting us tomorrow.* »

Le Premier ministre anglais vint nous saluer en fin de matinée ; les mêmes personnes, mais une majorité de femmes se pressaient pour le voir dans les escaliers du bâtiment du gouvernement. Au cours de notre entretien, je lui dis mon appréciation de ces Bérets verts qui avaient la charge de la sécurité de Pristina. J'avais récemment effectué une patrouille de nuit avec eux et j'en gardais un souvenir admiratif. On les sentait plus qu'on ne les voyait. Ils se fondaient parmi les passants. Ils habitaient dans les caves et sur les toits des quartiers populaires où les derniers Serbes se sentaient menacés. Tony Blair me fit remarquer que la triste expérience irlandaise avait eu des effets bénéfiques. Nous avons sommairement tiré les leçons de notre « ingérence » au Kosovo. Le Premier ministre était partisan d'une action forte de la communauté internationale pour imposer la paix *avant* les massacres. C'est votre proposition d'« ingérence humanitaire », me dit-il. Je devais retenir cette phrase. Je lui fis remarquer qu'une ingérence réussie, donc une ingérence préventive, doit s'appuyer sur l'opinion publique et que celle-ci, hélas, réagit devant les horreurs télévisées, pas sous l'effet des pédagogies politiques, et donc tardivement. Ce sera un des problèmes des politiciens de demain, politiciens du monde global, me répondit Tony Blair. Nous descendîmes dans la rue et le Premier ministre anglais gagnant le stade où il devait prononcer une allocution prit un bain de foule. Il était vêtu d'un costume bleu électrique, chemise blanche, cravate claire. Je me souviens que je portais une veste de toile beige et que je me sentais pataud à marcher derrière lui.

Tony Blair est une bête politique. Il capte les regards et l'attention de ceux qu'il veut séduire ou convaincre. Il les contraint à s'intéresser à ses arguments. Même devant une foule ses gestes sont destinés à quelqu'un, il cible une personne unique. Il se déplace comme un fauve : il est « physique ».

Ayant souri comme un carnassier et serré des centaines de mains il me glissa, en français : « A ce soir, Bernard. »

Le soir, dans le petit bureau, nous étions trois : Tony Blair, Mike Jackson et moi. J'avais une veste plus

*Le médiateur du sang*     273

élégante et, bien sûr, le Premier ministre était en jean ! Nous avons dégusté le whisky de Mike en parlant de nos chances de succès, de la nécessité de maintenir un budget des armées suffisant, de l'arrestation des criminels de guerre, des chances de l'euro en Angleterre alors que cette monnaie avait déjà conquis le Kosovo ! Nous parlâmes de ma succession éventuelle et de son candidat, l'excellent Paddy Ashdown\*. Je lui rappelai une conversation antérieure sur nos services de santé respectifs et sur tous les malades anglais qui venaient en France se faire soigner. Il répliqua par les avantages de son système de soutien qui faisait appel à la responsabilité et non à l'assistance. Résultat : moins de 4 % de chômage dans son pays ! Cet homme aimait la discussion politique vive et les arguments assénés.

Tout en continuant d'échanger nos thèses sur un socialisme adapté à l'Europe, nous avons gagné les tentes de la cuisine sur *Film City* et le Premier ministre anglais a passé sa soirée à échanger des plaisanteries et répondre sérieusement aux questions de ses officiers et de quelques hommes de troupe. Je pris au cours de cette visite une petite leçon de politique.

Me souvenant des méthodes des associations humanitaires, je présentai à chacun des chefs d'Etat une requête particulière : des camions-bennes pour les ordures, une aide pour la centrale, deux locomotives... Les Italiens ne refusèrent jamais. Les Anglais s'acharnèrent. Les Français emmenés sur place par Bernard

---
\* Paddy Ashdown est actuellement responsable européen pour la Bosnie-Herzégovine.

Garancher et Michel Taran de très bonne manière firent de leur mieux et Roger Fauroux qui dirigeait la mission de contact fut très utile. Ils excellèrent dans la reconstruction des maisons individuelles. Les autres responsables nationaux ne refusaient pas ma requête, mais le passage à l'action était plus lent. Et parfois inexistant.

Par deux fois Massimo d'Alema, président du Conseil italien vint à la rencontre de ses troupes. Ancien communiste réformateur, humaniste comme seuls les communistes italiens savent l'être, l'homme était élégant autant que réservé. Sa détermination personnelle avait autorisé l'engagement des forces italiennes dans l'OTAN. Les bases de l'Adriatique furent utilisées pour les bombardements. Le général italien Carlo Cabigioso sera un excellent commandant en chef de la KFOR. Une gigantesque opération humanitaire, Arcobaleno, avait permis des programmes rapides de reconstruction. L'Italie était aux avant-postes. Dans leur région de Pec, les Italiens étaient bien acceptés. Ils patrouillaient dans les rues à pied, montaient une garde rapprochée auprès des quelques Roms qui restaient sur place. La troupe gardait le très beau monastère de Decani où demeuraient quelques moines orthodoxes en butte aux persécutions des populations environnantes qui voulaient empiéter sur les terres qui appartenaient traditionnellement aux religieux. Ils avaient aussi aménagé un aéroport très fonctionnel dans la région et l'administraient fort bien, y posant leurs propres avions. Les Italiens occupaient un hôtel en pleine ville de Pec et parfois nous restions pour la nuit. Visiter cette brigade en compagnie de l'administrateur régional Alain Leroy était un grand moment de satisfaction. Grâce à la détermination d'Alain les progrès étaient visibles sauf dans le domaine essentiel du retour des Serbes, toujours programmé, parfois esquissé, jamais vraiment réussi. Il faut plusieurs générations pour aplanir les haines. L'administrateur avait pourtant forcé le destin en imposant lui-même la multiethnicité au conseil municipal de Pec.

Massimo d'Alema écrira un livre\* sur l'engagement de son pays au Kosovo et je viendrai à Rome soutenir le lancement de l'ouvrage. Des élections régionales furent perdues par la gauche et d'Alema démissionnera, remplacé par Amato. Les deux présidents ne s'entendront pas, la gauche italienne se déchirera plus encore : Berlusconi sera élu...

Il était passionnant d'aborder les problèmes de la social-démocratie successivement avec des hommes aussi différents que Schröder, Blair et d'Alema. Je sentais combien les approches personnelles, les traditions nationales l'emportaient encore sur les idées nouvelles et freinaient les élans. Là où il aurait fallu un courant majoritaire, une ferveur européenne, on rencontrait la prudence, sinon la méfiance. Il n'empêche, nous étions à la veille d'une globalisation des politiques où l'Europe devrait pouvoir tenir une grande place. L'élection de G.W. Bush, l'attentat du 11 septembre, puis la division de l'Europe et la guerre d'Irak

---

\* Massimo d'Alema, *Kosovo, Gli Italiani e la guerra*, Mondadori, 1999.

allaient brouiller toutes les cartes. Et nous obliger à revoir nos certitudes.

## Du monde entier

Le chef du gouvernement espagnol José Maria Aznar visitera régulièrement ses troupes, qui s'attachaient dans leur région à la réfection des écoles. Le chapeau de carton noir de la Guardia civil me rappelait de mauvais souvenirs du franquisme, mais j'étais sans doute le seul à me souvenir de cette période. Ces gardes civils avaient la responsabilité d'un pénitencier qu'il nous fallait entièrement restaurer et ils nous furent très utiles. Indépendance ou vague autonomie, nous aurons de bonnes conversations avec le chef du gouvernement d'un pays où les Régions sont très largement autonomes. Je lui dirais mon optimisme à condition que la communauté internationale se décide enfin à sortir de l'ambiguïté. J.M. Aznar partageait ma méfiance devant les arrangements différés. Plus tard il me contactera au pire moment des affrontements onusiens sur l'Irak, mais je m'en tins à ma position : ni la guerre ni Saddam. Et pour cela, comme pour le Kosovo, l'unité des démocraties était indispensable.

La brigade allemande tenait la région de Prizren. J'accueillis le chancelier Gerhard Schröder dans cette région pour des discussions sur l'avenir de notre mission. Le chancelier demeurait plus réticent que son ministre des Affaires étrangères, Joschka Fischer, devant les interventions armées. J'insistai pour tenter de le convaincre de notre stratégie : impliquer les Kosovars dans leurs propres affaires. Pour Gerhard Schröder la participation de l'armée allemande à cette mission de maintien de la paix constituait une exception. Cela se faisait sentir dans la région dont ils avaient la charge. Comme la brigade américaine, retranchée dans la ville artificielle de *Bondsteel*, dans la région de Gjilane, les troupes allemandes se maintenaient à trop grande distance des populations.

Nous reçûmes des princes et des princesses, tous les présidents ou les Premiers ministres dont les troupes étaient impliquées dans la KFOR, l'Europe de la Pologne à la Grèce, le Pakistan et l'Amérique latine en passant par le Moyen-Orient, de la Jordanie au Maroc. Comparer les approches, les discussions et les conclusions était passionnant.

## Un soutien précieux

Hubert Védrine et Alain Richard, mes anciens collègues avec lesquels les rapports étaient faciles passèrent plusieurs fois par Pristina. En fin d'année 2000, Jacques Chirac vint saluer les troupes françaises de Mitrovica. La rencontre avec le président de la République française fut déterminante pour la tenue des premières élections générales libres et démocratiques du Kosovo.

L'avion de la France se posa à Pristina et Jacques Chirac, nous ayant salués, poursuivit son chemin en hélicoptère vers la brigade Nord, avec sa suite et nos représentants diplomatiques Garancher et Taran. Au retour je demandai à m'entretenir seul avec lui.

Aidé de Richard Holbrooke, j'avais forcé la main des ambassadeurs au Conseil de sécurité, ils avaient accepté les élections municipales sous la pression des Américains et des Anglais. La France avait traîné les pieds. Depuis lors la diplomatie française était connue pour son hostilité à la tenue d'élections générales qui leur paraissaient un pas vers l'indépendance du Kosovo. Je pensais le contraire : il fallait confier le plus de responsabilités à une alliance des Albanais du Kosovo et des Serbes qui acceptaient de rester. Notre discussion avec Belgrade, enfin libérée de Milosevic, reposait sur la position de la France, allié traditionnel des Serbes et président en exercice de l'Union européenne.

J'entretiens avec Jacques Chirac des rapports politiques d'opposition courtoise, non systématique, et des rapports personnels cordiaux, même si son soutien m'a parfois manqué sur la scène internationale. Son entourage (en particulier ses conseillers diplomatiques) était inquiet de ce tête-à-tête, mais ne pouvait s'y opposer.

Dans le bureau du directeur de l'aéroport, seule pièce correcte, j'expliquai ma position au Président : la situation ne pouvait se maintenir dans cette incertitude politique. La résolution 1244 qui n'avait pas voulu fixer les Kosovars sur leur avenir n'empêcherait pas la reprise des meurtres ethniques. Il fallait parier sur la démocratie qui avançait à Belgrade avec le remplacement de Milosevic par Kustunica et Djinjic, et la compléter d'un pouvoir élu par tous les groupes ethniques du Kosovo. J'avais besoin de son appui pour convaincre Belgrade. Je garantissais que ce scrutin se déroulerait sans violence. Jacques Chirac est un homme de sentiment et d'instant. Il m'écouta, enregistra mes arguments sans trancher. Il demanda à ses collaborateurs de revenir dans la salle et leur dit : « Bernard Kouchner souhaite organiser des élections générales et demande notre soutien... » Le diplomate le plus galonné répliqua aussitôt : « Ce n'est pas du tout notre position, Monsieur le Président, nous voulons temporiser, permettre... » Je connaissais ces experts et leurs arguments, j'interrompis plus brutalement que je ne l'avais souhaité : « Vos analyses sont connues et ne correspondent pas aux réalités que je vis tous les jours, être assis dans un bureau ne prédispose pas à la vérité des souffrances endurées hier, longuement, par les Kosovars, aujourd'hui par certains Serbes. Il faut poursuivre le processus démocratique, sinon le sang coulera encore malgré une présence militaire qui ne pourra être éternelle. Il faut absolument esquisser une solution politique... » J'observais du coin de l'œil que le Président n'était pas mécontent du ton de mon discours, mais il ne disait toujours rien. La conférence de presse attendait.

Nous nous tenions devant les journalistes, debout à deux pupitres séparés. Tel un maître de cérémonie je donnai la parole au président de la République française. Après quelques mots sur sa visite au Kosovo et son salut aux troupes françaises et internationales le Président se tourna vers moi : « Bernard Kouchner souhaite organiser au plus vite des élections générales démocratiques au Kosovo, je lui fais confiance et lui donne notre appui. Je souhaite bien entendu que les Serbes du Kosovo y participent... »

Le président français avait lancé l'Europe aux côtés des Etats-Unis. Les élections furent un succès. Vojislav Kustunica fut assez sage pour donner aux Serbes du Kosovo consigne de vote.

Après notre départ et depuis 2001, l'implication politique des Kosovars ne fut pas maintenue et développée comme elle aurait dû l'être. Au contraire elle régressa. Le succès d'une mission de l'ONU tient au pouvoir de décision et à la ténacité d'une communauté internationale devenue trop hésitante. Et à l'unité entre l'Ouest et l'Ouest*.

Il faut se garder de comparer une mission de paix à une autre. Les conditions varient avec les circonstances et les cultures. J'ai la certitude d'une seule exigence commune : les armées comme les fonctionnaires internationaux doivent être proches des populations qu'elles sont venues protéger. C'est un grand risque qu'il faut savoir prendre. Certains des contingents vivaient au contact des Kosovars et d'autres en étaient plus éloignés. La clé du succès est là, dans cette proximité recherchée et acceptée par les gens du cru, chez qui nous nous trouvons en position d'hôtes de passage. Sans cette exigence, sans ce devoir accompli, les troupes étrangères deviennent très vite des forces d'occupation.

---

* André Glucksmann, *Ouest contre Ouest, op. cit.*

IV

# L'ADMINISTRATION DE LA LIBERTÉ

> « *No hay camino caminante. El camino,
> lo hace el hombre, a caminar.* »
>
> Antonio MACHADO.

# L'ingérence judiciaire

L'homme est seul face à plusieurs accusateurs, et son isolement le rendrait presque sympathique. Slobodan Milosevic est pourtant inculpé de génocide, de crimes de guerre et de crimes contre l'humanité. Jamais, depuis Nuremberg, une telle cour n'a été réunie pour juger de tels crimes*.

Milosevic nie la légalité du Tribunal pénal international de La Haye. Il accepte pourtant de sortir de sa cellule et de se défendre sans avocat face à des juges qu'il méprise et un procureur général, la Suissesse Carla Del Ponte. Celle-ci semble seule capable de tenir tête à ce dernier dictateur issu du communisme, qui fit trop longtemps le malheur de son peuple. De nombreux avocats internationaux, en fait, le conseillent.

Son bagou et son aplomb, son mépris des témoins dont certains tremblent encore devant leur bourreau, son talent dans l'odieux, font souvent mouche. Il arrive, vêtu d'un costume bleu sombre, chemise blanche, cravate rouge, les couleurs nationales serbes. Il s'installe. Lui, l'accusé, consent à recevoir le tribunal et son appareil administratif. Il ouvre sa grosse serviette d'apparatchik et en retire un pesant dossier. Il joue avec ses lunettes à monture. Hautain, il manie l'humour, la

---

\* Antoine Garapon, *Des crimes qu'on ne peut ni punir ni pardonner,* Odile Jacob, 2002.

plaisanterie, les mots populaires et l'ironie ; il semble plus à l'aise que ses juges. On sent qu'il n'a que du dédain pour une institution qui lui semble instrumentalisée par les alliés, les démocrates, qui bombardèrent Belgrade et le Kosovo. Il prétend avoir construit le dernier rempart pour défendre le peuple serbe. En mentant, il se prend à y croire. C'est un menteur sincère, comme le furent de nombreux dirigeants communistes qui massacrèrent les peuples au nom de l'intérêt des masses populaires. En décembre 2003, il réussira à se faire élire député lors d'élections législatives dominées par les partis nationalistes.

Devant le tribunal, la thèse de Milosevic était simple. Les Albanais du Kosovo n'avaient pas fui les chars serbes et les massacres des milices, ils étaient partis pour se protéger des bombardements de l'OTAN. La cour devra faire la démonstration scientifique de l'existence d'un plan de déportation massive, ce plan « fer à cheval » que Joschka Fischer avait évoqué.

Jouant de son regard glacé, Milosevic utilisait pour sa défense toutes les fausses nouvelles propagées pendant la campagne du Kosovo*. Le bombardement d'une radio cachée sous l'immeuble de l'ambassade chinoise, le camp de concentration que l'on disait en construction dans le stade de Pristina, le plan « Fer à cheval » lui-même, en trouve-t-on des traces ? A écouter Milosevic, les alliés se seraient acharnés à

---

\* Antoine Garapon, Olivier Mongin, *Kosovo, un drame annoncé*, Michalon, 1999.

détruire l'une des démocraties parlementaires les plus efficaces et les plus ouvertes du monde.

La justice internationale tâtonne, mais elle avance, à La Haye et à Rome\*, malgré l'indifférence des opinions publiques. La machine du TPI fonctionne, jusqu'à confronter Milosevic à Wesley Clark qui, avant d'entrer en campagne pour la présidence des Etats-Unis, avait commandé les forces de l'OTAN qui bombardèrent la Yougoslavie.

Ceux qui, dans l'enthousiasme, étaient à l'origine du Tribunal de La Haye, comme Sylvie Pantz ou Louise Harbour, doutaient du résultat. Ils se battaient pour avoir des moyens élémentaires, un ordinateur, une interprète supplémentaire, pour se faire rembourser des notes d'hôtel qu'ils payaient eux-mêmes, pour obtenir des chambres minables et discrètes afin que les témoins puissent venir à La Haye.

Les débuts du Tribunal ressemblent à un roman policier. Son premier président, le juge sud-africain Richard Goldstone, ancien compagnon de Mandela que j'avais connu au Parlement européen et avec lequel je m'étais entretenu d'une justice internationale « ingérante », m'a raconté un jour que nous marchions sur le pont enjambant l'Ill, à Strasbourg, les intrigues et les chausse-trapes qui accompagnaient chaque pas des responsables, les menaces sur sa personne, la protection policière permanente. Nous avions constaté que les aventures des *French doctors* et des juristes inter-

---

\* William Bourdon, *La Cour pénale internationale*, Points essais, 2000.

nationaux, les militants de la première heure, pas les suivistes, se ressemblaient*.

La Canadienne Louise Harbour, le premier procureur du TPI, vint au Kosovo, mais, rendant compte au même moment au Conseil de sécurité, je ne pus jamais la rencontrer sur le terrain. Nous nous téléphonions longuement. Nous tentions d'harmoniser les enquêtes. Ce fut difficile : les enquêteurs du TPI, que nous abritions dans nos locaux, derrière des portes à barreaux de fer, étaient chargés des « grands criminels ». Nous devions assurer le « reste » des enquêtes et le suivi. Résultat ? Une grande cacophonie, des investigations interrompues, des renseignements qui ne nous parvenaient pas. Et la difficulté extrême à identifier les victimes.

Avec le changement de procureur et la venue de Carla Del Ponte, mon amie, juriste de choc, blonde platinée et courageuse, l'ambiance changea. Cette femme impressionnante était souvent avec nous à Pristina. Nous nous rencontrions aussi en Europe pour parler des enquêtes en cours et je savais comment l'administration des Nations Unies pouvait aider son travail. Elle s'asseyait dans le bureau de la KFOR ou dans le mien, entourée de gardes du corps, et nous travaillions dur dans une ambiance chaleureuse, avec son adjoint américain et d'autres collaborateurs. Jamais elle ne me révéla ce qui devait m'être dissimulé, jamais je ne lui demandai d'intervenir hors de la norme. J'aurais pourtant bien voulu savoir comment avançait l'enquête sur l'UCK, sur les crimes de guerre qu'au-

---

\* Pierre Hazan, *La Justice face à la guerre,* Stock, 2000.

raient commis les maquisards albanais, et que me racontaient, avec des accents de sincérité indéniables, mes amis serbes. Pendant de longs mois, Carla fera face au dictateur, lui assénant tranquillement, dans un français rehaussé d'une pointe d'accent suisse, le détail des crimes et des exactions que le monde voulait lâchement oublier. Conscience et mémoire : cette femme admirable a infligé à Milosevic la pire des épreuves, la seule peut-être : avoir à répondre à un fonctionnaire, libre, intègre, femme de surcroît, et non à un politique.

## La loi

Je respecte la souveraineté des Etats lorsqu'elle est respectable, pas quand elle devient prétexte aux massacres impunis des minorités. Je respecte la loi ; mais parfois il faut lui préférer la justice, même si je sais les dangers de la subjectivité.

Etudiants, nous n'avions pas le droit de parler des tortures en Algérie. Militants de l'indépendance, nous avons publié nos indignations, de vive force. Quarante ans après, dans la France qui s'ennuie, on fait, un peu tard et pour de mauvaises raisons, procès au triste général Aussaresses.

Nous n'avions pas le droit de jeter une bouée aux boat people vietnamiens qui, fuyant le goulag, n'avaient pas le statut de réfugiés et « appartenaient » encore au Viêt-nam communiste. Nous l'avons fait, et la loi de la mer a été modifiée.

Nous n'avions pas le droit de franchir, à pied, par la montagne, les frontières de l'Afghanistan, pour venir en aide aux populations envahies par les troupes soviétiques. Nous l'avons fait au risque de nos vies et de nos libertés. Et maintenant, après la mort de Massoud, des ministres empressés se ruent sur le moindre micro tendu dans une rue de Kaboul.

L'histoire de la bataille pour l'ingérence que nous avons menée reflète cette nécessité. Pour changer la loi, il faut être « hors-la-loi » : passage obligé de l'autre côté du miroir, éloge de l'illégalité féconde.

Au Kosovo, j'ai quelquefois préféré la justice à la loi. Ce fut un fameux vacarme et un bien beau combat. Il ne s'agissait pas d'une opération de maintien de la paix : la guerre n'était pas finie, elle se poursuivait. Il nous fallait imposer une paix qui ne peut se concevoir sans justice. La simultanéité posait problème. Les situations de haine séculaire et de tueries traditionnelles ne peuvent pas être affrontées en gants blancs. Je suis un partisan de la séparation des pouvoirs et de l'indépendance de la justice. Mais pas au prix de l'injustice de fait, pas sans un droit de regard, voire une possibilité d'intervention publique provisoire, publiée, documentée, critiquée.

Dans les premiers mois du Kosovo, Jock Covey s'occupait des affaires de police et de justice. Il m'en rendait compte régulièrement et demandait mon intervention pour les cas difficiles. Nous menions alors des réunions compliquées avec le département concerné. A ce moment, Tom Koenigs était en charge de toute l'administration avec le commissaire Sven Fredericksen, un Danois de grande expérience. On ne voulait pas régenter la justice, nous tentions simplement de la reconstruire.

Toutes les familles serbes étaient terrorisées, à l'exception de celles que des miliciens armés protégeaient au nord de l'Ibar. Toutes les familles albanaises avaient eu des proches torturés ou assassinés. L'esprit de revanche animait les plus frustes qui se fondaient encore sur les principes du droit coutumier. Les plus démocrates, et ils étaient nombreux, furent simplement terrorisés par les mafieux et les différents groupes armés. Au Kosovo, même chez les intellectuels, on ne portait pas plainte après un meurtre.

Je me souviens de l'assassinat d'un intellectuel libéral, Rexep Luci, un architecte, membre d'une famille connue de Pristina, dévoué au redressement de son pays et qui occupait les fonctions de directeur de l'urbanisme à la municipalité. Nous avions décidé de mettre à bas les constructions illégales qui fleurissaient partout, bloquant les rues, le chemin de fer, élevées sans permis sur le terrain d'autrui. Dans le bois de Germia, les fondations hideuses d'un hôtel massacraient illégalement la forêt. Les services de la KFOR et nos propres renseignements policiers affirmaient que les capitaux provenaient du groupe de l'Hôtel Grand, une mafia avérée. Nous décidâmes l'arrêt du chantier et la démolition des fondations. Aucune industrie locale n'accepta. Nous eûmes recours à l'armée et à une entreprise venue de Slovénie. Quelques jours après cet exploit salué par l'opinion publique, Rexep Luci fut assassiné. Le dégoût nous submergea.

Je vois encore ce petit couloir sombre menant à la

porte d'un appartement modeste. Là, le tueur, visage découvert, avait sonné. Rexep Luci était venu ouvrir et les balles de 9 mm l'avaient atteint au crâne et à la poitrine. Sa femme, ses filles, son frère, conservateur du musée, m'avaient reçu avec dignité dans leur immense douleur. Sur les marches de l'antique mosquée, devant le cercueil, la foule, le vieux père de Rexep qui retenait ses larmes, sa femme et ses filles, je jurai encore une fois de poursuivre les assassins abjects de ce démocrate, de ce serviteur du Kosovo de demain. Puis nous suivîmes, avec plus de cinq mille personnes, le corps vers le cimetière, au loin, derrière le quartier aux vieilles ruelles.

La famille ne porta pas plainte. Nous arrêtâmes des suspects, nous crûmes avoir trouvé les coupables, mais, bizarrement, les prévenus étaient relâchés, sans enquête, sans même que les alibis soient vérifiés. Nos amis serbes ne comprenaient pas ce laxisme, eux qui étaient habitués à la poigne de fer de Tito puis de Milosevic. Nous étions écœurés. Il fallait pourtant que la justice fonctionne un jour. En attendant, « nous bricolons », disait, la gorge serrée, Sylvie Pantz, juge d'instruction française en charge de la justice.

La réalité me sauta aux yeux plus violemment encore le 29 mai 2000, lors du massacre opéré dans le village de Cernica, dans la région de Gjilane. Ce jour-là, un jeune Kosovar albanais, connu pour sa violence, fut soupçonné de l'assassinat à l'arme automatique de trois Serbes, dont un handicapé et un enfant de quatre ans. Un témoin était formel et décidé à témoigner. Soupçonné de multiples assassinats, dont une attaque meurtrière contre une patrouille américaine, le suspect terrorisait la région. Cette fois, on l'avait vu s'enfuir au moment de l'explosion. Il avait été arrêté plusieurs fois et relâché, faute de preuves. Soit parce que les témoins s'étaient rétractés, soit parce qu'ils avaient disparu, ou bien encore parce qu'il présentait des alibis solides : la parole des Albanais de son groupe.

Le suspect, Zeqiri, régnait sur une organisation de vengeance et de racket qui terrorisait ouvertement les juges et la population civile. Lors de l'affaire de Cernica, émus par l'ampleur de la tuerie, nous courûmes vers la famille. L'épreuve fut rude, les habitants serbes étaient révoltés, très agités, dangereux. Ils décrivirent le trajet du tueur, nous menèrent à l'endroit d'où on avait tiré sur le petit café. Les traces de l'affût étaient encore visibles, même des douilles qui ne furent pas utilisées pour l'enquête. Eric Chevallier réussit à entrer dans la maison où reposait le corps de l'enfant et fut bouleversé par la détresse de la famille. La seule victime ayant survécu au triple meurtre maintenait son témoignage. Il avait reconnu Zeqiri. La population locale albanaise, questionnée de façon informelle, ne dissimulait pas sa conviction profonde : Zeqiri s'en était vanté lui-même, il était l'assassin. Sûr de lui et de ses alibis, persuadé qu'aucun autre témoin ne serait assez fou pour voir la police, ayant par trois fois échappé à la justice, Zeqiri se livra de lui-même.

Le cas semblait simple et la justice allait enfin passer. L'instruction du dossier fut d'abord confiée à un magistrat local, puis, devant l'inertie, un juge international fut chargé de l'enquête. Il ne recueillit aucun témoignage à charge autre que celui de la seule victime serbe ayant survécu au triple meurtre. Sur cette base et fort logiquement de leur point de vue, les magistrats optèrent pour la remise en liberté de Zeqiri. Cette décision nous bouleversa.

Avec Jock, Eric, les spécialistes d'une communauté serbe désespérée, les juristes de Sylvie Pantz, nous argumentâmes longuement. Déjà, le front des ONG et des défenseurs des droits de l'Homme se dressait contre nous. Mais un par un, les militants interrogés et mis au fait du dossier révisaient leur position. New York, prévenu, craignait de ma part le pire. Je décidai, après consultation, que cette libération pouvait gravement troubler l'ordre public dont j'étais responsable. Les risques d'embrasement de la région étaient trop lourds. Je signai donc un premier ordre exécutif pour maintenir le suspect en détention, pendant que « l'enquête » se poursuivrait. La résolution 1244 m'y autorisait. Arguant du fait que j'avais outrepassé mes prérogatives, que Zeqiri était maintenu en détention de façon autoritaire, sans possibilité d'en contester la légalité, les cercles judiciaires kosovars, les magistrats internationaux et les organisations européennes professionnelles multiplièrent les réactions hostiles. Un juge français, employé de la MINUK, poussait de l'intérieur à cette triste polémique. Il alerta le Syndicat français de la magistrature qui fit quelque bruit à l'époque, estimant que je violais l'article 6 de la Convention européenne des droits de l'Homme, que mon attitude constituait un déni de justice et s'opposait à l'objectif de crédibilisation du système judiciaire en construction.

Ce n'était pas l'analyse de l'équipe sur place. La réalité de cette fin de conflit faisait du Kosovo un cas particulier, où on ne pouvait installer une justice impartiale à la vitesse souhaitée.

Nous avons établi une doctrine provisoire que je suis allé défendre au Conseil de sécurité des Nations Unies. Face à des situations spécifiques, dans un contexte de guerre et de meurtres, lorsque le travail des magistrats trouve ses limites, dans l'état temporaire d'instabilité et de souffrance de toute une société, il incombe à l'exécutif de prendre le risque de décisions difficiles mais nécessaires à la construction de l'ordre, de la paix et de la justice elle-même. Loin de décrédibiliser la construction de l'Etat de droit, cette décision temporaire, cette prise de risque politique permettaient au contraire de l'affirmer.

Ainsi nous appliquions et suivions à la lettre l'article 15 de la Convention européenne des droits de l'Homme qui prévoit, en situation de crise, la possibilité de prendre un certain nombre de mesures dérogatoires aux dispositions des conventions internationales. Au Kosovo, cet article 15 aurait pu ou aurait dû, compte tenu de la tension et de l'instabilité permanentes de la province, trouver une application presque chaque jour. Son usage lors des missions de maintien de la paix devrait donner l'occasion d'études approfondies. Il reconnaît que l'autorité exécutive peut être contrainte d'user de pouvoirs exceptionnels. Mais ces pouvoirs doivent être explicités et définis dans des conditions strictes d'encadrement*. L'absence d'expé-

---

\* Nous avions demandé au barreau de Paris une expertise sur ce sujet. Signé par J.-P. Mignard, ce document nous fut précieux.

rience de l'ingérence juridique et donc d'un cadre préalablement établi était le nœud du problème. D'où l'intérêt d'un « corpus juridique intermédiaire », c'est-à-dire d'un kit d'urgence juridique, reconnu par la communauté internationale, appliqué et garanti dans les seules périodes de transition. Un tel outil aurait évité bien des douleurs, des désespoirs et des morts.

Je réfléchissais souvent à mon expérience de gouvernement en France. La tradition française subordonne l'État de justice à l'État administratif. De valeureux efforts furent déployés pour inverser cette tendance. Sous Lionel Jospin, une réforme de la justice visant à assurer sa complète indépendance fut entreprise par Elisabeth Guigou. Elle demeure inachevée. La justice doit être indépendante. Mais quelle justice ? Celle des nazis, de l'apartheid, des soviets, des Khmers rouges, des ayatollahs iraniens, celle de Saddam Hussein qui condamnait systématiquement les Kurdes ?

Les pratiques juridiques définissent mal le réel. Au Kosovo, j'avais choisi de ne pas libérer un assassin plutôt que de respecter des codes et des lois que les juges n'appliquaient que par commodité, prudence ou couardise. Les concepts juridiques sont des éponges qui absorbent les pensées dominantes, des moulins tournant au vent des puissants. Les juges du Kosovo, que j'avais nommés moi-même un par un, acceptaient de se montrer fermes sur des histoires subalternes, pas sur les crimes de guerre ou les vengeances ethniques. C'était, au début de notre mandat, bien trop dangereux.

## Quel droit, quelle loi ?

Lorsqu'on arrive « par effraction » dans un territoire où une minorité a été opprimée, comme au Kosovo, ou dans un pays où la majorité a pâti des menées du plus fort, comme en Irak, peut-on appliquer aux victimes les mêmes lois qui les ont fait hurler de douleur ou de rage, qui les ont fait mourir ?

La résolution 1244 du Conseil de sécurité des Nations Unies reposait sur deux exigences : l'établissement d'une autonomie substantielle pour le Kosovo et le respect de l'intégrité et de la souveraineté de la République fédérale de Yougoslavie. La MINUK pouvait, à cette fin, intervenir dans tous les domaines de l'administration civile. Dans le rapport du secrétaire général*, Kofi Annan affirmait que la mission était investie de tous les pouvoirs : législatif, exécutif et judiciaire. Le représentant spécial du secrétaire général, Sergio de Mello, puis moi-même dès le 15 juillet 1999, avions pour mission d'exercer ces pouvoirs. Je pouvais donc prendre toutes les mesures législatives nécessaires, sous forme de règlements.

A mon arrivée dans le vieux bâtiment de la MINUK, le premier bar tenu par un Anglais se montait à la hâte en face de chez nous, accueillant les juristes et les fonctionnaires internationaux qui débattaient entre eux de problèmes immenses. J'y descendais parfois, échappant à mes officiers de sécurité qui accouraient au pas de charge pour me récupérer dans ce lieu de perdition.

---

* S/1999/779.

On y jouait au jacquet et aux cartes en buvant de la bière ou du gin. Des filles trop blondes commençaient d'y rôder. Un jeune et brillant Allemand, venu de la division juridique de New York, Hanzoert Stroemayer, y préparait notre premier règlement, la première de nos lois, la « mère de tous les règlements », le socle de toutes les décisions à venir.

J'étais très peu juriste et néophyte dans l'art de diriger un Etat, même s'il n'était pas question d'indépendance. Respectueux des spécialités, je savais que le travail de Stroemayer, sous la direction de Sergio de Mello, consistait à donner une base juridique claire aux lois du Kosovo. La résolution n° 1 stipulait que les lois appliquées avant le 24 mars 1999, premier jour de l'intervention des forces de l'OTAN, restaient en vigueur, à condition d'être compatibles avec les normes internationales en matière de droits de l'Homme et avec la réglementation émanant de la MINUK. J'ai donc signé fièrement ma première loi de « dictateur », ne voulant pas d'emblée renier le travail de mes prédécesseurs*. En fait, j'avais déjà constitué, autour de Blérim Rexa, un groupe de juristes kosovars qui me mettaient en garde contre cette décision, inacceptable pour les Kosovars albanais. Elle les renvoyait à la loi établie par Milosevic au début des années 1990, loi en rupture avec celle que Tito avait édictée. Tito, partisan de l'autonomie du Kosovo, avait instauré une juridiction plus favorable, et tout le monde se souvenait de cette période comme du temps du moindre mal. J'avais

---

* UMNIK/Regulation/1999/1 du 25 juillet 1999.

confiance en Blérim qui avait travaillé avec Mario Bettati sur le droit d'ingérence*.

Pour les Kosovars, le geste était politique, pour les fonctionnaires des Nations Unies, il s'inscrivait dans la continuité juridique. A New York, on se souciait davantage des dernières conventions européennes en matière de droits de l'Homme, textes qui n'étaient pas encore en vigueur dans l'Europe des Quinze, que de la réalité politique et humaine d'une population martyrisée. Stroemayer tenta de me prouver que les lois de Tito maintenaient la peine de mort et que, gros progrès, Milosevic l'avait abolie. Il oubliait que Tito n'avait jamais appliqué la peine de mort, et que Milosevic avait tué en masse ! Je découvrais une forme de simplisme juridique. Bien sûr, en droit, ils avaient raison, mais la paix et la mission que l'on m'avait confiée imposaient de prendre le contre-pied de cette position bureaucratique.

Les magistrats et les juristes de mon groupe de réflexion démissionnèrent en bloc dès que la « mère de tous les règlements » fut traduite et publiée. Beau début ! La population du Kosovo, *via* ses divers représentants, fit savoir son opposition irréductible. Nous revenions à la période de l'oppression après avoir prétendu les libérer ! Ce fut mon premier conflit avec les responsables de New York.

Convaincu d'avoir commis une erreur majeure, je me précipitai chez Blérim Rexa à l'annonce de la

---

\* Mario Bettati, *Le Droit d'ingérence*, Odile Jacob, 1996 ; Blérim Rexa, « *Kosova, Political International Law* », *Kosova Law Review*, 1996.

démission des juristes, et lui demandai de convoquer une réunion extraordinaire de son groupe. Je me souviens de ce petit bureau, au quatrième étage de notre bâtiment. Ils étaient tous là, sévères, le visage fermé. Ils m'accusaient précisément de trahison. Je leur présentai les excuses de la communauté internationale et pris la faute sur moi, arguant de mon inexpérience.

« Donnez-moi un délai avant de démissionner, les tribunaux doivent reprendre leur fonctionnement. Les crimes s'accumulent...

– Comment voulez-vous que nous jugions des crimes si nous n'avons pas de loi crédible ? »

Le doux Blérim, l'intellectuel, s'emportait, lui, l'allié fidèle de tous les progrès.

« C'est pour cela que nous avons provisoirement maintenu ces textes comme l'*applicable law*, la peine de mort, dans les textes d'avant 1989... »

Les juges et les juristes étaient juchés sur les tables, assis par terre. Je songeais à un tableau de la Révolution française où les Conventionnels étaient ainsi disposés en bataille.

« Assez avec la peine de mort ! Publiez donc un texte pour l'abolir. En attendant, les morts ce sont ceux de nos familles, des Albanais, pas des Serbes.

– Des Serbes aussi... »

Ils m'accordèrent ce délai. Parce que j'avais été toujours un militant des droits des minorités, précisèrent-ils.

« En attendant quelles lois vont devoir appliquer les juges que vous avez nommés ? Ils ont déjà tous démissionné. » C'était Rexep Haximoussa, un juriste renommé, futur président de la Cour suprême, qui parlait. Je devais décider et Stroemayer, atterré, ne m'était d'aucun secours :

« Appliquez la loi anté-1989, avant Milosevic, la loi de Tito, leur dis-je. Et je vous demande de commencer aussitôt vos travaux législatifs pour adapter le Kosovo au monde moderne. J'attends vos nouveaux textes. Mais à une seule condition : que des juristes serbes, non suspects d'exactions, bien sûr, puissent se joindre à vous. »

Ce fut une sacrée séance d'où je sortis épuisé.

De retour dans mon bureau, j'appelai New York. Dans l'immeuble de Manhattan, l'émoi était grand et le jugement peu amène sur ma conduite. Entre le siège et le terrain, c'était l'impasse. Je décidai de me ruer à l'ONU pour expliquer et convaincre.

La première confrontation eut lieu dans la salle adjacente au bureau de Bernard Miyet, au 36$^e$ étage de l'immeuble de verre. Les fonctionnaires internationaux avaient l'orthodoxie pour eux. Je m'appuyais sur la résolution 1244 et sur la confiance attentive du Secrétaire général.

Après de longues négociations, alors que la loi comme l'ordre vacillaient au Kosovo, la crise se termina par l'adoption du règlement 1999/24, que j'édictai le 12 décembre 1999. Ce texte annulait la « mère de tous les règlements » de juillet 1999. Le nouveau droit en vigueur pour le Kosovo était celui que j'avais promis aux juristes locaux, celui du statut d'autonomie de la période Tito de 1974, aboli par Milosevic. Bien sûr, il devait se trouver en conformité avec les textes internationaux et donc abolissait la peine de mort. Le règlement précisait qu'en cas de conflit, les décisions du SRSG avaient la préséance.

Le groupe de Blérim Rexa pouvait continuer son travail. En cinq mois, les tribunaux n'avaient pas beaucoup siégé, certains juges avaient démissionné, d'autres m'avaient fait confiance, sans moyen ni passion. La période d'instabilité juridique n'avait pas permis la mise en place d'un ordre minimum. Au contraire, les incertitudes, les interrogations et les difficultés avaient favorisé les conduites délictueuses. Tout était à recommencer.

Cette bataille entre le pragmatisme politique et l'orthodoxie juridique eut pourtant une conséquence positive. Après des exactions et des meurtres perpétrés sous une loi locale, cette dernière ne pouvait plus s'appliquer. Les textes antérieurs ne convenaient plus. La nécessité s'imposa alors de disposer, pour les missions de maintien de la paix ultérieures, d'un « corpus provisoire de doctrine » que validerait le Conseil de sécurité ou l'Assemblée générale. Cet instrument servirait pour toutes ces missions jusqu'à l'établissement d'un texte local adapté. Cette recommandation, présentée avec force par Sergio de Mello et moi-même, fut approuvée lors du séminaire commun aux deux missions du Kosovo et du Timor qui se tint près de New York à l'automne 2000. Elle est reprise dans le rapport de Lakhdar Brahimi\* sous le nom de « code type ».

---

\* Rapport du groupe d'études sur les opérations de maintien de la paix.

*L'administration de la liberté*

Il n'est pas question ici d'un droit d'exception. Il s'agit de répondre à l'urgence de rétablir la confiance et d'établir la paix. Il s'agit de déployer, pour une période qui n'excède pas un an, un instrument juridique de référence, commun à tous et compréhensible par chacun. Services de police, juristes professionnels, acteurs civils internationaux et locaux, et surtout population civile peuvent ainsi se référer à un même texte, accessible, aisé à appréhender, respectant les droits de l'Homme, mais susceptible d'être adapté, grâce à des textes et de multiples conventions, aux exigences locales. On ne devient pas un fervent des libertés en un jour.

## Les juges

Les textes ajustés au mieux, il fallait à présent rétablir l'ordre judiciaire, trouver des juges courageux, des secrétaires, des locaux, du papier et des crayons, avant les ordinateurs. Dix-huit mois d'efforts, c'est peu pour effacer le souvenir et les pratiques de cinquante ans de communisme et de dix ans d'apartheid légal. Il nous fallut d'abord ouvrir les yeux sur une réalité qui échappait aux analyses des géopoliticiens traditionnels et secouer les routines de l'appareil onusien. Se secouer soi-même fut en fait le plus difficile. L'ONU n'est pas une machine à gagner mais à tenir. Elle est là pour durer. Elle ne connaît pas de situation alarmante ou sauvage dont l'attentisme et une ténacité terne, immobile, ne puissent venir à bout.

Il fallut se rendre à l'évidence : les juges que je nommais n'étaient pas impartiaux. Nous aurions dû nous fier à notre instinct, innover immédiatement. Au lieu de quoi, nous avons fait confiance à une méthode onusienne routinière qui ne convenait pas à la situation du Kosovo. Nous avons cru que la Mission pouvait rapidement bâtir un système judiciaire viable en restaurant l'ancien. Slobodan Milosevic avait chassé les juges albanais du Kosovo, il suffisait donc de les nommer à leurs places antérieures. Ce fut une belle erreur.

Quelques semaines après mon arrivée, je nommai 48 juges et procureurs sur une liste que nous avions réussi à pondérer, après de longues querelles, entre les partis d'Ibrahim Rugova, la LDK, et d'Hacim Thaci, l'UCK. Un système judiciaire *ad hoc* était organisé\*, composé de *minor offense court, municipal court, district court* et d'une cour d'appel, statuant en dernier ressort. Nous avions soigneusement équilibré les composantes ethniques, et notre interlocuteur serbe le plus raisonnable, en dehors de l'Eglise orthodoxe, Oliver Ivanovic, maître de Mitrovica, nous avait assurés de son soutien. Hélas, les juges serbes ne se présentèrent pas. Depuis Belgrade, les contraintes physiques et financières du régime de Milosevic les terrorisaient. Des menaces téléphoniques et des pressions physiques venaient à bout de la volonté des plus

---

\* UNMIK/Regulation/1999/5 du 4 septembre 1999.

courageux. Je tenais à faire preuve d'impartialité dans le choix des juges. Dans la partie nord de Mitrovica, où les Serbes dominaient largement, la dérobade de ces fonctionnaires m'imposa une solution internationale. Je dus vaincre les réticences de tous, de New York à Pristina, mais surtout la résistance farouche des juges eux-mêmes. Ils étaient passifs, sans propositions, sauf une : ils voulaient rester entre eux. Une justice corporatiste, pour et par le système, et non pour les politiques, ni même pour les victimes : bref, une justice pour les juges.

En novembre 1999, je choisis une juge française, Sylvie Pantz, pour diriger notre département juridique. Ce fut une de nos plus belles trouvailles. Cheveu court, regard droit, la repartie facile, Sylvie, juge d'instruction à Nice puis à Paris, avait passé trois ans au Tribunal pénal international de La Haye. Elle possédait un vrai savoir international et une énergie inépuisable. Elle était vive et drôle ; son équipe l'adorait. Elle avait couru le marathon de New York et joggait avec nous dans les bois de Germia. Elle fit bientôt partie du groupe des « panthères » de la MINUK. Magistrate intransigeante, prenant à cœur tous les problèmes du système, plus morale que paperassière, elle ne fut pas immédiatement en accord avec mes envies d'innovation. Elle protesta même vivement mais, au fond, elle approuvait notre mouvement : de la justice plus que des juges, des résultats humains plus que des succès légaux.

Nous décidâmes avec elle de la création d'une commission consultative judiciaire, composée d'experts locaux et internationaux, qui me proposa de nommer, le 29 décembre 1999, 301 juges et procureurs et 238 juges non professionnels (*lay-judges*).

D'autres malheurs prévisibles imposent la présence de juges internationaux courageux. En février 2000, des émeutes éclatèrent à Mitrovica, les Albanais tentèrent de franchir le pont pour s'infiltrer en zone serbe : huit morts et des dizaines de blessés. Nous nous aperçûmes que les suspects albanais étaient aussitôt relâchés par les juges albanais. Les avocats, qui furent interdits d'exercice pendant dix ans, reprenaient difficilement leur office.

Les vrais procès commencèrent fin 2001. Mais les cas les plus criminels, les assassinats ethniques, traînaient. Les hommes arrêtés par nos policiers ou par les soldats de la KFOR, suspectés de meurtres, étaient libérés en moins d'une heure par nos juges albanais ! Il fallait imposer des magistrats impartiaux, sans attendre que le système s'amende de lui-même, comme le dogme onusien le voulait. J'avais devant moi de nombreux et solides obstacles. Le Secrétariat des Nations Unies, dans sa division juridique, était, encore une fois, hostile à ma démarche. La communauté judiciaire kosovare et particulièrement la coministre de la Justice, l'avocate, l'héroïne de la résistance Nekebe Kalmendi, acceptaient à la rigueur des conseillers, non des acteurs du système, que je souhaitais capables de s'autosaisir ou bien d'être saisis par la MINUK d'une affaire en fonction de sa nature – meurtres interethniques, par exemple – ou de la faiblesse de son traitement par les juges locaux.

Par ailleurs, recruter des magistrats internationaux, dont le TPI pour la Yougoslavie était déjà grand consommateur et que les pays d'origine utilisaient à plein rendement, s'avérait difficile. Ceux-là devaient en plus parler l'anglais juridique, savoir s'intégrer dans un environnement international à haut risque, avec des règles professionnelles en gestation. Sans oublier le coût exorbitant de l'ensemble. Pour couronner cet édifice de difficultés, des associations des droits de l'Homme et des regroupements de juristes ne voulaient qu'une application policée des règles internationales les plus fines, dans ce Kosovo qui sortait de cinquante ans de communisme et de dix années de guerre civile, et où, depuis des siècles, on se faisait justice soi-même ! Le dogmatisme de ces ayatollahs de la bonne conscience me stupéfiait.

Lorsque Sylvie Pantz fut convaincue de la nécessité de nommer des juges internationaux dans les cinq régions du Kosovo, il nous fallut obtenir l'assentiment du Secrétariat des Nations Unies à New York : bataille juridique mais aussi financière. Qui allait payer, pas seulement les magistrats, mais les greffiers, les secrétaires et les douze policiers qui assuraient la garde, de jour comme de nuit, de chaque volontaire international ?

Plusieurs mois furent encore nécessaires pour que je puisse recruter le premier juge international, le Suédois Chris Carphammer, et le premier procureur, l'Américain Michael Hartmann. Les deux hommes prêtèrent serment devant moi, les 15 et 17 février 2000, au cours d'une cérémonie simple et forte. Deux hommes de courage et de convictions qui allaient vivre cloîtrés au tribunal, dans des locaux inconfortables, au milieu des militaires. Jamais une minute de répit, pas un instant de solitude. Ils nous visitaient quelquefois, dans l'immeuble du gouvernement, entourés de leurs gardes, des membres des forces spéciales, et nous faisaient part des difficultés de leurs dossiers. Racontés par des professionnels dont le métier n'avait pas éteint la flamme humaine, ces récits devenaient précieux pour comprendre la région, la profondeur des querelles familiales et la fureur des affrontements ethniques.

J'ai plus appris avec eux sur la justice des hommes que dans tous les ouvrages savants.

## Le libéralisme forcé

« Bienvenue au Kosovo votre voiture est déjà sur place ! » La plaisanterie voulait que la banderole accueillît les visiteurs de l'aéroport de Pristina : les automobiles dans cette région étaient souvent d'origine douteuse.

Dès les premiers jours de septembre 1999, j'avais décidé que le deutsche mark deviendrait la monnaie officielle – ce qui provoqua une bonne surprise pour les économistes, un concert de protestations du monde politique et une bordée d'injures venue de l'entourage du président Milosevic.

Maryan Baquerot, en avion de ligne et en hélicoptère de l'ONU, rapportait à Pristina les valises de marks, en toute illégalité et sans aucune protection, dans ce pays dangereux. C'est à de telles hardiesses et à ces aménagements de la loi que nous devons d'avoir, en partie, réussi notre mission.

Tout se passa bien : le DM circulait déjà en abondance, comme les automobiles volées...

Le passage à l'euro se déroula ensuite sans encombre, comme dans l'ensemble des pays européens.

Le 13 décembre 2001, un Boeing allemand se posa à l'aéroport de Pristina, accueilli par son étonnant directeur, Kalman Baruthi. L'homme avait échangé les logements des officiers russes contre de la vodka, de la nourriture et des bâtiments neufs, et les avait transformés en base aérienne. L'appareil apportait au Kosovo quatorze tonnes d'euros, en billets neufs et en pièces de monnaie. Une formidable armada de véhicules blindés, entourés de forces de police et d'escortes militaires, l'attendait. Les quarante-cinq mille soldats de l'OTAN étaient mobilisés pour assurer la sécurité des transferts. Le général Marcel Valentin, patron des troupes, veillait au bon déroulement de l'opération. On disait que des faux billets de cinquante et cent euros étaient déjà en cours de fabrication. Les réserves des Kosovars étaient estimées à près de deux milliards de marks. Il fallait les convertir même si l'opération aboutissait à régulariser bien des trafics et à blanchir de l'argent de douteuse provenance : prostitution, trafic de drogues et d'armes.

Au siège de la Banque centrale, on affirmait que la provenance de toutes les sommes de plus de dix mille marks serait contrôlée. Le fit-on ?

Les Kosovars n'étaient pas inquiets : ils étaient déjà habitués à manipuler les dinars yougoslaves, dévalués sans cesse, puis les marks, fournis par les familles kosovares de la diaspora, mais aussi des francs suisses et les dollars utilisés par les militaires de la KFOR.

« Comme dans tous les pays de la zone euro, la transition sera totale fin février. » Avec son crâne chauve, ses yeux malicieux et son éternelle cigarette, Ari Begu parlait doucement, comme à son habitude. Il avait été le président de la Banque du Kosovo avant d'être chassé par Slobodan Milosevic. Nous lui avions, dès le mois de juillet 1999, proposé de coprésider, avec Jolly Dixon, notre économiste du pilier européen, le groupe des financiers et de spécialistes.

La Banque centrale du Kosovo, autorité de paiement, n'émettait pas encore de monnaie, le Kosovo étant toujours un morceau de la Serbie. Nous l'avons fondée en janvier 2000. La banque fut installée dans un immeuble moderne qui borde le carrefour le plus dangereux de Pristina, là où la pente est telle et le verglas si épais que les véhicules ne peuvent s'arrêter. Des bureaux normaux et un chauffage presque efficace confortaient un préjugé bien établi : les banquiers se servent les premiers ! En tout cas, naturellement, cette ancienne région de la Serbie, déchirée par les guerres et les massacres, creusée de fosses communes, bombardée par le reste du monde trois ans auparavant, est passée en douceur à la monnaie européenne et s'est ainsi rapprochée des quinze pays de l'Union. Le Monténégro, autre dissident de la Fédération, en fera de même.

Ronald Reagan, qui passait plus pour un cow-boy que pour un membre de l'école ultralibérale de Chicago, disait : « Les économistes refusent toujours l'opération en théorie, quand en pratique ça marche. » Méfions-nous du libéralisme de bureau, des choix qui semblent s'imposer tant la concurrence va de soi. Le marché commande, certes, la compétition aussi. Ne nous résignons pas aux dérives jugées inévitables et dont pâtissent les pauvres. Si nous avions cédé aux exigences des libéraux excessifs de la Commission européenne et à certains spécialistes de la Banque mondiale, le Kosovo aurait pu virer, comme l'Argentine, à la débâcle et à la révolte des gueux.

Ma décision d'imposer le deutsche mark comme monnaie officielle du Kosovo fut un des rares choix auxquels j'avais eu le temps de réfléchir avant mon arrivée à Pristina. Nous avions besoin d'une monnaie convertible pour construire et garantir le budget du Kosovo. Aucun financier n'aurait accepté de s'intéresser aux dinars yougoslaves, qu'on ne pouvait changer nulle part.

Certains Français affichaient leur déception : « Pourquoi n'a-t-il pas imposé le franc ? » La belle malice. Tout simplement parce que le mark était déjà là, articulant les échanges financiers de la région pour plus de moitié.

J'avais demandé l'avis de James Wolfensohn, le patron de la Banque mondiale, qui soutint notre entreprise en permanence et vint nous conforter deux fois de sa présence. Ce grand financier, très impliqué dans l'humanitaire, fut le véritable inspirateur de notre politique économique. Le Français Michel Camdessus, directeur du Fonds monétaire international, fut lui aussi d'un ferme soutien.

Je me souviens de la première réunion des ministres des Finances des pays du G8, et de l'Union européenne, à Bruxelles. Je venais d'être nommé, et je tâtais le terrain, ne sachant pas encore de quoi je pourrais disposer pour reconstruire le Kosovo : jamais l'ONU n'avait eu la responsabilité de diriger intégralement la politique et l'économie d'un pays. Je n'étais certes pas un spécialiste des économies modernes, mais je connaissais bien les pays pauvres et leurs besoins. Je savais également que nous devions éviter à tout prix de nous installer dans une forme de protectorat qui ressemblerait à un néocolonialisme. J'avais une expérience de dix ans dans différents gouvernements français.

A cette réunion de Bruxelles, je savais que je devrais affronter le redoutable secrétaire d'Etat au Trésor de Clinton. Le soutien politique américain m'était acquis, mais pas encore l'appui financier. Conseillé par Jolly Dixon, j'expliquai mon souhait d'avoir les moyens de bâtir un budget stable du Kosovo, obéissant, naturellement, aux lois du marché. Mais je demandais une aide pour payer les fonctionnaires chassés, il y a dix ans, par Milosevic. J'expliquais que, si l'électricité et les hôpitaux ne se remettaient pas à fonctionner, je ne pourrais rien faire. Qu'il me fallait confiance et soutien, pour un temps. Dominique Strauss-Kahn, pourtant ministre du gouvernement Jospin, m'apparut plus réticent encore que l'Américain, le Japonais et les autres. Seul l'Allemand se montra politique, ou démagogue. James Wolfensohn et Michel Camdessus, la Banque mondiale et le Fonds monétaire international, me soutinrent, ce qui n'était pas rien. Mais nous n'avions toujours pas d'argent frais en banque. Ni même la promesse d'en avoir.

J'entamai une tournée mondiale, par étapes discontinues car les urgences me rappelaient régulièrement à Pristina, tendant la main aux quatre coins du monde. A Bruxelles, à Washington, à Tokyo, et à Rome ce fut progressivement efficace.

Au départ, je devais reconstruire un pays avec des caisses vides. L'école, les hôpitaux, l'électricité, l'industrie, le commerce, les services municipaux, le ramassage des ordures ménagères : plus rien ne fonctionnait. Tout était à faire, et d'abord reconstruire une administration.

## Administrer des choses

En France, on se plaint à la fois des excès de l'administration, du trop grand nombre de fonctionnaires, de leurs avantages abusifs et de la nécessité d'améliorer le service public. De loin, la France passe auprès de ses proches et lointains voisins comme un système étatisé, centralisé à l'excès, de fait le dernier pays marxiste !

Rompu aux exercices critiques du Parlement européen, je n'étais ni un défenseur acharné des outrances françaises ni un laudateur fervent des systèmes libéraux. Le Kosovo allait m'apprendre la nécessité du pragmatisme et me confirmer la bêtise des dogmes.

Il fallait donc recréer au plus vite une administration. Depuis l'expulsion des Albanais des administrations et des entreprises, aucun service public ne fonctionnait et les anciens agents de l'Etat tentaient de survivre sans salaire.

La résolution 1244 précisait que la MINUK devait « faciliter, en attendant un règlement définitif, l'instauration au Kosovo d'une autonomie et d'une auto-administration substantielle* ». Je devais aussi « exercer les fonctions administratives civiles de base là où ce

---

\* Résolution du Conseil de sécurité des Nations Unies 1244 § 1 a).

serait nécessaire et tant qu'il y aura lieu de le faire\* ».
Nous avions « la responsabilité d'organiser et de superviser la mise en place d'institutions provisoires pour une auto-administration autonome et démocratique en attendant un règlement politique ».

Il s'agissait, selon les termes du mandat international, de créer des structures administratives de base afin de combler les vides laissés par l'administration serbe : une structure administrative intérimaire en bref, à côté de l'administration des Nations Unies. Deux entités donc.

Sur place, nous avons choisi une troisième voie, celle de la difficulté et non du colonialisme, celle du principe de réalité et du choix politique : nous avons décidé de fondre ces deux structures, de travailler avec tous les Kosovars. Une administration mixte, codirigée par des locaux et des internationaux. Cela ne s'était jamais fait.

Les Américains auraient dû suivre ce modèle en Irak dès les premiers jours, ne pas laisser piller les hôpitaux, assurer la sécurité. Mes amis avaient tenté, en vain, d'en convaincre Paul Bremer avant leur assassinat.

Faute de moyens humains et financiers, la MINUK ne pouvait administrer seule un territoire sur lequel plusieurs organisations revendiquaient le pouvoir politique et administratif. Issu des maquis, un gouvernement de l'UCK dirigé par Hacim Thaci, arguait d'une autorité née de la lutte armée, et le manifestait violemment en cas de nécessité. La LDK d'Ibrahim Rugova

---
\* Résolution 1244 § 11 b).

revendiquait dix ans de résistance passive, un gouvernement en exil, en fonction depuis plusieurs années – avec un Premier ministre, le docteur Bugoshi, et un large trésor de guerre prélevé sur les Kosovars partis à l'étranger. Du côté serbe, une équipe représentait à Pristina les dirigeants de Belgrade. Trois autorités politiques autoproclamées se disputaient donc le terrain, s'affrontaient, voire s'assassinaient. Une quatrième équipe, internationale celle-là, prétendait prendre leur place. A ne pas choisir une ligne politique affirmée, nous courions le risque de précipiter à nouveau dans la clandestinité une population qui en avait déjà fait l'expérience, et installé des circuits parallèles d'administration, d'éducation, de médecine, etc. Au début, les Kosovars se sentirent frustrés de ce qui leur apparut comme leur victoire. La communauté internationale les avait aidés à conquérir leur liberté, et voilà qu'elle prétendait la limiter.

Au fond, ce fut ma seule décision vraiment politique. J'avais voulu impliquer les Kosovars, toutes les ethnies, les Albanais et les Serbes, les Bosniaques et les Roms, les Ashkalis, les Turcs et les autres, dans l'ensemble des décisions qui les concernaient ou qui engageaient l'avenir du Kosovo. Une gestion, on pourrait dire une autogestion nouvelle manière, où le dernier mot, si nous n'arrivions pas à un accord, revenait au SRSG.

J'ai donc proposé, au cours d'innombrables rencontres, d'associer dans un fonctionnement régulier les représentants des diverses communautés qui composaient ou déchiraient la province. Je voulais toutes les intégrer dans un processus dynamique de reconstruction et de gestion. Le partage des compétences devait permettre de les rendre acteurs, certes, mais aussi responsables, c'est-à-dire comptables à égalité avec la communauté internationale : partenaires dans le succès comme dans l'échec.

Autre avantage de ce copilotage : permettre aux Kosovars de se familiariser avec les responsabilités administratives dont ils avaient été éloignés dix ans durant par le pouvoir de Milosevic. Dans la perspective de « l'autonomie substantielle » prévue, dans l'approximation, par la résolution 1244, cet apprentissage était indispensable.

De cette décision est venu le succès relatif de notre mandat. Nous n'avons pas changé les hommes, nous n'avons pas brisé les murailles de la haine, mais les relations entre les groupes se sont adoucies, devenant acceptables, moins meurtrières.

## Privatisations

La MINUK, et plus particulièrement le Département du commerce et de l'industrie, s'était fixé des objectifs grandioses : promouvoir l'expansion des entreprises privées qui avaient une existence légale, encourager la création de nouvelles entreprises, intégrer l'économie parallèle à l'économie officielle par des mesures d'incitation ; privatiser rapidement les entreprises publiques potentiellement viables.

Une condition majeure devait être satisfaite : la mise en place d'un cadre juridique favorable à l'épanouissement des entreprises émergentes.

Un règlement 2001/6 établit un régime légal concernant la formation, le fonctionnement et la cessation des entreprises privées, des sociétés et des compagnies commerciales au Kosovo. Un autre règlement 2000/68 concernait les contrats de vente de marchandises qui étendait au droit applicable au Kosovo les dispositions de la Convention des Nations Unies sur la vente internationale des marchandises. Le règlement 2001/5 sur les nantissements définissait un régime simple, uniforme et exclusif pour la création, le fonctionnement et la réalisation des nantissements sur des biens meubles. Enfin le règlement 2001/3 sur l'investissement étranger créait les garanties juridiques indispensables pour les investisseurs étrangers.

Mais la réalité de l'ancienne Fédération yougoslave, issue du communisme, mâtinée d'autogestion résistait fortement.
De plus, au Kosovo avaient successivement régné le système de la propriété collective pendant 40 ans de communisme et un mécanisme d'appropriation discriminatoire, parfois violente, pendant les années Milosevic.

Nous décidâmes d'instituer – avec l'aide d'un expert ayant travaillé sur ce type de problème en Afrique du Sud, après la fin de l'apartheid – un processus transparent par le biais d'une commission des litiges. Nous visions à établir les droits de propriété sur un bien ou à proposer un système d'indemnisation équitable.

Parallèlement, une politique de transformation des entreprises du secteur social en entreprises privées fut adoptée par l'adjudication de baux à long terme dans le but de susciter immédiatement les investissements indispensables et d'aider à sauvegarder des emplois ou à en créer.

Nous connûmes quelques succès dans le cas de la cimenterie Sharr à Blace, l'entreprise de BTP de Mirusha à Klina et l'entreprise de transformation alimentaire Progress Foods, entreprises du secteur socialisé transformées par ce biais en entreprises commerciales. Ainsi pour la cimenterie Sharr la méthode consista, pour la MINUK, à signer un contrat avec une banque étrangère, en l'occurrence la Holderbank suisse, au terme duquel la banque investit dans l'entreprise, s'engagea pendant 10 ans à l'administrer, tout en garantissant un emploi à 741 travailleurs.

Quant au complexe industriel de Trepca, connu à travers toute l'Europe comme le complexe minier le plus important de l'ex-République fédérale de Yougoslavie avec ses 8 mines, ses fonderies de plomb, de zinc et ses raffineries, au total plus de 40 installations à travers toute l'ex-Yougoslavie, dont le Kosovo et le Monténégro, qui avaient employé jusqu'à plus de 40 000 personnes et rapporté au Kosovo jusqu'à 80 % de ses ressources, il fit l'objet de l'élaboration par la MINUK, aidée de la Banque mondiale, sous la direction de l'inventif Bernard Salomon, d'une stratégie industrielle globale qui consistait à décentraliser les principales composantes du complexe pour en faire des entités distinctes ; une stratégie en trois étapes mise au point sous la responsabilité du pilier IV coordonné par l'Union européenne.

Enfin, des programmes d'assistance technique furent mis en place à l'intention des petites et moyennes entreprises privées pour les aider à établir des plans commerciaux, et leur offrir une assistance financière et de gestion.

Responsable, sous mon autorité, de l'ensemble de la politique économique, l'Europe a joué un rôle majeur dans la plupart des initiatives, coordonnant ou finançant la plupart d'entre elles par l'intermédiaire soit du pilier IV de la MINUK, soit de l'Agence européenne pour la reconstruction, qui s'attachera ensuite également à la reconstruction de la Serbie.

Sans l'Europe, rien de tout cela n'aurait été possible, ce qui justifiait plus encore sans doute les regrets, d'une part, qu'elle n'ait pas su communiquer sur ses efforts et son action à la mesure de son engagement massif et majeur ; d'autre part, qu'elle n'ait pas poussé plus loin la logique nécessaire de la décentralisation qui pourtant avait présidé à la création de l'Agence.

## Le secteur de l'énergie

La remise en état et le développement du secteur de l'énergie, marqué plus encore que d'autres par 40 ans de communisme et dix ans de régime délétère de Milosevic constituait l'une des priorités majeures de la MINUK.

Fin 2002, 250 millions d'euros furent engagés pour soutenir le secteur de l'énergie au Kosovo, et notamment la réhabilitation des centrales électriques, des mines de charbon et du secteur de la distribution.

Les investissements consentis par les donateurs permirent d'améliorer la situation de façon sensible : la capacité de production atteignit plus de 500 mégawatts. La moitié de la capacité totale de la province fut ainsi restaurée.

Parallèlement à cet apport massif de financements, une restructuration profonde de la Compagnie d'électricité du Kosovo fut menée, afin d'établir les bases d'une société performante, transparente et économiquement viable. Les syndicats résistèrent.

Dans le même temps, des accords avec les pays des Balkans et d'autres pays européens furent passés pour insérer le Kosovo dans le système régional.

Pour ce qui concerne l'eau – après la phase d'urgence immédiate pendant laquelle il fallut utiliser des générateurs de secours pour éviter les ruptures d'approvisionnement dans les zones urbaines, tandis que les zones rurales avaient essentiellement recours aux puits –, la MINUK s'employa à remettre en état le réseau d'adduction d'eau et à réorganiser l'assainissement. Un an plus tard, la moitié de la population et 80 % de la population urbaine étaient desservies en eau chlorée.

Enfin, un « plan de sécurité pour l'approvisionnement en électricité et en eau au Kosovo » fut adopté pour assurer des quantités suffisantes en eau et en électricité pour les hivers 2000 et 2001.

Au-delà des multiples avatars survenus dans le processus de mise en place d'un système satisfaisant de production et d'approvisionnement en énergie, c'est la question de la contribution des usagers au financement de ce système qui provoqua les débats les plus vifs. Dans une situation de post-conflit immédiat, et alors que plus de la moitié de la population active était sans emploi, fallait-il facturer la consommation d'eau et d'électricité ?

Pour répondre à cette interrogation, la MINUK tenta de dissocier les deux impératifs, apparemment contradictoires, de stabilisation financière des entreprises exploitantes, garante de leur fonctionnement pérenne, et d'accès des plus démunis à ces services de base. Dans cette perspective, il fut décidé d'une part de mettre en place un système de facturation, dont le taux de recouvrement a considérablement augmenté ces derniers mois, et d'autre part d'établir des mécanismes d'exonération, dont le coût est supporté par les lignes budgétaires consacrées à l'action sociale dans le budget du Kosovo.

## Centrale électrique

Cinquante ans de communisme, dix ans d'apartheid : les deux centrales électriques étaient hors d'état de fonctionner. Nous bricolâmes, nous réparâmes, nous dépensâmes beaucoup d'argent que j'arrachai à l'Union européenne, avec la complicité de Chris Patten et l'assentiment de Romano Prodi. Il a fait froid au Kosovo : moins trente degrés pendant trois semaines, en février de l'an 2000. Il y eut pléthore de meurtres, de manifestations, mais pas une plainte au pire de l'intenable hiver.

Après mon départ les pannes se feront plus fréquentes encore malgré les réparations et l'argent dépensé. On apprendra en mai 2002 qu'un fonctionnaire prêté à une entreprise privée, une de ces grosses têtes que les chasseurs de scalps se disputent, chargé des équipements collectifs, avait détourné une somme énorme avant de se faire évacuer sous prétexte de cancer. Sa technique était imparable. Il faisait fabriquer en Ukraine, pour des montants dérisoires, des pièces détachées qui arrivaient endommagées ou inutilisables. Il empochait les montants alloués et déposait l'argent dans une banque de Gibraltar. Il est actuellement en prison à Francfort. Les entreprises privées sont devenues un peu moins populaires au Kosovo, même auprès des Anglo-Saxons qui nous avaient opposé leur libéralisme forcené.

## *Outreach campaign*

*Juillet-août 2000*

Puisque la paix devenait possible, les attaques russes et chinoises au Conseil de sécurité de l'ONU se firent plus injustes. Ces séances non conclusives n'étaient pas destinées à l'être : les éclats de voix et les menaces s'adressaient aux populations de ces pays, au travers de la presse internationale. Lorsque les ambassadeurs de Chine et de Russie devenaient trop violents, Sergueï Lavrov me prenait à part : « Bernard, me répétait-il, cela n'avait rien de personnel, tu comprends ? » Je comprenais et j'utilisais le même jeu.

Après les vacarmes new-yorkais, je décidai à Pristina, avec mon équipe, de m'en tenir à notre seule ligne : rendre leur dignité aux Albanais du Kosovo et protéger les Serbes. Je recevais alors des e-mails courroucés de l'ONU. Les apparences étant ainsi préservées, tout le monde acquiesçait.

Les dirigeants kosovars, serbes et albanais, acceptèrent à leur tour ces valses diplomatiques nécessaires et publièrent, avec la même mauvaise foi, des articles incendiaires. Ils savaient que je ne pouvais pas toujours prendre de front la communauté internationale. Cet équilibre fragile et inévitable, ce compromis permanent, je l'avais recherché pour la monnaie, en imposant le deutsche mark, ou pour la justice, en contraignant le système judiciaire à accepter la loi nouvelle et des juges internationaux. Mais je n'avais rien décidé sans consulter ou prévenir Kofi Annan, mon patron respecté.

La date des élections locales n'avait pas encore été fixée mais les progrès devenaient visibles. L'OSCE en hâtait les préparatifs. Dan Everts parcourait le pays avec ses équipes, Fiona Watson en particulier, ne laissant rien au hasard. L'annonce des élections municipales eut lieu lors de notre *outreach campaign**, une série de meetings politiques à travers toute la province, qui permit des contacts prolongés avec le « vrai peuple » du Kosovo. Ce fut le plus beau moment de la mission, empli d'émotions, de découvertes humaines, de joies personnelles, de rencontres et de satisfactions politiques.

Si la méfiance persistait dans les rangs des militants les plus durs de l'UCK, l'hostilité des familles kosovares fléchissait. Je souffrais de ne pas rencontrer assez la population. Je m'étais promis de consacrer trois jours par semaine à parcourir le pays : le poids du travail quotidien et des urgences fréquentes m'en empêchaient souvent. J'avais visité les cinq régions et partagé la popote de tous les régiments des zones et, si ces contacts me semblaient utiles, ils restaient formels. Nous voulions impliquer les Kosovars dans toutes les réflexions qui précédaient des décisions majeures. Pour cela, il fallait informer, expliquer, discuter sans relâche.

Nous le savions bien, la stratégie de la MINUK

---

* Campagne d'éveil à la politique.

demeurait inconnue ; aurait-elle été notoire qu'elle serait restée largement incompréhensible. Le mandat de l'ONU, notre référence, la résolution 1244, apparaissait opaque aux spécialistes du droit international : comment aurait-elle été explicite pour les habitants des montagnes dont les maisons avaient été incendiées et les frères, sœurs, pères, mères, enfants ou voisins assassinés par les miliciens serbes ? Il fallait s'adresser à chacun des Kosovars, les convaincre de notre bonne volonté, expliquer nos obscurs projets, leur parler des pannes d'électricité et de l'impossible indépendance. Deux méthodes : les médias et une campagne politique. Une vraie série de meetings, un engagement personnel que j'étais prêt à tenir et en appétit d'assumer. Avant que les partis kosovars ne commencent à dresser les estrades, je voulais lancer la MINUK en campagne.

Nous en avions souvent débattu. Si mon commando de diplomates se montrait sceptique, Jock Covey et Eric Chevallier étaient à la pointe du combat. Jock se lamentait que nous n'ayons pas encore commencé. Il proposait une séparation nette des tâches : je m'occuperai de politique et lui se chargerait de diriger l'administration. Il n'avait pas tort, mais les incidents quotidiens grignotaient nos journées et une part de nos nuits.

En juin 2000, nous nous décidâmes. Encore une première pour l'ONU. Nous allions apparaître dans les rues des villages et des villes, lors de réunions publiques, non comme des fonctionnaires internationaux mais comme les militants d'une cause : celle de la démocratie et de la paix. A nous d'en convaincre des Kosovars que ces notions laissaient très réticents.

Il nous fallait un politique tout-terrain. Dans notre cellule politique, le prince Moulay Hicham El Allaoui était chargé des minorités, turques en particulier. C'est à son jugement et à son autorité que nous devons le succès inespéré de cette manœuvre. Seul ce Marocain, descendant du Prophète, prince héritier en second de la monarchie chérifienne, volontaire et bénévole pour un engagement d'un an au Kosovo au salaire d'un dollar par mois, possédait un sens démocratique et politique assez aigu pour comprendre et diriger cette opération. Le Japonais Yoshifumi Okamura, l'homme des projets spéciaux, serait son second. Moulay Hicham devait choisir seul son équipe. Il avait carte blanche pour organiser les déplacements et les meetings.

J'avais prévenu les responsables politiques de tous les partis et ethnies du Kosovo de ma volonté. Ils avaient accueilli ma décision avec méfiance. Moulay Hicham ne voulait pas entendre parler de « campagne politique ». Il souhaitait éviter toute compétition entre la MINUK et les partis politiques, et surtout entre le SRSG et les figures politiques du Kosovo signataires des accords de Rambouillet qui allaient se lancer à la conquête des municipalités. Le prince ne souhaitait rien faire qui pût accentuer une perception coloniale de notre présence. Aux yeux de nombreux Kosovars, nous passions encore pour des troupes d'occupation : l'impression première ne s'était pas estompée. Nous serions très exposés, loin de nos bureaux et face à la foule. Il ne fallait pas permettre aux éléments les plus durs de profiter de cette vulnérabilité.

Le prince se méfiait plus encore du concept de protectorat, cadre officiel de notre mission, notion floue pour nous tous mais historiquement précise pour un Marocain. Il préférait l'idée anglo-saxonne d'administration (*trusteeship*). Il s'agissait précisément d'établir la confiance. Moulay Hicham nous imposa le nom qui devait faire recette, *outreach campaign*, que les dictionnaires anglais définissent comme une activité visant à encourager les gens à profiter des avantages politiques et sociaux, pour partir à la rencontre et à la découverte des autres.

Démocrate, nationaliste, partisan d'une monarchie constitutionnelle, Moulay Hicham a été surnommé « le prince rouge » en raison de son engagement militant. Sa vie est une aventure. Ses engagements et son courage physique, sa pratique quotidienne des arts martiaux, son élégance et ses immenses éclats de rire qui secouaient le bâtiment de la MINUK dessinaient un personnage de roman.

Il recevait les visiteurs marocains dans son bureau de la MINUK. Un journaliste de passage vint en compagnie d'un officier du bataillon marocain basé à Mitrovica. L'interview progressait lorsque le visiteur se hasarda à poser au prince une question sur son pays. Avant que Moulay Hicham n'ait le temps de répondre, l'officier avait bondi et menotté l'insolent au cri de : « Article 19 ! On ne questionne pas la royauté chérifienne ! »

La préparation avançait. Rejetant l'idée d'un effort commun de la MINUK et des diverses organisations civiles sur place, Hicham nous proposa de nous en remettre entièrement à nos administrateurs municipaux et à nos réseaux. Toute la machine onusienne était ainsi associée à une campagne d'un genre nouveau : le dialogue direct. Aucune opération de maintien de la paix ne s'était ainsi portée en première ligne. J'avais approuvé la proposition du prince et lui avais donné tous les pouvoirs. Hicham devait garder un contrôle total sur cette opération à haut risque. Grâce à ces décisions, nous avions réussi à participer au jeu politique local indépendamment des dirigeants kosovars. Ainsi motivés, les membres de la MINUK se sont enflammés.

Les responsables de la sécurité se montrèrent d'abord très préoccupés en une période où les menaces précises d'attentat abondaient. Puis ils se prirent au jeu et les énormes carrures des gardes du corps des Nations Unies dominant les meetings firent la joie des caricaturistes.

Le prince sélectionna soigneusement son équipe : il passa au crible l'expérience politique et le sang-froid de trente membres de la MINUK. Il choisit des professionnels, certes, mais surtout des activistes des droits de l'Homme. Tarik Jasarevitch, un Bosniaque musulman, l'aida à se mouvoir parmi les minorités. David Karhmann, un Américain du New Jersey, assista Tarik dans les détails, des plus dangereux aux plus saugrenus. Betty Dawson, militaire irlandaise, possédait une solide connaissance de la guerre civile dans son pays. Elle s'occupait de l'évaluation militaire et sécuritaire des situations locales ainsi que des contacts avec les petits chefs de bandes, souvent plus dangereux dans leurs désirs de reconnaissance que les ténors des partis. Elle recueillait toutes les histoires qui pouvaient conforter le travail de la MINUK. Elle réussit à établir une bonne relation avec le Corps de protection du Kosovo (TMK), l'héritier de l'Armée de libération, très hostile à notre initiative et omniprésent sur le terrain. Après les efforts de Betty, une entrevue décisive avec le général kosovar Agim Ceku devait m'assurer de sa volonté de calmer le jeu. Ceku, comme toujours, se montra loyal.

François Théron, qui travaillait dur au bureau des disparus mais s'arrangeait pour nous suivre souvent, coordonnait les emplois du temps de tous avec les assistants militaires et les administrateurs. Les programmes des uns et des autres, cédant sous les urgences, changeaient constamment. Nous avions ouvert un site Internet où nous suivions tous les mouvements. Les participants, et eux seuls, y avaient accès.

## *Yes but no*

Quel message voulions-nous faire passer ? Au-delà des explications nécessaires sur les raisons de notre présence, il nous manquait un projet politique que la résolution 1244 ne pouvait remplacer. Ce fut le rôle de Yoshifumi Okamura. Il se chargea de bâtir un modèle de cadre légal, sujet explosif sur lequel les plus grands pays travaillaient ensemble et séparément, sans parvenir à se mettre d'accord. Que voulait dire « autonomie substantielle » ? Comment ne pas parler ouvertement de cette indépendance à laquelle tous les Kosovars aspiraient, tous sauf les Serbes qui demeuraient cloîtrés dans leurs enclaves ? J'avais proposé le concept de pacte, une sorte d'échange, sécurité et démocratie contre un avenir de large autonomie et de direction politique autochtone. Nous appelions ce contrat « *Yes but no* » : oui aux élections libres, oui à un gouvernement du Kosovo mais non à l'indépendance. Ceux que nous appelions les *monkeys*, Ian, Axel, Alexandros, œuvraient avec Yoshifumi à l'élaboration du pacte que je souhaitais être un engagement personnel de tous les Kosovars. Ils pensaient pouvoir en faire un cadre global dont le modèle officiel serait resté coincé entre New York et le Quint\*. Ce ne fut pas le cas, mais ce concept de pacte contribua à créer une atmosphère dont profite encore la communauté internationale, y compris, quoi qu'on en pense, les Serbes du Kosovo.

Yoshifumi, le seul Japonais à parler kosovar, connaissait les moindres replis de ce terrain qu'il explorait pour écrire un guide de tourisme du Kosovo, témoignant ainsi de son optimisme. Hicham et Yoshi disparaissaient longuement avec mes MA (*military advisors*) et les commandants de brigade de la KFOR afin qu'aucun des quadrillages nécessaires ne soit laissé au hasard. Certains étaient hantés par les actions terroristes. Depuis le début, j'avais décidé de négliger ce danger. Sinon rien n'aurait été possible.

Yoshi me préparait des phrases en langue albanaise

---

\* Les cinq pays du groupe de contact : Allemagne, Angleterre, France, Italie, Etats-Unis, souvent élargi à la Russie.

que je répétais avec ma bande, le soir : occasions de longs fous rires. Certaines de mes bourdes sont restées célèbres et sujets de plaisanteries permanentes. Devant mes blocages linguistiques, Yoshifumi décida d'écrire mes textes en phonétique. J'acceptai, mais exigeai que les textes serbes restent en caractères romains. Je me faisais fort de prononcer le serbe mieux que l'albanais, suite à mes séjours répétés en Bosnie.

## Vushtrri-Vucitrn

Cela faisait maintenant trois semaines que nous nous préparions. David, Tarik, Betty et François parcouraient fébrilement les couloirs du *government building*, organisant la première sortie de l'équipe de l'*outreach campaign* prévue pour le 12 août 2000 à Vushtrri-Vucitrn. Ils avaient effectué des reconnaissances multiples et ordonnées pour sélectionner notre ville cobaye, juger de la situation politique locale et des tensions inévitables entre les groupes. La consigne était ferme : pas de meeting si l'un des groupes ethniques pâtissait de la pression des autres. Nous consultions les chefs municipaux et les activistes des diverses communautés que nous impliquions dans la visite. Nos envoyés spéciaux épluchaient les documents de la ville et les registres municipaux de l'OSCE.

Hicham et Yoshi durent jongler avec des changements de date, des manifestations violentes et imprévues, bousculer les prérogatives de l'administration entre les niveaux régionaux et municipaux, secouer les services de sécurité et leur imposer des improvisations hasardeuses. A chacune de ces imprudences, nous sentions de loin la réprobation de certains fonctionnaires de New York et le sourire enthousiaste de quelques autres. Le directeur des missions de la paix, Bernard Miyet, se montra d'une compréhension et d'un soutien sans faille. Lorsque tout allait mal, je lui téléphonais, lorsque tout allait bien aussi. Ce fut une vraie connivence qui se poursuivit avec Jean-Marie Guéhenno, son successeur, un orfèvre en matière de démocratie*.

Nous commençâmes donc nos visites par Vushtrri-Vucitrn. L'accolement de ces deux noms, l'albanais et le serbe, constituait en lui-même une menace. Je connais de nombreux pays où les langues s'opposent avant que les hommes n'en décousent. Les incidents et les meurtres étaient fréquents autour de la ville, dans les cinq villages encore occupés par des Serbes. Les soldats des Emirats patrouillaient dans cette zone placée sous la responsabilité de la brigade Nord française. Des tirs trop rapides avaient récemment fait des victimes à un barrage. Vushtrri donnait accès au nord du Kosovo.

A moins de dix kilomètres s'annonçaient les faubourgs de Mitrovica, ville sans grâce, sous la forme d'horribles usines rouillées caractéristiques des pays de l'Est. Quelques kilomètres plus loin, après les barrages, les tanks en faction et les fils barbelés, le fameux pont de Mitrovica enjambait la petite rivière Ibar et

---

\* Jean-Marie Guéhenno, *L'Avenir de la liberté*, Flammarion, 1999.

ouvrait sur une région frontalière abritant environ quarante mille Serbes, seule zone où ils se sentaient en sécurité.

La première rencontre à Vushtrri fut décisive. Dans la presse internationale, les spécialistes des Balkans ne s'y trompèrent pas alors que les envoyés de passage négligèrent l'événement. Les journalistes kosovars, renfrognés, attendirent prudemment les autres meetings pour se prononcer. Je me souviens du rôle précieux joué par Denny Lane, l'administrateur de la ville. D'origine russe, naturalisé américain, il s'était frotté à la CIA en revenant du Viêt-nam, avait servi les Nations Unies en Bosnie et semblait sorti tout droit d'un film d'espionnage.

Notre premier arrêt à Vushtrri fut pour le camp des Emirats arabes unis. Une réception somptueuse nous attendait, avec un méchoui que nous négligeâmes en partie et des discours qu'il nous fallut écourter : notre équipe, qui n'avait pas été prévue à la réception, attendait sous le soleil. José Luis Herrero, dit Pepe, et Yoshifumi Okamura jouaient sur les chars Leclerc. Les costumes s'imprégnaient de sueur. J'annonçai, sous la tente, notre accord pour la construction d'une maternité, alors que les responsables auraient souhaité le gigantesque hôpital que l'on sait. On annonça aussitôt notre décision à la radio et à la télévision des Emirats qui, parmi d'autres, se trouvaient là.

Après avoir quitté les fringants soldats des Emirats et promis de revenir finir le méchoui, je décidai de parcourir les rues à pied comme je le ferai dans toutes les autres visites. Je ne voulais pas braquer inutilement mon service de sécurité, d'autant que la majorité de ces volontaires était mes amis, prêts à risquer leur vie pour me protéger, comme le rappelait Jock Covey lorsque je protestais contre leur présence jour et nuit auprès de moi. Mais je voulais affirmer un style, une politique. Nous avons marché sous les saluts d'une foule débordant souvent les soldats. J'étais surpris de cet accueil. David Lane était ravi, Moulay Hicham, Yoshifumi, Betty, David et François ne voulaient pas exprimer leur joie avant la fin du jour.

Alors a commencé la courte histoire d'amour entre les Kosovars et moi. Je crois que la secousse fut collective. Devant notre groupe, la place était remplie de monde, des jeunes surtout. Nous marchâmes vers le terre-plein. Je dus freiner l'ardeur protectrice de mes gardes du corps.

Une haie d'honneur nous conduisit vers la salle de l'hôtel de ville. Les policiers en bleu du Kosovo Protection Corps, pour la première fois à l'œuvre, maintenaient sereinement tous ces gens qui hurlaient et souhaitaient me serrer la main. Je m'arrêtais souvent. J'étais heureux. Sur la place, des jeunes nous tendaient les bras et commençaient d'esquisser quelques pas chaloupés. Nous rompîmes les barrages. Nous avons dansé là, sur la grand-place, ces rondes traditionnelles à pas comptés, toujours les mêmes depuis des siècles, en nous tenant par les épaules, dans un sens puis dans l'autre. A cette minute, je vis Betty et François rire de bonheur, plus heureux encore que nous ne l'étions, Moulay Hicham et moi.

Nous avons dû retarder la réunion afin que la masse des jeunes gens puisse s'installer correctement. Dans la salle, l'atmosphère était différente. On avait réparti les sièges entre les notables. L'ancienne UCK, les commandants en uniforme vert du KTC au premier rang, puis les politiques, les bourgeois du lieu, les ONG : une protection à l'extrémité de chaque rangée, une vigilance extrême que le vif dialogue avec le public allait modifier. Je fis à Vushtrri mon premier discours en albanais, des phrases bien senties que j'avais répétées. Je commis les fautes et les contresens attendus. Les phrases en serbe furent mal accueillies, mais je persévérai. Malgré les échanges, parfois sévères, l'ambiance resta excellente, meilleure que dans certaines réunions politiques françaises. Les auditeurs affichaient des sourires : on leur parlait enfin, on les prenait au sérieux. Derrière moi, en revanche, la longue rangée des membres du conseil municipal présentait des visages de bronze. L'un d'eux prit la parole pour reprocher longuement à l'OTAN d'occuper l'usine textile, privant huit cents ouvriers d'emploi. Il n'avait pas tort, cet homme, et je pense qu'il aura été réélu. Ces occupations des rares bâtiments encore debout faisaient partie de cette réalité qu'il fallut s'employer à corriger afin de ne pas passer pour des occupants.

Ayant préparé mes effets, j'annonçai la date des élections municipales : le 28 octobre 2000, premier scrutin libre et démocratique de l'histoire du Kosovo. De Vushtrri, cette nouvelle fit le tour du monde, surprenant New York, excepté notre ami Bernard Miyet et Kofi Annan. Puis nous entamâmes le dialogue avec la salle. C'était la première fois que l'on demandait leur avis à ces femmes et à ces hommes. Seuls des hommes parlèrent, certains ayant écrit leur phrase dans le creux de la main tant ils étaient émus. Il y avait de la dignité dans leur façon de se lever et de se présenter, de remercier la terre entière, comme dans les anciens congrès communistes, mais avec une autre sincérité. Les questions ? Pourquoi la KFOR protège-t-elle les Serbes qui furent des assassins ? Devrons-nous libérer Mitrovica nous-mêmes ? Ces élections nous conduiront-elles à l'indépendance ? Pourquoi refuser même le mot ? J'expliquais, en anglais, traduit en albanais et en serbe, la démocratie, le multiethnisme, la lutte contre l'inacceptable violence, la tolérance minimum, les élections, la résolution 1244, l'ONU qui n'était pas l'OTAN... Je me mettais en colère, je riais avec eux, j'essayais quelques astuces. Des vieux portant l'improbable calot blanc se lançaient avec un sérieux de marbre dans des discours sans fin, ils m'apostrophaient, se battaient avec leurs voisins et les organisateurs pour que l'on ne coupe pas la seule prise de parole publique de leur vie, puis venaient m'embrasser de force sur la bouche.

Un vieux bonhomme, plus brusque et empêtré que les autres, plus décidé aussi à se faire entendre, monopolisa longuement la parole. Il criait si fort que je le crus insultant, alors qu'il me félicitait. Le ton et la tension montèrent dans cette chaleur étouffante. J'enlevai ma veste, ce qui fit rire, et demandai au robuste vieillard de monter sur l'estrade. Emoi de la sécurité. Impossible alors de le faire taire. Ce fut son heure de gloire. Il raconta sa vie, parlant de sa famille qui échappait enfin à la peur et à l'oppression. Mes gardes du corps étaient nerveux, puis en rirent et me laissèrent me dégager tout seul. Ce fut une rencontre politique heureuse.

Puis, en serrant des centaines de mains, ayant répété quelques phrases pour ceux qui restaient dehors à m'attendre, malgré la nervosité des forces de sécurité, je décidai de marcher dans les rues vers le lieu d'inauguration d'un parc, construit par la KFOR/UAE et l'USAID\*. Dans cet îlot de verdure, nous avons célébré la journée en coupant un énorme gâteau, en buvant des flots de café devant des résidents sélectionnés et des resquilleurs très nombreux qui venaient nous serrer la main. Les vieux nous embrassaient à nous faire perdre haleine.

Nous sommes finalement repartis en voiture. Par les fenêtres de ma Volvo blanche, vitres baissées, je saluais de la main une foule qui comprenait beaucoup de jeunes femmes. Autre signe de progrès.

Nous avions bravé l'interdit, et les premières impressions étaient bonnes. Le gang de l'*outreach* hurla de joie dans ses bureaux vides.

Au cours de la campagne, il y eut des variantes locales, des découvertes plus ou moins fortes et intéressantes, mais ce fut la période la plus intense de notre mission. Rien ne nous aura plus enrichis que le tutoiement avec ce peuple du Kosovo à l'apparence si rugueuse, ces gens renfermés, hermétiques, peu aimables.

Dans cette campagne, le photographe coréen de grand talent Ky Chung réussit un cliché qui servit d'affiche à une exposition de la MINUK intitulée *Faces of Kosovo*. On y voit, au cours de l'*outreach*, une foule

---

\* Respectivement bataillon des Emirats et Coopération américaine.

compacte, qui en fait me regarde, sceptique devant mon sourire et mon salut. Sur cette terre balkanique qui évoque le granit plus que le sable chaud, les visages reflètent une géographie des émotions. On y lit à vif, brutalement, simplement, les sentiments et même les opinions. Les filles, belles ou quelconques, brunes ou parfois blondes, ont un petit éclair dans leurs yeux sombres qui s'éclairent ; les jeunes garçons semblent se méfier de tout : pas un rire, ils sont prêts au combat. Les adultes ont l'air soupçonneux, habituel sous ces latitudes. Deux vieillards éloignés l'un de l'autre, barbe et moustache blanches, transforment la photo en document sociologique. L'un d'eux me regarde et sourit de toutes ses forces, si j'ose l'écrire ainsi, et l'autre, oui, miracle, celui qui ne porte pas de calot blanc, lève une main amicale pour me saluer.

Parfois on fait le tour de la terre, on s'enfonce dans un endroit perdu, on se demande pourquoi. C'est qu'on n'a pas remarqué le geste des deux vieux barbus. Sans la photo de Ky, je ne l'aurais pas vu.

## Le piège de Suva Reka

De ville en ville, l'*outreach campaign* s'est organisée autour de trois axes : la visite des sites d'intérêt local, des rencontres avec les chefs politiques et des échanges avec la population, dans des salles municipales toutes construites sur le même modèle communiste. Durant ces semaines passionnantes, harassantes, le contenu du message restait le même. Je tentais d'améliorer mon albanais, mon serbe et parfois mon turc ou mon rom. Je pressais mes interlocuteurs de se tourner vers l'avenir, au lieu de revenir sur des souvenirs tragiques, « *War is over* », de veiller à ce que les prochaines élections fussent correctes, démocratiques et non violentes, d'éradiquer la haine ethnique, d'accepter la coexistence des communautés, de travailler ensemble à un Kosovo pacifique et démocratique.

Je leur résumais les actions de la MINUK pour établir une autonomie conforme à la résolution 1244. Je leur offrais un pacte qui fit un certain bruit dans les milieux diplomatiques, tant il paraissait hétérodoxe. Je le présentais comme un cadre d'entente entre le peuple du Kosovo et la MINUK, une entente informelle, un accord non contractuel, imprécis sur le plan juridique. Je souhaitais que le peuple manifeste sa responsabilité et sa bonne volonté à accepter la démocratie en menant à leur terme des élections honnêtes et non violentes. En retour, la MINUK et la communauté internationale les aideraient à avancer dans la direction de l'autonomie de gouvernement. Je promettais des élections générales avant la fin de l'année 2001, contre la majorité des chancelleries européennes, et en particulier contre la diplomatie française.

Il y eut des hauts et des bas, de bonnes et de mauvaises surprises, des moments de passions positives et du temps pour la routine des haines : de l'ordinaire et de l'exceptionnel.

A Suva Reka-Suhareke, le 14 août 2000, nous fûmes manipulés. L'excès de précision et le syndrome de précaution des contingents allemands et autrichiens de la KFOR nous servirent de leçon. Trop de zèle ou de crainte : sans que j'en sois informé, on nous interdit d'utiliser des chauffeurs locaux et d'ouvrir l'accès aux journalistes. Nos voitures furent fouillées, les papiers contrôlés. Dans le camp autrichien, un lieutenant-colonel m'expliqua pendant une demi-heure qui j'étais avant de tenir une conférence de presse entouré de *snipers*. L'escorte militaire était plus imposante que la garde d'un convoi de fonds. On nous fit attendre, debout, devant un public de handicapés, pendant que se déroulaient d'interminables discours promotionnels. L'assemblée publique locale était totalement anesthésiée, même la rhétorique anti-Milosevic ne passait pas. Sans spontanéité, l'*outreach* ne valait rien. J'étais à ce point consterné que je me mis à m'adresser publiquement à Moulay Hicham, à voix forte, en français, m'interrogeant sur ce qui pouvait bien se passer pendant que l'envoyé spécial de l'AFP éclatait de rire au milieu d'un pesant silence.

Nous sûmes ensuite que les anciens apparatchiks et les notables les plus conservateurs avaient été invités, selon le système du parti unique, remis en vigueur pour l'occasion par ces soldats d'une souplesse de chêne. J'envoyai Betty Dawson pour inviter la foule, dehors, à rentrer dans la salle. Ce fut long, elle dut négocier avec tous les responsables cette rupture de consigne.

Dans la salle, la colère nous montait aux oreilles. Une femme prit longuement la parole : « Je suis infirmière, ma famille doit pouvoir faire des études et mes horaires ne me conviennent pas, je suis éloignée du foyer et mon mari se plaint. Mais surtout je ne gagne pas assez, c'est une misère : trois cents marks par mois...

– Madame, vous gagnez plus que vos collègues infirmières en Macédoine et en Serbie. Nous avons dû construire tout un système de santé en quelques mois, à partir de rien. Cet argent n'est pas le mien, ni le vôtre...

– Il est insuffisant, c'est un salaire de misère...

– C'est celui de la communauté internationale.

– Les infirmières françaises gagnent plus que nous, c'est injuste...

– Vous vous plaignez tout le temps, vous ne vous rendez compte de rien, vous êtes des privilégiées ! »

J'étais furieux, vraiment en colère.

« Vous n'avez pas prononcé le seul mot acceptable en une telle situation : celui de malade. »

Un homme intervint ensuite comme dans une pièce de théâtre répétée à l'avance. C'était un enseignant. Lui aussi se plaignait des salaires alors que j'avais eu tant de mal à réunir l'argent nécessaire à un budget du Kosovo, en courant de Bruxelles à Tokyo.

« Nos salaires sont une insulte à notre compétence.

– Votre compétence ne saute pas aux yeux, mais votre absence de politesse et de reconnaissance, oui, je l'aperçois trop bien. Je ne vous dois rien, Monsieur, l'ONU fait ce qu'elle peut, et c'est beaucoup. Pour la première fois dans le monde, les victimes d'oppression sont ainsi prises en charge... »

Nous avions fait des progrès depuis les premières payes, versées de la main à la main dans les hôpitaux et les écoles avec de l'argent que Maryan Baquerot était allé lui-même subtiliser à Francfort et qu'il avait rapporté dans des avions de ligne au mépris de toutes les règles de l'ONU. Cette séance nous laissa un goût d'amertume.

L'*outreach group* se battit presque avec les soldats de la KFOR pour que les enfants puissent m'accueillir à la sortie de ce meeting stalinien. La situation empirait. Venues de la foule impatiente, des pierres commençaient à voler. Les soldats alignèrent alors les enfants comme pour une mauvaise parade. Mais ceux-ci se procurèrent des fleurs, Dieu sait comment, me les tendirent, me les jetèrent par-dessus les soldats. Je pensai à cette photo américaine des jeunes manifestants pour la paix au Viêt-nam qui tentent de fleurir les militaires de la garde civile.

Nous avons déambulé à travers une ville triste et riche vers l'usine de caoutchouc des Balkans, entreprise modèle qui produisait des tapis roulants. En ses beaux jours, elle avait été l'une des vitrines de la Yougoslavie de Tito. Des ouvriers, des costauds et des malingres, tous souillés de graisse, portant des bleus tournant vers le violet, formaient un touchant tableau de l'époque réaliste-socialiste. Ils se sont groupés. Nous avons parlé très normalement de production et de débouchés commerciaux. Ces hommes hors du temps étaient sympathiques. A la sortie, j'ai dit à la presse que je pensais ne pas être au Kosovo. Les journaux du lendemain titrèrent en une sur ce propos provocant.

Au retour nous avons raté la rotation d'un hélicoptère. Comme j'étais en colère, je passai ma rage sur les pilotes. Les Autrichiens nous invitèrent à dîner dans un camp militaire cinq étoiles, le plus beau du Kosovo, supérieur en luxe au Bondsteel des Américains, avec des parasols, des bars à bière et des restaurants pour gourmets. Nous voulions goûter à tous les plats, surtout François Théron. J'ai dû arracher Moulay Hicham pour nous en retourner à notre triste pitance de *chopska salad* ou de pizza cartonnée de Pristina. Il faut dire à la décharge du Marocain que ce collectif de rêve autrichien portait le nom de Casablanca. « Mérité », affirma le prince.

A Urosevac-Ferizaj, le 30 août, nous fûmes frappés par le symbolisme, la vision presque douloureuse de la mosquée, de l'église catholique et de l'église orthodoxe si proches l'une de l'autre. Nous visitâmes les trois édifices, avec les habitants et des gardes armés très attentifs. Même le ciel était surveillé : des hélicoptères américains Apaches patrouillaient en permanence. Au sol, nous comptions sur la police kosovare pour canaliser l'immense foule. Dans la salle prévue pour la rencontre, ils avaient évidemment refusé d'enlever les drapeaux albanais. En arrivant, j'ai vu qu'on évacuait les enfants et j'exigeai de François Théron qu'ils aient à nouveau accès à la salle. Si nous pouvions réussir à convaincre un seul de ces gamins, c'était une chance de plus pour la démocratie.

J'avais rendez-vous dans cette ville avec Javier Solana, le représentant de l'Union européenne pour la politique étrangère, un *hombre*, un militant des droits de l'Homme, un frère, un fidèle du Kosovo. Le complexe sportif était rempli à craquer de jeunes gens. A notre entrée, les applaudissements dépassèrent le niveau habituel. Concours de véhémence et de sincérité : nous parlâmes, Javier et moi, nous pleurâmes, nous dansâmes encore une fois, bras aux épaules. Les jeunes d'Urosevac, interrogés par la presse, déclarèrent que pour la première fois ils avaient vu, en face, en chair et en os, leurs libérateurs. Je pense qu'à ce moment de la campagne, les Kosovars se rendirent mieux compte de la réalité nouvelle de la province, qu'ils comprirent enfin la stratégie internationale pour le Kosovo. Bombardements des forces internationales, exactions, meurtres, mandat de l'ONU, enquêtes de la Cour de La Haye, luttes intestines entre les héros d'hier, ceux de la LDK de Rugova, et les figures d'aujourd'hui, groupées autour de Hacim Thaci : trop d'événements qui exigeaient des explications. Nous leur fournissions enfin un code pour déchiffrer leur avenir à travers l'opaque et précieuse résolution 1244.

## Le miel et l'attentat

A Skenderaj-Srbica, capitale de la vallée de la Dranica, berceau de la révolte armée contre les milices de Slobodan Milosevic, nous avons atteint le cœur de la fournaise. Les pires crimes avaient été commis là, entre ces hautes collines et ces vallées étroites propices aux embuscades. A la fin de l'année précédente, les habitants de la région avaient bloqué les routes pendant de longues semaines aux chars d'une brigade russe qu'un état-major peu avisé avait décidé d'installer à l'endroit le plus hostile à l'égard de Moscou. Les habitants

## L'administration de la liberté

s'étaient déplacés par milliers, campant sur les pentes, dormant par terre, organisant devant les troupes des bouchons impossibles à franchir. Ces hommes et ces femmes unanimes accusaient les Russes d'avoir participé aux pires moments de la répression. Des mercenaires russes, disaient-ils, avaient rejoint les milices d'Arkan ou d'autres seigneurs de la guerre. On pouvait, affirmaient-ils aussi, retrouver des inscriptions qui en témoignaient.

Dans la Dranica, l'intrusion d'une brigade russe était vécue comme une provocation incompréhensible. Il fallut toute la souplesse de Mike Jackson et l'obstination de Klaus Reinhardt pour parvenir à une solution. Les Russes s'installèrent dans une gorge renfermée, hostile, où ils aménagèrent un camp fruste et inconfortable que je visitai à plusieurs reprises. On me demandait une impartialité que je respectais, pas la neutralité. Il m'était difficile de ne manifester aucune réprobation devant des troupes qui souvent venaient de Tchétchénie, en particulier les officiers supérieurs. Je m'efforçais de parler avec ces hommes et d'expliquer ma position. Je rencontrais parfois l'assentiment de nombreux militaires russes qui condamnaient la guerre sans issue du Caucase.

Le meeting de Skenderaj, étape obligée avant les élections, n'était donc pas une visite aisée. La région était difficile à administrer. Jock Covey, Yoshifumi Okamura et moi-même devions souvent intervenir, entre notre responsable local, un autre Japonais, Ken Inoué, et le redoutable Sami Lustaku, chef de l'Armée de libération du Kosovo (UCK), devenue Corps de sécurité civile (KTC). La zone, toujours agitée, était en état d'alerte. La nuit précédant notre arrivée, je me trouvais en Macédoine lorsque Jock Covey convoqua Moulay Hicham pour lui montrer une lettre de menace d'attentat contre moi communiquée par la police de la MINUK et qui avait été classée au plus haut niveau de crédibilité, selon les obscurs codes en vigueur au sein de nos forces internationales.

Au cours d'une discussion de trois heures, le prince resta ferme. Une annulation de la visite nuirait gravement à notre crédibilité. C'était aussi mon avis : si nous cédions à la menace, comme Alan Remington, notre homme sur place, nous le recommandait, l'action de la communauté internationale ne s'en relèverait pas et les élections elles-mêmes risquaient d'être annulées par la volonté de quelques « terroristes ». On décida de renforcer les mesures de protection. Jock devait m'attendre à l'aéroport à mon retour de Skopje et me transmettrait tous les éléments pour une décision de dernière minute.

Moulay Hicham et Eric Chevallier, l'homme des contacts difficiles et des situations extrêmes, prirent langue avec Hacim Thaci, le chef du PDK, ex-UCK. Celui-ci avait bien sûr entendu les mêmes rumeurs d'attentat, mais affirmait, sans qu'il fût possible de distinguer le vrai du faux, comme souvent au Kosovo, que sa formation politique n'était pas à l'origine de ces menaces. Les deux responsables, en liaison avec le général français Sublet, commandant de la brigade Nord, responsable de la Dranica, prirent diverses mesures pendant la nuit.

Le prince se rendit sur place pour veiller aux dispositions d'urgence. La visite du monastère serbe, à laquelle je tenais absolument, fut programmée en dernier, sans être annoncée. Le général Sublet affecta quatre-vingts gendarmes, trois cent cinquante soldats et six tireurs d'élite qui suivaient chacun de mes mouvements. Des chiens spécialement dressés quadrillaient le terrain à la recherche de bombes. Un peloton de spécialistes français était chargé de la sécurité rapprochée, en liaison radio permanente avec la police civile et l'unité de protection. Deux hélicoptères se tenaient prêts pour une extraction. Nous priâmes l'ambassadeur japonais de ne pas se déplacer pour m'accompagner à l'inauguration d'une boulangerie. L'UCK avait exigé que les Japonais, qui finançaient cette entreprise industrielle, n'engagent que des anciens de l'UCK. J'avais refusé.

Il y avait du monde dans les rues, beaucoup de monde et pas seulement des militaires. La population nous acclamait, les trottoirs et la chaussée regorgeaient de manifestants enthousiastes. Je me déplaçais d'un côté à l'autre des rues dans un mouvement ondulant que suivait fort bien ma protection. Nous nous conduisions comme un seul corps aux réactions souples. Je crois qu'ils étaient contents de moi comme j'étais fier d'eux. En cette occasion, comme en bien d'autres, je me suis fort bien entendu avec les militaires français, très professionnels et très cordiaux.

Nous avons inauguré la boulangerie industrielle dans une curieuse ambiance, tendue et bougonne. C'était un bâtiment assez vaste. Des milliers de pains allaient sortir tous les jours de ces fours grâce à l'entregent japonais et à Kim Inoué. Je fis un petit discours pour remercier les Japonais. Des employés me tournaient le dos, d'autres accouraient pour me serrer dans leurs bras. Les premiers se ravisaient alors et se précipitaient à leur tour. Je leur promis de régler le problème des emplois qu'ils voulaient réserver à ceux qui s'étaient battus pour le Kosovo. Dans mon esprit différent des pratiques locales, certains des partisans de Rugova étaient donc inclus. L'accueil fut nuancé, comme disent les diplomates. A l'extérieur, des centaines de jeunes attendaient et m'accompagnèrent vers l'hôtel de ville. Les menaces d'attentat s'estompaient devant la chaleur de la rue.

Disposés dans la salle tout autour de Sami Lustaku, les officiers et les activistes de l'UCK m'avaient tendu deux pièges. Lustaku, athlétique malgré sa taille moyenne, avait les cheveux clairs et mi-longs. Ses yeux, sa démarche décidée, son allure plus populaire que vulgaire en imposaient. Il aurait parfaitement incarné le marin de la Baltique dans un film révolutionnaire des années 1930. Je le connaissais. Simulacre de l'affrontement à venir que j'ai souvent pratiqué sous bien des latitudes, danse des virilités simplistes qu'il faut savoir accepter ou parfois, au contraire, négliger, il défiait continuellement son interlocuteur. Je me dirigeai vers lui à travers la salle et l'embrassai, ainsi que quelques vieux qui l'entouraient. J'avais pris un léger avantage.

Un second piège m'attendait sur la scène. Deux soldats de belle taille en uniforme du KTC, sur le côté de l'estrade, portaient un gigantesque portrait d'Adem Jashari, le héros de la Dranica et de la révolte du Kosovo, le patriarche assassiné par la police serbe en compagnie des membres de sa famille. On se souvient de l'émouvante visite à la ferme des Jashari, dans la Dranica sauvage : je n'avais pas compris alors qu'elle serait politiquement payante pour les partisans de Thaci, qu'elle me desservirait chez les fervents de Rugova, et qu'elle fâcherait à ce point mes amis serbes autour de Mgr Artemje, qui m'en fit grief en des termes que je ne pus accepter. Cela nous valut une forte querelle au cours de laquelle je lui citai, moi l'athée, l'Evangile et lui rappelai une histoire de l'oppression au Kosovo qu'il ne voulait pas entendre.

Mais revenons au meeting de Skenderaj. A peine avais-je mis le pied sur l'estrade que les deux gaillards vinrent placer derrière moi le gigantesque portrait d'Adem Jashari. La salle se leva pour entonner l'hymne de l'UCK qui se voulait le chant national du Kosovo. Je me levai, remerciai Sami Lustaku en prenant soin de prononcer à l'albanaise les deux noms de Lustaku et Jashari, remerciai également les deux colosses comme s'ils me faisaient cadeau de ce portrait et je leur demandai de rester sur la tribune, un peu de côté. Je les y poussai et ils obtempérèrent.

Je commençai mon discours habituel en albanais, accentuant mes fautes habituelles et mettant les rieurs de mon côté. Le débat qui commençait avec la salle allait être rude, mais la provocation avait fait long feu. J'insistai sur la nécessaire fin des violences et sur les élections démocratiques, je leur offris mon pacte comme à des soldats valeureux. Ce fut une vraie réunion politique comme je les aime. A la fin de cette discussion harassante où Lustaku, comme à la parade, fit donner un par un ses officiers, un vieil homme vint vers le prince et moi. Il nous offrit une pomme à tous deux. Nous avions gagné. Skenderaj voterait.

De fait, Skenderaj vota sans incident notable en octobre, et ce fut une des rares villes qui élut un maire UCK. En accord avec le général Ceku, le patron du TMK, plus tard, nous écartâmes Lustaku de la région.

A la sortie de l'hôtel de ville, la foule était encore là. Le portrait de Jashari, porté par les gigantesques soldats qui distribuaient des coups de pied, me suivait de près à travers la multitude. Une jeune fille en pantalon noir moulant et tee-shirt blanc, la grande mode, vint m'apporter des fleurs en me rappelant dans un allemand excellent que j'avais rencontré son père en 1992, lors de ma visite de ministre clandestin. Bascule des générations et choix de la lutte armée : il était partisan de Rugova, et elle de Thaci. Je lui pris le bras et nous parcourûmes les rues bondées sous les cris de victoire et d'indépendance pour le Kosovo.

Les soldats français, les commandos, la protection rapprochée et mes équipiers anxieux, tous étaient heureux que ce jour, annoncé comme tragique, se terminât en un après-midi d'exception.

Nous avons alors dirigé le convoi vers le monastère serbe gardé par le contingent russe. Yoshifumi et Betty nous avaient raconté leur difficile approche, les barrages russes, la nervosité des soldats et ces dialogues de comédie qui se résumaient souvent à des : « *Yes, yes. – Niet, niet. – No niet, da, da... – Domo arigato, da, da !* »

Vous imaginez le bruit des kalachnikovs que l'on arme, malgré les efforts de rapprochement linguistique...

Situé dans un vallon resserré, le petit monastère était souvent attaqué. L'entrée était étroite et la cour encombrée de véhicules blindés. Nous fûmes accueillis par la mère Anastasia et le commandant russe de la KFOR, un homme généreux, grand, avec des yeux clairs comme un chat persan. Ses adjoints avaient tous servi en Afghanistan. Nous étions entourés d'énormes chiens-loups russes, la plupart tenus en laisse, certains en liberté. Ces animaux redoutables surveillaient les lieux, la nuit, lâchés dans la montagne, et poursuivaient les nombreux tireurs isolés qui attaquaient à la tombée du jour.

Le prince Hicham se présenta avec déférence comme musulman et demanda à la mère supérieure la permission d'entrer dans la maison de Dieu. Anastasia n'était pas vieille mais un peu tassée par l'âge, douce et forte, généreuse dans son hospitalité, inflexible sur sa foi et sur l'avenir du Kosovo. Elle nous parla de la tradition d'asile du monastère. Après l'épreuve physique de Skenderaj, la tendresse et la politesse attentive des religieuses eurent pour moi le goût du miel, qu'elle nous offrit avec la *pita* traditionnelle sur une nappe blanche, un luxe, un hommage. Notre rencontre avec toutes les sœurs du monastère fut très émouvante. Ces religieuses étaient toutes bloquées là depuis de longs mois.

« Aller où ? répondirent-elles à ma stupide question. Pour nous, plus loin, c'est le ciel et l'affaire de Dieu. »

Les oppressions en cachent toujours d'autres. Je comparais Anastasia à Lustaku. Réflexe idiot, mais la comparaison n'était pas en faveur du guerrier blond.

Nous quittâmes le monastère le cœur lourd et l'esprit tourmenté. La lourde houle de l'Histoire avait battu les Balkans au point de tout embrouiller, la terre et les hommes, les idées et les souffrances.

Nous avons décollé en hélicoptère, suivant le plan de vol très serré qu'avait exigé le prince afin d'éviter une attaque terrestre par un lance-roquettes. A ma place désignée, entre deux gardes du corps gigantesques, près de la porte pour pouvoir sauter, mais derrière la carlingue pour y être protégé des balles, je pensais que j'étais aussi venu pour Anastasia et que je n'avais pas su lui dire clairement.

## Les disparus de Djakova

Des milliers de disparus : c'était le cancer du Kosovo. Les familles étaient toujours sans nouvelles de ceux qui avaient été raflés, sur ordre ou sur dénonciation, en mars 1999, aux dernières heures de la guerre. Où les cachait-on ? En Serbie, comme leurs proches l'espéraient, dans des fosses communes, au Kosovo ou en Serbie, comme je le pressentais ? Aussi longtemps que les dépouilles, les restes de ces êtres aimés, parents, fils, mères, pères... ne seraient pas retrouvés, on espérerait leur retour, on les imaginerait franchissant le seuil de la maison, un beau matin.

Les disparus hantaient le Kosovo. On les voulait vivants, dissimulés quelque part, on refusait d'envisager leur mort. On se cognait partout à ce mur de l'inavouable : comment mettre en place un système politique avant d'avoir refermé cette plaie ?

Combien étaient-ils, ces disparus, corps volatilisés, présence impalpable ? Environ dix mille, déclarai-je, me fiant à mon expérience des guerres et des massacres de civils, ainsi qu'aux chiffres avancés par les représentants du Tribunal pénal international travaillant à nos côtés. On me chercha querelle sur cette estimation politiquement lourde de conséquences. Des journalistes, pseudo-professionnels des droits de l'Homme, en firent des titres accusateurs. Sans enquête préalable, sans aucune connaissance du dossier, de jeunes reporters français prirent parti pour les Serbes et m'accusèrent de partialité. Je m'excusai donc d'avoir parlé d'instinct. Deux ans après, les chiffres que j'avançais furent ceux du procureur du Tribunal de La Haye, Carla Del Ponte.

Djakova, la ville et sa région, avait particulièrement souffert de ces enlèvements. En un jour et une nuit de mars 1999, les Serbes avaient raflé plusieurs dizaines de personnes. Ils avaient même tiré de leur lit des enfants de quinze ans. Djakova, centre de l'indignation et de la souffrance, ne guérissait pas de ces cruautés.

Des comités très actifs, représentés au KPC par Shukria Reka, organisaient des manifestations fréquentes dans la ville et dans l'ensemble de la province. Je m'y étais souvent rendu, j'avais recueilli les plaintes, les sanglots. J'avais aussi pris la mesure d'une hystérie. Les partis politiques se servaient des disparus et manipulaient les familles avec démagogie.

A l'époque de notre *outreach campaign* à Djakova, on soupçonnait seulement l'ampleur des massacres et des tueries. Le chef d'enquête de la brigade contre le crime organisé de Belgrade, Dragan Karleusa, découvrirait bientôt que des camions frigorifiques, contenant des centaines de cadavres de Kosovars, avaient été évacués des lieux des massacres vers la Serbie. Là, on les précipitait dans le Danube, dans le lac Parucac, ou d'autres sites encore inconnus. Il faudra de longues années pour identifier tous ces morts.

L'opinion, alimentée par une presse approximative, confondait souvent le chiffre des disparus et celui des prisonniers. La liste des Kosovars enfermés dans les prisons serbes était connue. Le Comité international de la Croix-Rouge de Genève visitait ces malheureux. Certains étaient des victimes du régime Milosevic, déjà jugés et condamnés au Kosovo, puis emmenés lors de la retraite des troupes serbes. Les autres n'avaient pas été jugés : nulle autre accusation que celle, collective, de « terrorisme ». On en comptait entre deux et six mille.

Le personnage symbole de cette injustice d'Etat, perpétrée par le régime de Milosevic, se nommait Albin Kurti. Cet homme de vingt-six ans avait été le responsable de l'Union indépendante des étudiants du Kosovo et secrétaire d'Adem Demaci, un temps le porte-parole de l'UCK. Albin Kurti fut condamné à dix-sept ans de prison par le tribunal de Nis, en Serbie du Sud, en mars 2000. Les juges lui reprochèrent d'avoir organisé des collectes de sang et une aide d'urgence aux blessés ainsi que des rencontres entre la communauté internationale et des représentants du Kosovo. Albin Kurti n'était pas accusé d'actes de violence. Comme les autres, il fut condamné pour des motifs politiques et pour « atteinte à l'intégrité territoriale ».

Dans ce climat lourd d'horreur et de douleurs, il fallait maintenant convaincre les habitants de Djakova de penser à autre chose : la démocratie.

Avant le traditionnel meeting de campagne, les notables et les dirigeants de la ville nous affirmèrent que les élections n'auraient pas lieu, qu'ils les empêcheraient et qu'il était inutile de tenter de parler d'autre chose que des prisonniers et des disparus.

A l'hôtel de ville dans un silence glacé, j'ai commencé mon discours. « Je sais de quoi vous avez envie de parler, mes chers amis. Mais nous avons vingt fois débattu de cela et je n'ai pas et je n'aurai pas d'éléments d'espoir nouveau. Je ne veux plus parler de la guerre avec vous, mais de la bataille de demain, celle que vous devez gagner. »

Une femme, qui paraissait jeune malgré ses cheveux gris tirés en arrière, m'interrompit.

« A Djakova, tant que nous n'aurons pas de nouvelles de nos disparus et qu'on n'aura pas libéré les prisonniers, la guerre ne sera pas terminée. » Trois femmes se mirent en mouvement, reprenant un discours dix fois entendu, se tordant les mains et le cou, au bord de l'évanouissement. Je jetai un coup d'œil à Nadia, qui assistait à cela pour la première fois. Elle retenait mal ses larmes. D'autres à la tribune étaient pâles. Avec Moulay Hicham, Marina et Maria Helena, nous échangeâmes des regards navrés.

La gorge nouée, je me préparai à commettre l'irréparable. Ce n'était pas facile. Sacrilège ou libération ? Une femme, la plus âgée des trois, me cria :

« A quelle porte nous faut-il frapper si ce n'est pas à la vôtre ?

– A celle du paradis, Madame, ai-je répondu, car vos chers disparus sont morts, et vous le savez bien. »

Il y eut un très long silence.

Le regard des gardes du corps se figea. Puis la séance reprit. Je précisai une nouvelle fois nos démarches, les recherches des satellites d'observation et des enquêteurs du TPI, et je répétai que nous les pensions morts. Cette vérité brutale, morbide et nécessaire, transforma Djakova. La suite des échanges se déroula normalement sans l'évocation systématique des disparus. La relation entre les habitants de Djakova et l'administration internationale avait radicalement changé. La ville regardait à nouveau vers l'avenir.

Le cœur plus léger, nous nous rendîmes à une lecture de poèmes d'Eluard (*Sur mes cahiers d'écolier, sur mon pupitre et les arbres, j'écris ton nom, liberté...*) organisée à la maison des écrivains par d'anciens communistes albanais de l'ex-Yougoslavie. Puis, à la foire commerciale, toute proche, un fabricant albanais du Kosovo m'offrit un costume marron que je donnai au prince, le héros de l'*outreach*. J'espère qu'il le porte encore.

## Dragash-Gora

L'étape de Dragash fut un moment exemplaire de tolérance puisqu'on y traduisit nos échanges en langue gorani, une variante du serbo-croate. Les Goranis sont des Slaves de Macédoine. Je visitai le chef dans sa maison où sa femme nous servit ; les notables m'y remirent des cadeaux au nom de la communauté. Au marché, les gens scandaient « *Kouchneri, Kouchneri* », puis ils se mirent à chanter. La guerre avait par miracle épargné cette région, sauvegardant l'entente entre toutes les communautés.

Le contingent turc de la KFOR contrôlait la place. La Turquie, membre de l'OTAN, entendait jouer un rôle dans son ancienne province. On lui avait confié le Sud, Prizren, siège de la minorité turque, moins de vingt-cinq mille personnes, et Dragash. Tous les autres sites auraient été considérés comme des choix provocants par les Albanais du Kosovo.

## Obilliq-Obilic

La cité industrielle serbe, grise mais prospère, vivait d'une mine de lignite énorme, exploitée à ciel ouvert. Le mincrai utilisé sur place faisait tourner deux centrales thermiques branlantes, les tristement fameuses Kosovo A et Kosovo B. L'une datait de plus de quarante ans et l'autre, guère plus brillante, en comptait près de trente. La première survivait à la technologie soviéto-yougoslave, la seconde comportait quatre unités de production : deux françaises et deux allemandes, alternativement en panne, en flammes ou bloquées par des ouvriers en grève.

Les privilégiés serbes, aristocrates de l'ancien régime, y furent remplacés par des amis des résistants albanais selon les mêmes critères de copinage. Chassés dans les années de Milosevic, revenus avec l'UCK, ils se transformèrent à leur tour en faux seigneurs de la classe ouvrière, plus riches et plus difficiles à manier. Les deux centrales, qui alimentaient l'ensemble du Kosovo, se détraquaient à la première occasion. Pendant le premier hiver, en janvier et en février, la panne fut permanente. Comment oublier trois semaines sans électricité alors que le thermomètre était descendu à moins 30 °!

Ce fut une bataille technique, économique et financière de longue haleine. La direction de la production revenait théoriquement au pilier économique de la mission, c'est-à-dire à l'Union européenne et à son patron, Jolly Dixon.

Au plus noir de la crise d'énergie, je décidai, moi qui ne sais pas distinguer un mégawatt d'un volt, d'organiser une cellule de crise permanente. Jock et moi arrivions le matin avant les autres pour diriger la première réunion rassemblant des techniciens, des incapables et des débrouillards, des militaires et des civils. Mike Phillips, le marine au grand cœur, le conseiller militaire de Jock, assurait le suivi, avec divers membres de l'administration des Nations Unies : occasions rêvées d'affrontements entre bureaucraties et entre technocrates. L'une de mes grandes batailles fut de faire admettre à l'Union européenne, et singulièrement à Chris Patten, cette fois avec l'appui de Jolly Dixon, qu'il nous fallait d'urgence cinq millions d'euros supplémentaires, pour sauver la production d'électricité. Les appels d'offres prirent de longs mois. Enfin Kosovo B se remit en marche : malgré de nouvelles pannes et de vieilles déficiences, notre second hiver fut moins glacé que le premier.

Obilic fut l'un des déplacements les plus périlleux. On appelait cette cité « la ville-grenade », tant les attentats y étaient fréquents. L'ancienne majorité triomphante des Serbes, désormais persécutée, s'était transformée en une petite minorité retranchée dans de maigres habitations de quatre étages, pisseuses et décaties, à droite dans la rue principale. Ces quelques mètres étaient infranchissables ; pas question pour les Serbes de marcher tranquillement dans la rue. Le moindre risque était de recevoir des pierres lancées par les enfants albanais, le pire était la mort.

Des attaques à la grenade s'organisaient avec la complicité de la compagnie albanaise d'électricité, qui planifiait les coupures de courant. Tout était fait pour récupérer les appartements et chasser les Serbes restants.

Tout près de là se trouvait le bureau de notre belle amie Laura Dolci, la valeureuse administratrice de la ville qui épousera plus tard Jean-Sélim Kanaan. Cette jeune Italienne de 26 ans avait rejoint le Kosovo après trois ans de Bosnie. Elle fit face avec obstination et talent à un impossible défi. Ce fut une des belles idées de Tom Koenigs de nommer cette jeune femme à un poste aussi exposé, et nous l'admirions pour son charme, sa fraîcheur et sa formidable énergie. Laura Dolci avait mérité mille récompenses. Pour autant, elle ne sera pas intégrée à New York, au siège des missions de maintien de la paix.

Grâce au travail de Laura, le Conseil albanais représentait toutes les tendances du Kosovo et cherchait à composer avec les responsables serbes. Mais ceux-ci refusaient obstinément et chaque attentat les renforçait dans leur intransigeance.

Nous allâmes les rencontrer dans la petite école communale du ghetto transformé en bunker gardé par le contingent suédois de la KFOR. Réunion du désespoir.

Allaient-ils pouvoir rester ? Je les encourageai à tenir mais, à leur place, n'aurais-je pas mis mes enfants en lieu sûr ? Ils ne voulurent pas rencontrer les Albanais, malgré mon insistance. Le plus politique, le plus pervers aussi, était un ancien responsable communiste devenu l'homme du parti de Milosevic. Il fit échouer la réunion, malgré une volonté de conciliation manifeste chez certains, surtout chez les femmes.

## Fin de campagne

La ville de Viti-Vitina, dans la partie est du Kosovo, vivait sous le commandement américain qui y avait construit une vraie ville de bois : Bondsteel avec bars, poste et prison – d'où certains de nos détenus parviendront quand même à s'enfuir. Cette ville gigantesque, qui remodela le paysage, après de longs mois à patauger dans la boue, faisait dire au visiteur d'un jour que cette base, la plus grande des Etats-Unis, prouvait que les soldats américains allaient rester de longues années. Elle prouvait surtout, à mes yeux, les capacités budgétaires des armées américaines et sa volonté de se couper des populations.

Le clou de notre campagne à Vitina fut une émouvante séance du conseil municipal où, pour la première fois depuis la guerre, les membres serbes acceptèrent de s'asseoir avec leurs collègues kosovars.

Puis nous visitâmes l'école serbe, en dehors de la ville, où les chefs de la communauté me semblèrent très ouverts et désireux de s'intégrer aux autres communautés.

A Podjeve-Podujevo, nous avons parcouru un complexe d'habitation et une école construits par le Comité mondial islamique et une ONG, Ashkale, dirigée par un activiste de qualité, Agim Hyseni. L'assemblée publique locale se passa très bien. Des questions préparées, comme partout, mais aussi des interrogations spontanées sur l'avenir.

« Pourquoi ne peut-on pas voyager ? Vous nous promettez un passeport depuis votre arrivée...

– Vous n'êtes pas un pays, et vous refusez le passeport yougoslave.

– Alors, pourquoi nous l'avoir promis ?

– J'ai promis non pas un passeport mais un document de voyage. Nous nous sommes battus comme des diables pour vous contre toute la bureaucratie internationale. Vous l'aurez !

– Quand ?

– Quand ce sera prêt. »

J'étais furieux :

« Que faites-vous, vous, pour nous aider à vous aider ? Vous n'êtes même pas fichus de manifester pour la paix, de changer l'image déplorable que vous donnez de votre peuple !

– Quel rapport avec le passeport ?

– Vous ne comprenez rien. »

Des échanges vifs, nécessaires, cordiaux parfois.

## A Peje/Pec

Dans cette grande ville qu'avait apprivoisée Alain Leroy, administrateur modèle, la visite fut sans surprise. J'y étais venu très souvent et j'avais, par l'intermédiaire d'Alain, suivi de près les progrès de la situation. Alain se tenait au plus près des populations, il visitait sans cesse les minorités, ne tolérant aucune atteinte aux droits de l'Homme. J'aurais dû le nommer à Pristina. C'est l'un de mes regrets.

Les autorités locales n'étaient pas faciles à manœuvrer : un maire autoproclamé, Ceku, cousin de notre général, et un commandant du KTC nommé Aradinaj, frère du combattant farouche qui tint la fameuse *Rugova-pass* et fondateur du parti AAK.

Le père Bruno, du monastère de Decani, membre du conseil municipal, nous demanda, devant les Albanais courroucés, de respecter les volontés de la nation serbe et son idée de multiethnicité. Dans l'hôtel de ville, bien organisée par Alan Michels, un juriste, le successeur d'Alain Leroy, la séance se tint dans un esprit démocratique et constitua l'un des grands succès de ce périple. Une déclaration commune préparée par les enfants des communautés albanaise et serbe avait lancé la discussion.

A Leposavic, en pays serbe, de l'autre côté de l'Ibar, les préparatifs de notre visite furent à ce point encadrés que nos amis n'aperçurent, sous la direction d'un administrateur craintif, qu'une usine de verroterie, un beau centre culturel pour une réunion où seuls les chefs devaient prendre la parole, et un bâtiment municipal sur lequel flottaient les drapeaux serbe, yougoslave et celui des Nations Unies. Nous renonçâmes et ce fut un nouveau crève-cœur, car Leposavic était la seule ville serbe où les électeurs s'étaient enregistrés, sous la direction d'un militant du SNC\* de l'évêque Artemje, et de notre ami Nenad. J'avais emmené Nenad et deux maires serbes à une réunion à Bruxelles pour tenter un jumelage de villes auquel aucune cité française ne donna suite. Seule la ville italienne de Rimini, sur l'Adriatique, d'où partaient les bombardiers de l'OTAN, répondit à l'appel.

Enfin notre dernière étape : Prizren, la plus belle ville du Kosovo, la plus cosmopolite, la plus tolérante, qui fut la tête, le cœur, et un court moment la capitale historique du nationalisme albanais.

Nous avons longuement marché dans les rues. Notre administrateur, le sage Milback, ancien ministre social-démocrate suédois, le plus inventif de tous, avait créé un Green Corps, une centaine de balayeurs en costume vert éclatant.

L'assemblée locale nous donna l'occasion d'un dernier exercice d'équilibrisme, en raison de la tension entretenue par la communauté turque qui nous reprochait sans arrêt la traduction. Toutes les communautés étaient présentes, y compris les Ashkalis et les autres.

Tout au long de cette campagne, nous dûmes parfois renoncer, là à une visite, ici à une rencontre. A chaque

---
\* Serb National Council.

fois, l'équipe, très impliquée dans cet échange avec les Kosovars, croyait qu'on lui arrachait le cœur. Notre programme politique parut parfois déséquilibré par ces échecs, mais elle fut globalement un moment exceptionnel de partage et d'espoir.

Pour la première fois dans l'histoire des Nations Unies, les fonctionnaires internationaux descendaient dans la rue et les bureaucrates se transformaient en militants. J'étais fier d'eux, et les Kosovars les appréciaient.

Le 16 novembre 2000, alors que je présentais mon rapport à l'ONU, le Conseil de sécurité, par la voix de son président Chaudury, ambassadeur du Bangladesh, rendit hommage à notre campagne politique.

Une certaine tristesse se faisait sentir dans l'équipe qui savait qu'avec l'approche des élections, l'avenir du Kosovo allait lui échapper. Finie la période de l'exaltation, l'heure de la gestion approchait qui n'était pas dans ses cordes.

Le premier responsable de ce succès, le prince Moulay Hicham, fut aussi le premier à en pâtir. J'appris aux Nations Unies que le Palais – était-ce le roi lui-même ? – avait interdit à Kofi Annan de recourir à nouveau à ses services, si utiles au Kosovo. Son talent politique aurait pourtant fait des merveilles, par exemple en Afghanistan, au Soudan ou au Congo, où il devait partir.

La campagne pour préparer les élections continua bien sûr après la chute de Milosevic. Les Albanais comprirent vite que cet événement heureux les desservait. Ils craignaient d'être abandonnés par la communauté internationale, et ils avaient raison. Le Kosovo n'était plus une priorité. Les nations présentes étaient d'accord pour abattre l'ennemi Milosevic : pour autant les Kosovars n'étaient pas des alliés, et la construction d'un Kosovo autonome n'était pas une nécessité.

# L'homme de Dayton

*Octobre 2003*

Richard Holbrooke était en séminaire avec Veton Suroi, dans une délicieuse île grecque où j'aurais dû me trouver aussi. Une guerre vaut en moyenne deux cents invitations à ce genre d'exercice académique. Mes deux amis me téléphonèrent, pratiques, comme à l'habitude : « Bernard, les choses se gâtent, les gouvernements oublient les Balkans, ils croient que tout est réglé. Préparons une tournée pour remettre les pendules à l'heure, pour empêcher le départ des troupes et trouver des solutions aux problèmes les plus urgents. Tu dois en être.

– Alors il faut passer par Belgrade.

– Bien sûr : Sarajevo, Belgrade, Pristina. Tu viens ?

– *Ready to serve, Mr Ambassador*. Tu t'occupes de tout, bien sûr...

– C'est comme ça avec les Américains, Monsieur le Roi. »

Richard Holbrooke est une grande gueule, tonitruant, brillant, avec trois coups d'avance sur tout le monde. Il parle fort pour dissimuler non pas une timidité, mais une forme de fragilité. Ce vorace tendre est aussi un sentimental, boulimique d'action et de coups d'éclat. Mon ami veut agir et peser sur le corps des choses. Il me comprend avant que je parle et ne m'interrompt pas pour autant. Je tente de faire de même. Il me surnomme ironiquement « Monsieur le Roi », jugeant que la résolution 1244, dont il fut un des artisans, faisait de moi le souverain de ce Kosovo improbable. Richard personnifie à mes yeux l'idéal démocrate américain, cette gauche américaine que l'on brocarde en France et dont on a tellement à apprendre. Obsédé de politique, il la respire dès le réveil, il raisonne en politique toute la journée, tout en ayant des activités financières et en fréquentant assidûment ceux qui comptent à New York et à Washington. C'est une vraie machine, un monstre d'intelligence, un négociateur redoutable qui ne perd jamais de vue les droits de l'Homme. Un activiste aussi, qui met sur pied le financement du traitement des malades du HIV-sida à travers les entreprises industrielles des trois continents, surtout en Afrique[*].

Richard Holbrooke a étudié dans ce Paris qu'il aime. Il s'est ainsi procuré un vocabulaire français classique pimenté d'expressions plus populaires. Kati Marton, sa femme, connaît admirablement l'Europe et la rive gauche de la Seine. Ensemble, ils forment un des couples les plus séduisants et entreprenants de New York.

Il fut en poste en Asie, au moment où je m'occupais des boat people. Il a travaillé dans bien des endroits bizarres de la planète. Nous nous sommes côtoyés sans nous découvrir. Nous nous sommes rencontrés dans les Balkans à Banja Luka, en 1991 : deux militants indi-

---

[*] Global Business against AIDS.

gnés devant le traitement infligé aux Bosniaques par les Serbes de Milosevic. Richard – pantalon de marche et grosses chaussures crottées – était en mission pour Refugees International et découvrait l'horreur des discriminations ethniques quotidiennes en Bosnie. Il sera bientôt un efficace envoyé spécial du président Clinton. Moi, j'étais ministre de François Mitterrand – Richard prétendit que lors de notre rencontre j'étais vêtu d'un costume immaculé – et j'allais retourner à la vie civile, militant des droits de l'Homme à Sarajevo, organisant les échanges de prisonniers. Richard Holbrooke et ses amis, le général Wesley Clark en particulier, n'abandonnèrent jamais la ville bombardée. Richard n'aura de cesse des années durant et malgré les dangers d'amener Milosevic et Tujman, avec Izetbegovic, à la table des négociations de Dayton. Nous avions le même jugement sur ces trois hommes : le seul homme d'Etat, l'humaniste, c'était le résistant de Sarajevo.

Lorsque enfin pour employer la force et mettre un terme aux brutalités, Jacques Chirac et John Major se mirent d'accord, Richard se fit le partisan intransigeant du soutien des Américains aux représailles internationales. Devenus inévitables les bombardements de l'OTAN imposèrent les pourparlers de Dayton. Richard Holbrooke demeurera dans l'Histoire comme l'artisan de ces accords.

## Retour en avant

En octobre 2003, Richard organisa notre voyage dans les Balkans grâce à l'aide du German Marshall Fund. Nous avons quitté Rome pour Sarajevo le 1$^{er}$ octobre 2003. Des journalistes du *Wall Street Journal*, du *Financial Times*, du *New York Times* et du *Monde* nous accompagnaient : bel échantillonnage de talents. Jonathan Lewinski et Ahsley Boomer, les acolytes de Richard, avaient pensé à tout.

Notre but était double : raviver les mémoires politiques défaillantes à la veille des rencontres de Vienne entre les Kosovars et les Serbes, et attirer l'attention sur les élections qui se préparaient à Belgrade. La communauté internationale ne devait pas se bercer d'illusions : les Balkans étaient encore une zone dangereuse. Pas question de retraits de troupes alors que les soldats manquaient pour l'Irak. Pas de raison de baisser la garde : le déséquilibre des Balkans demeurait dangereux. L'autre objectif frôlait le romantisme. Nous souhaitions prouver que les Etats-Unis et l'Union européenne ensemble pouvaient tout réussir, et que leurs désaccords actuels sur l'Irak étaient lourds de dangers, et porteurs d'une mésentente durable. Qu'un ancien ambassadeur américain, membre du cabinet de Clinton, et un ancien ministre français travaillent dans le même but, visitent ensemble des chefs d'Etat et écrivent leurs conclusions d'une plume trempée dans les droits de l'Homme, nous semblait, à l'un comme à l'autre, un geste politique de nature à apaiser les tensions.

Ce fut un voyage au temps passé, un retour sur nous-mêmes, Richard était l'homme de Sarajevo et je prenais toujours le Kosovo à cœur. L'Américain parlait le premier en Bosnie, je prenais la parole avant lui au Kosovo. Le pacte fut respecté. Richard et moi nous regardions à la dérobée, sans rien nous dire, pour ne pas trop jouer les anciens combattants devant les jeunes gens qui nous accompagnaient. Nous pensions que nos vies n'étaient certes pas terminées mais qu'après tout, si nous n'avions fait que cela, ce n'était pas trop mal...

A l'aéroport de Sarajevo, j'ai retrouvé la pièce où François Mitterrand avait rencontré le général Mladic et le psychiatre Karadjic et où il leur avait claqué la porte au nez. J'avais déjà vu la ville reconstruite, mais nous fûmes surpris de constater que le monument à la Résistance éternelle, le squelette de béton du journal *Oslobojene*, était entouré d'échafaudages : la réfection était en cours. Paddy Ashdown, ancien chef du parti libéral anglais représentait l'Union européenne avec panache et détermination. Nous étions descendus au Holiday Inn redevenu banal et laid, couleur marron et jaune, alors que chaque chambre nous rappelait des épisodes sinistres. A la Présidence face aux trois présidents, le Serbe, le Croate et le Bosniaque, Richard fut, comme toujours, un redoutable interlocuteur, parfois brutal, toujours juste. Les voix discordantes des trois plus hautes autorités bosniaques, les treize Premiers ministres des Provinces, tout cela pouvait prêter à rire. Mais la Bosnie-Herzégovine se redressait, près de huit cent mille réfugiés étaient rentrés au pays, et pas un seul attentat n'avait eu lieu depuis huit ans. Etait-ce un succès ? Devait-on regretter notre engagement ? Les sondages récents prouvaient le contraire, mais à la campagne les paysans étaient encore très pauvres. Ni les Etats-Unis ni l'Europe ne pouvaient, ne devaient abandonner la partie : pas de retrait de troupes, un engagement renforcé et du temps, encore du temps.

## Le maître d'œuvre

Nous voulions rencontrer le président Izetbegovic, malade et retiré de la vie politique. Au matin du 2 décembre 2003, le cardiologue-réanimateur de l'hôpital de Sarajevo, que j'avais connu dans des conditions de travail acrobatiques, autorisa notre visite. La montée vers l'hôpital, au-delà du cimetière, sur une colline que bombardaient jadis les batteries serbes, nous laissa silencieux.

Mon collègue me dit que la condition cardiaque d'Alia Izetbegovic restait problématique et que, par trois fois, il l'avait sauvé de justesse. La pièce était simple, sans rien de plus que celles des autres malades. Nous étions émus, Richard sur la gauche du lit, moi à droite. Je me penchai pour embrasser le Président, comme je l'avais fait tant de fois au cours de mes séjours à Sarajevo. Moins enclin à ces effusions moyen-orientales, Richard lui serra longuement les deux mains. Le médecin nous tendit deux chaises et resta dans la chambre, silencieux, ainsi que le fils d'Izetbegovic.

Ce fut un moment de grâce. Le monde extérieur bruissait des rumeurs de terrorisme musulman et du fracas des bombes posées par les islamistes et nous avions le bonheur de nous entretenir avec le meilleur représentant de l'islam des Lumières, ce musulman modéré et moderne qui, pour autant, n'avait pas abandonné son peuple et avait réussi à en faire une nation. Cet homme admirable semblait content de nous voir et regardait derrière lui avec sérénité. S'il n'avait pas pu tout faire, il avait fait tout ce qu'il avait pu.

Richard lui demanda son avis sur Dayton. Le malade critiqua à la marge, peu satisfait des activités politiques de ses successeurs mais heureux de cette évolution miraculeuse, impossible à imaginer quelques années auparavant. Il sembla partisan de l'évolution vers une armée unique telle que la prévoyait Paddy Ashdown, mais incita à la prudence.

L'ambassadeur Holbrooke lui demanda des précisions sur les unités combattantes islamiques et l'aide apportée par Al Qaida.

« La résistance faiblissait, les bombardements et les *snipers* faisaient tous les jours des victimes en grand nombre, raconta-t-il, pouvais-je laisser périr mes compatriotes sans essayer de les défendre, refuser l'aide des combattants islamistes, les seuls alors à se proposer ? J'ai décidé de ne pas accepter d'argent d'Al Qaida, d'encadrer les brigades et de restreindre le nombre des contrats. Ils ne sont pas restés longtemps mais ils ont été utiles. Allez-vous me blâmer ?

— Non répondit Richard, je regrette que nous, les alliés, ne soyons pas intervenus assez tôt à vos côtés. Je regrette l'emploi longtemps symbolique de l'ONU. Il nous fallait plus tôt utiliser le chapitre sept*.

— Fallait-il ne pas envoyer d'aide humanitaire ? interrompis-je. Vous avez vous-même suspendu le pont aérien quelques jours. Pensiez-vous que cette aide constituait un soutien pour les Serbes, un blanc-seing aux bombardements ?

— Non, répondit le Président, je me suis trompé. Il faut toujours essayer d'aider les pauvres gens. Les alliés n'étaient pas encore prêts à intervenir à ce moment-là. J'ai fait cette tentative pour forcer la main des Occidentaux.

— Vous souvenez-vous de la visite du président Mitterrand ?

— Je vous en remercie encore.

— Au cours de l'entretien vous avez évoqué l'existence en Bosnie de "camps d'extermination". Vous l'avez répété devant les journalistes. Cela a provoqué un émoi considérable à travers le monde. François Mitterrand m'a envoyé à Omarska et nous avons ouvert d'autres prisons. C'étaient d'horribles lieux, mais on n'y exterminait pas systématiquement. Le saviez-vous ?

— Oui. Je pensais que mes révélations pourraient précipiter les bombardements. J'ai vu la réaction des Français et des autres... je m'étais trompé.

— Vous avez compris à Helsinki que le président Bush senior ne réagirait pas, ajouta Holbrooke.

---

\* Dans la charte de l'ONU, le chapitre sept autorise l'emploi de la force à titre offensif.

– Oui, j'ai essayé, mais l'affirmation était fausse. Il n'y avait pas de camps d'extermination quelle que fût l'horreur des lieux. »

La conversation était magnifique, cet homme au bord de la mort ne nous cachait plus rien de son rôle historique. Richard et moi lui avons exprimé notre immense admiration. Ce dirigeant musulman, accusé d'extrémisme, avait donné au monde une leçon de tolérance. Il aurait pu, comme bien des Bosniaques, se mettre à l'abri. La cause bosniaque aurait été perdue. Pacifiste dans l'âme, Izetbegovic ne quitta jamais le champ de bataille.

Le président Alia Izetbegovic devait mourir quelques jours plus tard.

## Retour de la démocratie serbe

A Belgrade, après l'arrestation de Milosevic, la démocratie avait changé le ton du discours politique. Les difficultés des habitants étaient grandes, mais l'ouverture sur l'Union européenne offrait une perspective d'avenir. La dernière fois que nous avions été reçus à la Présidence, nous y avions rencontré Slobodan Milosevic. Le Président qui cette fois nous recevait, jeune et courtois, avait récemment présenté ses excuses au président Mesic, le Croate, pour la conduite des miliciens serbes pendant les combats. Nous parlâmes de l'avenir du Kosovo et du Monténégro. Richard et moi pensions que s'annonçait le temps des compromis : les derniers accents nationalistes contre l'adhésion à l'Union Européenne. Ces perspectives étaient évoquées par Kustunica lui-même, nationaliste honnête. Nous évoquâmes ensemble le passé en compagnie de Liliana Nedelkovic, la directrice de son cabinet, qui avait été la correspondante d'Eric Chevallier au Kosovo durant les négociations de paix. Même chez les plus sourcilleux des conservateurs serbes, nous ne passions plus pour des alliés inconditionnels des maquisards kosovars, mais, devoir accompli, pour des militants de la démocratie et du compromis politique. Nous rencontrâmes le ministre des Affaires étrangères serbe, celui du Kosovo, des économistes et des intellectuels : la majorité d'entre eux nous parurent ouverts et favorables au dialogue avec les responsables de Pristina. Devant la presse nous apportâmes notre soutien à la participation des Kosovars aux pourparlers de paix qui allaient s'ouvrir à Vienne.

## Les rues de Pristina

Surprise, les rues de Pristina étaient propres, et les sens uniques respectés ! Nous fûmes bien reçus par les représentants américains et, comme à Belgrade, les officiels français, Dieu sait pourquoi, tordirent le nez. Comme à Sarajevo, nous prononçâmes un discours devant le Parlement. Nous rencontrâmes toutes sortes de gens, des internationaux, des chefs de guerre et beaucoup d'amis de ces années d'effervescence, fidèles eux aussi à nos souvenirs communs.

Je retournai courir dans la montée de Germia, comme nous aimions le faire avec Jean-Sélim Kanaan, Eric Chevallier et Sylvie Pantz. Je longeai la piscine énorme que Jean-Sélim avait remise à flot. Je revis les ruines de la télévision d'Etat, le trou qui marquait l'endroit d'une bâtisse illégale dont nous avions bloqué la construction. La mafia s'était vengée en assassinant l'architecte en charge à la municipalité de Pristina : Rexep Luci.

Je grimpai seul l'escalier du *government building* qui menait au premier étage. Mon ancien bureau, qu'occupe désormais le président Rugova, était fermé. Je m'avançai doucement vers le couloir qu'occupaient jadis mes conseillers politiques. A droite la pièce de Marina Catena, puis celle de Yoshifumi Okamura. La troisième était celle des *monkeys* : Ian Kickert, Axel Ditman, Alexandros Yannis et Fiona Watson. Plus loin le bureau de Nina Lahoud qui ne résonnait plus de son rire. A gauche, l'antichambre d'Eric Chevallier où bien des complots s'étaient noués et le minuscule bureau du prince Moulay Icham, où un officier marocain zélé passa les menottes à un journaliste imprudent !

Encore un pas et j'arrivai devant la pièce qui avait été celle de Nadia Younès, la chambre des merveilles et des réunions de crise. Combien d'entre nous avions confié là nos états d'âme à notre princesse égyptienne. Il y avait déjà un petit bouquet de fleurs au pied du chambranle où je posai le mien. J'eus la gorge serrée. Je saurai plus tard qu'Alexandros Yannis était passé quelques heures avant nous, accompagnant son patron

Javier Solana, en charge de la politique extérieure de l'Union européenne.

Mes amis avaient été assassinés. La trace de leur succès qui flottait dans tous les regards des Kosovars interrogés rendait leur disparition plus cruelle encore.

Nos promenades dans les rues provoquèrent des émeutes malgré les torrents de pluie. Le peuple du Kosovo gardait pour nous amitié et confiance. Les dirigeants, eux, se méfiaient, Ibrahim Rugova et Hacim Thaci semblaient d'accord pour que s'ouvrent les pourparlers de Vienne. Ils l'affirmaient pour la forme mais au fond ils ne souhaitaient négocier que l'indépendance. Rexhcipi seul était resté le même : confiant, ouvert, et démocrate. Premier ministre en titre, il n'avait aucun pouvoir et encore moins de moyens. Je rencontrai des fonctionnaires internationaux qui occupaient encore les mêmes fonctions à la même place sans laisser leurs chances aux Kosovars. J'avais inventé un faux gouvernement mixte doté de vrais pouvoirs. Mes successeurs avaient réussi à faire élire un vrai gouvernement et lui avaient ôté toute marge de manœuvre. Que voulait donc la communauté internationale ? Perdre ou bien avancer courageusement vers une solution politique ? Les dirigeants de la nouvelle génération à Belgrade me semblaient plus inventifs que l'ONU.

Malheureusement les dernières élections législatives en Serbie ont confirmé la popularité des mouvements nationalistes, même si certains dirigeants sont traduits devant le Tribunal international de La Haye. Milosevic lui-même a été élu député, ce qui ne change rien à la procédure judiciaire à laquelle il est soumis. Je reste optimiste sur la jeune génération des dirigeants. La démocratie gagnera.

Pour redresser la mémoire des peuples il faudra de l'espoir, de la prospérité et de la fierté.

# V

# DU DEVOIR D'INGÉRENCE AU POUVOIR D'INGÉRENCE

> « *Notre tâche sera d'examiner ce que devient ce contenu de la révolte dans les œuvres qui s'en réclament, et de dire où mènent l'infidélité et la fidélité du révolté à ses origines.* »
>
> Albert CAMUS.

# Halabja

*Irak, décembre 2002*

Trois mois avant la guerre d'Irak, je suis retourné dans les régions kurdes et chiites, où, médecin, j'avais passé de longs mois à soigner les gens entre 1974 et 1992. Les populations voulaient-elles vraiment se débarrasser de Saddam Hussein au prix d'une intervention américaine ?

En cette fin 2002, me voilà à Halabja, ville à jamais blessée par les bombardements chimiques menés en 1988 par l'armée de Saddam. Une jeune femme, couverte de voiles, tremble de colère devant moi. Je ne vois que son visage et ses mains fines. Elle crie :

« Je sais qui vous êtes et ce que vous avez fait ici, ailleurs et au Kosovo. Vous auriez mieux fait d'y rester ! Vous allez encore m'examiner comme une curiosité, vous apitoyer un moment, puis vous repartirez et les survivants continueront de mourir dans leur solitude ! Je vous ai déjà vu une fois, ici, avec Danielle Mitterrand, et qu'avez-vous fait depuis pour nous ? Une école, je sais... mais pourquoi revenir, pour nous voir pleurer nos morts ? Et pourquoi votre pays soutient-il Saddam Hussein ? Et vos *French doctors*, ils sont partis, hein, pourquoi ? »

Je ne peux pas lui dire nos efforts, les obstacles sur le chemin du Kurdistan, les visas impossibles à obtenir. Mais comme elle a raison, et comme nous sommes égoïstes ! Cette femme voilée, à la respiration difficile, si loin de nous, demande notre protection. Les médecins de l'hôpital m'ont expliqué qu'elle souffre de troubles oculaires, d'infections pulmonaires à répétition et d'insuffisance respiratoire. Elle a été brûlée sur tout le corps, opérée en Iran et en Norvège. Sa famille entière, onze personnes, figure parmi les cinq mille habitants de la ville, morts presque instantanément, le 16 mars 1988 quand des avions irakiens ont lâché leurs engins de mort, tôt le matin, sur cette bourgade au pied des montagnes, tout près de la frontière iranienne.

Les appareils, dont des Mirages vendus par la France, larguèrent d'abord des bombes classiques puis revinrent l'après-midi et, avec des hélicoptères, lancèrent des armes chimiques – la première utilisation massive de gaz depuis la Première Guerre mondiale\*. Un mélange de sarin, de VX et de phosgène, dira-t-on plus tard.

A cette époque, l'Irak était notre allié, et ceux qui tentaient d'aider ses populations martyrisées passaient pour des traîtres ou des illuminés.

Tahsin Ali, fils d'imam, est médecin. Les religieux ont repris de l'influence dans la région. « Bush et Saddam se valent, me dit-il. En 1988, tous les pays ont fermé les yeux, Saddam était l'allié des Américains

---

\* Ces armes chimiques furent également utilisées sur certains villages iraniens.

contre l'Iran. Je n'ai plus confiance en personne, tout le monde se sert des souffrances de cette ville comme d'un prétexte. Mon père vous connaît depuis Beyrouth. Pourquoi les médecins français nous ont-ils quittés eux aussi ?

– Les combats fratricides des Kurdes entre eux en ont sans doute découragé beaucoup. Mais la vraie raison est plus simple : impossible d'obtenir des visas. Tout doit passer par Bagdad.

– On passe par le bourreau pour aider les victimes, et le bourreau refuse, ainsi que les pays voisins... Mais cela va changer. Tout le monde aura peur si les Américains sont un jour accueillis en libérateurs. Je suis indigné du fonctionnement international. Pourquoi a-t-il fallu le 11 septembre pour qu'on se souvienne de l'existence du monstre ? J'en veux à ces pays riches d'être aussi lâches. »

Je marche dans les rues d'Halabja. Depuis ma première visite, en 1992, la ville a été de part en part reconstruite, mais les bombardements demeurent visibles. Les ruines sont plus impressionnantes que les maisons neuves, la bibliothèque, le centre social, l'école financée par la fondation de Danielle Mitterrand. Handicap International a bâti là un centre modèle de réadaptation et de prothèse. Sur la petite place veille une sentinelle de pierre et de glaise représentant un père tentant de protéger son fils des vapeurs toxiques. Le monde entier a vu la photo qui inspira ce monument.

On dit du maire d'Halabja, barbe et cravate, qu'il est un musulman des plus radicaux. Nous cheminons, silencieux, de la mairie au cimetière. Il s'arrête devant l'une des fosses communes. Derrière un petit mur, un terrain vague où pousse une herbe maigre. Quinze cents corps furent enterrés là, qu'il fallut entasser à la hâte. L'homme étend ses deux paumes sous le ciel. Il explique la solitude des victimes et s'indigne du soutien international à l'assassin. Je lui réponds que je crois à un Irak où les Kurdes seront le ferment de la démocratie. Il évoque le pire des crimes de Saddam dans sa campagne de purification ethnique : l'opération Anfall. Selon le verset coranique, *Anfall* veut dire butin. Tout appartient aux vainqueurs qui ont alors droit de vie et de mort sur les vaincus : biens matériels et êtres humains.

En 1988, entre Kirkouk et Souleimaniyé, les troupes irakiennes enlevèrent et déportèrent les Kurdes, des femmes et des enfants surtout. Les filles furent vendues comme prostituées dans les Emirats du Golfe. On dénombra cent quatre-vingt-deux mille personnes disparues, six mille villages rayés de la carte. On cherche toujours les fosses communes*.

Les pays occidentaux fermèrent les yeux. L'Arabie saoudite et le Koweït continuèrent de renflouer les caisses de Bagdad. Peu reconnaissant, Saddam envahit son petit et riche voisin en août 1990. Les grandes puissances réagirent, pour le pétrole. Au lendemain de cette guerre du Golfe, les populations irakiennes elles-mêmes libéraient leur pays : quatorze provinces sur dix-huit tombèrent aux mains des partis démocratiques kurdes et des chiites. L'Amérique de Bush senior, la

---

\* Ahmed Bamarni, *Au printemps kurde*, Ramsay, 1999.

France et la Grande-Bretagne prirent peur. De quoi, de la démocratie, du risque d'éclatement du pays ? Ils confortèrent l'assassin et trahirent les résistants. Comme ils le firent plus tard avec les talibans afghans, ils préférèrent la pire des dictatures à l'inconnue démocratique. Les soldats alliés laissèrent donc passer l'armée et les hélicoptères de Saddam, en route vers la répression. Les troupes irakiennes traquèrent et assassinèrent les rebelles et leurs familles. On laissa faire. Dans les marais du sud tenus par les chiites, on comptera des dizaines de milliers de morts. Se rendant compte, mais un peu tard, de leur tragique erreur, Britanniques et Américains protégeront par la suite les populations kurdes et chiites. Les Français participèrent aux patrouilles puis se retirèrent. Pourquoi ?

Au retour d'Halabja, dans les faubourgs de Souleimaniyé, nous nous sommes arrêtés à ma demande à l'endroit où Saddam Hussein, en 1992, avait tenté de nous faire assassiner, Danielle Mitterrand et moi-même. J'ai cherché et cru voir les traces noires de l'incendie de la voiture sur le macadam. Etait-ce une illusion ? Je voulais déposer là un bouquet de fleurs que j'avais préparé.

J'ai reconnu le pont d'où les guetteurs avaient déclenché le détonateur de la voiture piégée, garée sur le bas-côté. Les terroristes s'y étaient probablement postés dans la nuit. La veille, Danielle et moi, sur l'héliport improvisé, avions affronté une petite querelle protocolaire : les deux dirigeants kurdes voulaient nous véhiculer. Ils avaient chacun une puissante Toyota Land Cruiser, des voitures strictement identiques, grises, avec un filet rouge. J'avais choisi celle de Barzani, le chef du PDK*. Le lendemain, sur la route d'Halabja, pour ne vexer personne, je décidai de changer de voiture et nous montâmes dans celle de Talabani, le chef de l'UPK**. Ce souci d'équilibre politique, que j'avais expliqué à Danielle Mitterrand, nous sauva la vie.

Je me suis souvenu, dix ans après, que je parlais avec elle de la grève des infirmières en France lorsqu'un minibus blanc et bleu nous avait croisés. Quelques mètres plus loin, il fut déchiqueté par l'explosion du véhicule dans lequel nous aurions dû nous trouver.

Nous nous sommes arrêtés. Il ne faut pourtant jamais arrêter un convoi attaqué. J'ai demandé à Danielle de rester dans la voiture et j'ai couru vers le véhicule qui brûlait avec les six peshmergas qui l'occupaient. Nous n'avions pas d'extincteur, impossible de s'approcher et d'ouvrir les portières. Le minibus était en miettes, les gens hurlaient. Finalement, avec l'aide des passants et des automobilistes, nous avons pu les extraire des flammes. Les secours se sont organisés et nous sommes repartis pour Halabja. Feignant de ne pas être trop émus, nous avons délibérément poursuivi notre conversation sur les valeureuses infirmières françaises, pendant que, dans le monde entier, la nouvelle de l'attentat se répandait rapidement. On nous disait grièvement blessés.

---

\* Parti démocratique du Kurdistan.
\*\* Union patriotique du Kurdistan.

Au retour, j'étais allé, seul avec Michel Bonnot, saluer dans la morgue ceux qui étaient morts brûlés à notre place. Puis, dans la salle d'opération, nous n'avons pu que constater l'impuissance des chirurgiens à sauver certains blessés. Danielle me prit ensuite par la main pour visiter les victimes, ces enfants meurtris qui étaient sommairement pansés, et leurs familles, dignes, fraternelles à pleurer. Malgré leurs immenses malheurs, elles remerciaient la France. Je pensais à cette scène de 1992, en revenant vers Souleimaniyé, dix ans après, appartenant à cette même France ambiguë, qui souhaitait – était-ce seulement par haine de Bush ? – qu'il n'arrive rien de trop fâcheux à Saddam. Que disaient ces familles de l'attitude de Jacques Chirac et de la France face aux menaces américaines contre Saddam Hussein ?

## Al Qaida et Ansar El Islam

*Décembre 2002*

Les Kurdes de Souleimaniyé appuyaient clairement la politique du président américain. Si Bush n'avait pas persuadé l'opinion publique internationale de la réalité des liens entre l'organisation de Ben Laden et les services secrets irakiens, les Kurdes et les chiites n'avaient pas besoin d'être convaincus. Pour ces derniers, par la bouche de l'ayatollah Hakim, dont la famille avait été décimée, les liens étaient évidents.

Bahran Saleh, le Premier ministre du gouvernement régional de Souleimaniyé, avait échappé de peu, en mars 2002, à un attentat – organisé, disait-il, par des membres d'Al Qaida – au cours duquel cinq de ses gardes du corps furent tués.

Saddam Hussein s'appuyait-il sur les réseaux Ben Laden ? Au Kurdistan, cela ne faisait pas le moindre doute. Dans la prison de Souleimaniyé, quatre prisonniers parlaient de leurs liens avec l'internationale terroriste. L'un d'eux mimera l'attentat-suicide qu'on lui avait ordonné de commettre.

On me proposa de voir de près les extrémistes musulmans qui tenaient certains villages frontaliers. Une route impossible vers les sommets, à deux mille mètres au-dessus de la plaine ocre. Il pleuvait. Dans deux semaines, la neige rendrait la piste plus dangereuse encore. Une fois dans la vallée de Darashir, les garnisons de peshmergas, les combattants kurdes, et de soldats réguliers se faisaient plus nombreuses. Le commandant et le ministre Saidi nous expliquèrent que ces islamistes irréductibles étaient environ sept cents. Une première bataille à l'arme lourde puis au corps à corps avait permis de les repousser vers sept villages, à l'exacte limite de l'Iran, où ils pouvaient se réfugier à tout moment. Mais les Kurdes ne souhaitaient pas déclencher un conflit avec leur puissant voisin, il leur fallut négocier. Néanmoins, les échanges de coups de feu et de mortiers restaient fréquents.

Ces groupes armés que nous observions en contrebas se nommaient Ansar El Islam (les soutiens de l'Islam). Ils étaient en rapport direct avec Ben Laden. Cent cinquante d'entre eux étaient récemment venus, paraît-il, d'Afghanistan. Le commandant des peshmergas nous désigna les routes et les grottes qu'ils occupaient. Les villages qu'ils habitaient avaient dû adopter la loi de l'islam des talibans. Ils avaient monté un réseau de transport et se livraient à des attentats au Kurdistan.

## La mort des enfants irakiens

*12 novembre 2002*

Souleimaniyé, capitale de la région kurde dirigée par l'UPK. Une ville étonnamment moderne, animée, embouteillée, commerçante. J'attaque brutalement : « Pourquoi vos enfants meurent-ils à cette fréquence ? » Le directeur de la Santé sursaute. « Pourquoi nos enfants meurent *moins*, voulez-vous dire ? Parce qu'on les vaccine, on améliore l'hygiène, on surveille les eaux et la nourriture. On les soigne mieux depuis quatre ans, grâce à l'argent de la résolution 986 de l'ONU ! »

Le ministre de la Santé intervient :

« Voulez-vous des chiffres ?

– Vos chiffres ? Comment les croire ?

– Vous êtes offensant. Non pas nos chiffres, les chiffres officiels, ceux de l'UNICEF. »

Le ministre me tend une série de courbes frappée du sigle international. « Aujourd'hui, la mortalité infantile au Kurdistan est la plus basse de l'histoire de notre pays. Au-dessous de l'âge de cinq ans, elle est de 68 pour 1 000, elle était de 82 pour 1 000 pendant la guerre avec l'Iran et de 89 pour 1 000 de 1989 à 1994.

– Pourquoi dit-on en France que les enfants meurent de l'embargo ?

– Parce que Bagdad met la mort en scène. Parce que Saddam ne veut pas commander assez de médicaments et qu'il ne les distribue pas aux hôpitaux. Il utilise les maladies infantiles comme un instrument politique. Lui et les compagnies pétrolières offrent même des billets d'avion à des faux témoins et à de vrais menteurs. Il récompense les associations avec des bons en pétrole qui les enrichissent immédiatement. »

L'homme qui s'exprime ainsi est le responsable des maladies infectieuses de la ville. Le ministre reprend :

« En effet, hélas, on meurt davantage à Bagdad que dans les zones libérées du nord du pays, là où nous nous servons nous-mêmes des médicaments qui nous sont remis. »

Le docteur Yadgar Hachman a cinquante ans et les cheveux entièrement blancs. Il porte une cravate élégante, comme tous les membres du gouvernement kurde de la zone libérée de Souleimaniyé, par principe, pour montrer qu'il désapprouve les barbes hirsutes et les cols ouverts, imposés par une mode répandue dans la région. Il me reçoit avec ses directeurs. Tous parlent anglais, allemand ou suédois. Ils ont fait des études dans divers pays et incarnent un passionnant mélange de cultures européennes et kurde. Le ministre me dit que les enfants de ces exilés découvrent l'islam avec un sincère étonnement. Voyant des aînés à barbe grise s'incliner vers La Mecque pour la prière, certains pensent même qu'il s'agit d'un sport...

« Mais ces enterrements de Bagdad, ces cris de la foule ?

– A Bagdad, on hurle comme on vote : sur commande. Si on ne vote pas, si on ne crie pas, le représentant du parti Baas raye votre nom de la liste du quartier et vous ne recevez plus rien de l'ONU.

– Ne me dites pas que l'ONU est aux ordres !

– Aux termes de la résolution 986, c'est le gouvernement irakien qui fait les listes.

– Ces enterrements d'enfants, quand même...

– Hélas, il y en a. Mais les médecins des hôpitaux de Bagdad ont ordre de maintenir les cadavres d'enfants dans les chambres froides. On les enterre par groupes, sur ordre du gouvernement, qui organise alors des manifestations anti-occidentales.

– Le manque d'antibiotiques est une invention, selon vous ?

– C'est le ministère de la Santé de Bagdad qui passe les commandes. Il n'y a jamais eu d'embargo, ni en médicaments ni en vivres. L'ONU ne fait que contrôler les listes demandées par Bagdad, sans surveiller la distribution. Pour les provinces kurdes, libérées de l'autorité de Bagdad, nous recevons treize pour cent du total, alors que nous représentons vingt-trois pour cent de la population.

– Pourquoi ne trouve-t-on rien à Bagdad ?

– Les médicaments partent dans les circuits privés, dans les pharmacies ou les cliniques, vendus au prix fort, ou bien dans les pays voisins. Saddam Hussein fait stocker les médicaments au lieu de les distribuer.

La résolution 986 a été signée avec Saddam, pas avec ses victimes ! L'OMS n'a pas le droit de visiter un hôpital sans une permission et un accompagnateur du gouvernement, sauf chez nous, au Kurdistan.

Avec cet argent que nous recevons de l'ONU, ajoute le ministre, nous avons construit des hôpitaux. Auparavant, nous en avions sept, plus quarante-trois dispensaires. Désormais, nous en avons vingt et un et près de 300 dispensaires. Et plus de mille écoles supplémentaires. »

## *Twin Towers' blues*

*Une lettre de Jock Covey*

Au lendemain du 11 septembre 2001, mon ami américain, mon adjoint à Pristina, installé avec sa famille à San Francisco depuis son retour du Kosovo, m'envoyait cette lettre que je lus avec émotion :

> Tes mots et ton amitié me font du bien. En ce moment, nous sommes une nation de déprimés, sous le choc de la mort et de la destruction.
>
> Mes compatriotes n'ont pas connu les Balkans. Il leur est impossible de comprendre ce dont tant d'Européens se souviennent encore : les bombardements de Londres, Paris, Francfort, Berlin, Leipzig, Dresde ou Stalingrad. Les Américains s'imaginent qu'ils vivent un traumatisme unique. Bienvenue dans l'histoire des hommes.
>
> Il est tout aussi choquant pour eux de réaliser qu'on les hait. Pas à la façon d'un ennemi qui détesterait son rival, mais une haine existentielle, une rage alimentée par leur simple présence et l'affirmation de leurs valeurs. De quoi troubler des gens qui se voyaient en modèles pour le monde – imparfaits, bien sûr, lourdingues, et myopes, mais fondamentalement bien intentionnés et généreux. Pour le meilleur et pour le pire, il ne suffira pas aux Américains de se battre pour leur existence. Ils évoqueront souvent le « mal » en recherchant une justification

morale aux batailles à venir. Si peu d'Américains savent ce que tant d'autres apprennent si jeunes – les Tutsis et les Hutus, les Somaliens, les Serbes et les Bosniaques : on peut être haï uniquement parce qu'on existe. Bienvenue dans la race humaine.

Nous autres Américains, nous nous redresserons. Nous retrouverons nos repères. Nous aurons les moyens de réduire la menace, et nous nous habituerons à cette part de risque qui ne peut être éliminée. Chemin faisant, nous ferons œuvre utile, rendant plus difficile à ceux qui terrorisent d'autres peuples – les Irlandais, les Basques, les Algériens, le Hezbollah, les Tamouls et une centaine d'autres – d'exercer leur haine dans le sang. Quand ce chapitre sera clos, les Américains l'interpréteront à leur manière, bon enfant et nombriliste : ils auront découvert un problème dont ils sont les seuls à souffrir, ils auront accompli un effort sans précédent et eux seuls auront réussi à le résoudre. Ils auront en partie raison. En partie seulement.

Voilà pourquoi je suis en colère – mon peuple, mes valeurs mis à mal par cette espèce de haine aveugle, et mes concitoyens si ignorants de ce qui se passe vraiment dans le monde.

Plus irrationnellement, je suis en colère à l'idée de tant de sacrifices déjà commis par des gens que nous connaissions toi et moi. Les amis que j'ai perdus en Namibie, à Beyrouth, à Sarajevo, dans les montagnes perdues du Kosovo. Tant d'autres que tu as perdus ailleurs. Nous les avons pleurés, nous avons chanté leurs louanges pour avoir risqué leur vie en tentant de changer le comportement des hommes et le cours de l'Histoire. Tant de fois devant les survivants avons-nous dû réciter le nom des collègues morts, en priant pour que jamais on n'oublie leur sacrifice. Aujourd'hui ces noms-là, leur mémoire, leurs actes sont balayés, enfouis sous les décombres du World Trade Center. Quelques victimes de plus sur la liste d'Al-Qaida. Nos souvenirs de nos braves et généreux collègues ont été banalisés. Tout le monde aujourd'hui a une histoire tragique à raconter au monde, sur CNN, cent fois par jour.

Je pleure en écrivant ces lignes. Nous devions entretenir le souvenir de leurs histoires uniques, et elles ne le sont plus. Je sais que ce n'est pas vrai. Pourtant j'ai envie de courir vers le feu et la poussière, d'extirper leur souvenir des décombres d'acier et de béton, de le brandir et de hurler : « Ceux-là sont morts d'abord. Vous devez entendre leur sacrifice avant d'exalter les plus récents ! » Quand j'apprends les derniers drames et que j'en suis ému, j'ai l'impression de trahir tous ceux qui n'ont plus que nous pour nous souvenir d'eux.

Ton ami, Jock.

# Ni la guerre ni Saddam

*Février 2003*

Dans *Le Monde* du 4 février 2003, après avoir consulté le Club Vauban, qui regroupe des personnalités de gauche et de droite, Antoine Veil et moi-même avons publié, sous le titre « Ni la guerre, ni Saddam », le texte suivant :

« Les troupes anglo-américaines se massent aux frontières de l'Irak, les manifestations d'hostilité au président Bush se multiplient, alors que les inspecteurs de l'ONU ne savent plus très bien ce qu'ils cherchent. L'étau se resserre-t-il sur Saddam Hussein, ou sur les Irakiens, qui souffrent depuis plus de trente ans de sa dictature et que l'embargo asphyxie ? Les extrémistes jubilent, le simplisme triomphe, les Bourses s'enfoncent : la guerre semble programmée. Gauches et droites réunies, les cortèges qui hurlent "A bas Bush !" crieront-ils demain "Vive Saddam !" ? Nous n'entendons toujours pas la voix du peuple irakien. Comment éviter cet engrenage ?

Le pire vient des derniers échanges entre responsables américains, allemands et français. Le raisonnement politique cède à la stratégie virile du bras de fer. A continuer ainsi, la guerre est pour demain. On n'aura rien tenté de réaliste et de convaincant pour l'éviter, on n'aura pas essayé d'inventer une politique vigoureuse qui organise le départ de Saddam, sans recourir aux bombardements. On n'aura pas voulu entendre le peuple irakien.

Déjà, en 1992, au détour de la guerre du Golfe, rares étaient ceux qui demandaient qu'on en finisse avec le dictateur. Nous tolérions les dictatures des autres, dès lors que nous n'étions pas menacés. La terreur instaurée par Saddam Hussein nous semblait la norme entre le Tigre et l'Euphrate.

L'épreuve de force diplomatique opposant les Etats-Unis au couple franco-allemand permet de passer sous silence la réalité des conditions de vie atroces des Irakiens et conforte Saddam Hussein. Lorsque les responsables européens interrogeaient nos alliés américains sur leurs certitudes quant à la possession d'armes de destruction massive par l'armée irakienne, lorsqu'ils leur demandaient de passer par le Conseil de sécurité, ils se montraient convaincants. Nous n'en sommes plus là. Le seul bénéficiaire des échanges acides entre "vieux Européens" et Donald Rumsfeld, c'est le dictateur de Bagdad.

A dire le vrai, nous sommes aujourd'hui prisonniers d'un engrenage triangulaire, infernal et pervers. En critiquant Bush, les Européens font le jeu de Saddam, et Bush attaquera d'autant plus rapidement qu'il n'aura plus d'autre manière de sauver la face.

Chez nous, la droite durcit le ton, la gauche renchérit et réclame le veto. Notre classe politique est impressionnée par les sondages. Comme si, à la question "Souhaitez-vous la guerre?", on pouvait répondre autre chose que non ! Après Munich aussi, les premiers sondages d'opinion répondirent non à la guerre. Pourtant, nous ne sommes pas munichois, mais si nous ne voulons pas de la guerre, c'est parce que nous demeurons convaincus qu'il est d'autres moyens de faire partir Saddam Hussein, notamment par une pression internationale qui n'a pas été suffisamment mobilisée pour mettre un terme au parcours meurtrier de ce dictateur illégitime.

Dans ce débat, le grand absent demeure en effet le peuple irakien. Les diplomaties traitent Saddam Hussein comme son représentant légitime. Rien n'est plus faux. Il a fallu trois coups d'Etat sanglants pour que le Bédouin de Tikrit devienne le dictateur de Bagdad. Les résultats de la dernière consultation électorale irakienne sont éclairants sur sa légitimité : cent pour cent ! Même Staline n'était pas parvenu à ce résultat.

Les chancelleries refusent de recevoir les représentants de l'opposition irakienne. La réunion prévue en décembre 2002 à Bruxelles, capitale de l'Europe, a été annulée et les dirigeants de ce qui sera peut-être le gouvernement de demain ont été obligés de se replier sur Londres. Pourquoi feint-on d'ignorer que plus de quatre-vingts pour cent des Irakiens sont hostiles à Saddam Hussein ?

Les chiites d'abord – plus de cinquante-cinq pour cent de la population – lui sont hostiles. Ils se rebellèrent contre lui en 1991. Lors des batailles acharnées dans les marais du Sud, le bilan fut terrible : plusieurs dizaines de milliers de victimes, 500 000 personnes déplacées qui allèrent grossir l'armée de la revanche, maintenant prête à l'action. L'ayatollah Akim dirige de Téhéran le premier parti irakien chiite : 52 de ses parents, dont 5 de ses frères, ont été assassinés par les services irakiens.

On cherche des armes chimiques, comme si elles allaient nous menacer, alors qu'elles ont déjà frappé les populations irakiennes elles-mêmes. Le 18 mars 1988, 5 000 habitants du village de Halabja sont morts en une seconde. Cela ne choqua personne, et la Conférence sur les armes chimiques qui se tint en Europe accueillit le représentant de Saddam, Tarek Aziz, et refusa d'entendre les familles des victimes.

Le bombardement chimique de Halabja faisait partie de l'opération d'arabisation "Anfall", expression officielle employée pour désigner ce nettoyage ethnique qui continue encore aux dépens de la population kurde. Les rares journalistes se rendant dans la région de Souleimaniyé voient tous les jours arriver des lambeaux de familles réfugiées de Kirkouk qui demandent asile dans cette région "libérée" grâce à la protection des aviations anglaise et américaine. Pourquoi ceux qu'a révoltés l'horreur de Srebrenica ne s'indignent-ils pas devant "Anfall" et ses 180 000 disparus, majoritairement des femmes et des enfants ?

Saddam Hussein a multiplié les façons de torturer, empoisonner, assassiner, non seulement des opposants, mais certains de ses plus proches collaborateurs. On connaît en Occident la manière dont il peut exécuter lui-même ses proches, tel le ministre de la Santé, abattu au pistolet dans la pièce jouxtant la salle du Conseil des ministres.

Une intervention armée contre Bagdad entraînerait-elle un éclatement du pays ? La Turquie et son armée ne supporteraient pas une sécession kurde. C'est le danger le plus évident. Mais cette hypothèse, sur laquelle toutes les diplomaties et surtout les Américains travaillent, est contredite par l'attitude raisonnable des nouveaux dirigeants d'Ankara, soucieux d'être acceptés par l'Union européenne. Les Kurdes eux-mêmes s'affirment partisans d'un Irak fédéral. Pratiquant la démocratie dans les régions protégées depuis la guerre du Golfe par l'aviation anglo-américaine, ils ne prônent plus l'indépendance. L'opposition irakienne est moins dérisoire qu'on voudrait le faire croire. La diaspora irakienne est bien éduquée, et les avoirs de ce pays riche, bloqués par l'embargo, seraient immédiatement disponibles pour relancer l'économie.

La région bouillonne. En Palestine comme en Egypte, la tension pourrait transformer des manifestations de rue prévisibles en révolte véritable. Pourtant, tous les pays voisins, Iran, Arabie saoudite, Syrie et Jordanie, ont reçu l'opposition irakienne et semblent ouverts à la transition.

Sur tous ces points, une diplomatie européenne déterminée serait efficace, mais Javier Solana n'a reçu les Kurdes qu'une seule fois. Ni Chris Patten ni les ministres européens ne rencontrent l'opposition irakienne ou les associations de droits de l'Homme. Qui ont-ils peur de fâcher ?

Le pire demeure l'inexistence des propositions alternatives des Nations Unies. Les lobbies pro-Saddam, les pressions des pétroliers sont-ils si forts ? Pour tenter de sortir de cette impasse, nous formulons quelques propositions.

Existe-t-il en Irak des armes cachées ? Sans doute,

mais comment le savoir sans laisser agir les inspecteurs pendant le temps qu'ils réclament, comme le propose la France ? Pourquoi Bush met-il davantage l'accent sur des armes jusque-là introuvables que sur le massacre du peuple irakien par son dirigeant illégitime ?

Nous avons été de ceux qui ont manifesté leur indéfectible soutien aux Américains victimes du terrorisme le 11 septembre 2001. Nous savons que le danger demeure. Nous n'approuvons pas la politique américaine, qui mène à la guerre, mais il est trop facile de céder à ces mouvements d'opinion qui brocardent en permanence les Américains, jusqu'au moment où ils viennent à notre rescousse.

L'antagonisme actuel ne laisse aucune porte de sortie à la diplomatie américaine et pousse plus sûrement encore au conflit armé.

Que souhaitons-nous ? Que l'on tente d'échanger la guerre contre la fin du règne sanglant de Saddam Hussein et l'espoir d'une démocratie pour l'Irak. Qu'en ce début de XXI$^e$ siècle, on invente d'autres formes de politique et d'interventions internationales. Que l'on cesse la fuite en avant. L'Afghanistan n'est pas terminé, on n'a pas réussi à arrêter Ben Laden que déjà on se précipite sur Saddam.

Ce dernier a toujours joué des contradictions internes de ses "clients", ceux qu'il couvrait de contrats et ceux qu'il achetait avec des bons de pétrole. Les pétroliers lui ont facilité la tâche, qui se sont vu proposer des zones d'exploitation mirobolantes. La solution du problème Saddam prendra du temps. Elle ne peut procéder, en même temps que du maintien de la pression militaire, que de la prise de parole du peuple irakien telle que pourrait la favoriser la désignation d'un médiateur des Nations Unies.

Avant tout, nous souhaitons que les membres du Conseil de sécurité organisent sans délai une conférence internationale qui mette en lumière les exactions de Saddam Hussein et amplifie la pression conduisant à son départ, au lieu de tout faire pour fabriquer un nouveau héros.

Nous ne souhaitons pas la guerre, mais nous ne voulons pas que le martyre du peuple irakien se poursuive. Non à la guerre, non à Saddam Hussein. »

# Si Blair avait été plus sincère...

*Londres, mars 2003*

Un mois après notre texte dans *Le Monde*, George W. Bush, Tony Blair et leur coalition attaquaient l'Irak.

Rarement guerre fut gagnée aussi vite. Une guerre légitime décidée pour de mauvaises raisons. Le mensonge est habituel en politique, encore faudrait-il en user avec talent. George W. Bush n'en ayant guère il ne nous déçut point. Mais Tony Blair, lui, avec conviction, fut le seul à tenter vers la fin de parler vrai.

Le rédacteur en chef du supplément littéraire du *Times*, Peter Stothard, autorisé à suivre Blair pendant un mois, avant et pendant la guerre, le raconte dans son livre intitulé *Trente Jours*\*.

Tony Blair connaissait les vraies et bonnes raisons de se défaire de Saddam Hussein : en premier lieu, ce dictateur meurtrier, à tendance génocidaire, aspirait à se doter d'armes de destruction massive, même s'il ne les possédait pas encore. Ensuite, en se débarrassant du maître de Bagdad et en favorisant la naissance d'un Irak démocratique, on pouvait espérer que le Proche-

---

\* *Trente Jours au cœur du système Blair : Downing Street en guerre*, Ed. Saint-Simon, 2003.

Orient dans son entier accéderait à la paix et au développement économique, que les attaques-suicides et le terrorisme laisseraient enfin place au nécessaire dialogue. Pour Tony Blair, il était temps de prouver que les régimes démocratiques n'accepteraient pas sans réagir que le fanatisme religieux et les attentats se développent, menaçant les sociétés ouvertes.

Peter Stothard décrit le chef du gouvernement arpentant le hall devant son bureau, s'arrêtant pour jeter un coup d'œil dans le bureau de sa conseillère politique, Sally Morgan, et déclarant : « Ce qui me surprend, c'est que tant de gens semblent heureux que Saddam demeure en place. Ils me demandent pourquoi je ne me débarrasse pas de Robert Mugabe, ou des généraux birmans. D'accord, éliminons-les tous ! Je ne le fais pas parce que je ne peux pas le faire. Mais quand on le peut, on *doit* le faire. » Je me souvenais de mes discussions sur l'ingérence avec le Premier ministre britannique au Kosovo.

Si cette scène est véridique, pourquoi Tony Blair n'a-t-il pas employé ces arguments, les seuls imparables à mes yeux, pour justifier le recours à la force ?

Parce que, à l'instar des Français, les Britanniques n'auraient pas accepté d'entrer en guerre pour ces seules bonnes raisons. Les droits de l'Homme peuvent entraîner des militants, l'anti-américanisme les bloque à coup sûr. Les Européens, les Français surtout, n'ont pas vraiment compris le poids et la portée des attentats du 11 septembre. Ils ne se sont pas sentis menacés, ils ont pensé que le péril venait d'ailleurs et non de l'Irak. Surtout, ils n'appréciaient pas le président américain et ne croyaient pas à ses affirmations.

Chez les Européens, l'anti-américanisme – et plus encore l'anti-bushisme chez les Britanniques – atteignit un tel niveau que l'apparent suivisme de Blair rebuta l'opinion. Le directeur des Etudes stratégiques à Londres, John Chipman, affirma : « Blair a un vrai problème avec Bush, qui n'est pas aimé par une large fraction des sujets de Sa Majesté. Il offense le sens européen des nuances. La couleur favorite des Européens est le gris, Bush ne connaît que le noir et le blanc. En soutenant la guerre, Blair n'allait pas à l'encontre de l'opinion européenne, il se heurtait à sa propre opinion*. »

Le Premier ministre britannique avait besoin d'un atout majeur : une couverture onusienne à l'intervention. Il lui fallait aussi convaincre son peuple que Saddam le menaçait et que, pour le défendre, un conflit était devenu nécessaire.

Bush et Blair décidèrent pourtant de mener une guerre d'opportunité, une guerre « à la carte ». Leurs arguments n'étaient pas les bons pour justifier un recours aux armes qu'ils disaient « nécessaire ». En démocratie, les guerres choisies, les guerres préventives, ne sont pas populaires.

Ils avancèrent donc des arguments de circonstance, ceux que le Conseil de sécurité ne pouvait pas rejeter puisque, de résolution en résolution, il poursuivait le même but : le désarmement de l'Irak. Ils les mirent en avant, avec une maladresse qui culmina avec la démonstration de Colin Powell à l'ONU. Sous les caméras du monde entier, celui-ci brandit une petite

---

* Voir l'*International Herald Tribune*, 4 août 2002.

fiole d'anthrax dont on crut bien qu'elle était vide. Il fallait prouver que Saddam était un danger immédiat, non pour son propre peuple, mais pour les Américains et les Britanniques. D'où la phrase excessive de Blair selon laquelle Bagdad pouvait pointer des armes de destruction massive en quarante-cinq minutes ! Mensonge obligé ? Je ne le crois pas. Winston Churchill le savait, lui : on ne convainc les soldats que par la vérité proférée au bon moment. De plus, les deux alliés comptaient sur les sempiternelles provocations de Saddam et ses erreurs répétées. Or, pour une fois, le dictateur n'en commit pas.

Commencée sur de mauvaises bases, militairement bien menée, la guerre d'Irak fut, en ses débuts, un fiasco politique.

# Lettres de Bagdad

Les pages qui suivent ne sont pas de moi. Jean-Sélim Kanaan, mon collaborateur, mon frère, mon fils en humanitaire, fonctionnaire international, au Kosovo, me les a envoyées de Bagdad. Des Balkans à l'Irak, il poursuivait la même mission : servir la paix, servir les hommes*.

> Premier compte rendu
> depuis cette belle ville de Bagdad.
> (Début juin 2003.)

Cela fait maintenant près de dix-huit jours que je suis arrivé dans la capitale irakienne et je peux tirer quelques conclusions préliminaires de mon séjour ici. Au-delà de la chaleur insupportable dès que nous sortons de notre hôtel ou de nos bureaux, le thermomètre frise constamment les 48-50 °C pendant la journée pour descendre aux alentours des 35° la nuit. La ville n'est pas encore revenue à la vie. Les grandes artères de la capitale sont encore jonchées de détritus et parfois même de restes calcinés de blindés d'une armée irakienne qui n'a pas vraiment

---

* Je ne publie ces lettres qu'avec l'autorisation de Laura Dolci-Kanaan.

opposé de résistance au bulldozer américain. Les magasins sont dans leur grande majorité encore fermés bien qu'il soit possible de noter une recrudescence des arrivages de produits à haute valeur ajoutée (téléviseurs, stéréos, climatiseurs...). Il y a peu de gens dans les rues, absence largement due à la chaleur, mais aussi à l'insécurité qui continue à hanter les esprits de tous les Bagdadis. Les forces coalisées sont encore trop préoccupées par leur propre survie pour pouvoir réellement avoir un effet positif sur les tensions qui continuent de régner dans les quartiers populaires.

L'impression globale est que la coalition est arrivée complètement impréparée pour se charger de la lourde tâche qui consiste à prendre en main le gouvernement d'un pays de plus de vingt-cinq millions d'habitants. Aucune préparation donc, pas la moindre idée de par où commencer et de comment procéder. A tel point que c'en est presque ridicule de voir la première puissance mondiale ainsi bousculée par les pauvres de cette ville qui n'ont pas touché de salaires depuis bientôt trois mois et qui viennent jeter des pierres aux portes du siège de la coalition. Je dis ridicule car ça me conforte malheureusement dans mon impression que les Etats-Unis ont vraiment fait cette guerre pour leurs intérêts et certainement pas pour « libérer » le peuple irakien. La révolte gronde, l'approvisionnement en énergie électrique, après un bon début, a maintenant diminué de trente pour cent du fait d'actes de sabotage et de l'usure de matériels qui ne résistent pas à la chaleur. Pendant ce temps les grands contrats sont octroyés et signés avec de grands groupes américains étroitement liés à la Maison-Blanche ou au Pentagone. Le débat croissant dans les médias au Royaume-Uni, et dans une moindre mesure aux Etats-

Unis, sur la véracité des thèses épousées par ces gouvernements pour justifier le conflit, ne fait qu'alimenter le sentiment de malaise qui entoure toute cette opération.

Dans tout cela où sont les Irakiens ? Avec l'abolition pure et simple du parti Baas et la dissolution complète de tous les appareils sécuritaires, armée, police, services secrets, milices, le pays se trouve sans aucun cadre supérieur. Ou alors, situation encore plus délicate, tout le monde est suspect. On n'a pas fait dans le détail, il y a les bons et les méchants, les Indiens et la cavalerie. Mais à ce jeu on a jeté sur les routes près d'un demi-million d'anciens soldats, la plupart armés, qui n'ont plus rien à perdre puisqu'ils ont tout perdu. Chacun de ces hommes soutenait sans doute entre quatre et six personnes, soit deux à trois millions de personnes directement affectées par cette décision. Pas étonnant que les attaques contre les forces d'occupation se multiplient et que tous les jours les Américains ramassent leurs morts. Ça ressemble beaucoup à la Somalie et à cette incompréhension totale entre une administration américaine parachutée dans un environnement qu'elle ne connaît pas et où elle applique les méthodes d'analyse et de réflexion propres à notre monde occidental. Jusqu'à ce jour, tout ce beau monde est confiné dans le palais présidentiel de Saddam (on peut aussi réfléchir à l'opportunité d'avoir choisi ce lieu qui a représenté pendant trente années la répression la plus abjecte et la violence la plus meurtrière).

Mais voilà ce sont les plus forts, alors ils ont raison. Comme nous le disait un Américain sous couvert d'anonymat : « Le drame c'est que les Américains ne comprennent plus rien qui ne soit pas américain. » Il en va ainsi des situations, des coutumes, des cultures, des lieux mais surtout des hommes et des femmes.

Il faut pourtant ardemment souhaiter qu'ils réussissent, un échec serait une catastrophe pour cette population qui a courbé l'échine pendant trois décennies et qui est maintenant à genoux après douze ans de sanctions aussi inutiles que cruelles. Alors le voilà, le vrai dilemme : un succès de la coalition qui conforterait internationalement le prestige des Etats-Unis qui se sont moqués de toutes les normes internationales, ou son échec qui marquerait sans doute le début d'une guerre civile fratricide entre les différentes communautés ethniques et religieuses, kurdes, chiites, sunnites. Combat sans merci entre les supporters de Saddam et toute une population oubliée et reléguée à un rôle de figurant famélique.

Dans tout ça les Nations Unies n'ont sans doute pas beaucoup de leçons à donner. Ces dix dernières années, nous avons continué à traiter d'égal à égal avec le tyran et ses sous-fifres. Jamais nous n'avons haussé le ton pour nous indigner du traitement inhumain infligé au petit peuple. Mais les Nations Unies ont déjà mené des missions complexes. Au Kosovo et au Timor pour ne citer que les plus récentes, mais il ne faut pas oublier le Congo, le Guatemala, le Liberia ou la Sierra Leone. Toutes ne furent pas des succès éclatants mais la situation s'est améliorée dans bien des cas. Alors voir aujourd'hui de jeunes Américains frais émoulus de leur banlieue virginienne jouer aux apprentis sorciers sur des questions aussi sensibles que les systèmes de pension, les réseaux de distribution nationale de salaires ou encore la réorganisation ministérielle (alors que leur système administratif national hautement décentralisé et privatisé n'a pratiquement rien en commun avec le fort centralisme irakien) est assez surréaliste.

Le premier concert de l'Orchestre philharmonique de Bagdad va se donner la semaine prochaine. Ce pays est tellement riche, tellement avancé, tellement civilisé malgré sa pauvreté qu'il est vraiment pénible de sentir partout cette lourde chape de plomb de l'omniprésence américaine. Les Britanniques sont comme à l'accoutumée beaucoup plus terre à terre. De surcroît c'est un pays qu'ils connaissent. Mais surtout ils ont de la poussière dans leurs chaussures et de l'expérience sous leur ceinture, ils savent travailler dans ces conditions et l'Histoire a sans doute laissé des traces dans leur mémoire collective. Mais comme on dit en anglais : *Time will tell*.

Deuxième compte rendu depuis Bagdad.
(25 juin 2003.)

Cela fait trois semaines aujourd'hui que j'ai posé le pied sur le sol brûlant d'Irak. Trois semaines d'une mission difficile et délicate. Mission d'autant plus compliquée que les Nations Unies sont à nouveau confrontées, comme en Palestine, à une force d'occupation en lieu et place d'un gouvernement national et souverain représentant le droit ultime de n'importe quel peuple à l'autodétermination.

Les premières réunions auxquelles nous assistons nous entraînent dans les méandres du palais présidentiel, nous passons des portes sur lesquelles ont été rapidement affichées des panneaux qui annoncent triomphalement « Ministère de la Santé », « Ministère des Transports ». Derrière la porte, souvent on trouve assis un bon Américain, complètement isolé du reste du monde, transplanté là probablement d'un bureau d'une banlieue cossue aux Etats-Unis. Lui c'est le ministre. Peu importe qu'à cinq cents mètres de là la révolte gronde et que les différents corps de métiers n'ont pas touché de solde depuis bientôt trois mois, lui c'est le ministre. Peu importe aussi qu'il n'ait pratiquement aucun contact avec les hommes et les femmes de son ministère de tutelle. Mais comment le pourrait-il ? Dès qu'il veut faire trois pas, il doit être escorté par deux véhicules débordant de soldats armés jusqu'aux dents et souvent très nerveux. Il traverse la ville sans vraiment la voir. Il lui faut cette escorte parce que s'il lui arrivait quelque chose sans escorte les grosses compagnies d'assurances américaines ne paieraient pas d'indemnités. Alors allons-y avec les gros bras.

Ce ne sont pas les mots qui me donnent la nausée, mais ces types. Gros, grands, costauds, armés, sûrs d'eux-mêmes, de leur droit et devoir divin de venir sauver le petit peuple irakien. Lunettes de soleil de surfer vissées sur le nez, ils sont intouchables. Et pourtant les soldats de leur escorte se font déquiller par une population hostile sans comprendre pourquoi. Ce sont les grands et les puissants de ce monde, ceux que l'auteur « subversif » américain Michael Moore a désignés les « Stupid White Men ». Ce groupe de Blancs d'Amérique qui ont littéralement pris le pouvoir aux Etats-Unis et font ce qu'ils veulent.

L'électricité continue de manquer, hier première coupure de vingt-quatre heures consécutives, atmosphère insupportable dans les chambres d'hôtel, pas une goutte d'eau non plus (tant mieux, ma chasse d'eau fuit et j'ai eu un peu de répit dans cette torture chinoise chuintante).

La ville recommence à respirer. Façon de parler ! La pollution atmosphérique est rendue insupportable par la chaleur. Les vents de sable se mêlent aux émissions des centrales qui ceinturent la ville. Le trafic est devenu insupportable, les gens réapprennent à sortir mais la tension est omniprésente. Palpable, partout, dans les regards, dans les attitudes, dans l'absence de sourires, sauf chez les enfants qui de façon têtue et insouciante veulent jouer et rigoler. Quand nous prenons la route, nos chauffeurs font particulièrement attention à ne pas rouler à proximité d'un quelconque véhicule des forces coalisées. Ils sont la cible d'attaques croissantes.

On ne comprend pas bien ce que fait cette coalition, elle ne communique pas, alors la place est ouverte à toutes les rumeurs. Une chose est sûre, de gros groupes américains, et dans une bien moindre mesure certains groupes anglais, sont en train de gagner beaucoup d'argent. Mais vraiment beaucoup d'argent. L'ère de la prédation à l'échelle d'un pays a recommencé. Je dis recommencé parce que la colonisation en fut une sombre illustration. Mais d'aucuns pourraient dire qu'elle apporta quelques modestes bienfaits. Ici, que peut apporter la coalition au pays qui a les deuxièmes réserves mondiales connues d'hydrocarbures ? La richesse de l'Irak est incommensurable, ses terres sont fertiles, la jonction de l'Euphrate et du Tigre donne naissance à une plaine qui est un vrai grenier.

Mais l'Irak est aujourd'hui un pays occupé, et mal occupé. Des dossiers aussi importants que la culture ne sont même pas pris en considération. Mais comment est-ce possible ? En terre assyrienne, au beau milieu de la Mésopotamie, pas de culture ? Un des berceaux de la civilisation humaine est complètement laissé à l'abandon et aux pillages. Au vandalisme gratuit de bandes désœuvrées. Vous auriez dû voir la tête d'un des patrons de la coalition civile quand nous avons précisé que c'était, selon le Code de la guerre et autres instruments légaux régissant les droits et les obligations de toute puissance occupante, de la responsabilité des forces occupantes de protéger les sites culturels. « Mais quels sites culturels ? »

nous a-t-on candidement répliqué. « Mais Babel par exemple, pour ne citer que celui-là ? » « Ah bon, mais comment pouvons-nous trouver une liste de tous ces endroits ainsi que leur position géographique ? » J'avais vraiment honte pour cet Australien tiré à quatre épingles. Il ne se rendait même pas compte de ce qu'il venait de dire. Nous en rions entre nous tant ces situations sont fréquentes et désarmantes, surréalistes.

Le niveau vole bas et démontre chaque jour que cette guerre n'était pas préparée, que c'était une guerre de prédation décorée de toutes sortes d'excuses et boniments pour faire avaler la pilule à un peuple américain de toute façon inculte et facilement manipulable. Toujours pas d'armes de destruction massive. Mais alors, qu'on le dise, la seule vraie et bonne raison de cette opération, c'est que Saddam et sa clique ne sont plus là. Jamais, jamais toute cette bande de grands criminels n'aurait quitté le pouvoir de son propre chef. Et le peuple irakien, qui sombrait doucement dans un état second d'apathie et de soumission, n'aurait pas trouvé la force pour un deuxième soulèvement après que le premier, en 1991, fut noyé dans le sang. Il fallait le renverser. Mais la paix est une autre affaire, bien plus complexe, bien plus délicate. La paix caresse la vie, l'encourage à reprendre pied, doucement, jour après jour. La paix console, elle allège les souffrances, elle offre le pardon. Et tout ça, c'est long et difficile. Au contraire de la guerre qui annihile, enterre, stérilise et ravage.

La coalition se bat contre le temps. L'heure tourne et l'impatience monte. Des erreurs stratégiques, preuve irréfutable du dogmatisme obtus des maîtres de cette affaire, ont été commises dès les premiers jours de la présence coalisée civile à Bagdad. La démobilisation immédiate et complète de l'armée, mais aussi et surtout cette fameuse

« dé-baasification », ou l'éradication de toute structure et de toute personne ayant eu un lien avec le parti Baas de Saddam Hussein. Ces mesures draconiennes qui ne collent pas à la réalité de la rue deviennent chaque jour de plus gros obstacles sur la route d'une normalisation difficile. Et ce sont des obstacles que la coalition s'auto-impose. L'éradication du baasisme revient à se priver de tout ce qui a compté pendant trente ans en Irak, tous les ingénieurs, les docteurs, les juristes, les juges, les sportifs, les artistes, les acteurs, les ouvriers du pétrole. Tout le monde. Impossible de devenir quelqu'un sans la carte du parti.

Les pays arabes ne sont pas contents. Au sommet économique mondial extraordinaire qui vient de se tenir à Amman, en Jordanie, ils exprimaient ouvertement ce qu'ils ressentent comme une énième humiliation de la part d'un Ouest arrogant et hautain. Mais ce concept d'Ouest se restreint, il ne restera à la fin que les Etats-Unis contre le reste du monde.

Nous entrons de plain-pied dans une ère dangereuse qui voit un pays enivré par sa puissance édictant à tous vents ses conditions et ses desiderata. Vendant sa marchandise, au sens propre et figuré, à tous les petits mafieux qui proclament haut et fort leur attachement à des valeurs aussi nobles que la démocratie, les droits de l'Homme, la justice, le libéralisme économique. Mais dans la réalité, tout cela se traduit par des manigances électorales, par des ratonnades et des détentions abusives, par des lois exclusives, par la mise en place d'empires économiques qui écrasent complètement le pékin moyen, par une destruction mais planifiée de l'environnement.

Je fais parfois des rêves, ou des cauchemars, éveillés, poussant mon raisonnement jusqu'à l'absurde. Etant le témoin de ce fossé grandissant qui nous sépare tous du schéma de vie et intellectuel américain, je vois la confrontation se profiler à l'horizon. Les pauvres lancent des pierres, ceux qui sont un peu plus aisés utilisent le terrorisme pour résister et les riches, c'est-à-dire nous, que ferons-nous ? La prochaine guerre opposera-t-elle notre vieille Europe aux Etats-Unis ? On peut se poser la question tant certaines différences sont profondes et fondamentales. Peut-on encore parler de valeurs communes quand les Etats-Unis semblent ne plus suivre que leurs intérêts économiques premiers ? Je ne sais pas, mais je commence à me poser des questions.

Un concert important.<br>
Troisième compte rendu de Bagdad.<br>
(juillet 2003.)

Il faut que j'écrive aujourd'hui parce que, pour la première fois depuis mon arrivée, j'ai été intensément ému hier soir. La chair de poule, les larmes qui montent aux yeux, un sentiment très fort d'empathie et de solidarité avec tous ceux qui m'entouraient lors du premier récital de l'Orchestre philharmonique de Bagdad depuis la fin des hostilités.

Le concert se donnait dans l'ancien Centre international de conférences que la coalition a réquisitionné pour en faire le centre des activités civiles de reconstruction. Nous nous sommes rendus sur les lieux à bord de deux minibus de l'ONU, tout frais repeints en bleu marine. Ils étaient blancs à l'origine, mais vu le nombre de véhicules pillés juste après la chute de Bagdad (tout le quartier général de l'ONU fut saccagé par les pillards au vu et au su de l'armée américaine qui ne fit rien pour arrêter ces exactions), il fut décidé de repeindre tous les véhicules pour qu'il n'y ait pas de confusion.

Les petits bus nous ont laissés à l'entrée du complexe. S'en est suivie une marche de près d'un kilomètre à passer des points de contrôle fourmillant de soldats américains nerveux nous demandant de vider nos sacs, nous fouillant au corps. Tout ça entouré de barbelés et de blocs de béton. Fouille des sacs et des corps, d'un côté les hommes, de l'autre les femmes. Comme toujours une ligne sur le sol à ne pas dépasser sous peine de se faire rabrouer par un idiot énervé.

Quelle superposition surréaliste que de voir les rares femmes étrangères de la petite communauté internationale de Bagdad arriver toutes toilettées, comme si elles allaient à la Scala de Milan ou à la Fenice. Ces femmes faisaient la queue pour être fouillées au corps par des femmes de la Police militaire américaine, les premières engoncées dans leurs robes de soirée, les deuxièmes étouffant sous le poids de leur casque lourd, de leur gilet pare-balles et de leur fusil d'assaut. Ces soldates maniaient avec précaution ces femmes du monde, les faisant tourner sur elles-mêmes avec leurs gants chirurgicaux pour les inspecter devant ou derrière. Encore et toujours cette impression de vulnérabilité, de peur, de doute qui hantent les Américains partout où ils vont dans le monde.

Au loin, derrière nous, un groupe de jeunes Irakiens de la rue veulent entrer sans carte, sans rien. Ils se heurtent aux soldats qui sont de garde. Illustration parfaite du fossé qui sépare ces hommes, tous ont le même âge. Les Irakiens démontraient une rage, une haine viscérale, bestiale, insultant les Américains de la pire des manières. Les Américains souriaient benoîtement, sûrs d'eux et de leur force. Mais nous sentons tous qu'ils commencent à douter. La peur leur vrille le ventre, surtout depuis la disparition de deux des leurs, sans doute enlevés par des éléments radicaux irakiens.

Nous arrivons enfin devant l'entrée du bâtiment central du Palais des conférences. Garé là, un camion américain arborant l'enseigne colorée et futuriste de MCI, le géant des télécommunications qui s'est vu octroyer le contrat pour mettre en place un premier réseau de téléphones cellulaires à l'usage de la coalition. Comme à l'aéroport hier, où nous avions vu le camion de Burger King où les soldats américains viennent se bâfrer de hamburgers, de sodas et de frites (par cinquante degrés à l'ombre...), nous nous retrouvons en sol américain. L'intérieur du bâtiment est nickel, tout neuf, ample, lumineux. Le concert a lieu dans le grand auditorium qui est déjà bien rempli. Il doit y avoir entre cinq cents et mille personnes et, à ma grande joie, très peu d'uniformes. Beaucoup de civils, beaucoup d'Irakiens, les familles des musiciens et bien sûr la presse.

Pour présenter l'événement, un homme d'un certain âge s'avance, d'un pas lent. Il pose son texte sur le pupitre et commence un discours aux forts relents de langue de bois. Il présente l'invité d'honneur de la soirée, M. Paul Bremer, envoyé spécial de Bush et patron de la coalition en Irak, et insiste sur le grand privilège que c'est de l'avoir parmi nous. Je me demande à cet instant ce que faisaient les chefs de cérémonie irakiens avant la chute de Saddam lors d'événements similaires. Se tournaient-ils aussi vers la loge présidentielle en déclinant, sur un ton obséquieux et faux, leur honneur et leur joie de voir là Saddam ? L'histoire, au fond, ne se réécrit-elle pas avec de nouvelles têtes ?

L'homme continue à parler, il dit des choses banales et téléphonées, sa joie de présenter cet événement et l'importance qu'il revêt. On semble vivre dans une bulle hermétique, dehors pas d'eau, pas d'énergie, une violence omniprésente. Mais ici le calme plat.

Cet homme est italien, c'est la première contribution tangible du gouvernement italien à l'aventure irakienne de Bush. Je le trouve ennuyeux, quand soudain il s'arrête un instant, boit un peu d'eau, s'éclaircit la voix et repart d'un ton assuré, d'une voix profonde et grave, dans un arabe parfait, littéraire. D'un coup mon estime pour lui remonte en flèche, je ne comprends pas tout ce qu'il dit mais, c'est clair, son élocution est mesurée, sa prononciation impeccable. Il ne parle pas de Bremer, s'en tient à la soirée et à ce qu'elle porte d'espoir et de vie. S'il avait commencé par là... Tous ces petits détails qui froissent ou qui flattent...

Enfin voilà les musiciens, vu de mon siège c'est un orchestre comme tous les autres. Cet ensemble, composé d'une cinquantaine de musiciens, n'avait pas joué depuis le mois de février. Une grande majorité d'hommes et trois, peut-être quatre femmes perdues dans cette marée de bonshommes. Arrive le premier violon sous un tonnerre d'applaudissements, puis en dernier le chef d'orchestre. Un homme d'une cinquantaine d'années. Digne comme les hommes arabes peuvent l'être, fier comme s'il allait diriger son orchestre devant le Carnegie Hall de New York. Petite cacophonie, puis silence (sauf la connasse assise derrière moi qui n'arrête pas de parler et de s'éventer d'un air de princesse éplorée). Tous tirés à quatre épingles, ils avaient ressorti leur smoking et le chef d'orchestre était impeccable dans sa queue-de-pie.

Les premières notes envahissent l'espace, je ne reconnais pas cette musique et je ne crois pas qu'elle soit sur le programme succinct qui nous a été tendu à l'entrée. Puis, rapidement, un à un, les Irakiens se lèvent, suivis de nous tous, les étrangers. Doucement, montant comme un murmure, un chuchotement de plus en plus fort et intense, une voix dans l'assemblée entonne *Ya Watani* (« Ma nation »). Bientôt ce sont tous les Irakiens qui chantent à pleins poumons. C'est une chanson patriotique que Saddam détestait et qui n'avait plus été jouée depuis plus de trente-cinq ans. Les paroles, semblables à bien d'autres paroles dans ce registre de composition, parlent de : « Ma nation, ma nation, vais-je te voir enfin sûre, bénie, victorieuse et estimée ? »

Et là, comprenant toutes les implications de cet instant, j'ai eu la chair de poule. Cette petite voix du début représentait la résistance profonde qui n'avait jamais quitté les gens d'ici, ils n'avaient pas oublié les paroles. Un jour, ils auraient pu les réciter à nouveau. Cette petite voix timide du début, c'était aussi la peur, le traumatisme de toutes ces années ; l'incrédulité de pouvoir dire ces mots sans risque. Voir ces gros Irakiens pleurer en soufflant dans leurs trombones, et la jolie et menue Anna, au nom arménien, elle aussi verser une larme sur son violon, tout ça a fini par m'en arracher une...

Le concert a ensuite pu réellement commencer. Le répertoire n'avait rien de sensationnel mais ça n'avait pas d'importance. Un morceau de *Carmen* (c'est mieux que *Les Quatre Saisons*), quatre morceaux tirés de la *Quarantième Symphonie* de Mozart, une pièce de la composition du chef d'orchestre intitulée *Voices of the Wilderness*, pas mal du tout, et puis un truc d'un Norvégien.

C'était bien, vraiment bien, à part la radasse derrière moi qui continuait de jacasser malgré mes regards assassins appuyés et répétés. J'étais d'autant plus heureux de cette sortie que le concert ne s'éternisa pas... Une heure et demie, et c'était plié. Suffisant pour la culture. Un dernier coup de « Ma nation » pour la route, et encore un torrent de larmes et de sanglots dans l'assemblée, et c'était fini. Le chef d'orchestre était visiblement très ému. Mais de cette émotion pudique et forte d'un homme éprouvé qui revient à la vie. Ses deux seuls enfants sont morts dans une attaque iranienne sur Bagdad pendant ce qui fut sans doute la guerre la plus stupide, longue de huit ans et qui coûta la vie à près d'un million d'hommes. C'était sa soirée. Peut-être le début de sa revanche sur la vie qui l'a tant malmené toutes ces années.

Quatrième compte rendu de Bagdad.<br>(1<sup>er</sup> juillet 2003.)

(...)
Forcément, le fait de rencontrer, au milieu de tout ça, un monstre de la littérature contemporaine tel que Vargas Llosa, est un peu surréaliste. S'asseoir autour de cet homme à l'imagination aussi débordante et aussi fertile pour parler de son dernier roman qui raconte les vies entrecroisées de Paul Gauguin et d'un de ses modèles les plus fameux, se poursuivant entre Paris, le Pérou et la Polynésie, ça donne une ambiance bizarre. Un homme grand, costaud, chaleureux, présent, rien de l'intellectuel chétif et peureux, un gars qui mord dans la vie. Un homme à la simplicité désarmante et directe, répondant volontiers à nos questions de petits fonctionnaires de l'ONU perdus dans cet océan de folie humaine. C'était une oasis de culture et d'intelligence au beau milieu d'une souffrance et d'un chaos difficilement descriptible. Un bon moment, de ces moments que j'adore et que je déteste, qui ont marqué toutes mes années de mission. Des instants où plusieurs émotions se superposent, luttent entre elles, la joie, le doute, l'intérêt, la peur.

Mais le vrai fil directeur de ces derniers jours c'est

l'insécurité. Nous avons dû changer d'hôtel parce que le Sheraton semble être sur la liste des cibles potentielles d'une attaque de forte puissance, genre voiture ou bus piégé. Dire qu'on a passé trois semaines là. Enfin, j'ai déménagé vers un petit truc plus simple et je partage un petit appartement-suite (non, non rien de merveilleux) avec deux des gardes du corps du patron, armés jusqu'aux dents. (...)

Jeudi, le Musée national de Bagdad devrait rouvrir ses portes et pour l'occasion la coalition va sortir des coffres de la Banque centrale, sous bonne garde, le trésor de Nimrud. Il paraît que c'est une des merveilles de ce monde. Je ne manquerai cela pour aucune raison et je crois que la sécurité sera adéquate. Ensuite, il restera trois jours à tenir, soixante-douze heures, ça passe normalement vite, pas ici. Le sentiment de l'équipe est teinté d'inquiétude, je vois bien que certains trépignent, personne ne sait ce qui va venir et combien vont devoir rester (...).

Mais il faut faire le boulot, comme toujours, répondre présent, ramasser les couleurs des Nations Unies pour qu'un jour elles retrouvent la place que cette coalition arrogante et de plus en plus incapable a traînée dans la boue. Mais surtout il ne faut pas abandonner cet énième peuple trop longtemps parqué dans la voie sans issue de la douleur silencieuse et de l'injustice la plus abjecte. C'est notre devoir de tendre la main gratuitement, sans aucune arrière-pensée, sans intérêt autre que de promouvoir un peu de paix. Les Irakiens semblent nous accepter et souhaitent nous voir entrer sur la scène de façon plus importante. Je dois dire que secrètement j'attends le moment où les Nations Unies retrouveront enfin le rôle qui est le leur et que nous sommes ici, à une vingtaine de personnes, en train d'essayer de définir. Quelle revanche que d'avoir l'honneur de venir au secours de cette coalition de gros bras ! Quel moment extraordinaire que celui où nous pourrons donner l'ordre à un militaire de baisser son arme et de se taire ! Et ne plus avoir à subir cette humiliation publique des fouilles en pleine rue, malgré nos badges de l'ONU, malgré notre statut diplomatique. Un des membres de notre équipe, Ghassan Salmé, ancien ministre de la Culture au Liban, a été fouillé sans ménagement devant le Sheraton. Rien n'a servi de dire, de palabrer. Ils ne comprennent plus, ils n'écoutent plus, ils n'entendent plus.

Mais je n'en veux pas à ces jeunes du Tennessee, du Wyoming ou des bourgades de Philadelphie. Ils ne comprennent pas et eux aussi ont peur et sont démoralisés, on leur avait dit qu'ils allaient libérer l'Irak et les voilà à se faire tirer comme du gibier sur les routes. On les réexpédie chez eux au mieux estropiés, au pire engoncés dans des sacs en plastique noirs. Ils sont très jeunes, ils ont de l'acné et ne comprennent pas ce qui se passe. L'Amérique continue son long processus d'apprentissage historique, elle construit année après année cette histoire organique qu'elle ne possède pas du fait même de sa jeunesse. Elle refait le parcours long et tortueux de notre vieille Europe. Un jour, elle arrivera à la conclusion que la guerre ne mène nulle part, que la violence gratuite n'a jamais mené à rien de positif. C'est vrai, il faut garder la force comme ultime recours, mais vraiment comme ultime recours. Et là ce n'était pas le dernier recours, c'était ce groupe de bouffons enterré à Washington qui voulait jouer, montrer leurs muscles, prendre le monde et le modeler à leur image. Mais les racines des peuples sont profondes, il est impossible de tuer un chêne rapidement, son réseau de racines est bien trop étendu. Là, c'est pareil, l'identité d'un peuple met des siècles à se constituer, on ne la change pas en un jour et encore moins de l'extérieur.

Chaque jour qui passe me conforte dans mon impression que l'occupant est en train de perdre le contrôle de la situation. Ils réagissent mais ont perdu l'initiative. Selon moi, ils ont commencé à subir après leur victoire militaire éclatante. Là, oui, c'est eux qui menaient la danse mais, depuis, ils ont perdu un temps précieux, embourbés dans leurs tableaux, dans leurs présentations Powerpoint, dans leurs débats dogmatiques et idéologiques. Et s'ils échouaient, je pleurerais leur défaite parce que, comme je le disais dans un de mes derniers papiers, elle signifierait la défaite du peuple irakien. Ce serait la deuxième trahison de la part de l'Ouest après les fausses promesses de Bush père faites aux chiites du Sud et aux Kurdes du Nord puis lâchement abandonnés à l'ire meurtrière du boucher de Bagdad.

C'est comme s'ils jouaient à un grand jeu de société où tout serait pour de faux. Il me paraît de plus en plus évident que les Etats-Unis vont venir dignement quémander l'aide du reste du monde pour faire face à cette tâche titanesque. Le bourbier devient chaque jour plus collant et poisseux. Malgré tout, Washington continue de prendre des postures agressives et arrogantes. Bush et Rumsfeld martèlent que les Etats-Unis vont réussir, perpétuant ainsi la tradition de mensonge qu'ils ont contribué à apporter dans cette administration républicaine. Ils savent faire les fiers-à-bras ; mais les fissures sur cette façade sont de plus en plus apparentes. Et pourtant les sondages sont en chute libre, là-bas comme au Royaume-Uni de Tony Blair où plus de soixante pour cent de la population britannique dit ne plus lui faire confiance. La vérité finira par sortir.

Mais attention, dans ce jeu, il y a vingt-huit millions de joueurs qui commencent à ne plus trouver ça drôle du tout. Qui ne supportent plus de voir leurs enfants suffoquer en l'absence d'un quelconque ventilateur à cause des coupures continuelles d'électricité, pas d'eau, ou alors peu, et sale.

Et Dieu sait combien un peuple fâché peut faire des dégâts.

Le dernier message de Jean-Sélim me parvint à 15 h 27 le 19 août 2003. Une demi-heure plus tard, un camion-suicide percutait l'immeuble de l'ONU à Bagdad. Avec mes amis Sergio Vieira de Mello, Nadia Younès, Fiona Watson, et bien d'autres, tous, et Jean-Sélim Kanaan moururent en guerriers de la paix.

# Leçons de paix

*Septembre 2003*

« En préparant l'après-guerre en Irak, de quel modèle vous êtes-vous inspiré ? Du Japon de Mac-Arthur ?
– Non.
– De l'Allemagne post-nazie ?
– Partiellement.
– Quel modèle alors ?
– La libération de la France. Nous apportons le prochain dirigeant du pays dans nos valises ! »

Interrogé par un expert qui fit partie de nos conseillers politiques au Kososo, Paul Wolfowitz laissait apparaître une méconnaissance surprenante de l'Histoire et une incompréhension des psychologies humaines. Il peut paraître bizarre de comparer la France occupée par les nazis à l'Irak de Saddam Hussein, et la personnalité effacée d'Ahmed Chalabi à celle du général de Gaulle. Ainsi fut fait au Pentagone.

L'erreur venait de haut : le président Bush lui-même avait décidé, en signant en janvier 2003 la directive 24, que la responsabilité de la politique de reconstruction de l'Irak relèverait du ministère de la Défense, c'est-à-dire de Donald Rumsfeld, et non des Affaires étrangères. On déclarait alors au Pentagone que la stratégie s'apparenterait davantage « à l'occupation du Japon et de l'Allemagne qu'à l'image de ce qui s'était passé en Haïti, au Kosovo, en Bosnie ou ailleurs ». L'incompréhension commençait.

Aucune leçon ne parut digne d'intérêt aux conseillers de George Bush. Ils négligèrent d'entendre ceux qui avaient une expérience des missions de paix. Les responsables des différentes missions de l'ONU se rencontrèrent au cours de séminaires ou de séances de travail : l'administration n'en contacta aucun, sauf Jock Covey, qui avait dirigé la MINUK à mes côtés, et refusa d'aller en Irak.

A Bagdad, un officiel reconnut que, « dans le passé, les officiels américains n'avaient jamais voulu tirer les leçons des missions militaires précédentes, pas plus de Beyrouth en 1983, que de Haïti en 1990 ou du Kosovo. A chaque fois, ils repartaient de zéro. Cette fois, nous avions fait un effort de concertation et produit des plans excellents ». Il poursuivit : « Je me rends compte que cette orchestration était inutile puisque l'Office du secrétaire à la Défense allait commander toute l'opération sans même tenter d'utiliser le travail des autres... »

Comment les Américains et, à un moindre niveau, les Britanniques ont-ils pu commettre tant d'erreurs dans la phase dite de reconstruction en Irak ? Ils avaient gagné la guerre de magistrale façon. Les plans de bataille sortis tout empesés du Pentagone étaient impeccables. Puis le cafouillage s'installa. Ils avaient prévu une crise humanitaire qui n'eut pas lieu, comme le pressentaient tous les volontaires des ONG qui connaissaient le terrain, et qui ne furent pas consultés.

Les Américains avaient anticipé un flux de réfugiés aux frontières alors que tous ceux qui fréquentaient la région prédisaient un retour des exilés vers leur pays ! Ils pensaient qu'ils feraient très vite oublier nos communes trahisons de 1991, lorsque les chiites et les Kurdes se soulevèrent, sur les conseils des alliés du moment, et qu'ils ne furent pas plus défendus par les Américains que par les Britanniques ou les Français. Pour gommer cette traîtrise, il eût fallut donner des gages à une population dans le doute, permettre à des militants de la paix et des droits de l'Homme de parcourir le pays, en particulier le Nord qui était libre. Rien dans ce sens n'eut lieu.

Après la chute de Bagdad, le 9 avril 2003, on assista à une succession d'erreurs, organisée par un général à la retraite au talent improbable Jay Gardner, qui ne pénétra dans le pays que douze jours après la chute de la capitale, s'installa stupidement dans un des palais de Saddam Hussein et promit tout et son contraire au cours de visites télévisées dans le pays. Il fallut remplacer cet homme au plus vite. On dit même que, trois jours après son arrivée en Irak, Gardner reçut un ordre téléphonique de démission. Il eût été plus raisonnable de ne pas le nommer.

Après la victoire éclair remportée sur une Garde républicaine qui ne se défendit guère, le commandement des troupes de la coalition à Bagdad ne prit pas la mesure des désirs et des peurs d'une population qui ne demandait qu'à collaborer avec les GI's, pour peu qu'on lui procurât une sécurité ou les moyens de la construire par elle-même. Aberration : la coalition ne défendit pas plus contre les pillards les hôpitaux que les bâtiments administratifs. Ces structures sanitaires n'étaient pourtant pas très nombreuses, leur importance symbolique et pratique s'avérait immense pour une population pauvre, privée de soins depuis l'embargo qui avait démantelé le système de santé. On avait préparé une Constitution toute faite, mais on oubliait de prendre en charge les problèmes élémentaires de la vie quotidienne. Quatre mois après la fin de la guerre, l'électricité ne fonctionnait pas encore à son niveau normal. Et il n'y avait pas d'essence dans ce pays qui en produisait !

Aurions-nous fait la même erreur au Kosovo ? Pourquoi diable n'a-t-on pas tenu compte de nos déboires ? Les peuples ont d'abord besoin de confiance. Les militaires ne sont pas des policiers, ils répugnent à ces tâches et, à vrai dire, les accomplissent mal. La coalition n'avait prévu aucune police crédible, tant irakienne qu'importée. Tous ceux qui avaient travaillé pour l'Etat, de gré ou de force, par intérêt, pour faire vivre leur famille, furent assimilés à des membres militants du parti Baas et, dans un premier temps, renvoyés sans aucun moyen de subsistance ! Les populations, où qu'elles soient, préfèrent une police qui protège les rues à une absence de police et à la corruption ! Les Irakiens eurent l'impression que les Américains leur apportaient le chaos.

## Genèse de l'erreur

Les populations irakiennes sont diverses : chiites, sunnites, kurdes, turkmènes, assyriennes, etc. Mais plus de soixante pour cent des Irakiens sont chiites. En délivrant un pays majoritairement chiite de son dictateur assassin, on devait prévoir que toute consultation électorale donnerait une majorité aux chiites. Il faut donc construire, à l'intérieur du pays et pas seulement dans la diaspora, la majorité chiite la plus démocratique possible. Hélas, les fonctionnaires de George W. Bush, au début, s'y sont pris fort mal.

N'était-ce pas au Département d'Etat, à Colin Powell, de fournir les scénarios de l'après-guerre ? Les généraux doivent s'impliquer, certes, et participer à la prise des décisions, mais ils ne peuvent en aucun cas décider de la politique. A ces accusations les responsables américains ont répondu qu'ils avaient prévu plusieurs stratégies. A Washington, les militaires travaillaient sur des plans depuis 1998, certains recyclés de la guerre du Golfe de 1991. Des experts, disait-on, réfléchissaient au système législatif, à la Constitution future et aux partis politiques. Hélas, l'erreur, pour être habituelle, n'en fut pas moins grande : ils ne consultèrent pas les Irakiens de l'intérieur, et d'abord ceux qui, chiites, kurdes et quelques sunnites, proposaient depuis longtemps une Constitution fédérale.

Il en fut de même au Trésor, où des fonctionnaires américains avaient établi des plans pour une Banque centrale irakienne ; ils avaient voulu consulter le Fonds monétaire international, qui refusa cette responsabilité.

L'erreur fut de ne pas questionner les Irakiens, dont certains étaient d'honnêtes spécialistes.

J'ai moi-même rencontré Ahmed Chalabi et de nombreux membres de son parti, l'Iraki National Council. A la fin de longues conversations, je savais qu'il aurait du mal à être l'homme providentiel. Pouvait-on, sans rire, le comparer au général de Gaulle ?

Comment expliquer cette accumulation de bévues ? D'abord par la concurrence habituelle des ministères. Les études, conçues séparément par le Pentagone et le Département d'Etat, ne furent guère coordonnées. Les fonctionnaires de la Défense ignorèrent largement un plan d'après-guerre très abouti, élaboré par les services de Colin Powell, qui aurait dû être appliqué. Les conseillers irakiens s'opposaient les uns aux autres. Ahmed Chalabi était incapable d'une vision claire. Que faisait la Maison-Blanche, en particulier le National Security Council, en charge de la coordination ? Coincé entre les puissants ministres de George Bush, il ne remplit pas sa tâche. Pour finir, on accéléra la mise en œuvre du plan le plus éloigné de la réalité irakienne : celui du Pentagone.

Douglas Feith et Paul Wolfowitz, les conseillers de Rumsfeld, pensaient qu'après la débâcle de l'armée de Saddam Hussein, l'établissement de la paix ne serait plus qu'une promenade de santé. Ils estimèrent, dans leur ignorance des missions de paix, qu'en moins de trois mois l'affaire serait bouclée : un Irak démocratique naîtrait telle une immaculée conception. Donald Rumsfeld lui-même se désintéressa de l'après-guerre, croyant qu'il ne s'agissait plus d'un vrai problème militaire, mais d'une affaire d'intendance.

Le Pentagone n'avait rien prévu, ni la chaleur ni le terrorisme résiduel. Or, après de longs mois et par cinquante degrés centigrades, les conditionneurs d'air étaient toujours en panne, faute d'électricité, les bombes et les rockets explosaient à Bagdad. L'impossible se produisait : ceux qui avaient tant souffert de Saddam Hussein, les seuls capables de monter une vraie police, ceux qui connaissaient les meurtriers et leurs repaires, les chiites, n'étaient responsables de rien, et surtout pas de la police.

Les Etats-Unis ont négligé de préparer la suite politique de leurs opérations militaires en Irak, ces *peace keeping* ou *peace making operations*.

Les responsables du Département d'Etat et du Pentagone étaient-ils aveugles ? Les entourait-on d'une sécurité hermétique au point de faire barrière aux débats qui agitaient tous les *think tanks* des Etats-Unis, à New York et Washington en particulier : Rand, Stanley Foundation, Peace Academy, International Crisis Group, etc. ? Ne lisaient-ils pas les tribunes libres qui se multipliaient sur le sujet dans le *Wall Street Journal*, le *New York Times* et le *Washington Post*, pour ne citer que les principaux ?

On nous promit un homme préparé de longue date à la période qui suivrait la guerre, un général à la retraite, parlant arabe, ce qui fut la seule note adaptée à la dimension du problème et qui, au moins, prouvait que les Américains s'attendaient à débarquer dans une région précise du globe. Le pauvre Gardner fit trois petits tours sous les caméras, proféra quelques bêtises de faible portée avant de passer à la trappe, heureusement remplacé par Paul Bremer, un diplomate celui-là. Le général Gardner eut quand même le temps d'affirmer qu'il ne resterait pas plus de quatre-vingt-dix jours. Il répéta cette prévision au séminaire qui se tint pendant deux jours, en février 2002, avec les autres agences gouvernementales, à Fort McNair près de Washington. Paul Wolfowitz, qui avait tenu une réunion avec un millier de représentants irakiens en exil, pressentit que les choses n'allaient pas être aussi simples et demanda à un Forum pour la démocratie en Irak de se mettre au travail. Dix jours avant la guerre, il était trop tard.

## La sécurité

Wolfowitz reconnut plus tard avoir sous-estimé le problème et argua que « des unités entières auraient dû basculer dans notre camp qui auraient été utiles pour établir la sécurité. Elles n'en firent rien. » Lors de la première guerre du Golfe, les alliés avaient fait soixante et onze mille prisonniers parmi les soldats irakiens. En 2003, ils ne capturèrent que huit mille militaires. « Avant la guerre, ajouta-t-il, il eût été difficile d'imaginer que des bandes de baasistes et de gangsters qui avaient ruiné et massacré le pays pendant trente-cinq ans allaient continuer à se battre ! »

Comment ne pas relever la naïveté d'un tel propos ? Cette persistance dans le crime, ou cette autodéfense, était logique chez des gens qui n'avaient plus rien à perdre. On l'avait vérifié dans de nombreuses missions de paix ; le Liberia qui faisait, à côté de l'Irak, la une des journaux, le prouvait au moment même où Paul Wolfowitz tenait ce discours.

La sécurité devrait toujours et partout être une obsession pour des guerriers de la paix. Au cours de ma conversation avec Wolfowitz à Washington, j'avais lourdement insisté sur ce point.

Récemment encore à Bassora, pourtant beaucoup plus calme, où les soldats anglais marchaient dans les rues sans casque ni gilet pare-balles, des émeutes dressèrent les chiites contre les soldats britanniques. Les manifestants hurlaient et jetaient des pierres sur les troupes d'occupation en les accusant d'être incapables de rétablir l'électricité. L'insécurité, voilà la grande responsable des pannes. La guerre avait abattu dix-neuf pylônes électriques. Deux mois plus tard, quatre-vingts avaient été sabotés, dépouillés de leur équipement en cuivre. Il en avait été ainsi au Kosovo. Nous n'avions évité les affrontements qu'en expliquant longuement la situation et en impliquant les ouvriers des centrales, fortement syndiqués, dans le débat.

Les Américains avaient compté sur des désertions massives dans l'armée : en fait, les soldats démobilisés ont massivement rejoint le camp des saboteurs. Ils pensaient également que la police changerait facilement de camp. Personne n'avait donc prévenu les Américains de la ténacité des haines moyen-orientales et du désir de vengeance contre ceux qui avaient arrêté, persécuté, torturé le peuple depuis si longtemps au nom de Saddam Hussein ?

Alors, dans ces conditions, pourquoi ne pas envoyer davantage de troupes et surtout des policiers militaires, comme le recommandait le général Eric Shinseki, chef d'état-major des armées américaines ? Il aurait fallu appeler davantage encore de réservistes et le coût politique fut jugé trop lourd. Bien sûr, si les Etats-Unis avaient déclenché les hostilités pour de bons motifs – les massacres et la terreur qu'engendrait le régime de Saddam Hussein –, plutôt que sur des conjectures – les armes de destruction massive –, s'ils avaient tenu compte des aspirations et des besoins des populations, l'après-conflit n'aurait pas engendré autant de difficultés.

Les Américains ne firent pas grand cas non plus des effets de l'embargo sur les infrastructures du pays et sur une industrie privée des contrats d'entretien des pays socialistes. Nous avions commis une faute semblable au Kosovo. Ce ne sont pas les dommages de guerre qu'il fallut réparer, mais les dommages de paix, les années de corruption et de désinvestissement. De plus, l'Irak est un immense pays : comment surveiller chaque pylône sans impliquer la population, les chiites en particulier ?

Au malheureux général Gardner a succédé un diplomate proche de Kissinger, Paul Bremer. Il était un peu tard ; poursuivant leur logique de guerre, les stratèges du Pentagone n'avaient rien trouvé de mieux que de licencier les soldats irakiens. Du jour au lendemain près de quatre cent mille hommes se trouvèrent désœuvrés, sans salaire, incapables de subvenir aux besoins de leurs familles. Certains, qui n'étaient que des adversaires, devinrent des ennemis.

Inspiré par Vieira de Mello, qui dirigeait la petite mission de l'ONU, Bremer revint sur cette maladresse et entreprit de distribuer des salaires d'attente. Mais le mal était fait.

## Experts, dit-on

Pourquoi les Américains, qui participèrent à de nombreuses expéditions des Nations Unies depuis 1945, n'ont-ils pas consulté les centaines de textes existants, pas plus que l'un ou l'autre des responsables de ces missions ?

Qu'avait-on appris qui aurait pu servir au succès et non à la confusion de troupes surprises en Irak par des attentats prévisibles ?

D'abord que la démocratie pouvait être transférée, à condition d'y associer les populations, que la libération armée des peuples pouvait entraîner une adhésion plus rapide que prévu ; qu'un système de justice rénové était indispensable à cette transformation ; que la réunification d'un pays éclaté était difficile ; que le désarmement d'une nation contraignait les vainqueurs à assumer la défense du territoire conquis et à s'en sentir pour longtemps les protecteurs obligés*.

En Allemagne, les Américains avaient prévu après

---

* Thomas Carothers, *Aiding Democracy Abroad*, Carnegie Endowment Book, 2000. Karin von Hippel, *Democracy by Force*, Cambridge University Press, 2000.

la guerre une résistance prolongée des forces hitlériennes. Il n'en fut rien.

Ils apprécièrent diversement le Tribunal international contre les crimes de guerre à Nuremberg, premier du genre, qui suscita des polémiques. Le crime collectif extirpé en partie, les collaborateurs de Hitler chassés de l'administration, bien des imperfections et des injustices demeurèrent, mais la démocratie en sortit renforcée. Pas de paix sans justice.

Les Américains se rendirent compte que leurs alliés étaient précieux et qu'ils pouvaient grâce à eux agir au nom de la communauté internationale. Certes, l'Allemagne occupée était divisée en quatre zones, ce qui constitua un imbroglio administratif et empêcha longtemps la réunification. Mais la présence des autres nations – y compris la France qui avait si peu participé à la bataille mais qui, grâce à l'obstination du général de Gaulle, était présente – représentait un immense avantage politique et psychologique. Puissent-ils retenir cette idée pour la suite des événements en Irak...

Seule une aide humanitaire et financière massive permit le renouveau économique de l'Allemagne, qui impliqua les populations et les gouvernements eux-mêmes, à commencer par le plan Marshall. Des transferts précis de compétences et de financements s'imposèrent dans les domaines élémentaires comme le maintien de l'ordre, la justice, la nourriture, la santé, l'éducation... L'économie devait reprendre son essor avant même de penser à demander réparation aux vaincus. Une politique de stabilité monétaire était donc essentielle.

Ces enseignements restèrent valables pour de nombreuses missions, en particulier pour le Kosovo et l'Irak.

Autre référence du Pentagone : le Japon. Après deux bombes atomiques, la situation était très différente. Pourtant les leçons qu'en tirèrent les observateurs furent presque identiques : la démocratie était donc transférable à une société non occidentale. Malgré cette démocratisation forcée, une culture fort éloignée de celle des Occidentaux pouvait perdurer sans se dégrader. Les institutions existantes peuvent, si elles acceptent de coopérer, faciliter la transformation démocratique, quitte à la freiner ensuite. Une différence importante qui pèsera sur les autres opérations : les Américains furent convaincus qu'il était plus facile de construire ou de reconstruire une nation moderne sous l'autorité d'un seul occupant.

En matière économique les Américains pensèrent, à la suite de l'expérience japonaise, que la concentration des pouvoirs économiques entre les mains d'un seul homme paraissait infiniment plus efficace que de multiples délégations d'autorité. Saisirent-ils en revanche que le multilatéralisme avait facilité la réconciliation régionale ?

Au cours de l'opération de Somalie en 1992 à 1993, le bilan des pertes humaines fut un crève-cœur pour Washington, qui en tira une conclusion majeure : une unité de commandement militaire était indispensable, et elle devait être américaine. Cette malheureuse expérience interdit pendant quelques années la participation de soldats américains à des missions de paix des Nations Unies. Le mandat de l'ONU en Somalie ne visait qu'à protéger les distributions de vivres que les ONG ne pouvaient plus assurer. Cet objectif fut atteint.

Il n'impliquait pas un changement de gouvernement. Mais une opération lancée contre un chef de guerre tourna court et le nombre des morts américains dans un faubourg de Mogadiscio découragea les Etats-Unis pour longtemps.

Les Américains en conclurent que la naissance d'une nation exigeait des forces sûres, des ressources suffisantes et un pouvoir stable. Ils constatèrent que les Nations Unies, tant décriées, étaient capables, sous certaines conditions, d'exercer un pouvoir international temporaire, à condition d'agir sous l'autorité d'un commandement militaire unique. Quant à l'économie, il était facile de conclure qu'on ne pouvait espérer aucun développement économique sans sécurité dans la rue. Pourquoi les Américains n'ont-ils pas relu leurs propres textes avant de partir pour Bagdad ?

En Haïti, la communauté internationale souhaitait restaurer le pouvoir du président Aristide, chassé de Port-au-Prince par un putsch militaire après les premières élections libres et contrôlées du pays. Les Etats-Unis reçurent mandat pour le faire, aidés par quelques bataillons des Caraïbes. L'entrée des troupes sur le territoire s'effectua pacifiquement ; trois semaines après, le président élu était rétabli dans ses droits. La destinée de ce pauvre pays ne cessa d'empirer, hélas par la faute d'Aristide lui-même, mais l'intervention permit de préciser certaines règles.

Les sanctions économiques ne peuvent pas toujours remplacer une intervention militaire, mais l'ingérence armée pour des motifs humanitaires peut compléter des sanctions économiques que je n'approuve pas, et y mettre rapidement un terme, d'autant que ces sanctions sont souvent nuisibles, frappant seulement les plus pauvres. Une force internationale de police peut aisément remplacer des soldats de la paix. Une force de police locale, si elle est honnête, bien entraînée et bien payée devient une urgence politique, même si sa présence et son travail ne sont pas suffisants en eux-mêmes. Les militaires et les civils sont également indispensables au succès d'une mission de paix et doivent coopérer étroitement.

Les résultats économiques de l'intervention internationale en Haïti furent plus que médiocres. Après la période d'espoir qui suivit la chute des militaires, la corruption se renforça. Il fallut en conclure que l'économie ne pouvait se redresser lorsque le gouvernement était faible. Les privatisations, dogme libéral, ne pouvaient être justifiées et réussir qu'après une soigneuse préparation. Encore faut-il trouver des investisseurs.

Les réticences des gouvernements américains cessèrent avec la venue de Bill Clinton au pouvoir. Une nouvelle ère de missions de la paix s'initia sous l'administration démocrate.

Avec la fin de la guerre froide et la chute des illusions marxistes, les tensions internes de la Yougoslavie et les politiques brutalement nationalistes de Slobodan Milosevic achevèrent l'éclatement de ce qui avait été le plus acceptable des pays communistes. Après la séparation presque pacifique d'avec la Slovénie et celle, sanglante, d'avec la Croatie, la Bosnie multi-ethnique éclata. Un référendum, organisé en 1992, consacra la victoire des indépendantistes, les Bosniaques musulmans étant le groupe ethnique le plus nombreux. En avril 1992, l'Union européenne reconnut l'indépendance de la Bosnie. La guerre éclata. Au cours de l'hiver suivant, les troupes serbes prirent possession de soixante-dix pour cent du territoire bosniaque et décidèrent de « purifier » ces terres des musulmans et des Croates qui tenaient bon à Sarajevo, la capitale, pourtant sous le feu serbe. La ville soutint ce siège pendant plusieurs années.

On estime à plus de deux cent mille les morts ou les disparus en 1994. Les armées croates et bosniaques, alliées, armées par les Occidentaux, entreprirent alors de repousser les Serbes. A l'appel de l'Union européenne, qui jusque-là hésitait, les Américains s'engagèrent en Bosnie. L'OTAN décida de bombarder les positions serbes en août 1995. Les raisons avancées par le président Clinton furent plus claires encore que celles des Européens : les insupportables violations des droits de l'Homme que le monde entier contemplait sur ses écrans de télévision. Pas de pétrole ni d'intérêts stratégiques à défendre ou à conquérir. Il y eut très peu d'opposants à ces opérations militaires, et la « paix de Dayton », à laquelle Richard Holbrooke attacha son nom, fut accueillie avec soulagement. Quels enseignements tirèrent donc les Américains de leur engagement au cœur de l'Europe ?

L'unité de commandement est essentielle, tant chez les militaires que chez les civils, et une très large coalition emmenée sous l'égide de l'OTAN peut l'accepter ; l'Europe reconnut le fait mais n'en tira pas les leçons nécessaires. La participation américaine reste indispensable à toute entreprise de *peace making* d'envergure : on l'a encore vérifié au Kosovo, avec quelques autres recettes.

Il est presque impossible de maintenir une nation dans l'ordre et l'unité antérieurs si les pays voisins souhaitent l'éclatement.

On doit soigneusement fixer, ni trop tard ni trop tôt, la date des élections, repère déterminant sur le chemin de la démocratie.

Dans les sociétés qui passent brutalement du totalitarisme à la démocratie, et de l'économie dirigée au libéralisme, le crime organisé peut devenir le meilleur allié des forces oppressives.

Les pays donateurs doivent aller plus loin que leur engagement financier, et assumer un rôle économique, au moins transitoire, dans les régions où le multi-ethnisme demeure un obstacle.

L'élévation des impôts et des taxes locales peut favoriser l'apparition des gangs, des pillages et des rackets.

Les privatisations prennent du temps et une pression extérieure est à la fois nécessaire et dangereuse. Et, pour finir, la reconstruction d'un pays pauvre et divisé prend du temps. Beaucoup de temps.

Si les Américains et les Britanniques en viennent à échouer en Irak, c'est l'ensemble des démocraties, tous les pays occidentaux, qui en pâtiront.

Les populations irakiennes sont diverses, on le sait. Il existe des tendances centripètes, des velléités d'indépendance, des forces religieuses rétrogrades, mais l'ensemble des Irakiens est soudé par le nationalisme d'un pays récent, issu d'une des plus vieilles civilisations du monde. Personne ne s'est fait d'illusions sur la difficulté de la tâche. La libération des Irakiens était possible et souhaitable. A une seule et unique condition : les impliquer dans les décisions qui les concernent.

Les perspectives vont-elles changer avec l'arrestation de Saddam Hussein ? Les attentats diminueront lentement pour ne laisser place, pour un temps, qu'aux exactions perpétrées par Al Qaida.

Et, à la longue, les Américains gagneront. Mais les Irakiens eux, que voudront-ils devenir ?

# L'illégalité féconde

A qui appartient le malheur des autres ? A-t-on le droit d'empêcher les massacres ? Comment préserver les minorités ? Ces interrogations furent absentes de la querelle qui opposa les Etats-Unis à la France sur fond de dictature et de massacres irakiens. Pourtant, le débat n'était pas nouveau et la mutation de l'ordre international était largement entamée.

Nous avions fait des progrès depuis les années 1960. A l'époque, les Etats totalitaires ne redoutaient guère le jugement de leurs contemporains. Les despotes pouvaient tranquillement commettre toutes les hécatombes domestiques qu'ils souhaitaient. Fallait-il laisser mourir les opprimés ? « Oui », répondaient les monstres froids et les juristes internationaux. « Non ! » hurlaient les militants. Mais le droit étouffait les indignations.

En septembre 1933, à la Société des Nations, un citoyen juif allemand, M. Berheim, protesta contre les pogroms nazis. Le représentant du Reich, Joseph Goebbels, déclara sans être sanctionné : « Messieurs, charbonnier est maître chez soi. Nous sommes un Etat souverain. Laissez-nous faire comme nous l'entendons avec nos socialistes, nos pacifistes et nos Juifs*. » Et

---
\* Voir Mario Bettati, *Le Droit d'ingérence*, op. cit.

les nazis firent comme ils l'entendaient. Il n'y a pas d'espoir dans le silence des autres. René Cassin, impuissant, était là. Le premier, il s'indigna du « droit régalien au meurtre ». Il pensait sans doute, déjà, au droit d'ingérence*.

Il y eut la Shoah, et ceux qui savaient ne protestèrent pas. Après le conflit de 1939-1945, notre génération voulut réagir. Ainsi se créa – avec la guerre et la torture en Algérie, le Viêt-nam, les convulsions du communisme, puis les débuts d'Amnesty – ce qu'André Glucksmann appela un « humanisme de la mauvaise nouvelle »**. Nous n'attendions plus la mise en images des tueries pour nous élever contre elles. Depuis les années 1950, nous étions en alerte devant les injustices et les massacres sur les cinq continents, à l'intérieur des frontières d'Etats reconnus. Nous n'en pouvions plus d'indignation et d'impuissance.

Ingérence : le mot faisait peur, il semblait synonyme de viol. Pourtant, rien n'est plus consenti, dans la mesure où l'intervention répond toujours à un appel au secours. L'inverse relève de la non-assistance à personne en danger. La réponse des Etats, toujours la même, était claire : « Nous sommes chez nous, passez votre chemin. » Comment réagir à la détresse des blessés et des malades, aux violations flagrantes et systématiques des droits de l'Homme ? Qui était juge, puisqu'il s'agissait, à chaque fois, d'enfreindre la règle qui régit le droit international : la souveraineté des Etats ? Il fallait présenter à l'opinion publique plus

---

\* Voir Marc Agi, *René Cassin*, Perrin, 1998.
\*\* Voir André Glucksmann, *Ouest contre Ouest*, op. cit.

qu'un savoir livresque ou un point de vue juridique : une dimension sensible, une vision humaine qui faisait défaut. Les maîtres de cette puissance terrible furent ces centaines de milliers de regards d'enfants croisés dans les camps, dans les centres de regroupement, dans les familles abandonnées à même la terre, au hasard des chemins. Il fallait donner à voir cela au monde. Pour changer la loi, il nous fallait devenir illégaux. Ce fut le début du « sans-frontiérisme » et des *French doctors*.

Il me revient une histoire.

Un jour, André Malraux dit à Emmanuel d'Astier :

« Vous étiez un hors-la-loi : en juin 1940, vous avez commencé la Résistance seul.

– Pas seul, répondit d'Astier, avec un boucher, un employé du gaz et un maquereau, dans un bordel de Collioure. Nous l'avons fait et nous n'en avions pas le droit. Nous étions des enfants, nous nous sentions trahis par le monde des adultes. Nul n'est plus aventureux qu'un enfant.

– Je ne parlerais pas d'aventure, reprit Malraux, je parlerais de risque et de morale. Et de la rencontre du Mal : zone d'ombre et de fraternité. »

C'était en 1967. Sortant du grand bureau doré de Malraux au Palais-Royal, j'écoutais d'Astier me parler de l'interdit et de sa transgression. Jeune médecin, je me demandais comment faire évoluer les secours internationaux.

Le droit humanitaire s'enseignait à l'intérieur du droit de la guerre, lui-même inscrit dans le cadre du droit international. La possibilité d'aider les victimes dépendait de l'organisation juridique du conflit. Les indignations des civils restaient inutiles. Dans la guerre officielle, les secours n'étaient possibles qu'avec l'assentiment des gouvernements concernés. C'était à cette seule condition que la Croix-Rouge internationale pouvait intervenir. Il faudra de longues années d'activisme pour imposer la défense des droits de l'Homme qui, à l'époque, semblaient un concept facultatif, à usage strictement interne. Pas de droits de l'Homme à l'échelle internationale : « Charbonnier est maître chez soi » !

Lorsque nous avons pensé l'ingérence, au Biafra, entre 1968 et 1970, les Etats possédaient une souveraineté absolue et disposaient du droit de vie et de mort sur leurs sujets. Protéger un peuple ou une communauté sur son propre sol, de l'autre côté d'une frontière, demeurait interdit et, souvent, impossible. Avec quelques amis, nous avons tenté de le faire il y a plus de trente ans, en créant Médecins sans frontières. C'était en 1971. Les politiques se montraient indifférents et les juristes nous cherchaient querelle. De longues années se sont écoulées, années difficiles pendant lesquelles les médecins, souvent en grand péril, bravaient les interdits dans les faits en se rendant illégalement sur les territoires en guerre, sans que le droit ne progresse. Nous étions partout : du Liban au Viêt-nam, du Salvador au Kurdistan, du Moyen-Orient à l'Afrique, de l'Afghanistan à la mer de Chine.

Si le devoir d'ingérence, soutenu par l'opinion publique, gagnait du terrain, le droit d'ingérence, lui, stagnait. Les Français brocardaient cette invention française, avec ce masochisme si fréquent dans notre pays. Si nous voulions protéger, prévenir et non seulement guérir, les actions humanitaires de la société civile ne suffisaient pas. Il convenait de passer en politique.

Il fallut donc l'effort d'un gouvernement – celui de Michel Rocard –, d'un président de la République – François Mitterrand – et la création d'un secrétariat d'Etat à l'Action humanitaire pour que les victimes obtiennent un statut international, une personnalité juridique. Il était indispensable qu'elles puissent parler en leur propre nom, sans laisser cette prérogative à leurs gouvernements, censés les protéger, capables, tout aussi bien, de les assassiner en toute quiétude. Cette évolution fut rendue possible par l'adoption de deux résolutions de l'Assemblée générale des Nations Unies : en décembre 1988, la 43 131, qui garantissait le droit d'accès des sauveteurs aux victimes ; puis, en 1990, la 45 100, qui établissait les corridors humanitaires d'accès aux civils.

Depuis, le Conseil de sécurité et l'Assemblée générale des Nations Unies ont voté plus de deux cents résolutions allant dans le même sens que la résolution 688. Rappelons qu'en 1991 celle-ci avait institué le droit d'ingérence afin de protéger les Kurdes de Saddam Hussein en leur permettant de continuer à vivre à l'intérieur d'un Etat souverain, devenu interdit de crime. Son texte avait été rédigé chez Sadrudin Aga Khan, à Genève, par cinq personnes : Sadrudin lui-même, Pérez de Cuéllar, Stephan de Mistoura, Jean-Maurice Ripert et moi.

Lors de l'Assemblée générale des Nations Unies de 1999, Kofi Annan posa cette question essentielle : « Si l'intervention humanitaire constitue effectivement une atteinte inadmissible à la souveraineté, comment devons-nous réagir face aux situations dont nous avons été témoins au Rwanda ou à Srebrenica, que devons-nous faire face à des violations flagrantes, massives et systématiques des droits de l'Homme, qui vont à l'encontre de tous les principes sur lesquels repose notre condition d'êtres humains ? » L'interdit était franchi. Le gouvernement du Canada et un groupe de grandes fondations créèrent une Commission internationale de l'intervention et de la souveraineté des Etats (CIISE), dans laquelle figuraient des adversaires du droit d'ingérence, comme l'ancien patron du CICR, Cornelio Sommaruga, ou le Russe Vladimir Lukin. Après un très long travail de consultation, mené à travers le monde, la commission vota le texte à l'unanimité.

Récemment, le document de Gareth Evans et Mohamed Sahnoun, *La Responsabilité de protéger* \*, a été discuté pendant deux jours au Conseil de sécurité. La diplomatie garde ses pudeurs : elle préfère parler d'« intervention de protection humanitaire » et de « responsabilité de protéger » que de droit d'ingérence. Il n'empêche : c'est exactement la même chose. Hélas, lors du dernier combat de coqs au Conseil à propos de l'Irak de Saddam Hussein, chacun oublia ces avancées que nous souhaitions définitives.

On le voit : la mutation n'est pas achevée. Mais Mohamed Sahnoun, Gareth Evans et leurs amis ont transgressé les conformismes diplomatiques en publiant ce texte important. La « responsabilité de pro-

---
\* Ed. des Nations Unies.

téger » est désormais le nom pudique accordé à un instrument de prévention des massacres de masse. Le droit d'ingérence inventé par les *French doctors* a pris place parmi les grands instruments juridiques de la communauté internationale.

Un Etat – la République du Timor-Oriental – est né de l'ingérence, ce qui était improbable et même impossible à envisager il y a seulement dix ans, cinq ans, hier. Les souffrances du Kosovo provoquèrent une guerre internationale – qui fut initialement illégale, avant d'être entérinée par les Nations Unies, comme ce fut aussi le cas pour l'Irak où, depuis l'arrestation de Saddam Hussein, l'espoir de liberté revient.

De nombreux exemples nous persuadent de l'efficacité de l'ONU. Pourtant, dans le domaine de la protection des populations, rien n'est jamais acquis. Même le Proche-Orient, qui nous désespérait, entame un mouvement vers la paix, avec la récente initiative de Genève et les signatures israéliennes de La Paix maintenant.

Je rends hommage à ceux qui ont cru qu'aucun drame n'était hors de portée de leur indignation, hors de portée de leur volonté. Leur action ne fut pas un alibi, mais un acte de courage, une autre façon de faire de la politique. Je pense à ceux qui se sont dévoués au point d'en perdre la vie, à ceux qui ont sacrifié leur confort occidental pour venir en aide à des hommes, à des femmes et à des enfants. Grâce à eux, le devoir d'ingérence s'impose aujourd'hui au Conseil de sécurité. Par la détermination de Kofi Annan, ce débat – inimaginable il y a peu ! – a eu lieu. Demain,

Auschwitz et les crimes des Khmers rouges seront plus difficiles à accomplir.

Je crois en l'ONU, je crois en la globalisation contrôlée des démocraties et en ces droits de l'Homme parfois raillés par nos diplomates. Une conscience de notre responsabilité universelle se forge peu à peu. Je suis certain que l'Europe peut exiger davantage – en existant davantage, en affirmant ses valeurs. Avec la crise irakienne, l'Europe a connu un échec stratégique, elle s'est encalminée pour de longs mois, quelques années peut-être.

Contre les frayeurs de la mondialisation et les simplismes de ses adversaires, contre un libéralisme naïf et un gauchisme archaïque, construisons des réponses crédibles, des alternatives exaltantes, des mouvements militants. Nos slogans électoraux sonnent creux. Dommage : c'est un bien beau thème de campagne. La France a inventé l'ingérence ; hélas, ses dirigeants ont longtemps boudé une proposition qui est exactement à la mesure de notre pays. Ils devraient s'en saisir et la proposer à une jeunesse en mal d'enthousiasme.

Rien d'automatique ni de facile dans le concept d'intervention. La protection des faibles s'avère, à l'usage, une difficile et dangereuse aventure, vécue d'abord contre soi-même, contre la facilité du renoncement. Il s'agit d'une épopée nécessaire et formidable, dont on ne ressort jamais indemne. Mais je pense, après le Kosovo et Timor, après la Sierra Leone et l'Albanie, que l'on peut espérer gagner la partie si tous les conservatismes du monde ne reprennent pas le pouvoir en même temps, de l'Europe aux Etats-Unis.

Hélas, au moment du combat de boxe du Conseil de sécurité à propos de l'Irak, les droits de l'Homme et le droit d'ingérence ont dramatiquement battu en retraite.

Ce fut une défaite importante pour les militants. Une large partie d'entre eux se rangea servilement et sans débat derrière des hommes politiques myopes et sans mémoire, au mépris des indignations et des combats d'hier.

Ils oublièrent les Kurdes, les chiites et les terribles massacres. Ceux-là trahirent les victimes et troquèrent leurs révoltes contre des considérations clientélistes. Ils jouèrent de l'anti-américanisme latent et de la haine suscitée par un président américain qui – il faut le reconnaître – n'était pas le porte-parole idéal des disparus kurdes ou chiites. Et qui, d'ailleurs, n'en parla même pas.

## Le précédent du Kosovo

Certains qui furent les amis des droits de l'Homme et détestaient George W. Bush, et je les comprends, oublièrent l'essentiel : les Irakiens. D'autres demeurèrent obstinément debout aux côtés des victimes d'Halabja, de Bagdad et de Bassora*. Il ne fut pas facile, tout au long de cette crise, d'évoquer le Kosovo. En le mentionnant, on s'exposait à la même réponse

---

\* André Glucksmann, *op. cit.*

## Du devoir d'ingérence au pouvoir d'ingérence 455

qu'en faisant référence à l'attentat contre les Twin Towers : « Mais cela n'a rien à voir ! » La France ne se souvient que des événements qui lui conviennent.

Les bombardements déclenchés par l'OTAN contre l'armée serbe étaient à l'origine aussi illégaux que l'intervention en Irak. A l'instar de la France en février 2003, la Russie ayant menacé de faire usage de son droit de veto au Conseil de sécurité, il n'y eut pas de vote. Et, comme dans le cas du conflit irakien, l'ONU s'empressa de retrouver une unanimité et de rejoindre la communauté internationale. De la même manière que la résolution 1483 du 22 mai 2003, la résolution 1244 fut votée à l'unanimité, le 14 mai 1999.

Dès lors, qu'est-ce qui distingue ces deux crises ? « L'urgence », me répondaient les uns. « La proximité », disaient les autres, rappelant que, à l'inverse de l'Irak, le Kosovo se trouvait au cœur de l'Europe. Arguments peu convaincants : il n'était pas sérieux de parler d'urgence pour le Kosovo en faisant seulement allusion au massacre de Rajak – au cours duquel quarante-neuf villageois, des Albanais du Kosovo, furent tués. On ne saurait comparer l'échelle des massacres perpétrés par Saddam Hussein à celle des crimes de Slobodan Milosevic : il y eut environ dix mille morts au Kosovo, lors de la répression et après les bombardements de l'OTAN. En Irak, l'opération Anfall de nettoyage ethnique chez les Kurdes et les massacres des chiites dans le sud du pays firent entre quatre et cinq cent mille victimes[*] !

---

[*] Saïd K. Aburish, *Le Vrai Saddam Hussein*, Ed. Saint-Simon, 2003.

Quant à l'argument géographique, il soulève deux objections. L'armée serbe, malgré sa proximité, ne menaçait ni nos troupes, ni la stabilité en Europe. Par surcroît, le Kosovo n'était nullement un territoire stratégique, ne renfermait aucune richesse et ne représentait pas un marché potentiel.

Au terme de cette comparaison sommaire, il apparaît clairement que l'urgence se situait en Irak et non au Kosovo.

Autre aspect de ce parallèle : la démocratisation et le relatif succès de la communauté internationale au Kosovo devraient pouvoir servir d'exemple (mais pas de modèle). Hélas, le commandement américain en Irak ne semble pas avoir sérieusement étudié le dossier kosovar. Aucun des conseils proposés par les équipes internationales, au début tout au moins, ne fut suivi. Ces erreurs retarderont d'autant le retrait américain du pays.

Lorsque l'on écrira l'histoire des missions de paix des Nations Unies, je suis persuadé que de nombreuses études compareront ces deux opérations : Kosovo et Irak.

## La position des ONG

On peut également prédire qu'il existera des dossiers universitaires et bien des livres sur l'attitude des médias français avant, pendant et après la guerre d'Irak : tout au long de cette période, nos journaux et nos télévisions auront conjugué sectarisme anti-américain et indifférence absolue vis-à-vis de l'opinion et des souffrances des Irakiens. Quant aux organisations non gouvernementales, en particulier françaises, elles auront multiplié les atermoiements face à cette guerre américaine.

On alerta dans tous les sens. Comme d'habitude, on prépara l'accueil des réfugiés dans les pays alentour... alors qu'il aurait fallu, à l'inverse, concevoir le retour des exilés dans leur pays d'origine. Mais qui connaissait l'endroit et qui se souciait de ce pays si bien tenu en main par Saddam Hussein !

Il faut mettre les points sur les *i* en ce qui concerne les scènes de rapines survenues à Bagdad après l'entrée des forces américaines. C'est un fait : lors de la chute d'une dictature, les pillages sont la règle. Libérés de leurs despotes, ceux qui n'avaient pas accès aux richesses se précipitent pour rafler un maximum de choses – d'ailleurs souvent inutiles. Il faut souligner que ceux qui pillèrent les supermarchés étaient des indigents qui n'avaient pas accès à ces magasins réservés aux membres du parti Baas. Et les parias qui mirent les hôpitaux à sac ne pouvaient pas les fréquenter du temps de Saddam, tant la médecine relevait du marché noir. Tout cela était connu et attendu. Mais les forces de la coalition, qui avaient su gagner la guerre, se montrèrent incapables de simplement placer quelques chars devant les rares hôpitaux.

Certaines ONG crièrent à la catastrophe humanitaire – ce qui prouvait leur méconnaissance du pays et de l'état des esprits dans un Irak certes malmené par l'embargo, mais encore administrativement solide.

Malgré un nombre inconnu de blessés – dont de nombreux civils – et une désorganisation hospitalière extrême que les Américains n'avaient pas prévue, les premiers jours qui suivirent la chute du tyran se passèrent sans trop d'horreurs. Cela n'empêcha pas l'opinion publique internationale de se scandaliser des saccages de quelques hôpitaux et du musée de Bagdad. Erreurs impardonnables, en effet : comment les forces de la coalition n'avaient-elles pas prévu de protéger de telles cibles ? Quelques jours après, on apprit qu'une grande partie des objets précieux du musée était intacte...

Les ONG n'aiment pas les interventions préventives ; surtout, elles détestent les opérations unilatérales. Elles soutiennent plus volontiers les missions officielles de la communauté internationale. Pas étonnant, dès lors, de voir fleurir les jugements habituels : les membres des ONG n'avaient à la bouche que les mots de responsabilité, de légitimité, de légalité et d'efficacité.

Aujourd'hui, l'évolution me semble aussi nécessaire qu'inéluctable : ceux qui prennent en charge la misère et les souffrances du monde ne peuvent rester insensibles à leur prévention, même si elle prend, le plus rarement possible, la forme d'une opération armée*.

---

\* Voir Barnett R. Rubin, *Blood on the Doorstep*, Council on Foreign Relations Book, 2002.

## En guise d'avertissement

Le drapeau des droits de l'Homme peut se trouver provisoirement en berne. La libération de l'Irak – conséquence indirecte de la lutte contre le terrorisme – n'a pas été conçue en fonction de ces droits, qui devraient demeurer notre référence, sinon notre seule boussole. D'ailleurs, en France, la chute du régime de Saddam avait été précédée d'attaques hautement symboliques d'une partie de la droite et de la gauche contre les « droits-de-l'hommistes ».

Hormis Tony Blair, personne ne fit référence à ces valeurs. Quant aux militants, ils condamnèrent l'intervention – avant tout parce que les Etats-Unis la conduisaient.

Personne – ni les Américains pour s'en féliciter, ni les Français pour la condamner – ne reprit une résolution essentielle pourtant sur la situation des droits de l'Homme en Irak (A/res/57/232), qui fut pourtant votée par cent quatre-vingt-sept voix contre trois à l'Assemblée générale des Nations Unies, le 23 janvier 2003. La presse n'en fit même pas mention ! Précisons que les trois pays qui votèrent contre furent Cuba, la Syrie et la Libye. Cette longue résolution est fort claire. Je n'en reproduis ici qu'un paragraphe qui résume à mon sens la défaite des droits de l'Homme :

« ... condamne énergiquement :
a) Les violations systématiques, généralisées et extrêmement graves des droits de l'Homme et du droit international commises par le gouvernement irakien, qui

engendrent une répression et une oppression constantes, reposant sur une discrimination de grande ampleur et la terreur généralisée ;

b) La suppression de la liberté de pensée, de conscience et de religion, d'expression, d'information, d'association, de réunion et de mouvement, résultant de la peur des arrestations, incarcérations, exécutions, expulsions, démolitions de maisons et autres sanctions ;

c) La répression à laquelle est exposée toute forme d'opposition, en particulier le harcèlement, l'intimidation et les menaces dont sont victimes les opposants irakiens vivant à l'étranger et les membres de leur famille ;

d) L'application généralisée de la peine de mort, en violation des dispositions du pacte international relatif aux droits civils et politiques et des garanties des Nations Unies ;

e) Les exécutions sommaires et arbitraires, notamment les assassinats politiques et la poursuite du nettoyage des prisons, le recours au viol comme arme politique, ainsi que les disparitions forcées ou involontaires, les arrestations et détentions arbitraires couramment pratiquées et le non-respect constant et systématique des garanties judiciaires et de la légalité ;

f) La pratique généralisée et systématique de la torture, ainsi que le maintien en vigueur des décrets punissant certaines infractions de peines cruelles et inhumaines. »

La communauté internationale avait rarement voté un texte d'une telle fermeté, presque à l'unanimité de surcroît. N'aurait-on pas pu, alors, établir une stratégie politique d'entente et de pression pour exiger le départ de Saddam Hussein ? Personne n'a osé tenter l'expérience. Il eût fallu une autre imagination que celle qui fut déployée par deux obstinations simplistes et opposées. Dès lors, la défaite des droits de l'Homme était inéluctable.

La communauté internationale, enfin ressoudée, doit maintenant réussir la démocratisation de l'Irak sous la direction des Nations Unies. Mal entamée, cette opération essentielle sera sûrement difficile à mener à bien. Mais je ne doute pas de la victoire finale de la démocratie.

# Croque-morts et comptables

*Octobre 2003*

Le génocide arménien, la Shoah, le goulag, le génocide des Khmers rouges, celui du Rwanda, les épurations ethniques de Saddam Hussein : les tueries majeures de l'Histoire ne s'impriment pas toutes dans les consciences. Dans nos sociétés de mémoire télévisée, d'images qui défilent et s'effacent, rares sont les blessures dont la durée de vie dépasse quelques jours, sauf dans la mémoire enfouie des victimes.

Alors que les opérations militaires américano-britanniques se préparaient, nous étions peu nombreux à tenter de réveiller les amnésiques qui ne voulaient pas tenir compte des horreurs perpétrées par le maître de Bagdad. Le dictateur n'avait-il pas été notre plus gros client en matière d'armements de toute sorte, un généreux soutien financier des campagnes électorales françaises ? N'avait-il pas, cela fut dit, la stature d'un « de Gaulle du Moyen-Orient » ? De Harvard où j'enseignais alors jusqu'à Paris, personne ne semblait avoir eu vent de ses crimes. Amnésie ou révisionnisme ? Anti-américanisme ? Ceux que j'avais connus militants farouches des droits de l'Homme sélectionnaient leurs indignations pour mieux condamner les errements idéologiques de l'administration Bush.

Je tempêtais, j'essayais de convaincre, je rappelais des évidences. Des médecins avec lesquels j'avais découvert les souffrances des Kurdes, depuis 1974, baissaient la tête. Que se passait-il pour qu'ils deviennent muets, qu'ils se détournent de moi, qu'ils me considèrent comme un suppôt d'un impérialisme que j'avais combattu toute ma vie ? Devais-je donc me justifier ? Devais-je fournir un *Ausweis* de bon militant des droits de l'Homme, une preuve de ma détermination à lutter contre les méchants Américains au sortir du Kosovo où leur présence nous avait permis de faire bonne figure, sinon de remporter une victoire démocratique définitive ? Je ne savais plus où nous en étions.

A Paris, on comptait sur les doigts d'une main ceux qui n'avaient pas flanché, les inflexibles : mes amis André Glucksmann, Pascal Bruckner, Romain Goupil, et Pierre Lelouche et Alain Madelin, mes adversaires politiques, comme on dit par commodité. Cruelle ironie ! Beaucoup se taisaient mais n'en pensaient pas moins.

Personne n'osait critiquer le veto français au Conseil de sécurité, ce geste définitif et à mon sens inconsidéré, qui avait contribué à pousser plus encore les alliés à la guerre. La grenouille s'était faite plus grosse que le bœuf, les Français pavoisaient.

Personne ne voulait prendre en compte les votes des trois quarts des démocrates américains en faveur de la guerre, dont celui d'Hillary Clinton. Et si un président démocrate avait dirigé cette attaque sur l'Irak ? demandais-je aux amis.

Est-ce la main qui se tend qui caractérise la victime, ou bien sa souffrance ? On oubliait le 11 septembre. Les Américains s'étaient mués en agresseur du monde arabe. Ceux qui soutenaient que l'univers se porterait mieux sans la dictature d'un assassin comme Saddam Hussein devenaient immédiatement suspects d'être pro-américains ou pro-israéliens, ou les deux, surtout s'ils étaient juifs.

Suis-je juif ?

Trois petits mots : impossible de faire plus dense, plus historique et plus simple que cette phrase qui résume une vie avant qu'on l'assassine. « Je suis juif » : les derniers mots de Daniel Pearl, le journaliste américain égorgé par des fondamentalistes musulmans au Pakistan, l'homme par excellence, avec son innocence obstinée, sa quête de compréhension, de morale et de justice, avec sa peur abolie par la proximité et l'évidence du meurtre, avec la claire conscience de la cruauté des autres*.

J'ai essayé d'échapper à cette évidence : on ne décide pas seulement d'être ou ne pas être juif en employant, vis-à-vis de soi-même, des subterfuges variés, dont celui, bien sûr, de l'assimilation. Ce sont les autres qui vous désignent comme juif, un jour ou l'autre. On n'échappe pas à cela. Cela vous tombe dessus. « Le juif est un homme que les autres tiennent pour juif », disait Sartre.

Je suis juif par mon père. Le christianisme de ma mère, protestante dans une famille de catholiques,

---

\* Voir Bernard-Henri Lévy, *Qui a tué Daniel Pearl ?*, Grasset, 2003.

aurait pu m'exempter d'angoisse. Ce fut le contraire. Demi-juif, c'est plutôt l'être deux fois quand la rage et l'Histoire l'imposent. Je suis juif quand je veux.

Que font les juifs ? Ils guettent. Ce sont les veilleurs de l'intolérance. Ils observent et ils se mêlent de ce qui les regarde : les affaires des autres. Ils étudient les mécanismes des massacres qui vont les broyer. Que font les juifs ? Ils arpentent les territoires des massacres. Ils sont les marqueurs des tueries, les papiers tournesol des cruautés. Si l'on commence à s'en prendre aux juifs, les femmes, les démocrates, les religieux modérés, les plus faibles, et bientôt tous les autres y passeront.

Ainsi l'ONU aura subi à Bagdad son 11 septembre, une sorte de baptême du feu cruel qui met fin à la fausse innocence. On commence à tuer les juifs, puis des Américains, puis les musulmans tolérants, les tenants de l'islam des Lumières, puis tous les autres auxquels, sans qu'ils le sachent, l'intolérance et l'extrémisme religieux auront déclaré la guerre.

Devais-je me défendre de soutenir l'existence de l'Etat d'Israël, dont la légitimité vacille sous les coups portés conjointement par Arafat et Sharon, ces deux vieillards obstinés incapables de paix ? Beaucoup considéraient que le soutien de l'administration Bush à la pire politique qu'Israël avait jamais conduite m'aveuglait.

Mes engagements dans la région et mes missions, je les ai menés en permanence aux côtés des Palestiniens, et quelquefois avec des Israéliens. Ce furent mes équipées les plus dangereuses, sur le mont Hermon aux côtés des troupes marocaines, en 1976 dans le Sud-

Liban avec le Comité des déshérités, aux côtés de l'iman Moussa Sadr, qui sera assassiné par Kadhafi et dont les portraits aux yeux doux marquent encore les rues et les murs des maisons chiites du Liban ; dans le quartier islamo-progressiste de Bourg-Hamoud-Naba bombardé par les chrétiens depuis Sin El Field... J'organisai avec Médecins sans frontières plusieurs dispensaires et hôpitaux à Saïda et surtout à Tyr. Je fus le compagnon du Croissant-Rouge palestinien depuis le terrible Septembre noir, à Amman et à Irbill encerclé. J'entretiens depuis plus de trente ans des rapports cordiaux avec son président Fathi Arafat. J'ai installé, sur la suggestion de Yasser Arafat, au lycée Clemenceau, sur Karakol Druze, dans Beyrouth pilonné et conquis par Sharon, un véritable hôpital. Je n'en suis sorti qu'après la bataille. J'ai pris en charge les blessés de Tal-e-zatar et de la Quarantaine.

Cherche-t-on à alimenter une querelle dans ce passé de militant alors que, depuis le Comité international de la gauche pour la paix au Moyen-Orient, créé en 1967, après la guerre des Six-Jours, par Marek Halter je milite pour l'existence de deux Etats sur un seul territoire : le palestinien et l'israélien ? Je préfère ne pas tenir compte de ces soupçons déshonorants, mais j'ai du mal à comprendre ce retournement de pensée, cet honneur piétiné.

A ceux qui connaissaient la condition funeste faite aux chiites et aux Kurdes, je pardonne moins encore. Le pacifisme le plus plat a flotté sur mon pays, conforté par ceux qui préfèrent la mort des autres aux périls légers qui pourraient les atteindre. Confort de l'âme, tiédeur des engagements, peur de penser droit.

## Du devoir d'ingérence au pouvoir d'ingérence 467

Ces indignations sélectives me remettent en mémoire les indignations vertueuses de certains tartuffes dont je fis partie un court moment et qui hurlèrent quand, en 1978, les Vietnamiens envahirent le Cambodge des Khmers rouges et – sans doute avec des arrière-pensées – bloquèrent les tueries. Souvenons-nous des indignations légitimes qui permirent aux ayatollahs iraniens de chasser le shah, non pour supprimer la police politique, mais pour la renforcer en lui adjoignant une police totalitaire des mœurs. Et qui inventèrent, sous le vocable d' « étudiants en théologie », ces groupes sectaires qui imposèrent le pouvoir des talibans qui remplaça la désastreuse présence des Soviétiques en Afghanistan. Ceux-là, cette fois, étaient américains.

Nous étions quelques-uns que le malheur des autres ne laissait pas inactifs. Médecins sans frontières, Médecins du monde, Aide médicale internationale, *French doctors* et rarement juifs, nous avions conjugué nos efforts sous des latitudes extrêmes auprès de gens différents, dont nous découvrions les douleurs semblables et les plaintes univoques. Médecin : cette profession présente l'avantage d'une utilité sans frontière et l'intérêt d'une éthique universelle. Si les patients, les souffrants, les malheureux nous appelaient, nous arrivions, surtout si c'était interdit, parfois si c'était impossible.

Cette activité charitable est profondément politique. Tenter d'empêcher les massacres, de prévenir les génocides, de protéger les plus fragiles, n'est-ce pas le but et la noblesse du politique ? Si le respect des droits de l'Homme n'est plus le domaine réservé des Etats, l'intrusion de la société civile, des intellectuels et de l'opinion publique contraint les Etats.

Nous avons pratiqué pendant quarante ans cette quête opiniâtre d'une fraternité humanitaire quelquefois entrevue, nous avons inventé le devoir puis le droit d'ingérence humanitaire. Il fallait bien résister à l'évidence : chaque homme est une bataille, un tueur inachevé qui souhaite nuire sans en avoir toujours les moyens. On tue pour exister, pour se croire immortel. On tue parce que les hommes s'ennuieraient dans l'existence sans avoir de vies à supprimer et que l'hormone mâle soutient bien l'extrémisme religieux. Quand on est seulement un petit homme, il faut bien tenter de gifler Kafka.

Le droit d'ingérence démocratique, au Kosovo ou à Timor, bons exemples inachevés, ou en Afghanistan et en Irak, mauvais exemples tout aussi inachevés, fait de l'individu le patrimoine commun de l'humanité, et des enfants de Tchétchénie ou du Liberia nos enfants à tous.

## ÉPILOGUE

## *We did it in the dark*

« *We did it in the dark !* » Nous l'avons fait dans le noir : telle fut la devise des conjurés de notre mission au Kosovo. On l'avait imprimée sur de précieux T-shirts noirs dont je conserve un exemplaire sans oser le porter. « *We did it in the dark*, docteur ! » me répétait Moulay Hicham dans le couloir agité qui abritait ma garde rapprochée. Chacun chantait le refrain à sa manière, avec son accent particulier, Eric, Yoshifumi le Japonais, nos deux germaniques, Ian et Axel, le Grec Alexandros, l'Italienne Marina, ou encore nos deux New-Yorkaises, Nadia et Nina.

*We did it in the dark.* Sur le T-shirt, on devine à peine la ville de Pristina, comme si elle était une fois encore en panne de courant.

*We did it in the dark* : le slogan correspond bien à cette résolution des Nations Unies qui guidait nos pas incertains. Elle était réputée inapplicable et ne s'accompagnait d'aucun mode d'emploi. Nous allions bientôt comprendre que la résolution 1244, votée à l'unanimité par le Conseil de sécurité, n'était pas vraiment faite pour être mise en œuvre, mais pour donner à la conscience du monde qui siège à Manhattan un prétexte à mouliner d'autres textes et continuer la danse. Nous étions là, non pour parvenir à nos fins, mais pour atténuer le choc. Jock, Eric, Jean-Sélim, Ian, Axel, Icham, Nina, Nadia, Marina, Maria Helena, Axel, Sylvie, Alexandros, Mimoza, Vera, Alexandra, Stéphanie, Nasra, Maryan, Tom, Dan, Gherard, José Luis, Fritz, et Mike Phillips le marine, James Hardy, mon attaché militaire et tous les autres, nous avons considéré la 1244 comme notre Loi. Nous l'avons appliquée, innocemment, obstinément, en nous servant de Milosevic comme d'un repoussoir pour tenter d'apprivoiser ses ennemis. *We massage them*, disait Eric, mon frère.

Militants du droit d'ingérence, nous voulions, coûte que coûte, protéger les Albanais du Kosovo. Nous l'avons fait avec un enthousiasme et un bonheur qui compteront parmi les petits progrès du monde, et nous avons réussi. Hélas, nous n'avons pas su assez tôt défendre les Serbes, devenus à leur tour une minorité opprimée. Ce fut mon échec, notre échec, qui ne l'emportera qu'aux yeux des partisans de l'immobilisme, des conservateurs de l'atroce. Pas au regard des justes, de ceux qui ont lutté contre la résignation, là-bas, sur ce plateau balkanique gelé l'hiver et torride en été, du nord au sud, des meurtres racistes dans les rues affreuses de Mitrovica aux beautés acérées des gorges qui mènent au Monténégro, au-dessus de Pec, là où les hommes de Ramusch Haradinaj tinrent la route étroite avec un seul fusil contre les chars des miliciens serbes qui, plus haut, brûlaient les maisons, les étables, les poulaillers, fusillaient les hommes, les enfants, les femmes après les avoir violées. Ce n'était pas une excuse pour les massacres de la revanche, des Albanais assassinant à leur tour des Serbes, des Roms, des Tziganes, des Bosniaques, meurtres exécutés sous nos yeux et que nous ne pûmes empêcher tout de suite. Trop de fois nous avons pleuré devant des corps mutilés et serré les poings devant des cercueils.

On nous avait envoyés au casse-pipe au nom d'un consensus international auquel personne ne croyait sauf nous, la belle équipe, la *dream team*, qui s'y attachait d'autant plus que chaque jour elle doutait de tout. Mission impossible puisqu'il fallait au plus vite réconcilier les ethnies du Kosovo façonnées et meurtries par des siècles d'Histoire. Dénouement hors d'atteinte puisque la résolution prévoyait d'établir une « substantielle autonomie » là où tous les Kosovars voulaient une indépendance totale. Je me souviens d'une caricature parue dans un des innombrables journaux hostiles à l'entreprise : « *Vous avez aimé Srebrenica, vous aimerez Pristina...* »

Nous nous sommes bagarrés nuit et jour contre l'évidence d'un échec programmé. Nous avons goûté cette menace et savouré ce combat.

Nous aurions pu abandonner, revenir vers la douceur de nos pays et de nos familles. Nous y avons songé, souvent nous l'avons décidé devant tant d'indifférence, de violence, de danger ou d'absurdité, dans une solitude, un isolement comme je n'en avais jamais rencontré au plus fort des guérillas, dans le dernier cercle des atrocités des vraies guerres. Nous avons couru le risque de sortir défaits de notre victoire. Certains l'ont été. On ne demeure pas indemne de la survie des autres, encore moins de l'indifférence.

Le Kosovo fut avant tout une épreuve contre nous-mêmes, un défi mortel aux conformismes, une douleur pour ceux qui espéraient que leurs représentants allaient les aider à rendre le monde plus beau, un jalon quand même sur la piste des droits de l'Homme, un épisode de la longue lutte contre les racismes, les renoncements et les silences. Bien des gens, bien des Français, dirigeants ou sans-grade, nous ont aidés. Je les remercie ici, enfin, avec émotion.

Je n'ai jamais été plus heureux qu'au Kosovo. Je m'y suis senti utile, animé par deux convictions qui n'en sont qu'une : l'humanitaire et la politique. On n'est pas forcé d'aimer ceux qu'on aide, mais c'est préférable. Si nous avons souvent détesté les Kosovars, nous avons adoré le Kosovo. L'humanitaire n'est pas seulement un humanisme, c'est surtout une forme de politique, un style d'action, une quête de cohérence, qui lentement transforment le monde. En France, où on aime jouer des mots, on nous brocarde sous le vocable méprisant de « droits-de-l'hommistes ». Pourtant cette stratégie de l'ingérence a fait évoluer le monde et transformé les diplomaties. Parfois ceux-là mêmes qui la détestent feignent de l'encourager pour mieux la confondre. La mission Kosovo passa d'abord pour un échec programmé, puis pour un succès. Elle n'est rien d'autre qu'une promesse.

La belle équipe s'est séparée dans le courant de l'année 2001, en se jurant fidélité. Depuis, au moindre appel, ils accourent, au moindre signe, j'arrive.

Le 11 septembre 2001 est survenu, qui a changé les urgences, les alliances et la tonalité des rapports internationaux. Avec l'aval de l'ONU et l'apparente union des démocraties, l'Amérique et ses alliés menèrent hâtivement une opération en Afghanistan, sans qu'on consacre les moyens militaires et financiers indispensables à sa réussite. Vint ensuite l'assaut précipité contre un Saddam Hussein dont on semblait enfin découvrir la nocivité. Les Etats-Unis et la France se livrèrent à un pugilat diplomatique, d'un côté comme de l'autre pour de mauvaises raisons. L'entente des démocraties, la connivence naissante pour corriger l'ordre international en faveur des plus opprimés se trouvèrent pulvérisées par les méthodes américaines et fracassées par la maladresse française.

Imbus de leur légitime défense, les conseillers de George W. Bush ne s'entourèrent d'aucune précaution et ne tinrent compte d'aucune expérience. Il est difficile à la première puissance du monde, même si c'est injuste, de poser au martyr. Tout à coup, Washington invoqua la présence en Irak d'armes de destruction massive et de liens avec Al Qaida. Comme si les prétextes importaient peu, les Américains commencèrent à masser des soldats autour de l'Irak sans attendre l'assentiment de leurs alliés et des membres du Conseil de sécurité.

Nul n'invoqua les violations massives des droits de l'Homme dont se rendit coupable le régime de Saddam Hussein. Tardivement, en fin de crise, seul Tony Blair s'en empara. Tout se passa comme si l'administration américaine, sans se soucier des populations irakiennes, n'écoutait que des exilés à sa solde. Saddam devint l'ennemi régnant sur un « Etat voyou de l'axe du mal », et non le tyran sanguinaire qui assassinait son propre peuple.

Tous ceux qui, nombreux, contestèrent bruyamment la politique américaine ne se soucièrent pas davantage des Irakiens. Ils incriminaient la violation de la légalité internationale, même si chaque coup porté contre Washington confortait le dictateur. Le peuple irakien n'avait toujours pas son mot à dire. Nous fûmes quelques-uns à plaider que seuls comptaient le jugement et la décision des victimes, c'est-à-dire des Irakiens eux-mêmes. On ne nous entendit pas.

A chaque génération son génocide. Nous étions trop jeunes pour nous révolter contre Auschwitz. Le Biafra, le Cambodge, le Rwanda, les Balkans : contre les grands massacres de notre époque, nous nous sommes mis en mouvement. Nous avons inventé l'action humanitaire, une solidarité de la main à la main. Nous rêvions de défendre les groupes humains et les minorités avant qu'on les meurtrisse. Nous avions l'ambition d'intervenir contre les dictatures assassines. Empêcher l'extermination des minorités, cela exige une volonté politique au-delà des bons sentiments. L'action humanitaire induit un engagement global, celui de la communauté internationale et de l'Organisation des Nations Unies. Kofi Annan, que je respecte et que j'aime, le sait plus que tout autre.

Ces idées, venues des militants et de la société civile, ont lentement progressé dans les cercles dirigeants. Puisqu'il faut souvent battre les lois en brèche pour les améliorer, les juristes étaient en retard, mais de multiples thèses, colloques et ouvrages, édifiaient progressivement une théorie des préventions et des interventions collectives. Devoir accompli des militants, le droit d'ingérence ne provoquait plus les sarcasmes des responsables politiques.

Nous avons tenté d'énoncer des principes, d'ébaucher une méthode, de codifier les mécanismes de l'ingérence. Avec la Bosnie, puis le Kosovo et le Timor-Oriental, nous avions le sentiment d'avancer. Grâce à l'ONU, nos convictions militantes devenaient réalité. Enfin se dessinait une globalisation positive et humaine.

Puis vint l'Irak. Au droit d'ingérence porté, encadré, exercé par la communauté internationale au nom de principes communs, les Etats-Unis ont substitué le pouvoir d'ingérence. Nous n'avons pas fini d'en comprendre et d'en subir les conséquences.

Les Balkans nous avaient réunis. A Bagdad, un camion-suicide nous a dispersés. Nadia, Jean-Sélim, Sergio, Fiona, les autres, nous ne vous abandonnerons jamais. Nous poursuivrons. Nous sommes obstinés.

*Bonifacio, août 2001-Paris, janvier 2004.*

*Je tiens à remercier :*

    Eric Chevallier,
    Michel-Antoine Burnier,
    Jean-Christophe Brochier,

*ainsi que :*

    Christine Ockrent
    et Jacques Séguéla,

*pour leur aide précieuse dans la réalisation de ce livre.*

# Table

ENVOI : TOMBEAU POUR MES AMIS ASSASSINÉS . . . . . .   9

INTRODUCTION : VJOSA LA REBELLE . . . . . . . . . . . .  15

    Au bar du Casablanca – Les pépites de la haine – Un homme digne

I. LA GRANDE MISSION . . . . . . . . . . . . . . . . . . . .  33

    Chacun sa croix – Candidat – « Salut, toubib » – East River – Protocoles – Les enfants empoisonnés – L'histoire brisée des Balkans – L'heure du départ – Le Kosovo vu du ciel – La belle équipe – Une princesse égyptienne – La ville et les chiens – La nostalgie de l'espérance.

II. LES JOURS DE CETTE GUERRE . . . . . . . . . . . . . .  111

    La moisson noire – La vallée de la révolte – La mémoire du feu – Les orthodoxes – Des musulmans du Kosovo – La lutte armée – Zoulou One – « *Transformimi* » – Le pont sur la rivière Ibar – Klaus Reinhardt et la Nuit de cristal – La marche sur Mitrovica – La violence faite aux femmes – Sevdije – Les yeux verts – Shukria Reka – Avec un ciel si bas...

III. LE MÉDIATEUR DU SANG . . . . . . . . . . . . . . . . . 215

> La police et l'ordre public – Dégager la place – Le rythme des meurtres – Policiers et militaires – La prostitution – Droits de l'Homme et liberté de la presse – L'information – Une occasion manquée – Les visiteurs – *Mister President* – L'ami Richard – Le prince et le séducteur – Du monde entier – Un soutien précieux.

IV. L'ADMINISTRATION DE LA LIBERTÉ . . . . . . . . . . . 281

> L'ingérence judiciaire – La loi – Quel droit, quelle loi ? – Les juges – Le libéralisme forcé – Administrer des choses – Privatisations – Le secteur de l'énergie – Centrale électrique – *Outreach campaign* – *Yes but no* – Vushtrri-Vucitrn – Le piège de Suva Reka – Le miel et l'attentat – Les disparus de Djakova – Dragash-Gora – Obilliq-Obilic – Fin de campagne – A Peje-Pec – L'homme de Dayton – Retour en avant – Le maître d'œuvre – Retour de la démocratie serbe – Les rues de Pristina.

V. DU DEVOIR D'INGÉRENCE AU POUVOIR D'INGÉRENCE . 381

> Halabja – Al Qaida et Ansar El Islam – La mort des enfants irakiens – *Twin Towers' blues* – Ni la guerre ni Saddam – Si Blair avait été plus sincère... – Lettres de Bagdad – Leçons de paix – Genèse de l'erreur – La sécurité – Experts, dit-on – L'illégalité féconde – Le précédent du Kosovo – La position des ONG – En guise d'avertissement – Croque-morts et comptables.

EPILOGUE : WE DID IT IN THE DARK . . . . . . . . . . . . 469

*Remerciements* . . . . . . . . . . . . . . . . . . . . . . . 476

*Du même auteur :*

La France sauvage, en collaboration avec Michel-Antoine Burnier, Jean-Claude Lattès.
Les Voraces, en collaboration avec Frédéric Bon et Michel-Antoine Burnier, Balland.
L'Île de lumière, Ramsay.
Charité business, Le Pré aux Clercs-Belfond.
Le Devoir d'ingérence, en collaboration avec Mario Bettati, Denoël.
Les Nouvelles Solidarités, *Acte des assises internationales*, Presses Universitaires de France.
Le Malheur des autres, Odile Jacob.
Dieu et les hommes, *avec l'abbé Pierre*, Robert Laffont.
Ce que je crois, Grasset.
La dictature médicale, *entretiens avec Patrick Rambaud*, Robert Laffont.
Le premier qui dit la vérité, *entretiens avec Éric Favereau*, Robert Laffont.

Composition réalisée par IGS

*Imprimé en France sur Presse Offset par*

**BRODARD & TAUPIN**

GROUPE CPI

La Flèche (Sarthe).
N° d'imprimeur : 25938 – Dépôt légal Éditeur 49558-10/2004
Édition 1
LIBRAIRIE GÉNÉRALE FRANÇAISE – 31, rue de Fleurus – 75278 Paris cedex 06.

ISBN : 2 - 253 - 10979 - 7     31/0979/0